SOLO UNA CITA FALSA

DEBORAH COOKE

Traducido por
LAUREN IZQUIERDO

FLATIRON 5 FITNESS - ESPAÑOL

Recién salidos de la universidad, cinco amigos con un sueño unieron fuerzas para lograr el éxito. Diez años después, su exclusivo gimnasio, Flatiron 5 Fitness, es el destino más popular de Manhattan. La gente acude en masa a F5F para ponerse en forma, para tener suerte e incluso para enamorarse. Los socios fundadores han sido inmunes al hechizo romántico de F5F, al menos hasta ahora...

1. **Solo una cita falsa**
   (Tyler & Shannyn)

2. **Solo una vez más**
   (Kyle & Lauren)

3. **Solo una noche juntos**
   (Damon & Haley)

4. **Solo un héroe local**
   (Cassie & Reid)

5. **Dos bodas y un bebé**

SOLO UNA CITA FALSA

UNO

Martes 9 de mayo: Manhattan

Shannyn Hawke verificó que su cámara estuviera segura y seca antes de ponerse la capucha de su chaqueta. Ella estaba en los escalones fuera del Museo Metropolitano y las nubes que se acumulaban sobre su cabeza eran oscuras y amenazaban con lluvia. Sin embargo, el clima no podía alterar su estado de ánimo. Ella estaba un día más cerca de terminar esa tarea, la más importante hasta el momento. Comenzar un negocio independiente no era para los débiles de corazón, pero Shannyn había obtenido esa gran tarea del Met. Sería bien pagada y, con un poco de suerte, también abriría más puertas.

Ella se apresuró a bajar las escaleras, en dirección al metro y a una larga tarde de trabajo. Ella revisaba sus fotografías del día, clasificaba las buenas de las mediocres, recortaba y filtraba las que se quedaban como necesarias, y las cotejaba con la lista de imágenes requeridas. Le quedaban dos días completos para hacer fotografías, luego había reservado el viernes y el lunes libres para cualquier atraso o repetición. Ella estaba en buena forma hasta ahora.

El trueno retumbó en la distancia y las primeras gotas grandes empezaron a caer. Se abrieron los paraguas y la gente comenzó a caminar más rápido, incluida Shannyn. Ella estaba cruzando la 78 cuando sonó su teléfono y se sorprendió al ver el nombre de la persona que llamaba. Deanna era la editora de la revista de ex-alumnos de su universidad, una fuente potencial de trabajo, pero ella había desdeñado a Shannyn la última vez que habían hablado.

Shannyn se cobijó debajo del andamio en un edificio en el lado opuesto de la Quinta Avenida mientras la lluvia caía con más fuerza. Shannyn Hawke. Hola Deanna."

"¡Shannyn! ¿Supongo que no tienes tiempo para hacer un trabajo rápido para mí?" Deanna habló con la velocidad característica. La mujer corría de una fecha límite a otra. "El tiempo es escaso y no tengo opciones. Sé que no fui alentadora cuando hablamos antes... "

"Está bien. ¿Cuál es el trabajo? "

"Necesito una docena de fotografías para acompañar una entrevista en el próximo número, que saldrá el lunes por la mañana. El tipo que contraté ha hecho un acto de desaparición y me está evitando. Estoy en un gran aprieto." Deanna sonaba agotada.

"¿Fotografías de qué?"

"Es un artículo sobre cuatro graduados que iniciaron un gimnasio llamado Flatiron 5 Fitness."

"He escuchado sobre eso." Shannyn no recordaba exactamente dónde estaba el club. En algún lugar de Manhattan. Ella pensaba que usaban buenas fotografías en sus anuncios. Más allá de eso, estaba en blanco. "Espera. ¿Cuatro graduados? ¿Por qué se llama Flatiron 5 Fitness? "

Deanna se rió. "Uno de los socios no es un alumno. La entrevista está hecha, pero necesito fotos. Pensé que ya que estabas en la ciudad, tal vez podrías hacerlo." Había esperanza en su tono.

Por supuesto, tenía que ser esta semana.

"¿Cuándo las necesitas?" Shannyn no quería rechazar el trabajo, pero el trabajo para el Met debía entregarse el martes. Quizás ella podría hacer este trabajo el sábado.

"¿El viernes?" Había una pregunta en la voz de Deanna, que indicaba cierta flexibilidad.

"¿Sábado por la noche?" Shannyn respondió y Deanna exhaló.

"Si las tengo antes de la medianoche y son perfectas."

"Lo serán", le aseguró Shannyn. "¿Alguna preferencia en términos de tomas?"

"Bueno, obviamente necesito algunas de los socios, entonces algunas tomas de la instalación serían geniales. Recuerdo que tenías un excelente y sincero trabajo en tu portafolio, y me encantaría eso para este artículo. Todos suenan muy serios en el artículo, por lo que sería bueno tener algunas tomas de momentos más ligeros. Quizás treinta fotografías entre las que pueda elegir."

"Okey." Shannyn sugirió un precio, ligeramente inflado con respecto a sus tarifas habituales debido a la naturaleza urgente del trabajo. Deanna aceptó tan rápido que ella supo que debería haber pedido más. Vive y aprende. Ella garabateó los detalles, su bolígrafo se detuvo cuando Deanna nombró a los cuatro socios.

Shannyn no conocía a Cassie Wilson ni a Theo Tremblay, pero ciertamente recordaba a Kyle Stuyvesant.

Y a Tyler McKay.

Tenía que ser él, ¿no? Shannyn sintió que se sonrojaba un poco al recordar la última vez que lo había visto y la única vez que realmente había hablado con él. Había sido en una fiesta de fin de curso con chupitos de aguardiente y el resultado no había sido bonito. Ella no recordaba todo lo que había dicho y hecho esa noche, pero Kirsten la había puesto al corriente.

Ella se alegraba de no recordar haberle gritado a Tyler McKay, aunque la idea todavía la hacía temblar.

Idiota graduado presumido...

Shannyn hizo una mueca. Sin embargo, él no la recordaría. Ella nunca había sido digna de su interés. Esa noche, él probablemente se había preguntado quién diablos era ella, luego se había olvidado por completo de ella. Y habían pasado doce años.

Pero hubo un aleteo nervioso en el estómago de Shannyn de todos modos cuando terminó la llamada.

Lado positivo: ella había conseguido el trabajo. Ella podría estirarlo y agregar el dinero al fondo para su nuevo techo.

Ella no pensaría en las desventajas. Todo el trabajo era bueno.

Una cosa que Shannyn había aprendido era comprobar cualquier ubicación con anticipación. No había forma de saber qué complicaciones podrían surgir. Ella consultó su reloj, luego la dirección del club. Podría tomar el 4, 5 o 6 en Lexington, en lugar de continuar hasta la Avenida entre la 72 y la 2 para el Q, y detenerse en el gimnasio de camino a casa. Ella salió a la lluvia y dirgió sus pasos en esa dirección, moviéndose entre la multitud con un propósito.

Tyler McKay.

Probablemente él ni siquiera estaría allí.

Puede que ella no lo viera en absoluto.

Shannyn tuvo un momento para sentir alivio y decepción, luego se dio cuenta de lo loco que era. Ella tendría que buscar a Tyler para la foto de los socios, lo que significaba que lo vería. Y él la vería, incluso si ella estuviera detrás de la cámara.

Incluso si no la hubiera olvidado, tal vez no la reconocería. Ella había cambiado su estilo a lo grande. Y doce años. Eso había sido una noche de borrachera en una fiesta hace casi una vida.

Shannyn cruzó los dedos y esperó.

¿Y VEREMOS a Giselle en la boda? No me has dicho sobre eso, Tyler."

Ty frunció el ceño, escuchando mil sombras de expectativa en la pregunta de su madre. Él caminaba hacia la parte alta de la ciudad hacia el gimnasio del que era parcialmente propietario, con la esperanza de poder trabajar unas horas por la noche. Estaba lloviendo a cántaros, pero él tenía la ventaja de tener un paraguas y ser alto. Él levantaba el paraguas por encima de su cabeza, manteniéndose seco a sí mismo y a todos los que estaban cerca. Su maletín estaba colgado sobre su hombro, sus zapatos de cuero italiano se estaban mojando y su teléfono estaba contra su oreja.

Ser el único socio con un trabajo diurno significaba que Ty trabajaba casi todo el tiempo, pero él era bueno en eso. Le gustaba ser asesor financiero en Fleming Financial y la seguridad de un cheque regular, tanto como le gustaba ser socio de F5F. Era mucho para manejar, pero él disfrutaba de ambos tipos de responsabilidades. Él se preocuparía por tener una vida personal más tarde, después de que F5F fuera sólido. Lo veía como una inversión en su futuro.

Pero su mamá tenía una agenda diferente. Era fácil adivinar qué proyecto emprendería su madre una vez que se casara la última de sus cuatro hermanas. Todo en la vida de Colleen McKay había sido sobre bodas durante cinco años y haría falta un tipo más tonto que Tyler para no ver la progresión natural.

Él era el siguiente, no importaba lo que él pensara de eso.

Él necesitaba un plan mejor que la ficción de Giselle.

"Realmente tengo que irme, mamá..." Ty trató de eludir la pregunta de nuevo, adivinando que no funcionaría.

"Pero me lo preguntaba, querido. Sabes que estamos finalizando la configuración de las mesas."

"No puedes estar haciendo eso todavía", protestó él y dejó que su tono se volviera burlón. Era mejor que hacer que su madre adivinara la verdad. "Solo quieres saber."

"Por supuesto, quiero saber", contestó Colleen McKay. "No te estás haciendo más joven, Tyler, y quiero ver algunos nietos uno de estos días."

"Tú tienes uno."

"Quiero más."

Pregúntales a las muchachas. En opinión de Ty, la cuestión de los nietos se había resuelto con los matrimonios de sus hermanas.

Su madre aparentemente creía lo contrario. —Un hijo de un hijo, Ty. Sabes que eso haría feliz a tu padre. Y Giselle es simplemente encantadora. Tan glamorosa y encantadora... "

Pero francesa, mamá. Lo dijiste antes. Y vive en París." Ty interrumpió la lista de atributos de Giselle. Él había cometido un grave error al dejar que Giselle sobreviviera en la imaginación de su madre después de su única cita, aunque le había parecido una buena idea en ese momento.

Eso es lo que había conseguido por seguir los consejos de su amigo y socio, Kyle.

"Pero ahora que he tenido tiempo para pensar en ello, y la has estado viendo con tanta regularidad, quiero respaldar tu elección. ¿Ella vendrá a la despedida de soltera? "

"No", dijo Ty rotundamente.

"Oh, ¿la despedida de soltera no coordinaba con sus vuelos? Eso es una lástima, querido. ¿Estás seguro de que ella no podría cambiarlos? "

Parecía que Giselle estaba aliada con su madre, porque ella también se negaba a aceptar un no por respuesta. Mientras caminaba, recibió un mensaje de texto de Giselle que le decía que estaba en la ciudad y le preguntaba qué hacía él para la cena. Ty se sentía un poco acosado por las mujeres y sus expectativas.

Él trató de cambiar de tema. "¿Vas a ver a la tía Maureen pronto?"

"Ella vendrá a la despedida de soltera el próximo domingo, por supuesto, pero me encantaría poder contarle tus planes antes de esa fecha." Ty sabía muy bien que su madre y sus hermanas eran competitivas en cuanto a los matrimonios y la tasa de natalidad de sus hijos. "Sabes que la pobre Maxine probablemente no tendrá una cita en absoluto, e inevitablemente, alguien sugerirá que ustedes dos estén emparejados para los asientos de la boda, pero ustedes son primos y Giselle sería una opción mucho más apropiada."

Ty llegó al club y mantuvo la puerta abierta para una mujer que llegó a la entrada del club al mismo tiempo que él. Probablemente un miembro que viene a hacer ejercicio, a juzgar por el tamaño de su bolso de mensajero. Él sonrió cortésmente pero ella no miró hacia arriba. Era mucho más baja que él y su gran capucha ocultaba su rostro. Apenas la escuchó murmurar gracias antes de sacudir su paraguas y continuar, caminando por el vestíbulo. Tengo que irme, mamá. El trabajo me llama."

Y eso es otra cosa, Tyler. Trabajas demasiado..."

"Hablaré contigo más tarde, mamá."

Ciertamente lo harás, joven. Puede que hayas crecido, pero eso no significa que puedas evadir una pregunta... "

"Adiós, mamá." Ty terminó la llamada, diciéndose a sí mismo que le había dado a su madre una advertencia justa. Esa había sido su tercera llamada del día. Lamentablemente, él no podía predecir si llovería el día de la boda de Katelyn, un tema de gran preocupación para su madre, y mucho menos garantizar que todo el día fuera perfecto. Según su experiencia, si algo saliera mal en una boda, sería una sorpresa inesperada y tendrían que improvisar. Si nada salía mal, entonces todo estaba bien.

Su mamá prefería preocuparse.

Una cosa era segura: Ty necesitaba una respuesta a las interminables preguntas sobre su cita para la boda de Katelyn. Tic-Toc. Él no estaba saliendo con nadie. No quería ver a nadie. Ciertamente no quería que lo emparejaran. No tenía tiempo para invertir en una relación en ese momento. Y parecía que cada encuentro casual lo dejaba con otra mujer en su vida que quería más de lo que él estaba dispuesto a dar.

Giselle le envió un mensaje de texto de nuevo.

Ella debe tener hambre.

Ty apagó su teléfono celular y lo dejó caer en su bolsillo. Es posible que no lo encienda pronto, al menos no hasta que haya leído los informes financieros del club del mes anterior.

Si él iba solo a cualquiera de los eventos previos a la boda de Katelyn, sin pensar en la boda en sí, todo un ejército de relaciones femeninas bien intencionadas estaría decidido a hacer de casamentera.

Su mamá sería la primera en la fila.

La perspectiva le hizo estremecerse.

Él necesitaba un plan. Rápido.

El amigo y socio de Ty, en quien se podía confiar para que aconsejar sobre mujeres, el que era inevitablemente desastroso para Ty, estaba holgazaneando en la recepción del club. Kyle estaba usando su ropa de yoga y se parecía tanto a un vagabundo de playa tonificado y bronceado como siempre. Él trabajaba muchas horas, pero su forma desenfadada hacía que muchos subestimaran su total compromiso con el club.

Él se estaba burlando de la recepcionista, lo cual era perfectamente predecible. Sonia era alta, rubia, serena y eficiente, pero tampoco aceptaba ninguna mierda de nadie. Ty pensaba que ese era su mejor truco, especialmente porque Kyle era un bromista despiadado.

"Todo es culpa tuya", dijo Ty, señalando a Kyle.

"¿Yo?" Kyle se enderezó y sonrió con su habitual confianza. "¿Qué hice esta vez? ¿Valió la pena?"

Sonia negó con la cabeza y luego contestó el teléfono.

"No voy a seguir tus consejos nunca más", continuó Ty mientras se dirigía a las oficinas detrás del mostrador de recepción. Él colgó su abrigo y dejó que el paraguas goteara, saludó con la mano a Jax, que estaba trabajando en una hoja de cálculo para las clases del mes siguiente, y luego continuó hacia la sala de conferencias. Él no tenía una oficina asignada en el club, y la gran mesa significaba que podía esparcir sus archivos.

Kyle se rió, duro, y lo siguió. "Soy la única razón por la que te diviertes. Sin mí, tu vida estaría tan seca como el polvo." Él fingió quitarse el polvo de la palma abierta.

Ty apenas había pensado que sería tan malo. "Pero nunca terminaría en estas curvas cerradas. Puedo prescindir de eso."

"Esto suena jugoso. ¿De qué curva cerrada en particular estamos hablando? "

Ty colgó la chaqueta de su traje sobre una silla y miró a Kyle. "Tengo que contarle a mi mamá sobre Giselle."

"Oh, el rincón de la relación inexistente." Kyle asintió sabiamente pero sus ojos brillaron. Él estaba disfrutando demasiado eso.

Siempre lo hacía.

Tal vez él le había dado a Ty un mal consejo a propósito.

"Como si supieras algo sobre cómo manejar eso"

"Me gusta mantener las cosas simples." Kyle se dejó caer en una silla y se dio la vuelta, su actitud expectante. "Sin relaciones en absoluto y sin compartir información con mi familia sobre mi vida personal." Él bajó la voz a un susurro conspirativo. "Funciona mucho mejor si tu mamá vive a miles de kilómetros de distancia."

"No tengo mucha suerte en eso. Nunca debí haber sugerido que Giselle todavía estaba por aquí. Debería haber sido suficiente con que la conocieran una vez."

"No seas tan negativo", reprendió Kyle. "Mi brillante idea evitó que tu familia te arreglara citas durante casi ocho meses. No me digas que eso no te encantó."

"Lo hice, pero el indulto ha llegado a su fin."

"Pensé que técnicamente ella todavía estaba por aquí."

Ty asintió. "Cada vez que aterriza en JFK, recibo un mensaje."

"¿No has roto con ella?"

"Repetidamente sin efecto." Ty apoyó las manos en las caderas. "Necesito una cita para la boda de mi hermana, y la necesito lo antes posible, o el emparejamiento se acelerará."

"Podrías preguntarle a Giselle."

"No. No la voy a alentar."

"¿Porque es la fecha de una boda?" Kyle estaba feliz. "¿No es eso una propuesta en sí misma?"

"No me lo recuerdes." Ty encendió su computadora portátil y comenzó a sacar archivos de su maletín.

Kyle se giró levemente en su silla, su estado de ánimo era más optimista que el de Ty. "¿Cuál es esa obsesión que tiene su familia con el matrimonio?"

"¿Cuál es esa obsesión que tiene tu familia con el divorcio?" le respondió Ty y Kyle se rió.

Él se inclinó hacia delante, con los codos apoyados en las rodillas y la mirada atenta. "Entonces, mantenlo simple. Pregúntale a Cassie. Ella daría un paso adelante por ti."

Cassie era una de las otras socias del club, y Ty sabía desde hacía mucho tiempo, bueno, de siempre, que ella estaba interesada en él. A Ty le gustaba Cassie, pero solo como amiga. Solo la sugerencia de Kyle lo hizo temblar ante la perspectiva de dar más expectativas.

"Mira nuestros comentarios anteriores sobre la cita para una boda como una propuesta."

Cassie estaría totalmente de acuerdo con eso.

"Sería malo", dijo Ty, diciendo sus palabras con una mirada de advertencia.

"Allí esta. Enamorado es mejor que desconsolado." Kyle se estremeció. "Ella podría llorar." Él hizo un puchero y puso ojos tristes, lo que era una reacción tremendamente improbable de Cassie.

"Es más probable que ella intente patearme el trasero."

"Cierto." Kyle parecía pensativo. "Aquí hay todo un gimnasio lleno de mujeres hermosas. Pregúntale a una."

Ty se mostró escéptico. "Eso tiene muchas implicaciones potenciales, sin importar el conflicto de intereses de un socio que se acerca a un miembro del club..."

Kyle negó con la cabeza. "Me haces sentir agradecido por no tener principios."

"Podría malinterpretarse..."

"Bien", lo interrumpió Kyle. "Siempre tenemos que ser cautelosos y pensar bien las cosas. El impulso es malo. El riesgo es peor." Hizo un gesto con la mano hacia Ty. "No te preocupes, conozco tu mantra después de todo este tiempo."

"No es un mantra. No estoy tan tenso ", argumentó Ty, molesto porque Kyle lo hiciera sonar como un gruñón. Él escuchó voces de mujeres en la oficina y supuso que Jax estaba hablando con Sonia antes de que ella se fuera ese día.

"Eres amable y, a pesar de todos mis esfuerzos por lo contrario, sigues siendo amable." Kyle negó con la cabeza y suspiró. "Es trágico."

"¡No es trágico! Solo pienso en mis hermanas y en cómo me gustaría que me trataran. ¿Qué está mal con eso?"

"Nada, pero me alegra no tener hermanas." Kyle continuó antes de que Ty pudiera recordarle de nuevo que sus hermanas estaban fuera de los límites para siempre. "Haz un trato, entonces", sugirió Kyle. "Una fecha de servicio por otra. Dos contra el mundo. Seguridad en números. Una cita falsa, incluso para una boda, no es tan complicada y la negociación está en tu conjunto de habilidades."

"Muchas gracias." Ty levantó la vista de repente de la pantalla de su computadora portátil, que estaba llena de los informes financieros del club, mientras consideraba la sugerencia de Kyle. "¿Debería yo tener miedo de que eso tenga sentido?"

"No me digas que él está tratando de llevarte por mal camino", intervino Sonia desde la puerta.

"Esa es definitivamente una posibilidad", coincidió Ty.

"¿Por el mal camino?" Protestó Kyle. "Ofrecí una solución práctica. A Ty le gustan las soluciones prácticas. Y realmente, sabes cómo obtener lo que quieres de las mujeres." Él asintió y luego se puso de pie. Piensa en ello, Ty. Es tiempo de ir a la esencia."

Sonia hizo un gesto y Ty se dio cuenta un poco tarde de que había alguien detrás de ella. Dada su altura y que su bolso y abrigo estaban mojados, supuso que era la mujer que había encontrado en la entrada del club. Ella estaba vestida de negro y esa bolsa de mensajero era enorme. Ahora ella sostenía una cámara en una mano.

También, ella se había quitado la capucha y Ty podía verle la cara. Ella era diminuta, sus ojos azules y de pestañas espesas. Su jersey negro de cuello alto y su abrigo la hacían lucir más pálida y delicada de lo que probablemente era. Su cabello era negro y corto, y no usaba maquillaje. Él podía ver el final de un tatuaje asomando por debajo del puño del jersey en la mano que sostenía la cámara. Ella llevaba también un pesado anillo de plata en ese dedo índice.

Ty se puso de pie, deseando no haberse quitado la chaqueta. No porque ella fuera atractiva o porque su mirada fija estuviera fija en la de él. Lo que hizo que a él se le secara la boca fue que él la reconoció.

Shannyn Hawke había sido hermosa en la universidad, pero ahora tenía más fuerza. Ella parecía más cautelosa de lo que él recordaba y más audaz. Más importante aún, Shannyn era la única mujer en el mundo que le había gritado a Tyler y luego había desaparecido antes de que él pudiera aclararle las cosas.

Ella odiaba las agallas de él.

Él había esperado nunca volver a verla, pero ahí estaba ella en el F5F, tan cautelosa como un gato callejero, sosteniendo su mirada como si ella lo desafiara a recordar.

El tiempo no había cambiado la opinión de Shannyn sobre él, eso era seguro.

Pero doce años le habían enseñado a Tyler a aprovechar la oportunidad cuando y donde la encontraba. Durante mucho tiempo, él había deseado tener la oportunidad de reproducir esa conversación o discutir su propio lado mejor que lo había hecho. Era uno de los momentos que él siempre había querido arreglar.

A Ty le gustaba arreglar cosas.

La oportunidad llamaba a la puerta.

"SHANNYN HAWKE", dijo Tyler de inmediato, para sorpresa de Shannyn. Él salió alrededor de la mesa de conferencias para ofrecer su mano, todo suave elegancia y aplomo.

Él se acordaba.

Peor aún, él estaba tan sexy como siempre, pero aún más. Mucho más. Él exudaba poder de una manera que Shannyn no recordaba. Y estaba mucho mejor vestido. Su traje era perfectamente entallado, de un tono azul oscuro que era a la vez conservador y sexy. Ella habría apostado que era italiano y estaba hecho a medida. Él estaba en forma, pero entonces, él era socio de un gimnasio y él había aumentado su constitución desde la universidad. Ella recordaba que Tyler era más larguirucho, pero ahora era todo un hombre.

Mmm hmm.

Su cabello era corto y él estaba bien afeitado, ninguno de los cuales era diferente de lo que ella recordaba. Esa boca. Ella todavía quería estirar la mano y tocar sus labios con la yema de un dedo, para sentirlos suavizarse en una sonrisa bajo su toque.

Aparentemente, algunas cosas nunca cambiaban.

Él siempre había sido guapo, pero ahora estaba pulido. Cuando él se paró frente a ella, le recordó a Shannyn lo alto que era. Y esos hombros. Ella captó el aroma de su colonia y sus dedos de los pies se curvaron en sus botas. Debería ser ilegal que un hombre se vea tan bien en la vida real.

Sin pensar en conocerlo.

Sin pensar en tener la capacidad de tomar el mando de una situación tan rápido.

La mano de Shannyn quedó envuelta en el calor de Tyler antes de que ella pudiera pensarlo dos veces. Ella sintió un chisporroteo de conciencia que la atravesó, expulsando el frío de la lluvia, recordándole que estaba viva. Su corazón se aceleró y ella se sintió como una fanática deslumbrada de nuevo.

El hombre tenía los ojos más verdes y la mirada más firme del planeta.

Y él la estaba mirando.

Él realmente lucía como si pudiera leer sus pensamientos y secretos. La sensación de su mano alrededor de la de ella alimentó una pequeña onda de calor y de deseo en su interior, y a Shannyn le gustó eso.

Pero él no necesitaba saber sobre su efecto sobre ella.

Un hombre como Tyler usaría ese conocimiento en su contra, para conseguir lo que quisiera.

Shannyn retiró la mano y le sostuvo la mirada con tanta frialdad como pudo.

"¿Qué te trae a Flatiron 5 Fitness?" Su voz era más baja de lo que Shannyn recordaba, un poco más áspera, y ese era otro buen cambio. Su mirada se dirigió rápidamente a su cámara.

"La revista de ex alumnos", dijo Shannyn. "Deben haber realizado una entrevista sobre ustedes, graduados exitosos. Me han asignado para tomar las fotos."

Él asintió con la cabeza y luego hizo un gesto. "¿Te acuerdas de Kyle Stuyvesant?"

Kyle también parecía más grande y ancho, su cabello de varios tonos de rubio y sus ojos azules llenos de picardía. Ella apostaría a que él se había teñido el pelo profesionalmente, pero era agradable a la vista. Esa sonrisa había derretido más de un grupo de chicas en una clase de literatura inglesa de hacía mucho tiempo, sin pensar el sonido de él leyendo poesía del siglo XIX en voz alta.

Shannyn había preferido las recitaciones de Tyler a las de Kyle. Kyle se apresuraba a leer los versos, pensaba Shannyn, pero Tyler se había detenido en todos los lugares correctos, como si él estuviera saboreando las palabras.

Ella se sintió cálida con solo recordar eso.

Ella se había preguntado en aquel entonces qué más había saboreado él.

Ella todavía se lo preguntaba.

Shannyn se enderezó y trató de sacar sus pensamientos de la cabeza. Esto era trabajo. Mientras Tyler no recitara poesía y ella mantuviera su mente concentrada en el trabajo, ella debería ser capaz de mantener esa actitud profesional.

"Por supuesto que sí." Ella no pudo resistir la tentación de molestar un poco a Kyle, especialmente porque eso significaba que apartaría la mirada de Tyler. "Aunque yo no era una de las multitudes de mujeres que se movían en la belleza como la noche."

Kyle, para sorpresa de Shannyn, no parecía tener una evocación. Él abrió la boca, volvió a cerrarla y luego se pasó la mano por la nuca, que se estaba poniendo roja. "Oh sí. Literatura Inglesa 101. Esos eran los días." Su mirada se posó en Tyler con una especie de desesperación y Shannyn se divirtió con su reacción. "Parece que tienes esto cubierto, Ty", dijo él, claramente con la intención de salir corriendo. "Tengo una sesión de vueltas de natación que supervisar. Encantado de verte de nuevo, Shannyn."

Entonces Kyle se fue, como si huyera de la escena del crimen.

Sonó un timbre en la recepción y la mujer rubia volvió al trabajo, dejando a Shannyn sola con Tyler. ¿Estaba latiendo el aire entre ellos? ¿O era que los latidos de su corazón se estaban volviendo locos? De cualquier manera, ella se sentía más vivaz de lo que se había sentido en mucho tiempo. Nadie lo estaba realmente intentando en esa conversación.

Estar a solas con Tyler la hacía sentir hormigueo.

Y un poco imprudente.

Pero, se suponía que seguir el impulso era su nuevo mantra.

—Felicidades —murmuró Tyler y ella vio cómo sus labios se curvaban en una sonrisa. "No hay muchas mujeres que asusten a Kyle, pero parece que has llegado a esa corta lista." Sus ojos brillaban. "Pero entonces, recuerdo que eras feroz."

Shannyn se sorprendió. "¿Feroz? Difícilmente."

"Feroz", insistió Tyler, su tono insinuaba que eso no era un defecto. Ella supuso que él estaba pensando en ese intercambio de borrachos, luego la sorprendió. "Apasionada. Idealista." Él negó con la cabeza y suspiró de una manera que la sorprendió. "Muy linda." Su pequeña sonrisa de admiración le provocó palpitaciones.

¿Pero linda? ¿Muy linda? "No esperaba que recordaras nada de mí."

Los ojos de Tyler se abrieron un poco. "¿Ni siquiera la última vez que hablamos?"

"La única vez que hablamos." Shannyn esperaba que el calor que se elevaba sobre su piel no significara que ella se estaba sonrojando. Ella hablaba rápido y trató de reducir la velocidad. "Estaba borracha. Estaba segura de que lo olvidarías. O lo descartarías. Era el aguardiente el que hablaba."

"Quizás el licor te estaba dejando decir lo que realmente pensabas."

Shannyn definitivamente se estaba sonrojando ahora. Su rostro se sentía como si estuviera en llamas. "Nadie dijo que era la verdad..."

"Pero fue tu opinión y la dijiste con entusiasmo." Tyler se reclinó contra el escritorio, mirándola. Sus piernas eran increíblemente largas, pero su movimiento los puso a la misma altura. Shannyn no podía apartar los ojos de su intensa mirada. "Ese momento me ha perseguido", confesó él y algunas de las reservas de Shannyn se derritieron incluso mientras trataba de luchar contra su reacción.

Él tenía que estar jugando con ella.

¿No es así?

"¿Por qué?"

"Porque quería defenderme y nunca tuve la oportunidad." Su mirada era cálida y Shannyn se sintió encantada.

Pero luego Kyle había dicho que Tyler era bueno para obtener lo que quería de las mujeres.

Lo último que ella quería ser era predecible.

"Oh, por favor", dijo ella con desdén y vio que su tono lo sorprendía. "Tengo un número en la guía telefónica y está la asociación de ex-alumnos. Habría sido bastante fácil llamarme y defender tu caso. Doce años es mucho tiempo para no resolver ese asunto.

Él la miró tan fijamente que Shannyn se preguntó si alguien alguna vez alguien lo había reprendido.

"Lo es", dijo él finalmente, su tono era nítido. Él estaba ofendido, lo que probablemente era más seguro si eso significaba que se apagaría el hechizo. Tyler se acercó para apagar su computadora portátil, como si se hubiera tomado alguna decisión. Él cogió la chaqueta del traje y se movió con una gracia atlética que hizo que a Shannyn se le secara la boca. ¿Cómo se veía él desnudo? Una mente inquisitiva realmente quería saber. "Y no hay mejor momento que el presente. ¿Qué te gustaría ver?"

"Todo", dijo Shannyn en su sorpresa, pero él tomó sus palabras al pie de la letra.

"¿Cuánto tiempo tienes para hacer las fotos?" Ahora él era educado, se encogió de hombros y se puso la chaqueta, pero su mirada seguía ardiendo a fuego lento.

Y él todavía la miraba, su mirada era evaluativa.

Como él si estuviera tratando de descifrarla.

Era más que un poco desconcertante tener toda su atención, pero Shannyn pensó que no duraría.

"Hasta el sábado", dijo ella. "Acabo de conseguir el trabajo hace veinte minutos, así que es un poco apresurado. El fotógrafo contratado aparentemente ha desaparecido."

"Ocurre, supongo." Asintió él y señaló la puerta. "¿Una visita guiada?"

"No tienes que enseñarme el lugar."

La mirada de Tyler se aferró a la de ella de una manera muy satisfactoria y su voz bajó aún más. "Quizás quiero aprovechar al máximo la oportunidad. Sería un error dejarte ir sin que yo siquiera intentara demostrarte que soy uno de los tipos buenos."

¿Por qué a él le importaba lo que ella pensara?

Tyler arqueó una ceja cuando ella no habló. "A menos que prefieras lo contrario. Podría preguntarle a Kyle."

"¿Por qué preferiría lo contrario?"

"Las palabras 'imbécil petulante' me vienen a la mente."

"Olvidaste graduado."

Shannyn se ganó una mirada ardiente por eso.

"No lo olvidé", dijo Tyler, mordiendo las palabras. "Nunca lo olvidaré."

Él estaba insultado. Bueno, había sido algo insultante para decirle a alguien, pero ella nunca imaginó que él le prestaría atención.

Y mucho menos recordarlo durante doce años.

"Y te molesta."

La pregunta, obviamente, lo sorprendió. "¿No debería?"

"No sé por qué lo haría. Solo éramos compañeros de clase en una gran aula de estudios."

"Lo hizo y lo hace." Obviamente, él notó su escepticismo y su voz se elevó un poco. "¿Por qué no querría defenderme?"

"¿Por qué te importaría?" respondió Shannyn.

"Créeme. Me importa." Él se dirigió a la puerta con determinación. "Podemos empezar con la pared de rocas..."

"Una gira por tu imperio no va a hacer que cambie de opinión sobre nada", dijo ella antes de que pudiera detenerse a sí misma.

Tyler se congeló, luego giró, su mirada fija en la de ella de nuevo. Sus ojos brillaban de una manera que la emocionaron completamente. "¿Entonces qué lo hará?"

Oh, esa tranquila pregunta era una invitación a los problemas.

Una cita falsa, incluso si es para una boda, no es tan complicada y la negociación está en tu conjunto de habilidades.

Shannyn recordó las palabras de Kyle, las que ella había escuchado sin querer, y la proverbial luz se encendió. ¿Cómo era estar con Tyler? Ella siempre había sentido curiosidad. Su nueva filosofía era vivir el momento y esta era la oportunidad perfecta para descubrirlo.

Sin ataduras.

Era loco.

Era impulsivo.

Pero una vez que ella tuvo la idea, no pudo ignorarla.

Shannyn iba a hacerle cosquillas en la barriga del dragón y ella sabía que tenía que lucir como si no le importara si él exhalaba fuego. "Podríamos hacer un trato", dijo ella, guardando cuidadosamente su cámara. Ella usó el tiempo para considerar si cambiar de opinión, pero no pudo pensar en una sola buena razón para hacerlo. Cuando miró hacia arriba, Tyler estaba inmóvil, sus ojos brillaban con interés. Shannyn dio un paso, acortando la distancia entre ellos, luego le dio un tirón juguetón a su corbata. Ella se atrevió a mirar hacia arriba y encontrarse con su mirada. Fuego puro. "Porque siempre me he preguntado qué me estaba perdiendo."

"¿Y eso por qué?" La voz de Tyler se volvió sedosa y fue mil veces más intensa que antes.

"Ciento noventa y ocho mujeres en esa aula, y yo era la única con la que ninguno de los dos coqueteaba."

Él estaba visiblemente sorprendido. "¿No lo hizo Kyle?"

"Ni Kyle. Ni tú. ¿Parecía que yo tenía una enfermedad contagiosa o algo así? "

Él frunció el ceño y negó con la cabeza. "No. Tú eras seria."

"¿Eso es un crimen?"

"Estabas buscando algo más que una cosa de una noche", explicó Tyler, pasando una mano por su cabello. "Tú querías enamorarte. Yo pude ver eso. Podía escucharlo cuando leías la poesía en voz alta en clases. Lo respeté, pero no estaba en la misma página proverbial. Yo era ambicioso."

"De alguna manera dudo que hayas superado eso."

"No lo he hecho." Él negó con la cabeza y sonrió un poco, la vista hizo que el corazón de Shannyn se apretara con fuerza. Sus ojos brillaron cuando su voz se suavizó, como si estuvieran intercambiando confidencias. "Pero si algún idiota te iba a romper el corazón, no iba a ser yo."

Era un pensamiento agradable, un impulso protector, un indicio de que ella lo había entendido mal o un intento de decir lo que ella más quería escuchar.

A Shannyn no le importaba.

Porque de cualquier manera, era la apertura perfecta.

Ella extendió la mano para trazar la línea de la boca de Tyler con la yema del dedo, rindiéndose a esa antigua tentación. Se sintió tan bien como ella esperaba. Los labios de Tyler eran firmes y cálidos, y su mirada brillaba. Él no se movió, pero ella podía sentir la tensión que emanaba de él y ella estaba asombrada por su paciencia y control.

Ella quería romper su fachada y dejarlo soltarse.

Ella quería que él la deseara tanto que la cogiera con fuerza y rapidez, contra una pared o sobre ese escritorio.

Ella sospechaba que todo lo que tenía que hacer era preguntar.

Shannyn se estiró, casi tocando su oreja con los labios. Ella cerró los ojos, oliendo jabón y hombre limpio y sexy junto con esa deliciosa colonia. "Te haré un intercambio", susurró ella, luego le rozó el lóbulo de la oreja con los labios. Ella sintió a Tyler temblar y eso la hizo sentir poderosa. Shannyn vio que sus ojos se estrechaban cuando él se apartó un poco para mirarla.

Él estaba tan cerca. "¿Intercambiar qué?" murmuró Ty.

"Sexo, ahora mismo, a cambio de una cita para la boda, en una fecha futura específica."

Allí. Ella lo había dicho.

"¿Estás jugando conmigo?"

"No lo haría."

La mirada de él estaba buscando. "No creo que la gente cambie mucho, Shannyn. Todavía no puedo darte lo que quieres."

Sus reservas se derritieron un poco más porque él la protegía, a pesar de que se trataba solo de una sensación. "Yo podría discutir eso. Creo que podrías darme exactamente lo que quiero." Ella le pasó una mano por el pecho y sintió que él recobraba el aliento. Su camisa de vestir era impecable y suave, y llevaba una camiseta blanca ajustada debajo. Debajo estaba todo el pecho duro como una roca. Ella aplastó su mano y la pasó a través de él. "Porque yo he cambiado. Pretendo vivir el momento ahora."

"¿Por qué?" Tyler la miraba como si ella fuera un acertijo que él quería resolver.

Shannyn continuó, ignorando su pregunta. "He aprendido a que me gusten las cosas simples. Prefiero límites claros y transacciones simples. El sexo por una cita falsa me suena bastante bien."

"¿Incluso con un idiota graduado engreído?" Él sonrió un poco de nuevo, la vista acabó con ella.

"Quizás especialmente con uno. Es hora de descubrir lo que me estoy perdiendo."

Los ojos de él se iluminaron. "Me reservo el derecho de intentar hacerte cambiar de opinión."

Shannyn sonrió. "No creo que lo hagas."

"No me subestimes."

"Esa suele ser mi advertencia." Se sonrieron el uno al otro durante la mitad de una eternidad y Shannyn sintió como si no quedara aire en la habitación.

"¿Tenemos un trato?" se las arregló ella para preguntar finalmente.

"Sí." Tyler se movió con decisión, claramente decidido a aprovechar el momento. "Sí." Cogió la nuca de Shannyn con una mano fuerte, la acercó más y la miró a los ojos por un momento. Cuando ella sostuvo su mirada fijamente, él se inclinó para capturar sus labios debajo de los suyos.

Era un buen beso, posesivo y persuasivo. Sin prisas y minucioso. No era solo poesía lo que él saboreaba. Era un beso que significaba negocios, un beso que era inequívoco y un beso que convenció a Shannyn de que ella había tomado exactamente la decisión correcta.

DOS

Shannyn no podría haber hecho una invitación más perfecta.

Dada la opinión que ella tenía de él, no había peligro de que ella quisiera más que una simple satisfacción, que Ty estaba más que feliz de proporcionar. Su trato era elegante en su simplicidad. ¿Por qué todas las relaciones no podían ser así? Ella había explicado los términos. Ella le había dicho lo que quería y él lo cumpliría.

Era ideal.

Shannyn había cambiado. Ella había sido callada y serena en esa aula de hacía mucho tiempo, excepto por el momento en que lo había sermoneado. Incluso entonces, había habido un borde emocional en su ira, y ahora ella estaba serena. Su corazón ya no estaba en su manga y sus pensamientos eran más difíciles de leer. Ty supuso que algún idiota le había roto el corazón. La curación la había vuelto más dura y más segura de lo que quería, tal vez más propensa a pedirlo directamente.

Él no pudo evitar alegrarse de que ella lo deseara a él.

Él había anticipado que su timidez volvería cuando la besara, pero se sorprendió gratamente. Ella no solo se encontró con él a mitad del camino: ella se inclinó hacia su beso, exigiendo aún más. Era como si ella estuviera hambrienta de sensaciones. Había un hambre en su toque que insinuaba que para ella había pasado un tiempo, y Ty tenía la intención de asegurarse de que Shannyn no se arrepintiera de su elección.

Él la abrazó con esa mano, sus dedos se perdieron en la seda de su cabello, y la sintió suavizarse aún más. Sus dedos estaban extendidos sobre su mejilla, su lengua tocando la de él. Incluso cuando ella lo invitó a profundizar su beso, Ty se dio cuenta de que ella era más frágil que él. Él quería abrazarla y llevársela, pero sentía que para Shannyn era importante ser quien tomara la decisión.

Él cerró la puerta con una mano y luego vertió todo en ese beso, queriendo que fuera lo más irresistible posible. Él escuchó su bolso de mensajero deslizarse al suelo. La sintió suspirar y luego acurrucarse contra él, con las manos debajo de la chaqueta del traje mientras lo examinaba. El rápido movimiento de su lengua contra la de él envió fuego a través de sus venas.

Eso era lo bueno, y aún mejor cuando Shannyn enmarcó su rostro entre sus manos y lo hizo retroceder hasta la mesa, deleitándose con su boca como si se lo fuera a comer vivo. El corazón de Tyler latía con fuerza y todo en él se tensó por la necesidad. Ella levantó una rodilla hasta la mesa y se arrastró sobre ella, luego envolvió sus muslos alrededor de él, presionando su suavidad contra él. Ty estaba abrumado, y eso fue antes de que ella moviera las caderas, exigiendo aún más.

Él se dio la vuelta y la levantó hasta la mesa. Sus archivos se dispersaron y a él no le importó. Shannyn deslizó sus brazos alrededor de su cuello y lo acercó más, esas piernas se cerraron alrededor de las caderas de Ty. Ella llevaba leggings y él ahuecó su trasero con una mano, dejando que sus dedos se deslizaran entre sus piernas para acariciarla. Ella gimió, luego lo mordió con los dientes, como si quisiera hacerlo rápido. Él podía oler su perfume y el calor de su piel, y Shannyn lo colocó a él encima de sí misma, retorciéndose bajo su peso de una manera que casi lo hizo perder la cabeza. Solo estaba Shannyn, su toque y su beso, la dulce curva de ella debajo de él, el deseo en su invitación y su propia necesidad de poseerla...

El teléfono sonó en la recepción y Ty de repente recordó dónde estaban. Él levantó la cabeza con desgana, pero no la soltó. Shannyn parecía menos compuesta de lo que estaba, sus labios suaves y un poco hinchados, sus mejillas enrojecidas. Había un brillo en sus ojos que tampoco había estado allí antes, y a Ty le gustó su contribución al cambio.

"Aquí no", murmuró él y ella sonrió, su mirada se dirigió rápidamente a la puerta.

"Podríamos cerrar la puerta con llave", sugirió ella. El brillo maligno en sus ojos hizo que su corazón diera un vuelco.

Él nunca lo había hecho en la oficina. Él estaba a favor de los planes y el escenario adecuado, pero había algo caliente en su necesidad.

"Quiero demorarme en eso." Él tocó su oído con los labios y murmuró contra su piel. "Quiero hacerte gritar."

Shannyn se estremeció un poco, le rozó la mandíbula con los labios y luego le sonrió. "¿Hay habitaciones privadas en este club?" Ella levantó la yema de un dedo para tocar la boca de Ty de nuevo, su toque lo hizo temblar. La forma en que ella observaba el progreso de la yema de su dedo, su propia lengua deslizándose sobre sus labios, lo hicieron palpitar. "¿Quizás para un buen masaje privado?"

"Puedo hacerlo mejor que eso", dijo Ty. "Vivo en el último piso."

"No."

"El plan es convertir los pisos sobre el club en condominios, pero estamos esperando los permisos."

Ella sonrió un poco. "Pero ya has reclamado el último piso."

"Sólo una parte del piso. Trabajo mucho y es conveniente."

"¿Es una opción práctica?" Ella sonrió como si se burlara de él. "¿O es porque te gusta ser el ángel de la guarda del club, mirando desde arriba?" Ella lo sorprendió con la precisión de su suposición. "Apuesto a que te gustaría estar a cargo."

"Creo que vale la pena defender algunas cosas. ¿Es eso un problema?"

Shannyn se soltó de su abrazo y saltó del escritorio con la ligereza de un bailarín. Se pasó una mano por el pelo y se inclinó para recoger su bolso. ¿Era una coincidencia que el movimiento significara que él no podía ver sus ojos? Ty tuvo la sensación de que ella le estaba ocultando algo.

¿Qué le había pasado en los últimos doce años? Él estaba sorprendido de lo mucho que quería saber.

"Por supuesto que no." Su tono volvió a ser serio y Ty sintió que había más en esa historia.

Él no quería que sus barreras volvieran a su lugar.

Él habló rápidamente, tratando de recuperar el estado de ánimo con una confesión. "Lo que más me gusta de vivir aquí es poder bajar en medio de la noche y nadar, cuando el club está cerrado."

"Nadando en la oscuridad."

"No exactamente. Hay luces de seguridad. Pero me gusta tener el lugar para mí solo."

"El rey del castillo", bromeó ella. "Maestro de todo lo que ve."

"Eso suena bien, ¿no?"

Ella se rió a carcajadas, como sorprendida. "Quizás no estaba tan equivocada."

"Tal vez", admitió él, preguntándose qué pasaría después.

Dependía de ella.

A pesar de que él estaba furioso por terminar lo que habían comenzado.

"¿Cambiaste de opinión?" preguntó ella, su tono provocativo.

"De ninguna manera." Él decidió dejar todo desparramado sobre el escritorio y cerrar la puerta con llave en lugar de limpiar. Cuando miró hacia arriba, Shannyn estaba esperando junto a la puerta, tan serena como si ese beso no hubiera sucedido. Él abrió la puerta y ella habló.

"Gracias por ofrecerme un recorrido", dijo ella, su voz lo suficientemente fuerte como para llevarla a la recepción. "Pero no tenía la intención interferir con tu propio trabajo."

¿Shannyn estaba cambiando de opinión? Él esperaba que no. ¿O era que no quería que todos supieran adónde iban o qué iban a hacer? Eso estaba en desacuerdo con la sugerencia de hacerlo sobre el escritorio.

Ella era de las que lo mantenían adivinando, eso era seguro.

"Es viernes por la noche. Me espera un descanso ", dijo Ty, siguiendo el juego y esperando. Él cerró la puerta detrás de ellos. "Podemos empezar en el octavo piso, si quieres, y seguir bajando. Allí hay salas de meditación y algunas aulas más pequeñas, pero la vista de la ciudad debería ser buena en este momento."

Shannyn asintió mientras salían juntos de las oficinas. "La luz también puede ser buena." Ella le lanzó una sonrisa traviesa y bajó la voz a un ronroneo gutural que solo él podía oír. "Y me gusta comenzar en la parte superior, luego ir bajando."

Las palabras de Shannyn hicieron que su corazón se detuviera y luego se acelerara.

No estaba en Ty dar el golpe oficial, no cuando no estaba seguro del plan de ella, no cuando quería que ella eligiera ir con él. Caminaron en silencio hasta el ascensor. Una vez que las puertas se cerraron, él empujó su llave en el panel de control y mantuvo su dedo sobre el botón del piso superior. Él le echó una mirada a Shannyn y ella no dudó: cerró la mano sobre la de él y apretó el dedo contra el botón. Las puertas se cerraron y el ascensor empezó a ascender. "Pensé que habías cambiado de opinión."

"Simplemente no quería arruinar tu tapadera en la oficina", dijo ella, apoyándolo contra la pared y dándole otro beso abrasador. "Ha pasado un tiempo desde que grité", susurró ella y Ty sonrió. "Estoy deseando que pase."

"Lo tomaré como un desafío."

"Por favor, hazlo."

Su beso fue con la boca abierta y feroz, lo suficientemente frenético como para hacer hervir su sangre. Las manos de ella estaban debajo de la chaqueta de su traje, vagando sobre él como si fuera su posesión, y a Ty eso le gustó mucho. Él la atrapó por debajo del trasero y ella volvió a rodearle la cintura con las piernas, sus manos se cerraron alrededor de su cabeza mientras él la besaba con calor. Ella no titubeó ni retrocedió, solo se frotó contra él, deseando más y más. Él se giró y la hizo retroceder hasta la esquina, amando como ella cómo se mecía contra él.

Cuando se abrieron las puertas del ascensor, Ty la dejó caer al suelo, luego la tomó de la mano y caminó por el pasillo hasta su apartamento. A él le gustó el sonido de sus botas mientras ella corría detrás de él, el peso de su mano en la de él, el brillo de anticipación en sus ojos cuando él puso la llave en la cerradura. Él no pudo abrir la puerta lo suficientemente rápido y ni siquiera se molestó en encender las luces. Él cerró la puerta detrás de ellos, giró el pestillo y luego Shannyn se lanzó de nuevo hacia él. Ella ya se había quitado el abrigo y lo había tirado al suelo, aunque dejó su bolso de mensajero con más suavidad. Él la agarró y se tambaleó contra la pared para darle un largo y dulce beso.

Ty la levantó del suelo, haciéndola girar mientras se dirigía al dormitorio. Ella le pasó las manos por el pelo, acercándolo a él para darle otro beso abrasador, y luego volvió a colocar las manos debajo de su chaqueta.

"Bien podrías ser una estatua", susurró ella. "Estás tan duro como una roca."

"Viene con el territorio."

Su mano se deslizó por el frente de él y le dio una mirada brillante cuando descubrió qué más estaba duro.

"O la compañía", logró él decir antes de que ella abriera su bragueta y lo acariciara con más valentía. Ty tuvo que cerrar los ojos contra una ola de deseo que lo dejó mareado. Shannyn empujó su chaqueta sobre sus hombros con una impaciencia que él compartía y él enmarcó su rostro entre sus manos, besándola de nuevo.

El olor del calor de su cuerpo lo estaba volviendo tan salvaje como su toque. A él le encantaba que ella no fuera tímida. Su impaciencia era igual a la de él e hizo que Ty quisiera sentir su piel desnuda contra la suya lo antes posible. Él se quitó la chaqueta y la arrojó sobre el sofá, y Shannyn tiró de su corbata. Por una vez, a Ty no le importaba colgar nada o doblarlo; estaba levantando el dobladillo del enorme suéter negro de Shannyn y contuvo el aliento con el primer toque de su suave piel bajo sus manos.

Ella rompió el beso y se giró para quitarse las botas. Ty se quitó los zapatos y los calcetines, luego la tomó en sus brazos y se dirigió al dormitorio con determinación. Ella se apresuró, riendo, luego cayeron a la cama juntos en una maraña de piernas. Ty le sacó el suéter por la cabeza y ella desabrochó los botones de su camisa con la velocidad del rayo. Ella le quitó la camisa, la arrojó al otro lado de la habitación y luego tomó su cinturón. Ty ni siquiera sabía dónde habían caído sus gemelos. Él los encontraría más tarde.

Shannyn se quitó las medias y le lanzó una mirada cuando se quedó con el sujetador y las bragas. Ella era delgada y hermosa, y su lencería era práctica. "Obviamente, no planeé esta seducción", susurró ella, pero Ty negó con la cabeza.

"El algodón blanco está muy bien", dijo Ty, revelando que él también era un fanático de lo básico. "Es lo que hay dentro lo que cuenta." Ella contuvo el aliento cuando él se quitó la camiseta. Incluso sus calzoncillos, se apoyó sobre ella, tocando detrás de su espalda para desabrochar su sostén.

Ella contuvo el aliento y lo miró, aparentemente insegura.

Ty no podía ver por qué. Ella era hermosa. Suavemente curvada, sus pezones oscuros y llenos de perlas, su piel tan clara y delicada como él esperaba. Él pasó la yema del dedo por su clavícula y el hueco de su garganta. Era un espectáculo que él encontró exquisitamente femenino, y se inclinó para tocar sus labios con admiración. "Hermosa", respiró él, sintiendo sinceramente cada sílaba, y ella sintió que su corazón se saltaba un latido.

Pero ella estaba un poco tensa y eso cambiaba todo. El tatuaje que él había vislumbrado cubría el brazo izquierdo de Shannyn desde la muñeca hasta el hombro, pero a él no le importaba su tinta, no ahora. Él la acostó en la cama, siguiéndola hasta que estuvieron piel con piel. Sus miradas se cruzaron de nuevo y sus labios se abrieron ante el peso de él, luego arqueó la espalda ligeramente y sonrió. Ella parecía estar preparándose para lo que vendría después y ya no lo estaba disfrutando.

Solo la luz ambiental de la ciudad iluminaba la habitación, pero era más que suficiente. El cabello de Shannyn estaba despeinado, pero había cierta cautela en sus ojos. Que ella dudara incluso un poco en ese momento hizo que Ty quisiera saber más sobre el tipo que le había roto el corazón.

Le hacía querer arreglar su incertidumbre.

Para eliminarla.

Ty se inclinó y tomó su pezón con la boca, deslizando la punta de su lengua por él como si tuvieran todo el tiempo del mundo. Shannyn contuvo el aliento, pero él insistió, persuadiendo ese pico para que se endureciera. Cuando él lo tocó con los dientes suavemente, ella se derritió, dando un pequeño suspiro mientras arqueaba la espalda. Ella lo agarró por los hombros, sus uñas se clavaron ligeramente en su piel mientras ella se rendía a su caricia. Ty la sintió temblar, pero se tomó su tiempo, prodigando ese pezón con atención.

"Date prisa", susurró ella.

"Eso no va a pasar", murmuró él contra su piel. Él pasó la lengua por ese pezón para que ella jadeara. "Las mejores cosas están destinadas a ser saboreadas."

Ella pasó las manos por sus hombros y por su pecho, tocando sus pezones.

"Todavía no", dijo él, tomando su pezón con la boca lentamente de nuevo.

"Pero..."

"Solo disfruta."

Ella exhaló y hubo humor en sus siguientes palabras. "Estás decidido a hacerme gritar."

"Lo he tomado como un desafío personal", murmuró él mientras levantaba la cabeza. Sus ojos brillaban un poco más y ella estaba sonriendo. Progreso. Él se inclinó para tomar el otro pezón en su boca, capturando el primero entre su dedo índice y pulgar. Ella gimió, echó la cabeza hacia atrás y deslizó las manos hacia los hombros de Ty.

"Eres malvado", susurró ella, con un maravilloso jadeo en la voz.

"Soy minucioso", respondió él, luego se concentró en ese pezón. "La atención al detalle es el mejor plan que conozco para el éxito." Él no sabía cuánto iba a durar, pero iba a hacer todo lo posible para enviar a Shannyn a la luna.

Lo consideraba clave para mantener su trato.

SHANNYN ESTABA segura de que sería rápido y feroz. Ella había pensado que la tomarían a toda prisa y luego la soltarían para que siguiera su camino. Ella sabía que lo habría disfrutado de todos modos. A veces, lo rápido era bueno. A veces, la falta de conversación era buena. A veces era suficiente que el hombre fuera sexy. Su necesidad por Tyler era urgente. Ella lo habría hecho en el escritorio o incluso en el ascensor, y no solo por vivir el momento.

En parte era culpa de él. La forma en que él besaba, como si ella fuera la última mujer del mundo, como si ella tuviera que sentirse abrumada por el deseo de que él continuara, había sido seductora. Ella nunca había sido cortejada con un beso, no de esa manera; ella había querido a la vez, quedarse en ese beso para siempre y llegar a la parte en la que él estaba dentro de ella lo antes posible. Todo eso era nuevo. Había sido emocionante arrancarse la ropa el uno al otro, compartir esa necesidad de satisfacción inmediata. Había estado crudo y famélico. Apasionado. Caliente.

Y luego se detuvo.

No, Tyler había ralentizado su seducción más allá de cualquier expectativa. Él se estaba tomando una eternidad con sus pezones, asegurándose de que estuvieran apretados y duros, y que ella estuviera más húmeda que nunca. Él estaba concentrado en su tarea, provocándola y atormentándola, haciéndola esperar. Ella tenía la sensación de que él podría tardar horas en juegos previos.

Su control era impresionante y un poco abrumador.

Además de inesperado.

Shannyn había esperado que su placer fuera incidental, no cultivado. Pero no había funcionado de esa manera en absoluto.

Tal vez él no era el idiota que ella le había acusado de ser.

Pero luego, ella lo había sospechado todo el tiempo.

Solo disfruta. El gruñido de una orden le había provocado escalofríos. Ella había sentido las palabras tanto como las había escuchado, pero había sido imposible discutir con él. Shannyn no recordaba la última vez que había hecho eso. Ella no recordaba la última vez que alguien había estado decidido a darle placer. Pero Tyler no aceptaba un no por respuesta. Sus poderosas manos recorrieron su cuerpo y el calor de admiración en su expresión fue suficiente para hacer que el corazón de Shannyn se detuviera.

O se acelerara. Ella estaba más que preparada para él, pero él no iba a darse prisa. Ella gritaría si él deslizaba el borde de sus dientes sobre su pezón de nuevo, entonces él lo hizo y ella se las arregló para contenerse.

"Te gusta", susurró él, su aliento abanicando su piel.

"¿A quién no?" se las arregló para responder ella. Una vez más, ella trató de tocar sus pezones y dar lo mejor que podía, pero Tyler se deslizó a lo largo de ella. Él se movió con deliberación, sus manos acariciando sus pechos mientras su boca se movía hacia su ombligo. Él dejó un rastro de besos sobre su piel, un camino ardiente de sensaciones que derritió sus huesos. Shannyn pensó a medias que moriría de placer antes de que él terminara y no podía pensar en una mejor manera de morir.

Eso fue antes de que sus manos abrazaran su cintura, lo que la hacía sentir delicada y atesorada. Sus pulgares trazaron círculos sobre sus caderas, luego su boca se deslizó aún más abajo.

Ella moriría si él hiciera eso.

"No tienes que hacerlo", protestó ella.

"Yo quiero hacerlo."

"Ningún hombre realmente quiere", argumentó Shannyn, y sintió que Tyler levantaba la cabeza. Ella miró hacia abajo para encontrarlo mirándola, sus hombros en silueta, sus ojos brillando.

"¿Con qué tipo de perdedores has estado?" murmuró él, pero él no parecía esperar una respuesta. Él estuvo a su lado en un movimiento suave, agarrando su barbilla con su mano, su mirada se clavó en la de ella. "Me encanta", dijo él con tal convicción que ella se quedó sin aliento. "No hay nada más sexy que sentir a una mujer acercarse cada vez más y luego llevarla al límite. Nada." Él asintió levemente y su voz era ronca cuando continuó. "Sentir que esa pequeña perla se vuelve más dura me va a volver loco."

"Pero..."

Su mano pasó sobre ella, sus dedos se deslizaron entre sus muslos. Él la acarició hasta que ella se retorció, pellizcándola solo un poco para que ella jadeara.

"De esta manera está bien", susurró ella.

"De esa manera es mejor", argumentó él. "No me digas que no te gusta."

"No me gusta cuando mi pareja se siente obligada a hacerlo."

"Yo no. Yo quiero."

"Pero..."

Ty besó a Shannyn para que se callara, la caricia de sus dedos la hizo desesperada por más. Ella gimió cuando él deslizó dos dedos dentro de ella, pero él era implacable. Cuando él levantó la cabeza, la respiración de Shannyn se aceleraba y su corazón latía con fuerza. Él la miró intensamente mientras levantaba la mano y se lamía las yemas de sus propios dedos. "Es limpio y dulce, como el néctar de una flor." Su voz bajó más y ella sintió su erección contra su cadera. Ella no podía apartar la mirada de la convicción de la mirada de Ty. Tu néctar. Tu miel." Él sonrió un poco, la peligrosa sonrisa que hizo que su sangre hirviera a fuego lento. "Prometo hacer que valga la pena tu tiempo para complacerme."

"Tú no eres el que está siendo complacido."

"Oh, sí, lo soy."

Shannyn tragó. "¿Es el grito parte de eso?"

"Cuanto más alto y más largo, mejor", gruñó Tyler, luego le besó la comisura de la boca. Él le susurró en su oído. "Y bajar hacia ti es la mejor manera de hacerte gritar."

Shannyn no podía discutir con eso.

Los dedos de Ty se deslizaron entre sus muslos de nuevo, acariciándola mientras le pasaba besos por la boca. Para cuando su boca se cerró sobre la de ella, dulce y lentamente, ella se moría por más. Shannyn le devolvió el beso, reconociendo que su ritmo lento la hacía sentir querida. Su beso era persuasivo y completo, haciéndola preguntarse cómo sería estar con él una vez que él supiera lo que más le gustaba a ella. Él le volaría los sesos, casi con certeza, dado que ella ya no podía resistirse a él.

Él hizo un sonido de satisfacción que fue casi primitivo, luego se movió más abajo de nuevo. Esta vez, Shannyn no protestó. Ella sintió el aliento de Ty en su vientre, sus manos alrededor de su cintura, su lengua en su ombligo. Luego se relajó aún más, su lengua recorriendo su clítoris exactamente de la forma en que él había provocado sus pezones. Si él usaba los dientes, ese suave roce la haría gritar. Shannyn se rindió al placer que él estaba decidido a brindar y abrió las piernas para invitarlo a acercarse.

Por supuesto, Tyler no vaciló.

Shannyn sintió que la marea subía de inmediato y se escuchó a sí misma gemir mientras él la animaba a excitarse más y luego levantó la cabeza. Ella jadeó de indignación y él se rió entre dientes. "Te haré esperar", amenazó él.

"Eres malvado", se las arregló para susurrar ella, escuchando la tensión en su propia voz.

Él solo se rió y comenzó de nuevo. Él la provocaba deliberadamente y ella supo que él la haría trabajar por eso. Él la excitaba, luego retrocedía, la llevaba a fuego lento, luego se detenía, una y otra vez. Shannyn estaba indefensa ante el placer que él estaba decidido a brindar. Todo lo que podía hacer fue agarrar sus hombros y disfrutar del viaje. Le tomó toda una vida, una eternidad exquisita de ardor y anhelo, una convicción naciente de que tal vez no sobreviviría, una necesidad desesperada de dejarlo seguir y seguir.

Justo cuando ella pensó que no podría soportarlo más, él deslizó suavemente sus dientes sobre ella. Su sincronización fue más perfecta de lo que ella hubiera creído posible.

Y Shannyn gritó, pero Tyler no cedió. Él se agarró a ella y siguió provocándola, volviéndola casi loca con una liberación que no paraba. Ella pateó, se enfureció, se agarró a sus hombros y rugió.

Ella se quedó temblando y tratando de recuperar el aliento.

"Punto para ti", logró decir ella.

Tyler se estaba limpiando la boca con la camiseta desechada. "¿Vale la pena la espera?"

"Sabes que sí."

Su sonrisa brilló en las sombras, haciéndolo parecer más joven e imprudente que en su traje. Luego él estuvo a su lado, su mano en su cabello y sus ojos brillando con admiración. "¿De nuevo?" murmuró él, besando su hombro.

"No estoy segura de sobrevivir."

"Podríamos averiguarlo."

"No, quiero montarte ahora."

Él se estiró más allá de ella hasta la mesita de noche, inclinándose sobre ella mientras buscaba un condón en el cajón.

Era un recordatorio. Él hacía eso todo el tiempo. Como en la universidad.

Ella no era especial.

Era una actuación. Una muy buena, pero ella no debería darle un toque romántico.

Era una transacción y ella establecía los términos.

Shannyn le arrancó el paquete de la mano y lo hizo ponerse sobre su espalda, con la intención de devolverle el placer. "Esta vez, tú te recostarás y disfrutarás."

"Apenas puedo esperar."

"Oh, te haré esperar", amenazó ella mientras le ponía el condón. Él estaba duro y era grande, impresionante en todos los sentidos. Ella lo acarició, tocándolo de modo que él se hinchó bajo su toque. "Yo sé un poco acerca de ser malvada yo misma."

"Apuesto a que sí." Había una deliciosa tensión en su voz, y Shannyn se dio cuenta de que estaba deseando romper su control.

"¿Preocupado?"

Sus ojos brillaron y esa sonrisa confiada hizo que su sangre zumbara. "Ni un poco. Estoy a tu merced."

Shannyn se puso a horcajadas sobre él, saboreando el momento, y se sentó sobre él. Las manos de Tyler aterrizaron en sus caderas, rodeándola, abrazándola gentilmente, pero él dejó que ella marcara el ritmo. Ella miró, fascinada, mientras lo tomaba dentro de ella y él apretó los dientes. Él arqueó la cabeza hacia atrás, cerró los ojos y ella vio que el pulso le latía en la garganta.

Pero él dejó que ella estuviera al mando.

Ella iba a hacerlo gritar. Ellos solo estarían juntos esa vez, y ella iba a hacerlo un momento para recordar. Ella se movió lentamente, provocándolo, retrocediendo un poco, luego tomándolo un poco más de él. Ella podría usar su propia estrategia contra él. Ella se sintió como una diosa cuando él gimió y su garganta se movió. Sus dedos se flexionaron y ella pudo ver los tendones de su cuello, pero él volvió a relajar su agarre y dejó que ella lo atormentara de placer. Shannyn rodó sus caderas, lo tomó por completo y Tyler contuvo el aliento, sus ojos se abrieron de golpe. Luego ella se elevó por encima de él, burlándose de él con una mirada. Las manos de Ty agarraron su cintura con más fuerza, pero él no la tiró hacia abajo.

Él la miró, su mirada atenta, su cuerpo tan tenso que se estremecía.

Incluso en las sombras, era magnífico. Ella no había estado bromeando cuando dijo que él era como una escultura. Ella pensó en el David de Miguel Ángel, el varón idealizado, todo fuerza y perfecta proporción. Ella recordó cómo había querido pasar las manos sobre el mármol cuando había visitado Florencia. Shannyn pasó sus manos sobre Tyler, poniendo su mano sobre la sensación de los latidos de su corazón, asombrada de que él la deseara tanto.

Ella recordó a las mujeres que él había elegido en la universidad, lo similares que eran entre sí. Habían sido altas y ágiles, suaves y elegantes.

Generalmente rubias. Las bajos y con curvas como ella nunca lo habían logrado.

Era increíble estar con él ahora, pero Shannyn no se engañaba pensando que alguna vez habría más que eso. Ellos tenían un trato.

Y ella se alegraba de eso.

Ella vio el brillo de sus ojos cuando él la miró, luego esos labios se curvaron en una sonrisa que la advirtió. "¿Qué tal si te hago gritar de nuevo?" preguntó él con una voz sensual.

"Imposible", dijo Shannyn, aunque no estaba segura. "Es demasiado pronto para una segunda vez."

"Nuevo desafío", ronroneó él, deslizando su mano para que sus dedos estuvieran contra su clítoris. Él movió la mano y Shannyn se meció encima de él, recuperando el aliento.

"Eres malvado."

"No, soy agradable. Pregúntale a cualquiera." Luego sus cejas se levantaron y su voz se hizo más profunda. "Excepto a ti, por supuesto."

No sonaba como si eso le molestara especialmente. Shannyn no podía pensar con claridad, no con sus dedos moviéndose como estaban y él dentro de ella.

"Las mejores cosas vienen de a tres." Tyler continuó con un gruñido bajo. Shannyn miró hacia abajo para encontrarlo sonriéndole. Él arqueó una ceja. "¿Tú no?"

Ella se rió, sorprendida. "Tienes confianza. Hasta presumes."

"Me siento persuasivo."

Shannyn podría haber discutido, pero sintió que él la pellizcaba un poco, exactamente de la forma en que le había pellizcado los pezones, y sabía que él también iba a ganar ese desafío.

Y ella no tendría ninguna queja.

TODOS ESTOS AÑOS, él lo había estado haciendo mal.

Ty estaba acomodado detrás de la espalda de Shannyn, completamente despierto mientras ella dormitaba. Él siempre había salido o se había juntado con mujeres a las que él les gustaba o que lo encontraban atractivo, pero ese encuentro con Shannyn había arruinado todas sus convicciones. Él no podía recordar cuándo una primera vez con alguien había sido tan asombrosa, pero ella lo despreciaba.

Él rodó sobre su espalda, incapaz de ni siquiera imaginar lo bueno que podría haber sido si a Shannyn realmente le gustara él. Él quería saber más de lo que nunca antes había querido algo antes.

¿Era porque él se sentía obligado a mejorar su juego?

¿Era porque él quería demostrarle su valor a ella?

¿Era porque él no tenía idea de lo que ella haría a continuación?

Ty se sentó y la estudió en las sombras mientras se preguntaba. Estaba oscureciendo, pero él no quería levantarse y mucho menos encender una luz. Ella estaba de lado de espaldas a él, lo que significaba que él podía ver el tatuaje en la parte posterior de sus hombros. Siete círculos. Él miró más de cerca y se dio cuenta de que eran fases de la luna, con la luna llena en el medio, justo sobre su columna. ¿Por qué? ¿Qué significaba? Él dudaba que ella le dijera, incluso si él se lo preguntaba. Él tenía la impresión de que sus secretos tenían secretos, que no confesaría más de lo que tuviera que hacerlo y que realmente no le importaba lo que él pensara de ella.

Y eso era interesante.

Shannyn incluso había cuestionado si Ty era amable, lo que todos en su vida daban por sentado. Él deseaba poder ser tan indiferente a su opinión como ella parecía serlo a la suya, pero él quería desesperadamente hacerla cambiar de opinión sobre él.

Ella podría mantener sus otras opiniones. Esa era el que quemaba.

Hicieron un trato para un intercambio simple, que ya no se sentía muy simple en absoluto.

Ty tenía que creer que Shannyn no había planeado quedarse dormida en su cama, pero él estaba contento de que lo hubiera hecho. Le daba unos minutos para pensar, para tratar de prepararse para lo que ella pudiera hacer a continuación. Él prefería tener un plan. ¿Qué haría ella cuando se despertara? Él tenía la sensación de que ella saldría disparada y él aún no estaba listo para eso.

¿Por qué no? Tenían un trato. Ty había estado bien con los términos.

Excepto que ahora quería más.

Y eso cambiaba todo.

Shannyn se había convertido en un misterio que él quería resolver.

Y realmente, si iban a hacer que su cita para la boda de Katelyn pareciera aceptable, tenían que saber más el uno del otro. Necesitaban algo de historia, idealmente documentada en sus teléfonos. La despedida de soltera era en una semana y media, y sería mejor que Shannyn estuviera allí.

Ty necesitaba tener un plan sólido para presentarle cuando se despertara. Él estaba bastante seguro de que Shannyn no estaría de acuerdo y de que solo tendría una oportunidad de convencerla. Él tenía que preparar su argumento.

Se apartó de ella y alcanzó el edredón, dándole una última mirada. Ella le pareció delicada de nuevo, y él supo que cualquier barrera defensiva había caído mientras dormía.

Con su cabello tan corto, él podía ver la curva de su nuca. La vista le recordó el día en que ella se sentó delante de él en clase. Su cabello era largo entonces, ondulado, pero lo había recogido en una cola de caballo ese día. Él recordó haber tenido la tentación de tocarla, para descubrir si su piel era tan suave como parecía. Él había sentido como si se le hubiera revelado algo secreto y especial, pero ahora todo el mundo podía ver su cuello en cualquier momento. Él pasó un dedo suavemente por su columna desde la línea del cabello y Shannyn murmuró en sueños, frotándose contra su mano como un gatito. Él sonrió y le tocó el hombro con los labios, pero ella se apartó frunciendo el ceño y sacudiendo la mano.

Quizás más como un gato salvaje.

Definitivamente ella correría tan pronto como se despertara.

Ty necesitaba ese plan antes que ella se despertara.

TRES

Shannyn se despertó con una rara sensación de bienestar. A ella no le sorprendió que un trío de orgasmos pudiera mejorar su estado de ánimo, pero le sorprendió cuánto había mejorado. Ella había estado trabajando demasiado, estaba demasiado estresada por el dinero y necesitaba darse placer con más frecuencia.

Especialmente así.

Ella se apoyó en los codos para inspeccionar la ciudad que prácticamente se extendía a sus pies y luego la habitación. No había señales de Tyler ni ningún sonido de su presencia. ¿Se había ido? Shannyn lo dudaba. La puerta por la que habían entrado estaba cerrada, con una línea de luz debajo de ella, y supuso que él estaba al otro lado, en la sala principal del apartamento.

El dormitorio era más grande que su propia sala de estar, lo que Shannyn sabía que se reflejaría en el costo de un apartamento en el centro de la ciudad como ese. Ella estaba metida en una cama tamaño king con un colchón firme, sábanas suaves y almohadas mullidas. Había una alta cabecera acolchada tapizada en cuero con tachuelas de latón alrededor del perímetro y la cama era realmente sólida. El edredón era ligero y cálido, y la funda era tan blanca como la nieve fresca. La cama no se acercaba a llenar el espacio ni siquiera a dominarlo, eso se había dejado a la vista gloriosa, y había mesitas de noche a ambos lados de la cama, con lámparas. La más alejada de la puerta de la sala de estar estaba llena de libros, aunque en las sombras Shannyn no podía leer los títulos.

El apartamento de Tyler podría haber sido un hotel.

Uno que ella nunca podría pagar.

La pared entre la puerta del espacio principal del apartamento y las ventanas estaba oscura, y Shannyn se dio cuenta por el destello de luz en el piso que tenía una chimenea de gas. Probablemente tenía a ambos lados, por lo que también podría haber un fuego en la sala de estar. Había una alfombra peluda de piel de oveja frente a la chimenea y un gran sillón de cuero con una lámpara en un rincón junto a la ventana.

Las ventanas estaban en la pared opuesta a la cabecera y ofrecían una vista épica de la ciudad, brillando por la noche. A esa altura, los sonidos del tráfico eran distantes pero audibles. Shannyn estudió las siluetas de los edificios iluminados y supuso que la vista era hacia el sur, hacia Staten Island y su propio apartamento en Brooklyn. Ella saludó con la mano a su gato, Fitzwilliam, sabiendo que él estaría paseando por el vestíbulo, impaciente por ser alimentado.

Ella debería llegar a casa.

Shannyn respiró hondo y se estiró, sabiendo que no era el alto número de hilos de las sábanas lo que la hacía sentir tan bien. Había mucho que decir a favor de un hombre que tomaba el placer de su pareja como un desafío personal.

Lo cual no había sido el menor de los factores sorpresa.

Pero no era necesariamente agradable. Tyler estaba tratando de hacerla cambiar de opinión sobre él y sus motivos. Él tenía un juego final. Shannyn sospechaba que se suponía que ella debía querer más, ella quería, o que debía convertirse en una de las fanáticas de Tyler, ella no lo sería, y se negaba a seguir ese guión. Si nada más, Shannyn cambiaría las expectativas de Tyler.

Ella no se iba a preocupar por destrozar la confianza de Tyler.

No, ella tenía que cuidarse sola. Su determinación era lo que hacía que Tyler fuera peligroso para sus propias defensas. Sería fácil relajarse y deslizarse hacia lo que él hubiera planeado a continuación. Él la había tocado en todos los lugares correctos, porque él quería. Shannyn se recordó a sí misma que él estaba buscando encantarla. No cabía duda de que él era un hombre acostumbrado a conseguir lo que quería.

Tal vez era una cuestión de orgullo que él estuviera tan decidido a cambiar su punto de vista. Ella no había esperado que él progresara tan fácilmente, pero él no tenía que saber que si seguía así, la tendría de su lado y conocería todos sus secretos a toda prisa.

Shannyn nunca volvería a ser tan vulnerable.

Ella sabía que una vez que Tyler hubiera ganado, él seguiría adelante.

Estar rodeada de lujo como en una imagen perfecta hizo que Shannyn se diera cuenta de que ella tendría que acertar en su vestido para la boda de la hermana de Ty. Ella le pediría consejo a su mamá, una vez que supiera cuándo y dónde sería. Su madre, que había estado confeccionando vestidos de novia exclusivos durante más tiempo de lo que Shannyn había estado viva, podía extraer los detalles más asombrosos solo con la dirección o el nombre de la iglesia.

Estaba más oscuro de lo que había estado y Shannyn miró su reloj, sin sorprenderse de que fueran más de las siete. Su estómago gruñó, recordándole que se había saltado el almuerzo. A Fitzwilliam no le haría ninguna gracia y comprender eso fue lo que la impulsó a levantarse.

Había una segunda puerta en la pared junto a la cabecera. Estaba entreabierta, emitiendo un rayo de luz. El baño era obviamente ahí. Shannyn se dio cuenta de que ya no había ropa tirada en el suelo, y su sujetador y bragas estaban en la mesita de noche más cercana a la puerta entreabierta.

Entonces, Tyler era ordenado. Mmm.

No era de extrañar que fuera un baño realmente grande, con baldosas de mármol, con una luz de noche encendida en un enchufe sobre el largo lavamanos. Absolutamente cinco estrellas. Una puerta entre el baño de mármol y el dormitorio conducía a un vestidor, que estaría detrás de la pared de la cabecera de la cama. Shannyn echó un vistazo. Magníficos trajes estaban colgados a la perfección, la tela de tan alta calidad que ella quería acariciarlos todos. Sus zapatos estaban alineados y lustrados, con los calzadores en ellos. Había una línea de camisas de vestir y una colección de corbatas cuidadosamente colgadas. No había ropa de mujer, por lo que el elegantemente vestido Tyler, vivía solo.

No es que a Shannyn le importara. Nuh uh. Ella solo estaba haciendo el recorrido de cómo vivía la otra mitad mientras tenía la oportunidad.

Ella había vivido en apartamentos más pequeños que el tamaño de ese armario y de ese baño.

Gotas de agua brillaban en las paredes de vidrio de la ducha y el aire estaba un poco húmedo, insinuando que Tyler lo había usado primero. Shannyn cerró los ojos y respiró hondo. Ella no extrañaba a su ex, pero extrañaba algunos de los placeres de vivir con un hombre. Le gustaba despertarse con el calor sólido de un hombre contra su espalda y poder pasar el pie por una pierna musculosa; bueno, en realidad, le gustaba el sexo por la mañana. Le gustaba el olor del baño después de que un hombre se había duchado, la humedad y el aroma de la colonia. Sin embargo, Cole nunca había usado una tan buena. Shannyn comprobó la marca de Tyler, pensando que podría comprar una botella y rociarla en esas mañanas solitarias. Después de todo, había comprado una cuchilla de afeitar como la de Cole, porque la de él había sido mejor y él se la había llevado.

El resto de la ropa de Shannyn estaba doblada en el extremo del mostrador, no de manera perfecta pero ordenada, mejor de lo que hubiera hecho su hermano, y su bolso de mensajero estaba en el suelo debajo. Había otra puerta al lado de la ducha, una cerrada, que debía conducir desde el baño hasta la sala de estar.

Tyler no solo había ordenado, sino que había anticipado que ella querría sus cosas.

¿Era eso porque él era considerado o porque a ella le estaban dando prisas para que se fuera?

Había un cepillo de dientes nuevo, todavía en el paquete, junto al lavamanos, así como una toalla y un paño facial, obviamente destinados a ella. Su propia cuchilla de afeitar estaba mojada, lo que indicaba que él se había afeitado de nuevo, un indicio de que tenía más planes para la noche.

Probablemente no con ella.

No había razón para estar decepcionada: ella conocía el trato.

No había artículos de tocador de mujer en el lavamanos y Shannyn se preguntó si él había dejado afuera la toalla para que ella no siguiera buscando.

Esa estrategia no iba a funcionar. Shannyn miró en los cajones y debajo del lavamanos. Todo ordenado. Nada de cosas de mujeres. Sin alijo de cepillos de dientes nuevos.

Quizás él acababa de salir de una relación más larga. Había espacio en el armario.

También había una gran bata mullida con las toallas en el perchero sobre el inodoro, una que ella no podía imaginar que Tyler usara. El logo de una cadena de hoteles estaba bordado en ella y todavía tenía una cinta de raso azul alrededor, como si hubiera sido un regalo. Ella sabía que si se ponía eso, indicaría que ella tenía la intención de quedarse. El hecho de que estuviera en el estante y no en el lavamanos la hizo concluir que no estaba invitada a usarla.

La vida romántica de Tyler no era problema ni asunto de Shannyn. Una aparición en una boda y terminaban, para siempre. De hecho, probablemente le estaba estorbando una cita en algún lugar. El hecho de que ella no tuviera sexo deportivo a menudo no hacía que sus elecciones fueran la norma de él.

Ella se dio una ducha rápida y se vistió, luego llevó su bolso a la sala de estar. Ella tenía la intención de tomar su abrigo e irse de inmediato, pero la curiosidad la hizo mirar. El apartamento tenía una construcción abierta, con una isla que separaba la cocina de la sala de estar. Por supuesto, la cocina tenía encimeras de granito y relucientes electrodomésticos de acero inoxidable. No parecía que nadie la usara.

Tyler vestía un traje diferente, uno gris carbón, apoyado contra el mostrador mientras revisaba su teléfono. Él le lanzó una mirada y sonrió, enderezándose como si la hubiera estado esperando.

Por supuesto que la había estado esperando. No la iba a dejar sola en su apartamento.

"Siento haberme quedado dormida", dijo Shannyn. "No era mi intención retrasarte."

"No lo hiciste", dijo él con facilidad, pero eso no podía ser cierto.

Al igual que su dormitorio, la decoración era sobria y funcional. Había un sofá de cuero negro, una mesa de café y un televisor montado en la pared sobre la chimenea. Una estantería larga y baja estaba llena de libros, hasta el punto de que algunos estaban apilados de lado en la parte superior. En opinión de Shannyn, era el único signo de vida. La vista era maravillosa.

Una vez más, le sorprendió su parecido con un hotel.

Su apartamento era exactamente lo opuesto a la colorida, caótica y peculiar casa victoriana que Shannyn llamaba hogar, y ella decidió tomar las diferencias como prueba de que ella y Tyler tampoco tenían casi nada en común.

Ella señaló su apartamento con una mano. "Es una verdad universalmente reconocida que un hombre en posesión de una gran fortuna debe necesitar una esposa", dijo ella, citando a Austen.

Él levantó las cejas. "Esa sería la lógica de mi mamá."

A ella le gustó que él reconociera la cita. "Entonces, algunas cosas no han cambiado en doscientos años."

"Yo no diría que estoy en posesión de una gran fortuna."

"Tampoco vas a pasar hambre."

Tyler no objetó eso. "Hablando de eso, ¿quieres cenar?"

Él la había estado esperando. A pesar de sí misma, Shannyn sintió un pequeño brillo de placer. Era obvio cuál tenía que ser la respuesta correcta, e igualmente obvio que ella tenía que declinar. El acuerdo se dirigía directamente a la pendiente resbaladiza que ella estaba decidida a evitar.

"No, estoy bien, gracias." Mintió Shannyn y recogió su abrigo, dándose cuenta de que no había hecho una pregunta importante. "Solo para confirmar: ¿necesitas una cita falsa porque no estás saliendo con nadie o porque no quieres llevar a la persona que estás viendo a conocer a tu familia?"

Tyler pareció sorprendido. "Porque no estoy saliendo con nadie."

Shannyn debería haber preguntado eso antes, pero estaba... distraída. "¿Por qué no?" preguntó ella antes de que él pudiera hacerle una pregunta.

"No tengo tiempo para una relación."

"¿Por qué no?"

Sus ojos se entrecerraron levemente pero él le respondió. "Porque todavía tengo un trabajo diurno, así como mi sociedad en el club. No tengo mucho tiempo libre."

Shannyn no pudo ocultar su sorpresa. "¿Tú tienes también un trabajo diurno?"

Él asintió. "Soy asesor financiero en Fleming Financial."

"¿Por qué?" preguntó ella, genuinamente curiosa. "Debes estar financieramente seguro."

Tyler dejó su teléfono y la miró fijamente. Shannyn supuso que se suponía que ella debía dar marcha atrás, así que no lo hizo. "Porque es arriesgado iniciar un negocio. Cuatro de los socios dependen económicamente del éxito del club. Pensé que sería mejor si no hubiera un quinto."

"Pero tiene que estar establecido ahora."

"Siempre hay planes de expansión y cambio." Eso le sonó evasivo a Shannyn.

"Pero tú eres el tipo del dinero. ¿No puedes hacer que eso funcione?" Ella no lo quiso decir como un desaire contra sus habilidades, pero vio que él lo tomó de esa manera.

"Me gusta mi trabajo. Me gusta mi vida." Había un hilo de acero en su tono. "No estoy listo para tener una relación seria, así que no tengo una. ¿Se acabó la Inquisición?

Shannyn sabía que debería haberlo dejado pasar y salir por la puerta, pero era demasiado satisfactorio provocarlo. "No", dijo ella y sus ojos se entrecerraron levemente. Ella se encogió de hombros y se puso el abrigo como si no se hubiera dado cuenta, pero su corazón dio un vuelco. "Tú también solías estudiar todo el tiempo. ¿Qué ha cambiado en doce años? "

"Tú has cambiado", respondió él. "Nunca hubiera esperado que la mujer que me sermoneó me sugiriera un trato como este. ¿Por qué el cambio?

Shannyn habló rápidamente, no quería que él siguiera esa línea de razonamiento. "Te dije que quería saber lo que me estaba perdiendo."

"Lo dudo." Tyler la estaba mirando de cerca y su intensidad la hizo hervir a fuego lento. ¿Qué tenía su mirada fija que la conmovía tanto?

Él estaba escuchando. Eso era otra cosa que ella no esperaba.

"La vida pasó", dijo ella, manteniendo su tono ligero. "Desde esa desafortunada noche, me he dado cuenta de que no eres tan especial." Ella se encogió de hombros, esperando que su elección de palabras lo molestara y acabara con su curiosidad. Sería mucho más fácil mantener el trato en los términos acordados si Tyler no estuviera tratando de encantarla.

"¿Cómo es eso?"

"La mayoría de los hombres son idiotas. La mayoría de las personas son idiotas. No es un rasgo tan distintivo como alguna vez pensé."

Su mirada se endureció, justo en el momento justo. "Muchas gracias."

Shannyn debería haber dejado de hablar, pero parecía que no podía. La atención de Tyler la obligó a abrir la boca y confesar más. Evidentemente era su super poder. "Y cuando llegué a esta conclusión, mi amiga Kirsten, que es una de las pocas almas bondadosas del mundo, insistió en que yo definiera mis términos. Ella es profesora de matemáticas. A ella le gusta que todo sea preciso."

"¿Y?"

"Y me di cuenta de que cuando pensaba que alguien era un idiota, esa persona en realidad era egoísta."

"Así que todo el mundo es un idiota."

"Bastante." Ella cogió su bolso, sintiéndose desaliñada por haberle dicho tanto, y trató de tener la última palabra. "Sin embargo, no todos son engreídos. Eso es un poco especial."

La boca de Tyler se apretó en esa línea, la que la tentaba a pasar la punta del dedo por sus labios. Shannyn se mantuvo firme con esfuerzo. "¿Qué hay de malo en ir a cenar?"

"Está fuera de los términos de nuestro trato. Y necesito llegar a casa." Ella se dio la vuelta y se dirigió a la puerta, luchando contra su impulso de abalanzarse sobre él y hacer otra ronda.

"¿Entonces mañana?"

Shannyn se giró para mirarlo, de nuevo con una mano en la cadera. La sorpresa parpadeó en su expresión, una señal de que la gente no lo desafiaba a menudo. Ella estaba dispuesta a cambiar esas estadísticas. "¿Por qué quieres ir a cenar?"

"Pensé que sería amable..."

"¿Amable? No, tienes un plan", dijo ella, interrumpiéndolo. Eso también lo sorprendió. "Tienes una agenda. Y tener una agenda es una condición mutuamente excluyente para ser amable. Ser amable significa hacer cosas por las personas sin ninguna esperanza de beneficio."

"Espera un minuto..." Tyler rodeó el extremo del mostrador, listo para discutir.

Shannyn levantó un dedo y se detuvo en seco. "¿Por qué exactamente me estás pidiendo que vaya a cenar?"

"Porque es posible que tengas hambre."

Su estómago retumbó y sus ojos se iluminaron, pero Shannyn negó con la cabeza. "Esa no es la verdadera razón."

"Está bien, yo tengo hambre." Él sonrió, pero su mirada no se suavizó.

"Más cerca."

Tyler cruzó los brazos sobre el pecho, lo que lo hacía lucir formidable. No había duda de que Shannyn tenía toda su atención y ella no podía fingir, ni siquiera para sí misma, que no le gustaba. Este hombre podría llegar a ella, y lo haría, si ella lo dejaba.

Y luego la tiraría y la dejaría con el corazón roto.

Estuvo allí, hizo eso.

"Pensé que podríamos conocernos mejor, para que sea más aceptable que estemos saliendo", dijo él con determinación.

"¡Ajá! Entonces, estás agregando una condición a nuestro acuerdo, pero tratando de deslizarla bajo la cubierta de una necesidad biológica." Ella le hizo un gesto de regaño con el dedo, adivinando que le molestaría que lo acusaran de algo deshonesto. "Eso es engañoso, no amable."

Sus ojos brillaron. "No soy engañoso."

"Y yo no estoy interesada en ir a cenar, gracias."

Tyler no pudo disimular por completo que estaba molesto con ella. "¿Cómo va a funcionar exactamente este trato entonces?"

"Me dirás la fecha, el lugar y la hora de la boda. Nos vemos allí."

"No, eso no va a funcionar." Él dio los últimos dos pasos entre ellos y la miró como si pudiera hacerla cambiar de opinión por la fuerza de su voluntad.

Shannyn sostuvo su mirada incluso cuando su corazón dio un salto mortal.

Maldita sea, él era sexy. Ella no había contado con que él fuera más sexy cuando estaba molesto. Era su autocontrol lo que cambiaba las reglas del juego. Él estaba furioso y ella lo sabía, pero mostraba tal moderación que ella quiso empujarlo al límite.

Ella quería saber qué hacía falta para que él perdiera el control por completo.

Ella quería dar un vistazo al corazón del volcán cuando él perdiera el control.

No, ella quería estar desnuda con él cuando lo hiciera. Sería entonces cuando fuera duro y rápido, una señal segura de que él se había rendido a la tentación, y sería asombroso. Ella se lamió los labios sin querer, y la mirada de Tyler se posó hambriento en su boca. Ella lo vio recuperar el aliento. ¿Era posible que estén pensando lo mismo?

"Nosotros. Necesitamos. Estudiar." Él mordió las palabras con precisión.

Ella se acercó más para que estuvieran cara a cara y lo miró. "Nosotros. No. Lo. Necesitamos"

Sus ojos brillaron de nuevo. "Esto solo será creíble si conocemos los detalles el uno del otro." Él lo puntualizo con una mirada ardiente. "Muchos detalles. Necesito tu número de teléfono y debería haber una linda foto tuya en mi teléfono. Tengo hermanas. Ellas van a buscar."

"No."

"¿Qué quieres decir con no?" demandó Tyler, su voz subiendo levemente. "Necesitamos saber sobre las familias y los trabajos del otro, lo que nos gusta comer y lo que odiamos, las vacaciones de nuestros sueños e historias románticas, y todo lo demás para lograrlo. Mi familia nunca va a creer que yo llevaría a una mujer a la boda de mi hermana como primera cita."

"Lástima que no hayas negociado eso, entonces", respondió Shannyn alegremente y lo vio enfurecerse. "Tenemos un trato. Los términos están acordados." Ella señaló el dormitorio. Eso a cambio de una cita para la boda. Has cumplido, ahora yo lo haré." Ella se llevó el bolso al hombro. Ella agitó las yemas de los dedos hacia él juguetonamente, provocándolo de nuevo. "Envíame un mensaje de texto con los detalles. Nos vemos allí."

Era satisfactorio ver lo bien que funcionó su estratagema. Los ojos de Tyler brillaron y él cuando extendió la mano, Shannyn casi se agachó. "No puedes querer decir eso."

"Por supuesto que sí." Ella recitó su número de teléfono y él rápidamente lo escribió en su teléfono, obviamente convencido de que ella no lo repetiría.

Él tenía razón sobre eso.

"Mi tía está organizando una despedida de soltera una semana a partir del domingo", dijo él y ella le dio puntos por perseverancia. "Sería mejor si vinieras y conocieras a todos."

"¿Mejor para quién?"

"Para nosotros dos." Él la empaló con una mirada intensa. "Para que sea creible."

"La credibilidad no está en el plan."

"¡Shannyn!" Él gruñó su nombre de una manera que la hizo olvidar tres impresionantes orgasmos en rápida sucesión y arder por un cuarto.

Ella no pudo detenerse. Ella golpeó con un dedo en medio de su pecho duro como una roca para enfatizar.

"Estás pensando en lo que tú quieres", dijo ella. Tyler no se movió. Él simplemente la miró con el ceño fruncido como un dios vengativo. Ella quería ponerlo contra la pared y besarlo hasta ponerlo de mejor humor. Arrástralo de regreso al dormitorio hasta que suplicara misericordia.

Oh sí.

Pero no.

"No me importa si tu familia piensa que mi presencia es creible", dijo ella, esperando que él no se diera cuenta de que ella sonaba un poco sin aliento.

"A mí me importa"

"Lástima que no hayas negociado eso, entonces", dijo ella, luego le sonrió. "Tal vez Kyle se equivoque acerca de tus locas habilidades de negociación."

"Shannyn, tenemos un trato..."

"Lo que no incluye la cena o la conversación ni nada sobre cómo hacer que esta cita falsa parezca más real." Ella le dio una palmada en el pecho, luego le arregló la corbata, como si él fuera inofensivo, pero Tyler no dio señales de notarlo. No, sus ojos brillaron un poco más. Él lo había notado. Shannyn se sentía viva de una forma que había olvidado. Ella apartó una mota invisible de pelusa de su solapa perfectamente entallada, sintiendo el calor saliendo de él en oleadas, luego le sonrió. "Si quieres llegar a un nuevo acuerdo, Tyler, entonces tienes que pensar en lo que puedes ofrecer a cambio."

"Podríamos hacerlo de nuevo", dijo él de inmediato.

Fue satisfactorio lo rápido que él había ofrecido esa opción.

Shannyn negó con la cabeza, como si no fuera una perspectiva tan tentadora como en realidad era. Ella conocía sus límites. Acostumbrarse a tener sexo con Tyler solo la dejaría decepcionada.

"Uno y listo", estipuló ella. "Tendrás que pensar en otra cosa."

Él la miró fijamente. Claramente, las mujeres no rechazaban a Tyler McKay.

Shannyn se dirigió hacia la puerta, aprovechándose de su sorpresa. "Te veré, tal vez, cuando venga a tomar las fotos. ¿Crees que todos los socios estarán aquí el sábado? "

"Me aseguraré de eso."

"Gracias, Sr. Arreglado." Ella se detuvo en la puerta. "Conquistaste dos desafíos, pero no el tercero. Oh bien. Diría que mejor suerte la próxima vez, pero no habrá una próxima."

Shannyn no esperaba dejar a Tyler atrás y tenía razón en eso.

Él la siguió con severidad, cerró la puerta de su apartamento y marchó por el pasillo hasta el ascensor detrás de ella. Él apretó el botón con fuerza. "¿Cuál es sobresaliente?"

"Obviamente, no estoy convencida de que seas amable."

Ella consiguió una mirada exasperada por eso. "¿Qué acerca de eso no fue agradable?"

"El hecho de que estás tratando de convencerme para que haga lo que quieres. Ya te dije: ser amable para seguir una agenda no es lo mismo que ser amable por principio."

Tyler maldijo entonces, más profundamente de lo que Shannyn hubiera esperado, luego él habló con los dientes apretados. "Solía pensar que eras dulce, pero en realidad eres la mujer más irritante que he conocido."

"¿Recibo una estrella de oro?"

Él la fulminó con la mirada. "No lo negociaste."

Shannyn se echó a reír, sorprendida, y sus ojos brillaron con una satisfacción que casi, pero no del todo, la hizo olvidarse de molestarlo. "La boda debería ser divertida, entonces. Oye, podríamos tener una pelea y romper en la recepción. Tirar los platos. Armar un escándalo. ¿Sería eso aceptable?

"Mucho", cedió él. "Por la forma en que me siento en este momento, no es solo aceptable, es inevitable." Él la miró con una de esas ardientes miradas mientras esperaban el ascensor. "¿Cómo es que eres mejor que nadie para molestarme?"

"Llámalo un don", Shannyn habló a la ligera, tratando de ocultar cómo estaba hirviendo. Hubo un momento de silencio entre ellos y ella escuchó que el ascensor se acercaba.

La salvación estaba en camino.

Pero la voz de Tyler bajó. "¿Qué se siente cuando tienes relaciones sexuales con alguien a quien no odias?"

Shannyn hizo todo lo posible por ocultar su reacción a ese tono sedoso. Le recordaba al chocolate amargo y la hacía igualmente interesada en darse un gusto excesivo. En cambio, le sonrió a Tyler. "Nunca lo sabrás, ¿verdad?"

Él no parecía preocupado. "Podría tomar eso como un desafío."

"Es otro que perderás."

"¿Lo haré?" Él la observó, sonriendo levemente, y Shannyn fue atrapada por su mirada una vez más.

Ella sabía que debería haberse sentido aliviada cuando el ascensor sonó y las puertas se abrieron.

"No tienes que bajar conmigo", dijo ella rápidamente.

"En realidad, sí tengo que hacerlo. Te conseguiré un pase para el club."

Entraron al ascensor al unísono. Tyler apretó el botón de la planta baja. Apoyó las manos en las caderas y observó la cuenta regresiva de la pantalla, obviamente asegurándose de que había distancia entre ellos. Era igualmente obvio que no le estaba dando más oportunidades de molestarlo.

Él lo había dejado.

Shannyn sabía que debería alegrarse, no decepcionarse. Ella se había apegado a los términos de su trato y había convencido a Tyler de que hiciera lo mismo.

Lo curioso es que ella no se sentía muy triunfante. Era divertido discutir con Tyler, tal vez porque la hacía sentir como si estuviera caminando sobre la cuerda floja, sobre un volcán furioso.

Como si estuviera viviendo peligrosamente.

Y ese era el problema. Shannyn había estado haciendo evitando todo desde el final de su matrimonio y Tyler la había despertado de una sacudida. Ella no iba a decir que el apuesto príncipe la había resucitado de entre los muertos con un beso. Ella no iba a volver por más y arriesgarse a salir lastimada de nuevo.

Y no había forma de que Tyler supiera alguna vez cuánta diferencia había hecho para ella esa noche.

Shannyn simplemente lo aceptaría como el regalo que era y seguiría adelante.

HABÍA PASADO mucho tiempo desde que Ty quería darle una sacudida a cualquier mujer. ¿Quién hubiera imaginado que Shannyn Hawke le haría hervir la sangre? Ella había sido linda. Romántica. Dulce. El sexo había sido increíble, lo que desafió por completo sus ideas preconcebidas sobre ella.

Pero ahora ella lo enfurecía, otra sorpresa.

Peor aún, ella parecía disfrutarlo.

Si Ty no lo hubiera sabido mejor, habría pensado que ella lo estaba provocando deliberadamente, pero eso no tenía ningún sentido. La respuesta más simple era que ella realmente lo odiaba y que ese sexo increíble no había cambiado nada. Solo había sido una necesidad biológica.

Sin embargo, él tenía la sensación de que las respuestas simples no tenían nada que ver con Shannyn.

Quizás no había sido tan sorprendente para ella. Él había intentado asegurarse de eso, pero debió haber fallado. Si hubiera sido tan bueno para ambos, ¿qué humano en su sano juicio no querría más?

Ella podría ser molesta, pero no estaba loca. ¿Entonces por qué? ¿Y por qué no pensaba que él era amable? Todos pensaban que él era amable. Ty nunca antes se había sentido tan perdido con una mujer.

Faltaba una pieza en el rompecabezas que Shannyn y Tyler necesitaba encontrarla.

LO ANTES POSIBLE.

Él la miró, notando que ella parecía ajena a su presencia. Era menuda e impredecible, franca y absolutamente fascinante. Tenía un hermoso cuerpo tonificado, pero nadie lo habría adivinado si no la había visto desnuda. De hecho, un transeúnte casual podría no estar seguro de su género. Cabello corto, sin maquillaje. Ella llevaba ese enorme suéter negro que prácticamente se la tragaba por completo. Sus botas eran sencillas y todo lo que vestía era negro, excepto el anillo plateado en su pulgar izquierdo.

Él se preguntó si ella quería que la pasaran por alto.

Su rostro, sin embargo, borraba cualquier intento de ser ignorado. Ella era hermosa y si hubiera hecho algún esfuerzo por ser femenina, habría detenido el tráfico. Esos ojos azules de espesas pestañas eran fascinantes, sin pensar en la forma en que brillaban cuando ella le hacía pasar un mal rato. Esos labios carnosos, especialmente curvados en una sonrisa malvada, eran materia de fantasías. Ty se encontró reviviendo esos besos lentos y calientes y deseando otro.

El problema era que no tenía idea de lo que podría hacer ella a continuación, pero él realmente quería saberlo y quería estar allí cuando sucediera. Ella tenía toda su atención y, sin embargo, no parecía quererla.

Quizás era una novedad.

Quizás él era un mal negociador, cuando se trataba de Shannyn.

Quizás él había encontrado a su pareja.

No, no, no. Ty no necesitaba ni quería una pareja. Tenían un trato y él debería alegrarse de que ella se apegara a los términos, incluso de que le recordara a él que se apegara a los términos. Era algo bueno. No había posibilidad de que su cita falsa se transformara en algo más. Ella no se involucraría emocionalmente. Ella no haría demandas ni tendría expectativas. Él no iba a recibir una llamada mañana porque ella había olvidado algo accidentalmente en su apartamento y necesitaba desesperadamente venir. Shannyn no jugaría esos juegos. Su trato era lógico y ordenado y funcionaría perfectamente.

Lo extraño era que Ty estaba obteniendo exactamente lo que sabía que quería y no le gustaba en absoluto.

Él debería simplemente recibir otro de esos mensajes de Giselle para sentirse agradecido por la situación. Era un control de la realidad.

En cambio, respiró hondo e hizo su trabajo.

"¿A qué hora quieres venir el sábado a hacer las fotos?" preguntó él. "Puedo hacer arreglos para facilitarlo."

"Suenas tan oficial", dijo Shannyn con una sonrisa juguetona que hizo que él quisiera besarla de nuevo. Sus ojos brillaban y eran tan azules. "¿Vamos a fingir que no tuvimos sexo?"

Ella se estaba burlando de él y, aunque Ty lo sabía, no podía igualar su estado de ánimo.

"Pensé que eso era lo que querías." Él sonaba irritado, lo que lo hacía sentirse enojado. ¿Cuándo había pasado de sentirse increíble a estar tan descontento por última vez?

"No más negociaciones, entonces." asintió Shannyn, frunciendo el ceño ligeramente como si hablara en serio. "Entendido, jefe."

Ty se sorprendió una vez más. ¿Shannyn quería hacer otro trato? Él no podía leer sus pensamientos y eso lo irritaba. "Te enviaré un mensaje de texto sobre la boda", dijo él. "Podrás mandarme un mensaje de texto en respuesta."

"Estupendo." Ella jugueteó con su cámara, aparentemente sin darse cuenta de la frustración de Ty.

Ty notó que ella no había accedido a hacer nada. Se quedaron uno al lado del otro, ambos viendo cómo se iluminaban los números mientras descendía el ascensor. La expresión serena de Shannyn estaba completamente en desacuerdo con el estado de ánimo de Ty.

Él bien podría darle la gira oficial. "Probablemente quieras saber un poco sobre la distribución del club", dijo él. "Los pisos diez al quince están vacíos, y el dieciséis sólo tiene mi apartamento hasta ahora. Estamos esperando los permisos para construir condominios en los pisos intermedios. La construcción del edificio se hace más pequeña en el séptimo piso, por lo que el octavo tiene salas más pequeñas para instrucción privada. El séptimo es para masajes y clases de yoga más pequeñas."

"¿Qué hay del número nueve?" Shannyn siguió mirando a su cámara, que ocultaba su rostro de él.

"Oficinas y bodegas. Probablemente cambiemos las cosas para lograr un diseño más eficiente, pero supongo que cualquier cosa por encima del siete no es de tu interés." Ty no esperó a que ella aceptara. "El quito y el sexto tienen gimnasios y salas de ejercicios. El cuarto piso tiene las salas de pesas, duchas, saunas y vestuarios. Las piscinas están en el tercero, una profunda para nadar, la otra menos profunda y se usa para clases de aeróbicos acuáticos. Hay otros vestuarios allí. El segundo piso es pequeño, porque hay un techo de doble altura sobre el vestíbulo y está prácticamente ocupado por el club de baile. En el nivel del suelo detrás de la pared de piedras, hay un gimnasio con un techo alto que a menudo se usa para jugar al baloncesto."

"Los ascensores deben trabajar mucho."

"Las escaleras son más populares. Después de todo, es un gimnasio."

Las puertas del ascensor se abrieron en el vestíbulo y él le hizo un gesto para que saliera primero.

"Tiendas en el vestíbulo", dijo Ty, indicándolos con un gesto. "Vendemos equipo, ropa, libros y materiales de instrucción, además de mercancía de marca, y tenemos el muro de escalada más grande de Manhattan."

"Con techo de cristal", dijo Shannyn, examinándolo. "E iluminado." Ella tomó algunas fotografías, luego hizo una mueca cuando las miró en el visor. Ella cambió la configuración de su cámara, como si Ty ni siquiera estuviera allí.

"Fue idea de Cassie. Ella lo llama una valla publicitaria viviente para el club." Ty observó a un trío de escaladores en la pared, sus aseguradores les animaban desde abajo. Como de costumbre, había una pequeña multitud de espectadores tanto dentro del vestíbulo como en la calle fuera del club. Shannyn se alejó, tomó más fotografías y él se negó a sentirse menospreciado.

Ella estaba haciendo su trabajo.

Cuando ella volvió hacia él, la llevó a la recepción. Sonia se había ido ya ese día y Raylene estaba en la recepción. Ella rápidamente configuró un pase para Shannyn y le dio el enlace para instalar la aplicación del club en su teléfono.

"No me haré miembro, así que solo tendré que borrarla", protestó Shannyn.

Ty quería rechinar los dientes. Ella ni siquiera podría hacer algo como instalar una aplicación que le haría más fácil encontrar los recursos que ella podría necesitar. La mujer debía vivir para retar las expectativas.

"Tiene los planos del edificio y los horarios de las clases", explicó Raylene. "Y algunas maneras geniales de seguir tu rutina de ejercicios."

"No tienes que borrarla", dijo Ty firmemente. "Es gratis ilimitadamente para todo el mundo. Por supuesto, tú puedes hacer lo que quieras."

Shannyn le dirigió una mirada juguetona a Ty y parecía estar luchando contra una sonrisa. "Y ese es el problema, ¿no es así?" murmuró ella, luego le dio un toque a su teléfono antes de que él pudiera asentir. Eso era cierto. Él nunca había conocido a alguien con menos intención de ir a favor de la corriente. "Abierto a la seis el sábado." Ella le sonrío a Raylene. "Te veo entonces."

"A mí no", dijo Raylene señalando a Ty. "Tal vez a él. Yo solo trabajo las noches, pero estos tipos están aquí todo el tiempo."

Ty acompaño a Shannyn hasta las puertas, queriendo saber que decir para darle la vuelta al asunto.

"Puedo encontrar el camino de salida por mí misma", dijo ella en ese tono burlón.

"Yo estaba siendo amable."

Ella chasqueó los dedos. "Eso fue lo que me confundió."

Ty no pudo quedarse callado. Él trató de sonar calmado y no estaba seguro de lograrlo. "No puedes simplemente irte. Ni siquiera sé dónde vives."

"No, no lo sabes, porque no importa."

"Pensé que dirías que yo no lo había negociado."

"Eso también" reconoció ella, abrochándose el abrigo para que él no pudiera ver sus ojos.

"¿Quieres que pare un taxi para ti? ¿O quieres que te lleve?" Ella giró para mirarlo de frente, a mitad de camino de la entrada, bien lejos de los oídos de Raylene en la recepción, o de cualquiera entrando al club. Ty reconoció la mirada combativa en sus ojos y levantó una mano anticipando su respuesta. "No porque piense que no puedes hacerlo tú misma. Me enseñaron que un caballero se ofrece a ayudar a una dama. Me enseñaron que eso es amable, no que fuera un juicio sobre la capacidad de una mujer de realizar cualquier tarea."

Ella frunció el ceño ligeramente. "¿Tú tienes un auto?"

Él asintió, preguntándose a donde iba eso. Ella no pensaba que él tuviera un trabajo diurno, y claramente no pensaba tampoco que él tuviera un auto. "Tengo un auto."

"¿Por qué? Mucha gente no los tiene en la ciudad."

"Porque quiero. Porque me gusta."

"Porque tienes más dinero del que puedes gastar", concluyó Shannyn sacudiendo la cabeza. Ella se inclinó más cerca para susurrar y el inesperado olor de su loción corporal fue como un golpe en las entrañas. Él la deseaba de nuevo, envuelta alrededor de él, sentada sobre él, gimiendo y gritando mientras se venía. El cuerpo entero de Ty fue provocado por el recuerdo y la necesidad. "Quizás tu mamá tiene razón. Quizás sí necesitas una esposa para velar por ese talonario de cheques"

"No lo creo" él comenzó a protestar antes de escuchar una familiar voz femenina.

"¡La guarida de Ty! ¡Sabía que te encontraría aquí!"

CUATRO

"No", susurró Ty, cerrando los ojos y deseando fuerza.

Él se dio cuenta de que Shannyn se dio la vuelta para mirar al otro lado frente al vestíbulo. Él hizo una mueca ante el rápido clic de los tacones altos en el suelo de piedra del vestíbulo, su corazón se hundió ante la inevitable confrontación.

"Giselle no ", susurró él, deseando que algo saliera bien esa noche. Todo se había ido a la mierda después de un sexo increíble, que no era como se suponía que funcionaba el mundo.

Ty era muy consciente de que la mirada de Shannyn se movía entre él y Giselle. Una vez más, él no pudo leer sus pensamientos, pero no tuvo tiempo para adivinar. Giselle se acercaba rápido y esta vez no podía escapar de ella. Él respiró hondo y decidió ser cortés.

La azafata con la que había salido una vez se acercaba a él, balanceando las caderas, sin esfuerzo era elegante e ineludiblemente francesa. Su cabello oscuro estaba recogido y llevaba un pequeño vestido negro debajo de su gabardina. Su maquillaje parecía mínimo, excepto por su perfecto lápiz labial rojo. Sus piernas eran largas y era hermosa. Cualquier hombre heterosexual se alegraría de que Giselle le sonriera de la forma en que ella le sonreía a Ty, y los otros hombres que pasaban por el vestíbulo estaban dando una buena mirada.

Ty deseaba estar en cualquier otro lugar del mundo.

"Parece que no comerás solo, después de todo", susurró Shannyn con malicia, como si se alegrara de ver a Giselle. "A eso lo llamo destino." Ella le guiñó un ojo y luego se alejó con determinación.

Antes de que Ty pudiera seguirla, Giselle estaba frente a él. Ella dejó caer sus manos sobre sus hombros y se inclinó para presionar un trío de besos en sus mejillas, bloqueando efectivamente su visión de la partida de Shannyn. Su perfume lo rodeaba como si estuviera reclamando un derecho y a Ty no le sorprendió que ella ni siquiera reconociera la presencia de Shannyn.

Tampoco le sorprendió el brillo mercenario en los ojos oscuros de Giselle, ahora que él lo estaba buscando.

"Travieso Ty seductor", murmuró ella con una sonrisa, golpeando un dedo en su pecho. "No respondes a mis llamadas." Ella chasqueó la lengua y tiró de su corbata un poco mientras lo regañaba.

Ty miró por encima del hombro, pero Shannyn ya estaba saliendo del edificio. Se había subido la capucha y se movía rápidamente. En un abrir y cerrar de ojos, ella desaparecía entre la multitud de personas en las calles, indistinguible de los demás bajo la lluvia.

Él quería perseguirla, detenerla, convencerla de que se quedara.

Giselle colocó la yema de un dedo en la barbilla de Ty y giró su rostro para encontrar su mirada. Había evaluación en sus ojos y él sabía que ella no era tan ajena a la presencia de Shannyn como quería que él creyera. "Cuando mis amigos mencionaron el restaurante que querían probar esta noche, supe que estaba cerca de tu club. No podría pasar sin invitarte a unirte a nosotros." Ella deslizó su mano por su pecho, luego puso su mano en su codo de una manera propietaria. Su toque no lo hizo hervir a fuego lento como lo hizo Shannyn. "Dime que no rechazarás una noche juntos."

"Tengo que hacerlo", dijo Ty, soltándose. "Necesito trabajar."

"Pero te he echado mucho de menos." Giselle hizo un puchero, pero Ty no encontró su expresión tan atractiva como obviamente se suponía que debía hacerlo.

"Hablamos de esto hace meses", le recordó él. "Se acabó. Lo acordamos."

"Yo no estuve de acuerdo. Tú insististe. ¡Fuiste tan cruel!"

"Tú estuviste de acuerdo." Ty sostuvo su mirada. "Lo recuerdo perfectamente."

Ella inhaló un poco, los ojos destellaron. "Es un derecho de la mujer cambiar de opinión." Ella se inclinó para susurrar. "Déjame hacerte cambiar de opinión, Ty."

"No puedes. Discúlpame." El dio un paso atrás antes de que ella pudiera presionar su caso y cambió de tema. "¿A qué restaurante vas?"

Ella lo nombró, su tono hosco.

"Es genial", dijo él, oficializando su tono. "Te va a encantar. Espero que tengas una noche maravillosa y un buen viaje de regreso a París."

Ty sonrió levemente y se retiró a la oficina, sin mirar atrás cuando Giselle exhaló un siseo de frustración. Él la escuchó golpear su dedo del pie con impaciencia pero la ignoró. Cerró la puerta detrás de él y examinó los archivos esparcidos sobre el escritorio, incapaz de escapar de la sensación de que Shannyn se había escapado.

Y que no le gustaba ni un poco.

TY SEDUCTOR.

No había nada como una pequeña comparación y contraste para reducir la alegría del paso de Shannyn. O un recordatorio andante hablando del hecho de que Tyler tenía una puerta giratoria en su dormitorio. Una cosa que no había cambiado en doce años.

Lo que solo significaba que ella tenía razón al insistir en que nunca volverían a estar juntos.

Por supuesto, ella quería más. Había sido bueno. Había sido genial. El sexo con Tyler había sido mejor que todas sus fantasías universitarias.

Y algo más.

Pero ella no iba a dejarse seducir.

Shannyn se sentó en el metro, su bolso de mensajero acunado en su regazo. Ella podía sentir el peso de su cámara y la mantuvo guardada a salvo. Ella sabía que debería pensar en el trabajo, tal vez revisar sus fotos y su próximo horario, pero era imposible no pensar en la glamorosa Giselle. No podía ser una coincidencia que Giselle tuviera mucho en común con las mujeres con las que Tyler había salido en la universidad y que también fuera exactamente lo contrario de Shannyn. La llegada de la otra mujer, y su familiaridad, fue un recordatorio oportuno de que la cita falsa de Shannyn con Tyler estaba un paso fuera de las preferencias habituales de Tyler.

También era un recordatorio enfático de que lo suyo había sido cosa de una vez.

Shannyn acababa de sorprenderlo. Tyler era un hombre sano, así que no iba a rechazar el sexo, pero no habría elegido a Shannyn por su propia voluntad.

Muy linda.

Shannyn se mordió el labio, recordando exactamente la forma en que él había murmurado eso. ¿Había sido una línea aprendida? Él lo había hecho sonar bien. Él la había recordado. Ella se había derretido un poco, bueno, más que un poco, ante su admiración.

Tal vez él había decidido de inmediato hacerla cambiar de opinión sobre él, hacerla reconsiderar ese viejo insulto. Un desafío personal.

Siempre y cuando él nunca adivinara por qué ella realmente lo había dicho. Ella se había sentido más insultada y herida que convencida de su mal carácter.

Shannyn sabía que debería alegrarse de que Giselle hubiera aparecido. La llegada de esa mujer había facilitado que ella se fuera.

Pero la elegancia de Giselle la hacía pensar. Giselle y Tyler lucían como una pareja de una forma que Shannyn y Tyler nunca lucirían. Tyler probablemente tenía razón en que su familia no creería que la cita con Shannyn para la boda fuera creíble.

Quizás ella debería ir a cenar con él y estudiar.

Quizás él tenía razón.

Tal vez su corazón de tonta se estaba ablandando en el momento justo. Él había sido un amante atento y minucioso, uno que hacía de la satisfacción de su pareja una prioridad.

Cualquier mujer podría dejarse seducir por eso, incluso si se trataba de una actuación.

Probablemente se suponía que ella debía estar seducida.

Shannyn se negaba a seguir las reglas de Tyler o cumplir con sus expectativas. Él había dicho que no tenía tiempo para una relación. Ella no quería una. No tendrían una. Era perfectamente y felizmente simple.

Si tan solo a ella no le hubiera gustado tanto que Tyler hubiera reconocido la referencia de Austen. Ellos no habían estudiado a Austen en esa clase de literatura inglesa; se trataba de los poetas románticos del siglo XIX, pero las palabras eran adecuadas de todos modos. Sin duda, las parientes femeninas de él estaban de acuerdo con la madre de Lizzie. Una ruptura llamativa en la boda sería como arrojarlo a los lobos.

Ella no pudo evitar pensar que eso podría ser divertido. Había algo profundamente satisfactorio en ver a Tyler exasperado, sin pensar en ser responsable de ello. Él estaba tan al mando de su vida y de sí mismo, manejando todos los detalles para lograr exactamente lo que quería. Era tentador demostrarle que la vida estaba llena de sorpresas para la mayoría de la gente, y que los planes mejor trazados podían desviarse. Según la experiencia de Shannyn, el peor escenario posible se manifestaría en el peor momento posible, independientemente de los planes de lo contrario; la llegada de Giselle fue un buen ejemplo.

Sin duda, los dos se estaban arrullando el uno al otro durante una comida elegante en un restaurante elegante.

¿Y después de eso?

Shannyn realmente no quería pensar en eso.

Ella no tenía ninguna razón para pensar en eso.

Pero ella lo hacía.

El vagón del metro no estaba abarrotado, aunque estaba lleno. La mayoría de los asientos estaban ocupados, pero nadie estaba de pie y había un olor penetrante a ropa mojada. El tren se balanceaba en los largos recorridos entre estaciones, ganando velocidad, y Shannyn se encontró recordando esas clases de literatura inglesa. En cierto modo, ella admiraba la estrategia de Kyle y Tyler. Había sido la universidad. Las hormonas desenfrenadas combinadas con una nueva sensación de libertad para muchos estudiantes significaban mucho sexo deportivo. Que dos muchachos se inscribieran en una clase en la que seguramente serían superados en número por mujeres fue inteligente.

Ella se preguntó de quién habría sido la idea. De Tyler, el estratega, o de Kyle, el mujeriego. ¿O se habían conocido en esa clase? Shannyn no lo sabía.

Las otras muchachas habían hablado de ellos, por supuesto. Había habido muchas comparaciones y contrastes. Kyle era rápido y divertido, conversador, bueno para reír. Tyler era más lento e intenso. Algunos preferían a uno y otras el otro, pero no hubo segundas citas. A veces ni siquiera había citas, solo sexo. Para crédito de ellos, no había habido ninguna sugerencia de que pudiera ser de otra manera. Ella tenía un vago recuerdo de que Kyle había estado mucho más ocupado que Tyler, pero claro, Tyler habría estado estudiando para dominar sus cursos. Trabajo, trabajo, trabajo. Ella siempre había tenido la sensación de que Kyle flotaba por la vida con su encanto.

Por supuesto, Tyler no sabía que Shannyn se había enamorado de él. Ella había intentado sentarse cerca de él, ponerse en su camino, hacerse notar de alguna manera, y estaba segura de que él no se percataba de su presencia. Tenía sentido en cierto modo. Las mujeres que él elegía eran similares en más que la apariencia. Ellas se reían en los momentos adecuados y decían las cosas correctas. Tenían el brillo de los que crecieron con dinero. No había dudas, ciertamente no había falta de confianza.

Su madre siempre decía que las personas adineradas se apegaban a las suyos.

Lo que no incluía a Shannyn. Desde el primer momento en que entró en el campus, ella supo que era una forastera. Ella había trabajado en tres trabajos el verano anterior y había ahorrado hasta el último centavo. Había sido el sueño de su padre que ella fuera a la universidad, porque ella era la inteligente, pero eso no significaba que su viuda tuviera los fondos para pagarlo. Todos habían trabajado duro para que esto sucediera.

Shannyn supuso que su padre se habría alegrado de que ella se hubiera casado bien, al menos por un tiempo. Ella se había casado nada más salir de la universidad, abandonando su maestría y su objetivo de enseñar e incluso con una boda en la iglesia, porque Cole lo había querido de esa manera. Ella había sido una idiota al renunciar a tanto por amor y romance. Vive y aprende.

Ella nunca volvería a renunciar a nada por un hombre. Su corazón estaba fuera del mercado para siempre.

A ella le había sorprendido que Tyler hubiera sido tan perspicaz acerca de sus metas en la universidad. Era extraño darse cuenta de que él había sido protector con ella, una virtual extraña, cuando ella pensaba que no podía importarle menos.

Pero entonces, él estaba acostumbrado a que todo saliera a su manera, algo que Shannyn encontraba absurdo. Ella estaba más acostumbrada a que las cosas no salieran como ella quería. Ella era la reina de los planes de contingencia. Ella podría haber estado envidiosa de su confianza. En cambio, ella se encontró queriendo demostrarle que no siempre era así. Ese era un impulso peligroso, uno que encajaría perfectamente con su propio objetivo de que se conocieran mejor, y ella no iba a ir allí.

Después de todo, probablemente él ya se había olvidado por completo de ella. Eso sería mejor que cualquier comparación y contraste entre ella desnudándose con su sostén deportivo y bragas de algodón blanco liso, y Giselle desnudándose con exótica lencería de encaje italiano.

Lo hecho, hecho está. Shannyn tenía una nueva política de no arrepentirse.

Ella iba a casa para alimentar al gato y trabajar. Ella iría al club el sábado y terminaría el trabajo para la revista de ex alumnos. Y cuando supiera la fecha y la hora de la boda de la hermana de Tyler, solicitaría la ayuda de su madre con su vestido, aparecería, cumpliría su parte del trato y nunca volvería a ver a Tyler McKay.

El plan era perfecto.

Lo que solo significaba que debería haber sido más satisfactorio de lo que era.

TY NO PODÍA EVITAR su convicción de que nada con Shannyn iba según lo planeado, y que ella de alguna manera lo había diseñado. Él no recordaba que ninguna cita terminara tan mal, y mucho menos una en la que sus esfuerzos por reparar la situación hubieran caído en oídos sordos.

Ella era la mujer más terca del mundo.

Ty se volvía loco cuando no podía entender algo, y realmente no podía entender a Shannyn. ¿Por qué ella sugeriría un trato así cuando tenía una opinión tan baja de él? ¿Cómo podía el sexo ser tan bueno cuando a ella ni siquiera le gustaba él? ¿Qué le había pasado en los últimos doce años?

¿Quién era el idiota que le había roto el corazón?

No había ningún artificio en Shannyn y tal vez eso era lo que más intrigaba a Ty. Ella tenía secretos, pero cuando ella confesaba algo, Ty sabía que era verdad. Ella no intentó manipularlo. Ella le dijo lo que quería y eso fue todo.

Lo que él vio fue lo que consiguió. Ty encontró eso refrescante.

E inusual.

Fascinante.

Él estaba calculando los gastos mensuales, tratando de concentrarse en el trabajo, cuando apareció Kyle. Kyle se inclinó en la puerta y contempló a Ty con un triste movimiento de cabeza. Él se había puesto unos vaqueros oscuros y una camiseta negra con el logotipo de F5F, obviamente de camino a casa para pasar la noche.

"Siempre trabajando", dijo él con un suspiro, como si eso fuera patético.

"¿Problemas?" preguntó Ty. Lo último que le iba a admitir a Kyle era que tenía problemas para concentrarse. Él echó una mirada a su compañero.

"Vine a agradecerte por tratar con Shannyn, pero parece que tienes un problema. ¿Quién es ella?"

"¿Quién es quién?"

"La que se escapó."

Ty dejó su lápiz y miró hacia arriba. "¿De qué estás hablando?"

"Te has cambiado de traje. Corbata nueva. Camisa limpia." Kyle se inclinó más cerca. "¡Segundo afeitado!" Él levantó las cejas. Vamos, cuéntalo. ¿Quién es el amour du jour?

Su uso del francés no era bienvenido.

"No hay una." Ty cerró un archivo y abrió el siguiente.

"Escuché que Giselle pasó por aquí."

"Ella se fue."

"Yo también escuché eso." Kyle se inclinó sobre la mesa. "Incluso escuché que la despachaste."

"¿Por qué tenemos personal en la recepción?" murmuró Ty. "¿Es este lugar solo una gran fábrica de chismes?"

"¡Por supuesto!" Kyle le señaló con un dedo. "Pero eso significa que tenías la intención de estar con otra persona. ¿Quién?"

"Déjalo." Ty usó su voz severa, que cualquiera que no fuera Kyle se habría dado cuenta que era una orden para terminar la conversación.

En cambio, Kyle se sentó en la mesa. "¿Quieres decir que ella canceló? ¿Ella miró todo lo que es bueno en el estilo de vestimenta masculina y se negó a participar del festín?

"Cállate, Kyle."

"Y te quedaste sin planes para la cena, a pesar de tener expectativas. Después de despachar a la deliciosa Giselle, también. ¿Quién es este modelo de moderación? Quiero un nombre. Quizás un número."

"No importa."

"Pero creo que sí."

Ty era muy consciente de que Kyle lo estaba mirando. Él trató de ser un poco menos salvaje con los archivos.

"Te conozco", dijo Kyle. "Solo estás de mal humor cuando las cosas no siguen tus expectativas. Tu brillante plan está hecho pedazos sobre tus pies porque la dama elegida se ha negado a seguir el juego." Él esperó la confirmación, pero Ty no dijo nada. "Podrías invitar a Sonia a la boda, ¿sabes?"

"¡Ella es una empleada!" Ty no ocultó su exasperación.

"Oh, sí, molestos principios." Kyle se puso de pie y luego se inclinó en la puerta de nuevo, en lugar de desaparecer a través de ella de la forma en la que Ty hubiera preferido. "En realidad, sin embargo, tú y Sonia no estarían bien juntos. Son demasiado iguales. Toda esa disciplina y templanza. Es antinatural." Él hizo una mueca. "Nadie se divertiría nunca, pero tal vez te guste así."

"¿No necesitas estar en otro lugar? ¿Seattle tal vez? ¿Melbourne?

Kyle continuó como si no hubiera escuchado a Ty. "Necesitas un yin para tu yang. Necesitas a alguien que sacuda las cosas, alguien que altere tus expectativas ordenadas, alguien que te haga trabajar para lograrlo. Alguien que sea tu polo opuesto. Un espíritu salvaje que pueda sorprenderte a intervalos regulares."

No hizo absolutamente nada para mejorar el estado de ánimo de Ty darse cuenta de que Kyle estaba describiendo a Shannyn.

"No necesito a nadie", insistió él. "No tengo tiempo de todos modos."

Kyle asintió sabiamente como si Ty no hubiera hablado. Alguien con un tatuaje. Quizás dos."

"Hay algo irónico en que des consejos sobre emparejamiento."

"¡Hay!" Kyle se rió, tranquilo. "Sin embargo, creo que soy bueno en eso."

"Crees que eres bueno en todo. Recuerda que no volveré a escuchar tus consejos."

"Qué pena. Solo tienes suerte cuando lo haces."

"No es verdad." Ty levantó la vista de su computadora portátil. "Debes tener algo más interesante que hacer que acosarme."

"Tienes razón, sí tengo. Solo te estaba agradeciendo por hacerte cargo de Shannyn. Casi no la reconozco."

"Eso del Señor Percepción."

"¿No iba a ser maestra?"

Ty tuvo que pensar en eso. "Tienes razón", reconoció él, su curiosidad se agitó de nuevo. "Me pregunto cómo terminó haciendo fotografía independiente."

Kyle se encogió de hombros sin interés. "Quién sabe."

Ty apostaba que la respuesta tenía algo que ver con el idiota que le había roto el corazón.

Él se preguntó si alguna vez lo sabría.

"Regresará el sábado", le dijo a Kyle. "Quiere fotos naturales de cada uno de nosotros, luego una foto de grupo."

"¿Cuándo vuelve Theo?"

"Vuela de regreso hoy y llegará mañana al mediodía." Ty había recibido un correo electrónico de Theo ese mismo día. Había estado ausente durante algunas semanas, después de haber ido a su casa en el Reino Unido porque su padre estaba enfermo. Probablemente estaba en la ciudad ahora, pero con jetlag.

Kyle frunció un poco el ceño. "Tal vez deberíamos jugar un juego al azar. Socios y personal frente a algunos clientes habituales."

"Esa es una muy buena idea."

"Por supuesto que lo es. Soy el gran rey de todas las buenas ideas, la fuente de la que fluye la brillantez."

Ty resopló.

Kyle lo miró de arriba abajo de nuevo. "¿Vas a ponerte de mal humor?"

"No, voy a nadar un par de vueltas."

"Porque un caballero nunca se molesta. ¿Vas a reflexionar?

Ty negó con la cabeza con impaciencia. "Por supuesto que no. Voy a terminar los resúmenes de este mes, luego nadaré vueltas mientras pienso."

Entonces reflexionarás. Haz lo que quieras."

"Siempre estás diciendo tonterías", dijo Ty, citando a Oscar Wilde con su mejor acento británico.

Kyle se rió y respondió de la misma manera. "Es mejor que escucharlas." Silbando en voz baja, salió.

Ty siguió haciendo la contabilidad.

Un Yang para su Yin. Mmm.

Ese podría ser un consejo interesante si él hubiera estado listo para una relación seria, pero no lo estaba. Solo tenía tiempo para una cita falsa. El problema era que Ty no estaba lo suficientemente seguro de que eso fuera a suceder. Shannyn podría negarse por completo a mantener su parte del trato. Faltaban casi cuatro semanas para la boda de Katelyn. Ty tenía que asegurarse de que Shannyn no desapareciera en ese espacio de tiempo.

Él quería hacer otro trato.

Lo increíble era que Shannyn no quería más sexo. Eso hirió un poco el orgullo de Ty, pero él ya sabía que no podía esperar que Shannyn dijera o hiciera lo que él quería.

¿Qué quería ella?

Quizás él debería preguntar.

TODAVÍA ESTABA LLOVIENDO cuando Shannyn salió de la estación de metro y se subió la capucha de nuevo, abrazando su bolso con fuerza. Ella caminó a su casa rápidamente, chapoteando en los charcos. Como de costumbre, la vista de su casa le levantó el corazón, incluso dados los compromisos que había hecho para mantenerla.

Quizás por ellos.

La casa era una pequeña casa victoriana, el bicho raro de la cuadra, y a ella le encantó a primera vista. Una mirada a esa pequeña torreta y se había perdido. Cole había sido más difícil de convencer. Incluso con las divisiones necesarias para hacer dos casas, Shannyn pensaba que era la casa más hermosa del mundo. La división le permitido conservarla, así que hizo las paces con eso. A ella le encantaban los techos altos y la luz que entraba en abundancia durante el día, las molduras de yeso ornamentadas y los viejos pisos de madera. Le encantaban las peculiaridades de la casa y sus complicaciones, sus crujidos y su carácter, aunque odiaba que necesitara un techo nuevo con tanta desesperación.

En realidad, lo que ella odiaba era lo mucho que había llovido recientemente.

La sala de estar en el frente tenía una chimenea y un ventanal que daba al porche. La casa estaba bastante vacía desde que Cole se había llevado los muebles, pero Shannyn se decía a sí misma que eso solo permitía que los elementos arquitectónicos brillaran. Eso también le había dado más espacio para pintar las paredes. El beige que le gustaba a Cole había sido desterrado de la casa. El comedor inmediatamente detrás de la sala de estar se había convertido en la oficina y el espacio de trabajo de Shannyn. Ese espacio casi lo llenaba una gran mesa hecha con una puerta de madera sobre caballetes de carpintero. Su computadora con la pantalla grande estaba allí, un taburete y no mucho más.

Había dos dormitorios en el piso principal, así como la cocina y un baño completo. La cocina había sido renovada por última vez en los años setenta, pero los armarios eran de madera maciza. Su hermano Aidan le había traído un contrabando de azulejos mexicanos y habían azulejado las paredes y las paredes detrás de los fogones antes de que él se fuera de nuevo. El dormitorio más grande estaba al lado de la cocina y también tenía una chimenea, aunque el acabado era menos ornamentado que el de la sala de estar. El segundo dormitorio estaba en la parte de atrás y hacía frío: originalmente había sido un almacén. Ahora era el estudio de costura de Shannyn, lleno de sus cosas de tiendas de segunda mano y tesoros reciclados: su máquina de coser estaba en un escritorio contra una pared y había un perchero con ruedas para la ropa. A veces ocupaba un puesto en las ferias callejeras para vender sus productos, pero últimamente, la mayoría de las ventas se habían hecho de boca en boca.

El segundo piso había tenido originalmente cuatro dormitorios y un baño completo, y ahora estaba alquilado a Lisa Petrovsky y su madre como apartamento. El dormitorio inmediatamente sobre la cocina de Shannyn se había convertido en otra cocina. Lisa y su madre usaban la habitación más grande como sala de estar y comían en la cocina. Las dos habitaciones restantes eran sus dormitorios: la torre estaba sobre la sala de estar redonda en lo que había sido el dormitorio principal y ahora era la oficina en casa de Lisa. Lisa era maestra de una escuela pública y su madre viuda se quedaba en casa casi siempre. Eran buenas inquilinas y Shannyn sabía que tenía suerte de tenerlas.

También tenía suerte de tener un hermano como Aidan que era realmente hábil. Él la había ayudado con algunas de las renovaciones para hacer posible la división, y también esos azulejos.

Érase una vez, Shannyn había planeado cómo ella y Cole arreglarían la casa. Habían hablado de integrar ese dormitorio trasero en la cocina, ya que en realidad no había estado en uso de todos modos, y de hacer una enorme cocina familiar que se abría al patio trasero. Eso cambió cuando Cole se fue, llevándose sus ingresos con él. Sin embargo, seguía siendo un buen plan y Shannyn tenía esperanzas para *Algún Día*.

Nunca se había prestado mucha atención al patio trasero como espacio de vida o de entretenimiento. Los propietarios anteriores habían cultivado verduras porque todavía había parcelas cuadradas, aunque ahora estaban ahogadas por la maleza. Sin embargo, si la cocina se abriera, Shannyn podría imaginar un patio, tal vez con uvas colocadas sobre un enrejado y caminos entre los lechos de verduras. Los macizos de flores también. Simplemente hacía falta dinero, dinero que ella no tenía.

Había un garaje en la parte trasera del lote, uno que desafiaba la gravedad permaneciendo erguido y brindaba alojamiento para criaturas salvajes. Podría reconstruirse, si se hiciera antes de que se cayera, pero sin un automóvil, la prioridad actual de Shannyn era el techo.

Ella sonrió ante el eco de un aullido felino, uno que comenzó tan pronto como puso la llave en la cerradura. Las quejas se hicieron más fuertes cuando ella abrió la puerta y se inclinó para acariciar a Fitzwilliam, su compañero de cuarto.

Fitzwilliam era un Maine Coon obstinado de edad indeterminada y peso considerable. Su pelaje era largo y con rayas de color gris oscuro, aunque tenía un babero blanco y calcetines blancos. Su cola gruesa era la medida más precisa de su estado de ánimo. Su cola tenía una punta negra y había largos pelos negros en sus orejas que lo hacían parecerse un poco a un lince. Sus ojos eran de un verde claro, y cuando ella se inclinó para frotar su vientre, Shannyn se dio cuenta de que eran del mismo color que los de otro apuesto hombre que conocía.

Fitzwilliam se quejó incluso cuando se enroscó alrededor de sus piernas, luego la siguió por el pasillo con pies silenciosos. Él siempre había sido conversador. Su cola estaba erguida, como un estandarte, la punta moviéndose, mientras pronunciaba una conferencia sobre lo avanzado de la hora y el vacío de su plato. La lluvia golpeaba contra las ventanas de la cocina y Shannyn podía oírla gotear en el porche trasero.

Ella se preguntó si los baldes del ático estarían llenos, pero sabía que tenía que alimentar a Fitzwilliam antes de comprobarlo. Ella podía oír el murmullo de la televisión en el apartamento de arriba y, en cierto modo, era un sonido tranquilizador. La Señora Petrovsky la mantenía encendida todo el tiempo, por lo que no era un ruido perturbador. Shannyn escuchó una conversación, solo el eco de voces, no las palabras reales, y supo que Lisa estaba en casa. Por el tono, no había crisis, lo cual era bueno. Ella podía oler pollo asado, lo que podría ser parte de la razón por la que Fitzwilliam tenía tanta hambre.

Entonces se abrió una puerta en lo alto y una voz resonó escaleras abajo. "¿Shannyn? ¿Eres tú?" Era la voz de Lisa.

Shannyn regresó al vestíbulo compartido. Ella podía ver a su inquilina en lo alto de las escaleras.

"Dime que no es así", dijo, adivinando que Lisa lo diría.

Lisa cruzó los brazos sobre el pecho y se apoyó en la barandilla. "Goteo, goteo, goteo, goteo, goteo."

"¿Dónde?"

"En la sala de estar. Mamá pudo mover las cosas y colocar un balde debajo a tiempo, pero no se está desacelerando."

Shannyn hizo una mueca. "Voy a alimentar a su majestad y luego iré de inmediato."

Ella se apresuró a regresar a su propia cocina. Fitzwilliam saltó sobre la encimera cuando ella sacó el abrelatas, envolviendo su cola cuidadosamente alrededor de él mientras la miraba con obvia anticipación.

"Estaba trabajando", explicó ella, aunque eso solo era parcialmente cierto. "Ganando dinero para la comida para gatos."

Él bostezó con tranquilidad, aparentemente escéptico de su afirmación. Él estaba tratando de parecer distante y estaba fallando por completo. Sus ojos brillaron cuando la vio abrir la lata. Shannyn se preguntó si su propia hambre había sido tan obvia cuando Tyler le ofreció la cena. La nariz de Fitzwilliam se movió con interés cuando ella puso la comida en su plato, y su cola se estaba agitando cuando saltó para seguirla hasta la alfombra donde ella puso su plato. Como siempre, él se sentó meticulosamente y enroscó su cola alrededor de sí mismo, luego se inclinó para investigar el contenido del plato. Él comenzó a comer enseguida, señal segura de su hambre.

Quizás Shannyn tenía un afecto secreto por los hombres seguros de sí mismos. O los guapos que tenían expectativas del mundo y anticipaban que esos deseos se cumplirían automáticamente.

Ella comprobó las porciones de comida en el congelador. Ella intentaba cocinar un día una vez a la semana, preparando una gran cantidad de algo y luego congelándolo en porciones individuales para comer más tarde. Las opciones se estaban volviendo limitadas, lo que significaba que era hora de otro día de cocina. Tal vez el domingo. Esa noche, sería el último recipiente de chile. Ella metió la porción congelada en una sartén y la puso en la estufa a fuego lento, luego fue a su habitación para cambiarse.

Momentos después, dejó a Fitzwilliam con su comida y subió las escaleras.

Lisa tenía aproximadamente la misma edad que Shannyn y se había criado en el vecindario. Ella siempre pagaba el alquiler a tiempo y ayudaba cuando había una crisis. No era del todo malo que la Señora P estuviera en casa la mayor parte del tiempo. Ella era la guardiana de su vecindario y conocía todos los chismes. Madre e hija se mostraron filosóficas sobre el goteo, probablemente porque la Señora P. se había asegurado de que no hubiera daños en el piso o la alfombra.

Lisa subió al ático con Shannyn. El sonido de la lluvia era más fuerte allá arriba, porque el ático estaba sin terminar. Efectivamente, el balde que estaba justo encima de la fuga se había llenado durante el día. Lo vaciaron junto con los demás y Shannyn agregó algunos más.

"Se acaba el tiempo", dijo Lisa.

"El tipo con el que hablé quería hacerlo a fines de junio", dijo Shannyn, lo cual era cierto. Ella omitió el detalle de que aún no lo había contratado, porque no podía pagar su precio. "Tal vez la lluvia se detenga durante la noche."

"Una mujer puede tener esperanza." Lisa era realista de una manera que Shannyn no podía serlo.

Ella tenía que encontrar una manera de arreglar eso antes de que hubiera más daños. Ella dijo buenas noches y bajó las escaleras, luego garabateó sumas en un bloc de notas en su cocina mientras el chile se calentaba. Ella sacó el presupuesto del cajón del desorden, el que tenía un total que aún hacía que su corazón diera un vuelco. Este trabajo inesperado de la revista definitivamente ayudaría, pero aún era poco. Sus gastos ya estaban recortados y ella no podía aumentar el alquiler. Y no podía pedirle un préstamo a su mamá. Ella no quería vender la casa. Shannyn contó hasta que su cena estuvo caliente, luego lo guardó todo en el cajón, frustrada porque la respuesta seguía saliendo igual.

Tenía que haber una solución.

Ella solo tenía que encontrarla.

Ella encendió sus computadoras y comenzó a descargar las imágenes de su cámara a su computadora mientras comía. La pantalla grande era mejor para ver los detalles y quería que las tomas del Met fueran perfectas. Si había alguna que ella no amara, todavía tenía tiempo para rehacerla.

Su vieja computadora portátil estaba abierta en un extremo del escritorio, a pesar de que le habían quitado el disco duro. Fitzwilliam, como era de esperar, estaba listo para la compañía después de estar solo todo el día y, por alguna razón, siempre le había encantado ese teclado.

No era posible que fuera cómodo, pero era su lugar favorito para dormir, a menos que hubiera una caja de cartón alrededor. Él saltó sobre el escritorio y dio vueltas en su lugar, haciendo clic en las teclas con cada pisada. Luego se acostó en una bola apretada, apoyado contra la pantalla oscura mientras bostezaba con satisfacción.

"¿Buena comida?" Shannyn preguntó y él respondió extensamente, tal vez dando su opinión sobre la marca. Ella supuso que era una ganadora: no solo su cuenco estaba limpio, sino que había provocado una lección. Naturalmente, era la más cara. Ella le rascó las orejas, sabiendo lo que le gustaba a él, y en cinco minutos, Fitzwilliam estaba dormido. El sonido de su ronroneo se mezcló con el tamborileo de la lluvia contra las ventanas cuando Shannyn se puso a trabajar.

Solo otro día en el paraíso, pero ella no lo habría cambiado por nada del mundo.

CINCO

Eran más de las dos cuando Shannyn terminó las fotografías para el museo. Ella se estiró, luego miró las del club, aunque solo había un par. La última y mejor fotografía era una que le había tomado a Tyler cuando él no estaba mirando. Él estaba de pie en el vestíbulo del club, mirando hacia la pared de escalada. Su silueta se recortaba contra la noche, pero su perfil era fácilmente identificable y su camisa blanca captaba algo de la luz ambiental. Tyler tenía las manos metidas en los bolsillos de los pantalones y miraba fijamente a los escaladores.

Su postura hablaba de confianza y estaba claro, incluso con su traje, que él estaba perfectamente en forma. Su rostro estaba parcialmente ensombrecido, pero Shannyn podía ver algo de la intensidad de la expresión que ella asociaba con él.

Él tenía esa pequeña media sonrisa peligrosa, la que hacía que el corazón de Shannyn se detuviera.

Definitivamente había algo acerca de los imbéciles presumidos, especialmente los guapos y bien vestidos. Shannyn le regaló una buena mirada de esa foto y se escuchó suspirar.

"Fanática ", murmuró ella, pero no dejó de mirar.

Era una gran toma, una que no necesitaba recortar, filtrar o ajustar. Ella apostaría a que la revista de ex-alumnos la elegiría. Finalmente, la puso en una nueva carpeta en el escritorio de su computadora para la revista de ex-alumnos.

Justo cuando ella se levantó del taburete y se estiró, su teléfono sonó. Ella lo revisó de inmediato, sus pensamientos siempre saltaban a que era su madre, que ahora vivía sola en el puerto de Harte.

Era un mensaje de texto de Tyler.

Como si él hubiera sabido que ella estaba pensando en él.

Los pensamientos de Shannyn siguieron un camino predecible e inoportuno. Giselle ya debe haberse ido. ¿Estaba él aburrido? Qué tedioso ser el rey del mundo y dejar cabos sueltos. Quizás Giselle estaba dormida en su cama. Shannyn podía imaginar esa vista panorámica más fácilmente de lo que quería.

Ella sabía que debería ignorar el mensaje hasta la mañana, pero ella tenía que verlo. No le sorprendió mucho que el mensaje fuera breve y no muy dulce.

Tyler le había enviado la fecha y hora de la boda y el lugar, con un enlace a un mapa.

Una boda el sábado por la noche en Connecticut. Interesante.

Complicado. Shannyn se preguntó cómo ella llegaría allí, sin pensar en cómo llegaría a casa después. Puede que tuviera que alquilar un coche. ¿Había arreglos de hotel para negociar? ¿Tyler tenía expectativas? Shannyn decidió ignorar las implicaciones por el momento y resolver los detalles de su viaje más tarde.

Una recepción de gala. Mmm. Entonces, el listón estaba alto. Ella le pediría sugerencias a su madre cuando tuvieran su charla semanal el domingo por la noche.

Ella pensó en no responder, solo porque sabía que eso lo molestaría, luego pensó que no valía la pena molestarlo cuando ella no podía ver el efecto de sus esfuerzos.

Ella envió un mensaje corto para confirmar que lo había recibido, luego apagó la computadora grande, planeando dormir un poco. Probablemente ella no debería haberse sorprendido de que su teléfono sonara de inmediato, pero ella casi saltó fuera de su piel.

Por supuesto, era Tyler.

"¿Por qué no llamaste la primera vez?" preguntó ella cuando él respondió.

"No estaba seguro de que aún estuvieras despierta." Esa voz. Sedosa, baja, como terciopelo negro contra su piel desnuda. Shannyn cerró los ojos y prestó toda su atención a la voz de Tyler, incluso cuando sabía que tenía que ocultarle su reacción de alguna manera.

Él no podía verla pero podía oírla. Ella podía cerrar los ojos, pero no podía suspirar. Después de que él hubiera colgado el teléfono, ella podría fantasear con él murmurando en su oído en medio de la noche en la vida real, pasando sus manos sobre ella, moviendo su lengua...

"¿Por qué no estás dormida?" preguntó él.

"Porque estaba trabajando."

"¿En?"

"Recortando y filtrando imágenes de la sesión de hoy."

"No pensé que tomaras tantas."

"Un trabajo diferente."

"¿Dónde?" Él sonaba genuinamente curioso y Shannyn no quería perder el sonido de su voz todavía.

"Son para un catálogo de exposiciones, para el Museo Metropolitano. Libros de salterios medievales iluminados.

"¿Qué significa eso?"

"Son como planificadores medievales diarios para la oración", explicó ella. "Hay ilustraciones de santos y oraciones enumeradas para cada día. Fueron hechos para clientes ricos y son bastante hermosos. El detalle es asombroso. Hoy estuve en la parte de los Cloisters fotografiando los libros de su colección que estarán en la exposición. Es algo lento porque tengo que elegir una o dos imágenes de cada libro, y los curadores siempre quieren mostrarme todas las glorias." Ella se dio cuenta de que estaba empezando a hablar mucho y se calló.

"¿Trabajas a menudo en más de un trabajo a la vez?"

"Cuando puedo."

Tyler se rió entre dientes y los dedos de los pies de Shannyn se curvaron de una manera predecible, recordándole que dejara de decirle tanto. "Pensé que era yo quien trabajaba todo el tiempo."

"No trabajo todo el tiempo, solo cuando puedo. Gracias por dejarme saber los detalles." Ella habló rápidamente, con la intención de terminar la llamada.

Tyler no parecía dispuesto a hacerlo. "Quizás podríamos hablar un poco." Ella podía imaginárselo estirando las piernas, recostándose en la silla de su dormitorio, pareciéndose mucho a un contento Fitzwilliam.

Quizás esa satisfacción era la influencia de Giselle.

"Quizás estoy demasiado ocupada en este momento para hablar", dijo ella.

"Tal vez no estés tan ocupada ya que respondiste al primer timbre."

"Punto para ti."

Una vez más, Tyler se rió ligeramente, un sonido sexy justo contra su oído. Ella podía imaginarse cómo vibraría el pecho de Tyler y cómo se sentiría bajo sus dedos, lo cálida que estaría su piel, lo duros que serían sus músculos, lo suave que sería su toque...

"¿Cómo estuvo la cena?" preguntó ella, tratando de sonar como si no le importara.

"No está mal. Compré un sándwich en la tienda al final de la manzana. Los hacen frescos todos los días. No hay muchas opciones a las nueve de la noche, pero estuvo bien."

Shannyn no podía dejarlo pasar. "Giselle no se veía como una mujer para una cita de sándwich el viernes por la noche."

"Ella no lo es." Había una pizca de acero en la voz de Tyler, una que insinuaba que Giselle no había subido en absoluto.

No había ninguna razón para que Shannyn se alegrara de eso.

Ni una.

Ciertamente, no había ninguna razón para que ella quisiera saber más.

"Bueno, si querías un resultado diferente, deberías haber pensado en el menú", dijo ella antes de que pudiera detenerse.

"Tal vez no quería un resultado diferente", dijo él en voz baja y Shannyn negó con la cabeza.

"Oh vamos."

"Ella se fue justo después de ti", insistió él. "Me comí un sándwich en la oficina mientras trabajaba en las finanzas, luego fui a nadar."

"No me debes una explicación." Y ella no necesitaba fantasear sobre cómo se veía él nadando. Brazadas largas y poderosas, flexionando los músculos...

"No, no tengo que hacerlo, pero no es un secreto. Lo preguntaste, así que tienes curiosidad. No puedes culparme por querer trabajar con eso."

Shannyn no supo qué responder a eso.

"Podría contarte la historia de Giselle", ofreció él, "pero no ayudaría mucho a mi caso".

Shannyn estaba intrigada. ¿A qué caso se refería él? "¿Cómo es eso?"

"Porque acababas de concluir que ella era una prueba más de que soy un idiota, lo que parece ser el resultado inevitable cada vez que sigo el consejo de Kyle."

Él sonaba tan arrepentido que Shannyn no pudo evitar sonreír. "Está bien, cuéntame la historia de Giselle y la inmoral influencia de Kyle Stuyvesant."

"Es larga."

"Será más larga si nunca empiezas. Pero entonces, si es una historia de amor verdadero que salió mal, no estoy seguro de tener que saberla."

"La historia de Giselle en sí es afortunadamente corta, pero necesita contexto. Y no es una historia de amor de ninguna manera." Tyler fue realmente preciso sobre eso.

"Es una historia de sexo."

"No, no lo es."

Eso era sorprendente.

Ahora Shannyn tenía curiosidad.

"Tal vez necesites escucharla." Tyler la estaba engañando, manteniéndola en el teléfono, y a Shannyn no le importaba. A ella le gustaba tener su voz retumbando en su oído, el sonido de la lluvia contra las ventanas, su apartamento en la oscuridad. Fitzwilliam roncaba en el teclado.

El problema era que ella sabía que podía acostumbrarse a eso.

Lo bueno era que Tyler no necesitaba saberlo.

SHANNYN APAGÓ las luces y giró en su silla. "Está bien, ahora tengo palomitas de maíz. Deja que el contexto fluya."

Tyler se rió y luego se aclaró la garganta. "Okey. Hago estos viajes por trabajo, aproximadamente dos veces al año. Son recorridos organizados para varios asesores financieros, generalmente para destacar alguna industria o región que busca más inversiones. El último contó con todas estas empresas emergentes de alta tecnología en Bahrein. Fue una semana, con todos los gastos pagados, todas las ventajas. Hotel de cinco estrellas, todas las comidas, todo lo que puedas imaginar."

Shannyn puso los ojos en blanco. No es de extrañar que él fuera engreído. Él vivía una vida dura.

"¿Porque si le das a un gerente de inversiones un buen momento, con el pretexto de educarlo sobre tu industria, el dinero de la inversión fluirá hacia tu proyecto?" dijo ella en vez de eso.

"Algo así. El socio principal de Fleming ya no quiere ir, así que lo deslizan a mi agenda."

Él parecía tan indiferente acerca de los viajes gratuitos que Shannyn estaba intrigada. "¿No te gusta ir?"

"Sí y no. La información sobre la industria a veces es realmente interesante y los viajes casi nunca son algo malo."

Shannyn adivinó la razón. "Pero tienes dos trabajos, por lo que estar lejos de ambos debe dejarte mucho para hacer cuando regreses a casa."

"Está eso", reconoció él fácilmente. "Y a veces, no es tan bueno pasar tiempo con un grupo de personas que están principalmente interesadas en el dinero."

"¿No lo es?"

"Me gusta el dinero, pero hay otras cosas en la vida."

"Como el trabajo." Shannyn tenía que preguntar. "¿Alguna vez has considerado que los otros socios del club podrían pensar que el hecho de que te quedes en tu trabajo diurno significa que crees que el club no va a funcionar?"

Hubo un momento de silencio antes de que Tyler respondiera. "Al principio, podrían haberlo hecho."

"Quiero decir que es una especie de voto de desconfianza."

"¡No, no lo es!"

"¿Ellos saben que eres reacio al riesgo por naturaleza?"

"No soy reacio al riesgo..."

"Mmm." Shannyn le tiró un hueso porque ella en realidad no quería discutir. Ella quería que él siguiera hablando con la voz de chocolate negro. "¿Conociste a Giselle en Bahréin?"

"No exactamente. Al final del recorrido, cuando estaba subiendo a la limusina para ir al aeropuerto, el gerente del hotel se apresuró a darnos a cada uno un albornoz de cortesía. Esta enorme bata mullida era lo último que necesitaba, pero no quería ser grosero."

"No te veo como un hombre de bata de baño suave y esponjosa."

"Gracias por eso. Además, tenía mi maleta y mi maletín y era otra cosa que llevar. No había forma de que pudiera meterlo en mi equipaje. Pero lo tomé, pensando que lo olvidaría en algún lugar de camino a casa y haría el día de algún otro viajero. De hecho, lo dejé en la limusina y en el aeropuerto, pero tanto el conductor como el asistente corrieron detrás de mí."

Shannyn se rió. Él sonaba tan triste.

"Cuando subí al avión, me di cuenta de que a las mujeres les encantaba. Hicieron todo lo posible para sonreírme porque lo llevaba, para admirarlo, para felicitarme por ser un gran hombre."

"Porque pensaban que era un regalo." Shannyn recordó la bata en el baño de Tyler, la que tenía el logo del hotel bordado en la parte delantera, la que estaba envuelta en una cinta de raso y estaba puesta en el estante, impecable.

"Exactamente. Sin embargo, aun así no pude deshacerme de ella." Él suspiró. "Cambiamos de vuelo en París y Giselle fue una de las azafatas en el vuelo a casa. Ella se volvió loca por esa bata. La guardó con el equipaje de la tripulación en el vuelo cuando no pude encontrar un lugar para ella y estuvo muy atenta. También dejó en claro que tenía una escala de dos días en Manhattan. El ochenta cumpleaños de mi abuela era la noche siguiente a mi llegada a casa. Me había olvidado un poco en Bahréin, pero mi madre me envió otro recordatorio y me preguntó si llevaba una cita. Yo sabía lo que eso significaba."

"Tu sentido de Spidey estaba hormigueando."

"Absolutamente. Entonces, invité a Giselle. Fue un acto de desesperación."

"¿Pero no era idea de Kyle?"

"No directamente. Él siempre me dice que sea más impulsivo y que me deje llevar por el momento, que pienso demasiado en las cosas. No es mi mejor truco, para ser honesto", admitió él y Shannyn sonrió. "Salimos a cenar la primera noche en Nueva York, ella regresó a su hotel, luego la recogí para la fiesta, sobre todo porque era demasiado tarde para cambiar el plan."

"Espera. ¿Ella ni siquiera vino a tu casa la primera noche? Ella casi se muerde la lengua porque estaba pidiendo demasiado, pero la pregunta estaba ahí fuera.

Shannyn esperaba a medias que él la callara, pero él respondió.

"No." Tyler fue firme. "Una hora en la cena y no quería que ella supiera dónde vivía. Ella era encantadora, pero codiciosa."

"¿Ella pidió lo más caro del menú?"

"Sí, pero no me habría importado eso, si hubiera sido lo que ella quería. Ella recorrió con la punta del dedo la lista de precios y luego siguió el más alto hasta el artículo. Ella pensó que no me había dado cuenta."

"Está bien, eso me molestaría. ¿El postre también?

"Sí. Aperitivo, vino y brandy. Ella tomó solo una probada de cada uno. Nuevamente, si ella realmente lo hubiera querido y lo hubiera disfrutado, habría estado bien."

"Pero parecía que ella solo estaba tratando de gastar tu dinero." Shannyn podía ver la intención de apuntar a un viajero de negocios con un traje caro, pero parecía un mal plan aprovecharse de él.

"Fuimos a la fiesta, mi mamá la adoraba, pero yo lamentaba mi impulso. La llevé de regreso a su hotel y eso, en mi opinión, fue todo."

"Voy a suponer que aquí es donde entra Kyle."

"Estarías en lo cierto. Cometí el error de contárselo, y después de que él se rió mucho, sugirió que mantuviera a Giselle como una novia ficticia, al menos por lo que mi madre sabía..."

Shannyn jadeó. "No puede ser. ¡No le mentiste a tu madre! "

"Lo hice", admitió Tyler. "Fue un acto de autodefensa y los resultados fueron gloriosos. He tenido ocho meses enteros de viernes por la noche sin que nadie intentara arreglarme con la hija o la hermana de nadie, ni con la enfermera o la peluquera de perros." Él hizo una pausa. "Entonces, ahora conoces mi oscuro pasado. Dime. Dame las malas noticias."

Shannyn se rió a pesar de sí misma. "Fue una especie de idiotez, pero no te llamaría imbécil por eso."

"Eso es un alivio."

"Tu madre parece bastante intensa sobre este asunto de emparejamiento."

"Eso es, lamentablemente, su razón de vivir." Tyler sonaba resignado a eso. "Mi mamá y sus hermanas son competitivas en cuanto al recuento de nietos."

Shannyn no iba a ir allí. "¿Esa es la bata de tu baño?"

"Sí, esperando a que llegue la mujer adecuada."

"Me sorprende que aún no hayas tenido ninguna pretendiente."

"No la quiero. Dicen que solo encuentras a la persona adecuada cuando estás listo para establecerte."

"Y tú no estás listo"

"No tengo tiempo."

"Sigues diciendo eso. Podrías dejar un trabajo y hacer tiempo."

Tyler contuvo el aliento y bromeó. "Dios nos libre."

"Todo trabajo y nada de juego hacen de Tyler un niño aburrido."

"¿Es por eso que me estás hablando en medio de la noche?" bromeó él.

"Punto para ti", cedió Shannyn. "Gracias por la historia de Giselle y la bata de baño. Siento que me he convertido en tu confesora o algo así."

"O algo así", reflexionó él. "Un intercambio sería juego limpio."

"¿Eso significa?"

"Podrías contarme una historia."

"No tengo una para contar", dijo Shannyn rápidamente.

"Lo dudo", dijo Tyler. "Aunque puedo creer que no quieres compartir ninguna historia que tengas."

"¿Que se supone que significa eso?"

"Que eres mucho más irritable de lo que solías ser, y eso me da curiosidad por saber lo que te ha pasado desde esa clase."

No había forma de que Shannyn se metiera en eso. "Bueno, gracias por los detalles de la boda. Te veré allá."

"Tal vez podría llevarte."

Aquí venía. La pendiente resbaladiza estaba repentinamente bajo sus pies. "No te preocupes. Yo lo resolveré."

Tyler hizo un pequeño gruñido de desacuerdo que a ella le gustó demasiado. "Tenemos un trato."

"Y estoy cumpliendo con los términos", le recordó ella.

Él no terminó la llamada. Ella podía escucharlo, solo pensando, al otro lado de la línea, y eso le impidió colgar. Cuando él finalmente habló, su voz era tan baja y seductora que ella quiso escucharlo toda la noche. "Entonces, ¿qué quieres, Shannyn Hawke?"

"¿Perdona?"

"Dijiste que para agregar acuerdos a nuestro trato, tendría que ofrecerte algo que quisieras." Tyler habló con esa confianza seductora, como si no hubiera nada más inevitable en el mundo que los dos haciendo otro trato. La boca de Shannyn se secó. "No sé lo que quieres, de hecho, ni siquiera puedo empezar a adivinar, así que te lo estoy preguntando."

Había una respuesta fácil y obvia. Shannyn iba a la boda de su mejor amiga el fin de semana anterior a la boda de la hermana de Tyler. Pero ella haría las fotografías de Kirsten y Lukas como su regalo y estaría ocupada, y no necesitaba una cita para ir a una boda. Nadie la iba a emparejar. Sus amigos eran demasiado inteligentes para eso.

"Debes tener algo en mente", dijo Tyler, adivinando por qué ella no respondía. "Adelante. Dilo. No me asusto tan fácilmente."

"Un techo nuevo", dijo Shannyn impulsivamente, luego deseó no haberlo hecho.

"¿Tienes una casa?" Había sorpresa en su tono.

"Botín de guerra", dijo ella en voz baja y luego se apresuró a seguir, esperando que él no la hubiera escuchado. "Sería extraño querer un techo de otra manera. ¿Dónde lo pondría?

Tyler se rió y ella sintió un poco de satisfacción por haberlo sorprendido. "Punto para ti. Háblame del techo"

"¿Qué sabes sobre techos?" Ella hizo una pausa y frunció el ceño. "¿o es tejados?"

"Creo que son techos, pero no estoy seguro."

"Yo tampoco." Era demasiado fácil hablar con ese hombre. "¿Qué diferencia hace el tipo que necesito?"

"No sé mucho sobre techos, pero sé sobre dinero, y diferentes techos deben costar diferentes cantidades de dinero."

Ahí estaba eso.

"Está bien", dijo Shannyn. "No es opcional en este momento. Es más un problema urgente."

"Tiene una fuga", supuso él.

Ella cerró los ojos de nuevo, imaginándolo en esa silla. Si él la estaba engañando sobre la interacción de su noche con Giselle, Shannyn se dijo a sí misma que no le importaba. En cambio, supuso que la ciudad brillaba con todo su esplendor nocturno más allá de sus ventanas y que las luces de su apartamento estaban tenues. Uno de esos libros estaría en la mesa de café. Tal vez él se sirviera un trago, un dedo de whisky en un vaso de cristal, el vaso captaría la luz del fuego crepitante. Solo por diversión, ella se imaginó a Tyler en calzoncillos.

Bonita vista alrededor.

"¿Hola?" dijo él, haciéndola darse cuenta de que había estado callada demasiado tiempo.

"Sí, tiene una fuga. Muy grande. Tengo unos ahorros para el reemplazo del techo, pero cuesta más dinero del que he ahorrado. Si vendieran boletos de lotería para techos nuevos, compraría un rollo de ellos."

"Por lo tanto, disminuyendo tu capacidad para pagar el techo", señaló él, lo cual era justo. "Dame una idea de cuánto dinero. Nunca he comprado un techo. Bueno, no es cierto. Aquí hicimos remodelar el techo del edificio, pero no puede ser lo mismo."

Shannyn le dijo el estimado.

"No puede ser." Su sorpresa era satisfactoria. "¿Por una casa?"

"Sí puede ser. Y sí por una casa. Tenía otro estimado que era más alto, pero lo trituré y lo quemé hasta convertirlo en cenizas."

Él parecía sorprendido todavía. "¿Es una casa grande?"

"No particularmente." Ella optó por no mencionar la torreta, la que había hecho que el techador negara con la cabeza. "Creo que instalar un techo nuevo es un proceso que requiere mucha mano de obra."

"¿Dónde está la casa?"

Shannyn arrugó la nariz, sabiendo que eso era una variable, pero reacia a compartirla de todos modos. Qué demonios. Ella tomó aliento y le dijo. "Flatbush."

"De acuerdo entonces." Tyler exhaló. "La respuesta obvia es agregarlo a la hipoteca."

Shannyn negó con la cabeza a pesar de que él no podía verla. "Imposible."

"¿No tienes ningún respaldo para la propiedad?"

"No mucho. Y no quiero que el banco examine más de cerca la hipoteca en este momento."

Él contuvo el aliento y ella supo que había descubierto algo. "Botín de guerra", repitió él en voz baja. "Estás divorciada, separada o de otra manera ya no vives con tu pareja."

Maldita sea. Ese era el peligro de concertar una cita falsa con un hombre de finanzas perceptivo. Los secretos de Shannyn no tenían ninguna posibilidad.

Tyler estaba cumpliendo su deseo de saber más sobre ella rápidamente.

Pero entonces, ¿qué importaba? Cole era historia antigua y no exactamente un secreto.

"Punto para ti", dijo Shannyn, como si no importara.

Porque no importaba. Ya no.

"Y él tenía el mejor trabajo o al menos un sueldo fijo", adivinó Tyler con asombrosa precisión. Su voz cambió y ella pudo imaginarlo levantando una mano contra un ataque anticipado. Ella sonrió, pensando en el entrenamiento que le habían dado sus hermanas. "No porque necesariamente no tengas las habilidades o las conexiones para ganar buen dinero, pero no estarías preocupada por el banco y la hipoteca a menos que él fuera el que tuviera el cheque de pago regular. Quiero decir, eres autónoma, a menos que también tengas un trabajo diurno."

"No, no es así. Solo una gran variedad de trabajos secundarios." Shannyn giró en su silla, sintiéndose inexplicablemente más ligera ahora que la verdad estaba fuera. Puede que ella fuera reservada, pero no deshonesta. Se sentía mejor que Tyler supiera la verdad.

"¿Trabajos secundarios?" repitió él con obvia confusión.

"Cosas que generan algunos ingresos pero no lo suficiente individualmente para ser mi único ingreso. Soy autónoma. Hay vacíos que llenar."

Para alivio de Shannyn, él no se detuvo en eso ni hizo ninguna sugerencia pomposa de que ella debería conseguir un trabajo "de verdad." Él simplemente aceptó su realidad financiera, lo cual fue refrescante. "¿Cuándo se renovará la hipoteca?"

"En tres años."

"¿Has perdido algún pago desde que las cosas... cambiaron?" Su voz se agudizó un poco, pero claro, él era un tipo de dinero.

"No." Shannyn se alegró de poder admitir eso, aunque había sido una hazaña. "Me las arreglé para pagar uno extra el año pasado..."

"¡No!" Tyler dijo con calor. "No hagas eso."

"No entiendo."

"Tu hipoteca es relativamente nueva."

"¿Cómo puedes saber eso?"

"Tiene que serlo. Debes haberte graduado hace diez u once años. Lo que significa que todavía te encuentras en la fase en la que la mayor parte de tus pagos son de intereses y no afectan el costo. Se necesitan unos buenos quince años para empezar a pagar el costo."

"Cuéntame sobre eso."

"Eso hago. El banco cuenta contigo para obtener intereses, que son ingresos para ellos, así que no realices ningún pago anticipado. Realiza cada pago exactamente a tiempo, ni una hora tarde ni un día antes. Si tienes dinero extra, guárdalo hasta que se renueve la hipoteca y luego ponlo al pago como una suma global. Eso reducirá directamente el costo general. Mientras tanto, puedes invertirlo en algún lugar para que gneren algunos intereses hasta la fecha de renovación."

"Maldita sea", Shannyn estaba impresionada a pesar de sí misma. "Nunca pensé en eso."

"No quieres asustar a un banco. Lento y constante es la manera. Existe un viejo truco de construir una buena calificación para crédito pidiendo prestado dinero que en realidad no necesitas y luego devolviéndolo a tiempo."

"Eso no tiene sentido."

"Tiene mucho sentido para un banco. Significa que ellos obtienen su interés a tiempo y demuestra que tú eres un prestatario confiable."

"Okey."

"En tu caso, para el momento en que tu hipoteca se renueve, tú quieres que ellos solo miren tu historial de pagos y aprueben la renovación sin revisar tus calificaciones de ingresos. La prueba de que puedes pagar la hipoteca será que la has estado pagando. Entonces, por ejemplo, si pones diez mil dólares para el pago, ellos no perderán el interés que esperaban y te hace parecer una apuesta aún más segura."

"Entiendo. Gracias."

"Entonces, no deseas agregar el techo a la hipoteca, lo cual es justo. Si no tienes mucho capital, no es probable que obtengas una segunda hipoteca. No tienes auto, ¿verdad? "

"No."

"Porque sería demasiado fácil si tuvieras uno pagado. ¿Algún otro activo?

"Mi ingenio brillante."

"Punto para ti", dijo él, con una sonrisa en su voz. "Lamentablemente, es posible que el banco no le ponga un valor en dólares a eso."

"¿Tú si?"

"Yo le daría mucha importancia a tu habilidad para sorprender", dijo él, lo que hizo que Shannyn se sentara más derecha. "¿Hay alguien que pueda prestarte el dinero?"

"No y no lo pediría."

"¿Cuánto tienes?"

"Dos tercios del estimado." Ella podía escuchar algo golpeando, tal vez sus dedos. ¿Ella debería agregar una calculadora o un bolígrafo a su imagen mental de él? Una vez más, ella casi podía oírlo pensar.

"¿Qué pasa si puedo resolver esto?" preguntó él abruptamente y los pensamientos de Shannyn se aquietaron.

"¿Cómo diablos podrías resolver esto?" Solo había una forma que ella pudiera imaginar y estaba indignada de que Tyler incluso lo sugiriera. Si él pensaba que podía pagar el techo y endeudarla, él podría pensarlo de nuevo. "No dejaré que pagues mi techo ni me prestes dinero para hacerlo..."

"¿Y si?" preguntó Tyler, interrumpiéndola a su vez.

¿Qué estaba haciendo él? ¿Cómo podría él arreglar su techo? Tal vez él tenía habilidades secretas de carpintería de las que ella no sabía nada. Esa idea la hizo sonreír, aunque la imagen mental de él en su techo sin su camisa le dio un poco de brillo.

"¿Se trata de la cena para hacer más plausible nuestra cita para la boda?" Ella sabía que sonaba sospechosa y no le importaba.

"Sí, eso es lo que me gustaría a cambio de resolver el problema de tu nuevo techo."

"¿Sin ninguna inyección de efectivo de tu parte?"

"Ninguna."

Shannyn lo pensó durante cuatro segundos. Ella no podía ver una trampa. Dos horas de conversación durante la cena con Tyler no serían exactamente dolorosas, y si eso significaba que ella podría terminar el techo, valdría la pena. "Está bien", dijo ella y escuchó alivio en su voz cuando respondió.

¿Él de verdad había pensado que ella se negaría?

"Está bien", estuvo él de acuerdo y sonó portentoso para Shannyn.

"¿Qué vas a hacer?"

Pero Tyler se había ido. Shannyn miró fijamente su teléfono, preguntándose qué podría hacer él por su techo a las dos de la mañana de un miércoles. Giselle no parecía tener las conexiones adecuadas para influir en el resultado, si él no le hubiera mentido y ella todavía estuviera allí.

Shannyn no estaba celosa. No. No había ninguna razón para estar celosa de nada cuando todo lo que tenían era una cita falsa. Ciertamente ella no iba a pensar que él le había dado un consejo financiero gratuito por ser amable. No, había sido parte de un plan para hacer un nuevo trato.

¿No es así?

BOTÍN DE GUERRA.

Divorciada, separada o que ya no vive con su pareja.

Shannyn había obtenido la casa y su ex se había llevado todo lo demás, incluido el cheque de pago que les había permitido calificar para la hipoteca. Ty habría apostado su último dólar a que este tipo, el ex, también había sido el que le había roto el corazón a Shannyn.

Él tenía muchas ganas de rectificar a ese perdedor, pero eso estaba fuera de los términos del trato.

En cambio, él arreglaría el problema de su techo.

Ty llamó a su tercera hermana, Paige, ignorando la hora. Su madre le había dicho repetidamente que su hijo, Ethan, tenía tanto cólicos que estaban despiertos toda la noche, todas las noches. Eso tenía que ser bueno para algo. El esposo de Paige, Derek, era un contratista que se especializaba en renovaciones. Él trabajaba principalmente en el Bronx, pero Tyler esperaba que hiciera una excepción.

Él se sentía persuasivo.

Derek respondió al segundo timbre. "Oye, Ty. ¿Acabas de llegar de una fiesta fabulosa y necesitas comprobar cómo vive la otra mitad? "Él sonaba cansado.

Ty podía oír a Ethan gritar en el fondo.

Era un sonido para reforzar su deseo de permanecer soltero y sin hijos.

Quizás para siempre.

"¿Todavía tiene cólicos?" preguntó él, y no tuvo que intentar sonar comprensivo.

"Nunca termina. Hemos probado todos los remedios que existen. Empiezo a pensar que le gusta."

"Tal vez le guste dirigir el espectáculo."

"Tal vez solo necesite dormir menos que yo. Mañana será el niño más feliz del mundo y yo me quedaré dormido en el tráfico." Derek bostezó. "¿Qué pasa?"

"¿Trabajarás el sábado?"

"Tengo un par de cosas que hacer por la mañana. ¿Por qué?"

"Un amigo mío necesita un techo nuevo."

Derek se rió. "No trabajo en Manhattan, Tyler. Me gusta demasiado mi camión para llevarlo allí."

"La casa está en Flatbush."

Ty casi podía sentir que el interés de Derek se agudizaba. "¿Desde cuándo conoces a alguien en Brooklyn?"

Como era de esperar, Ty escuchó la voz de su hermana mientras se acercaba.

De manera igualmente predecible, Paige tomó el teléfono y no perdió el tiempo charlando. "¿A quién conoces en Flatbush?"

"No importa."

"Por supuesto que importa", dijo ella, con un tono despectivo. "Estás llamando en medio de la noche para pedirle a Derek que reemplace un techo en Flatbush. Esto es improbable en varios niveles, a menos que... "

"Ella sólo necesita un techo", dijo Ty, interrumpiendo, luego se dio cuenta de su error en el silencio que siguió.

"¿Ella?" repitió Paige.

Ty hizo una mueca. Él estaba tan decidido a arreglar el techo de Shannyn y a hacer un nuevo trato que no había pensado en las obvias implicaciones. Él estaba fuera de práctica.

Por el lado positivo, él y Shannyn estaban teniendo un historial de relación, en ese mismo momento.

En el lado negativo, él sabía cuál sería la opinión de Shannyn al respecto.

"Entonces, es una mujer que necesita un nuevo techo, específicamente una nueva novia de la que no nos ha hablado. Porque Giselle es de París, no de Brooklyn, que está demasiado lejos para que Derek arregle su techo." El tono de Paige reveló que estaba esperando una confesión.

Bueno, ellos tenían un trato para la boda. Ty admitió lo inevitable. "Su nombre es Shannyn", dijo él. "Necesita un techo nuevo y el mejor precio que ha conseguido es demasiado alto para ella."

"¿Cuál es la dirección?" preguntó Derek, aparentemente cogiendo de nuevo la llamada. "Quizás conozco la casa."

"Creo que sería mejor si hablaras con Shannyn. Puedo darte su número."

"Pregúntale si quiere hablar sobre el techo antes del fin de semana", exigió Paige y Ty se dio cuenta de que ellos pensaban que él estaba con Shannyn.

Quizás incluso en su casa.

En su cocina o incluso en su cama.

Él se alegró de no saber la dirección de Shannyn. La curiosidad de Paige era legendaria en la familia y él no le daría la oportunidad al cargar a un bebé llorando en la camioneta y exigir que Derek pasara por la casa de Shannyn.

Luego llamaría a la puerta y pediría que la presentaran.

"Haré que ella te llame", respondió él. "¿Estará bien alrededor del sábado?"

"Absolutamente", dijo Paige con una decisión que revelaba que ella estaba en busca de noticias.

Derek habló entonces. "Hazme un favor, Tyler, y dime el gran número. Déjame saber a qué me enfrento."

Ty se lo dijo y estaba terminando la llamada cuando Paige tomó el teléfono de nuevo. "Saluda a Shannyn de nuestra parte", dijo ella. "Dile que tengo muchas ganas de conocerla."

"¿Cuándo vas a conocerla?" preguntó Ty, su pánico aumentando. "Es Derek el que va a revisar el techo."

Pero Paige se había ido.

Ty volvió a llamar, pero la llamada fue al buzón de voz. Él no dejó un mensaje, porque tenía que hablar con Paige directamente para hacerla cambiar de opinión. Probablemente ella ya estaba llamando a otra de las mujeres de la familia para compartir la noticia. Su mamá sería la primera. Ty luchó contra la sensación de que su plan perfecto se estaba desmoronando e insistió para sí mismo en que todo estaba bien. Él estaba sentando las bases para que él presentara a Shannyn en la boda. Eso hacía que la relación pareciera real. No era por eso que había llamado a Derek, pero estaría bien.

Muy bien.

Probablemente.

Él bebió el resto de su whisky y se dirigió a la cama, sabiendo que todas las vueltas que había nadado no lo ayudarían a dormir en absoluto.

Su cita falsa sucedería, para bien o para mal.

SEIS

A las siete de la mañana del miércoles, sonó el teléfono de Ty.

Él ya estaba despierto.

De hecho, apenas había dormido.

Colleen McKay tenía la regla de no llamar a nadie antes de las siete de la mañana, a menos que fuera una emergencia o un fin de semana. (El fin de semana, esperaba hasta las ocho). Ty podía imaginar que su madre había estado parada en su cocina, impaciente por hacer la llamada, durante al menos dos horas, golpeando con el dedo del pie mientras el minutero del gran reloj avanzaba lentamente.

Paige la habría llamado de inmediato, independientemente de la hora.

"Hola mamá." Él sonaba cansado y no le importaba.

¡Tyler! Estoy tan contenta de que estuvieras ahí."

"Son las siete de la mañana, mamá. ¿Dónde estaría yo que no pudieras contactarme? "

"Olvida eso. ¡Quiero saber sobre Shannyn! "La voz de su madre se elevó con entusiasmo y anticipación. " ¿Quién es ella? ¿Dónde se conocieron? ¿Cuánto tiempo se han estado viendo? ¿Y qué le pasó a Giselle?

"Giselle y yo rompimos hace un tiempo, mamá. Simplemente no funcionó."

"¡Debiste decírmelo!"

"Yo sabía que ella te gustaba." Ty trató de sonar triste. "No quería decepcionarte." Esa parte era verdad.

"Eres tan dulce. Pero piensa en las oportunidades perdidas, Tyler. Hace apenas dos semanas, la hija de Geraldine Wright llegó a casa de la escuela de veterinaria y Geraldine estaba diciendo que había preguntado por ti... "

"Oh, bueno, mamá. Lo que será, será."

Su madre se volvió severa. "Eres muy arrogante con esto, Tyler, pero no te estás volviendo más joven..."

"Shannyn", dijo Ty, interrumpiendo a su madre con una distracción. Funcionó.

"¡Shannyn! ¿Cómo la conociste?"

Ty lo mantuvo simple y lo más cercano a la verdad posible. "Tuvimos una clase juntos en la universidad. Una clase de literatura inglesa. Y nos volvimos a encontrar aquí en la ciudad."

"¿Qué hace ella?"

"Ella es una fotógrafa independiente."

"¡Una fotógrafa! Qué maravilloso y creativo. Ese es un buen equilibrio para ti. Pero, ¿cómo la encontraste en Manhattan? ¿Estuviste en una función social? "La voz de su madre se elevó con la esperanza de que él se estuviera mezclando en la sociedad.

"Vino aquí al club para tomarnos algunas fotos para un artículo en la revista de ex-alumnos."

"Destino", susurró su madre. "Incluso cuando trabajas todo el tiempo, Cupido aparece."

Ty puso los ojos en blanco y se abstuvo de comentar sobre eso.

"Una fotógrafa", reflexionó su madre. "Deberías llevarla al pequeño espectáculo de Katelyn y Jared." Katelyn y Jared tenían una pequeña exhibición de arte en su loft en el Soho el viernes por la noche antes de la despedida de soltera. "Después de todo, no podemos estar todos allí y sería bueno mostrar nuestro apoyo. Además, ella podría convencerte de que compres algo."

"No sé si iré a su show", dijo Ty, porque no tenía planes de asistir. "Podría estar trabajando."

"¡Tyler!" lo reprendió su mamá. "Bueno, ¿Shannyn vendrá a la despedida de soltera?"

Él trató de frenar los planes de su madre. "Ella podría estar trabajando. Ella tiene algunos trabajos importantes en este momento."

"Pero tienes que convencer a Shannyn de que venga a la despedida de soltera. Todos estamos deseando conocerla."

"Eso no es tentador, mamá. Muy pocas personas esperan ser interrogadas."

"No seas ridículo. Le damos la bienvenida."

"Eres abrumadora, no solo en números sino en entusiasmo."

"Somos solidarios."

Ty dejó eso así, pero su madre no se dio cuenta.

"No puedo esperar a escuchar lo que Paige tiene que decir cuando se reúnan. Sabes, ella es una buena juez de carácter y siento mucha curiosidad por la casa en Flatbush. ¿Es una casa nueva?

Ty se enderezó ante la implicación de las palabras de su madre. "Paige no vendrá con Derek a la casa", dijo él con firmeza, esperando poder asegurarse de que su hermana no lo hiciera.

"¿Bueno, por qué no?" Su madre se rió cuando los labios de Ty se tensaron. "Es una oportunidad perfecta..."

"No, no lo es. Sería una muy mala idea."

"Tyler, eres demasiado protector con las mujeres en tu vida. Estoy seguro de que Shannyn estará encantada de conocer a Paige y a Ethan... "

"Shannyn podría pedirle a Derek una estimado sobre su techo", dijo Ty, interrumpiendo a su madre. "Si lo hace, es un negocio. No es social."

"Bueno, podría ser social, querido."

Ty se dio cuenta de que tendría que jugar duro. "Si Paige va con Derek, cuando Shannyn le pida un estimado por su techo, ni siquiera le diré a Shannyn sobre la despedida de soltera."

Su madre se asustó y se quedó en un silencio momentáneo. "Pero ella ya debe saberlo."

"No. No hemos hablado de eso, porque sé lo ocupada que está. No quiero que sienta que me está decepcionando y no quiero provocarle ningún estrés por mi familia. Yo tenía la loca idea de que podríamos vernos por un tiempo."

Su mamá no se dio cuenta de su sarcasmo. Ella suspiró. "Pero sería tan bueno si Paige la conociera primero."

"No. Sería complicado. Puede que Shannyn se sienta como si tuviera que contratar a Derek para reemplazar su techo. Es muy temprano, mamá, y no quiero que todos salten para asfixiar a Shannyn."

Su mamá pensó en eso durante tres segundos. "Pero Tyler..."

Si alguna había algún momento en la vida de Ty en el que él debía poseer impresionantes habilidades de negociación, ese era. Él interrumpió a su mamá. "Si Paige va, me aseguraré de que no conozcas a Shannyn hasta la boda de Katelyn."

"¡Tyler!"

"Tú eliges, mamá. Eres una de las únicas personas a las que la Princesa Paige escucha." Él sacudió la cabeza. "Faltan más de tres semanas. Tampoco te diré nada más sobre ella."

Él escuchó a su mamá inhalar bruscamente. "Si convenzo a Paige de que se mantenga alejada, ¿llevarás a Shannyn a la despedida de soltera el próximo fin de semana?" En momentos como este, Ty a menudo se preguntaba cuál de sus padres le había dado habilidades de negociación innatas.

"La invitaré. No puedo prometer más."

Su madre obviamente estaba dividida entre tener las opiniones de Paige rápidamente y la oportunidad de sacar sus propias conclusiones más tarde. "¿Y el pequeño espectáculo de Katelyn?"

"No."

"No estás siendo justo, Tyler."

"Estoy siendo muy justo."

"Debe ser serio para ti si estás tan decidido a defender a Shannyn. ¿Cuánto tiempo se han estado viendo? "

"No mucho."

"¡Entonces se está poniendo serio rápidamente!" su mamá gritó de alegría. "Oh, Tyler, estoy tan contenta..."

"¡Mamá!" Una vez más, Ty tuvo la sensación de que las cosas se estaban saliendo de control. Él tenía que pensar que Shannyn encontraría eso divertido y se alegraba de que ella no lo estuviera presenciando. "No empieces a planificar una boda."

"No seas ridículo, Tyler. Tengo que gestionar la boda de Katelyn ahora mismo. Pasarán al menos seis semanas antes de que pueda siquiera pensar en organizar otra, aunque sería un buen momento para hablar con el pastor... "

"Déjalo, mamá."

Para alivio de Ty, ella lo hizo, pero él sabía que no duraría. "¿Crees que lloverá el próximo domingo? Los jardines son encantadores y sería ideal si la gente pudiera salir."

"No he comprobado el pronóstico, mamá."

Su mamá parloteó durante unos minutos y luego respiró hondo. "Vas a ser terco con esto, ¿no es así?"

"No es opcional."

"Creo que estás siendo malo..."

"Oh bien. Tengo que ir a trabajar, mamá."

"¿Qué piensa Shannyn sobre tu horario de trabajo?" demandó su mamá.

"Adiós, mamá." Ty miró su teléfono, preguntándose si estaba condenado a ser siempre el que terminara las llamadas con su madre. Quizás valdría la pena casarse solo para que ella se relajara.

No, siempre habrá otra misión. Él podría estar casado y tener treinta hijos y ella querría saber cuándo llegaría el próximo.

Ty esperaba que la capacidad de su madre para cambiar la opinión de Paige se mantuviera.

Algo sobre esa cita falsa tenía que ser más fácil.

SHANNYN TOMÓ el tren a casa el miércoles, contenta de haber conseguido un asiento. Había estado corriendo todo el día, manteniéndose al día con el conservador de la Biblioteca y Museo Morgan. Ellos estaban prestando parte de su colección al Met para la gran exhibición de libros de salterios de la época medieval, y Shannyn había hecho arreglos para que ella pudiera tomar fotos. Ella no esperaba que el curador estuviera tan entusiasmado, aunque ella ya debería haberlo sabido mejor, ni que hubiera pasado tanto tiempo eligiendo qué páginas fotografiar. Ella esperaba que las fotografías fueran tan buenas como se veían en la lente.

El jueves en el Met, el viernes para llenar los huecos, el sábado en Flatiron 5 Fitness y, con un poco de suerte, todavía tendría el lunes como reserva. Todo está bien. Ella no pensaba en que el tren pasaba cerca de Flatiron 5 Fitness, o en la proximidad de Tyler McKay, o en el hecho de que él ni siquiera le había enviado un mensaje de texto en todo el día.

Ella no tenía expectativas de él. Era oficial.

Ella no estaba decepcionada de que él no hubiera seguido la sugerencia de hacer un nuevo trato. O él no podía resolver el problema de su techo, y realmente, -¿cómo podría él hacer eso?-, o él no quería. Shannyn no iba a llamar y suplicar la atención de Tyler.

Él obtenía mucho de eso de mujeres como Giselle.

Incluso si ella tenía curiosidad.

Incluso si hubiera sido un placer culpable hablar con él en medio de la noche.

Ella hablaría con su madre el domingo por la noche sobre qué ponerse para la boda y lo volvería a ver en junio. No importaba si eso parecía estar a diez millones de años.

Shannyn tenía trabajo que hacer.

Ella revisó su teléfono de nuevo, solo para estar segura.

Y sonó, justo en su mano.

¡Kirsten!

Shannyn estaba sonriendo cuando respondió. No había nada mejor que hablar con su mejor amiga.

CASSIE PENSABA que era un comentario bastante triste sobre su vida que la reunión semanal de F5F fuera el punto culminante de su semana. Ella era socia en un exitoso club de fitness y le encantaba su trabajo en el club, pero la oportunidad de ver a Ty McKay de cerca y en persona ponía todo eso en la sombra.

Ese hombre.

Cassie siempre había sentido una poderosa atracción por Ty, pero parecía que él ni siquiera la había mirado, al menos no de la forma que importaba. Él era cortés. Él reconocía sus habilidades y la invitaba a participar en todos los asuntos relacionados con Flatiron 5 Fitness. Él la felicitaba por sus éxitos, pero siempre había una distancia entre ellos.

Ella empezaba a preguntarse si había sido demasiado sutil al mostrar su interés. Ty era, después de todo, un perfecto caballero. Por lo que ella sabía, el interés era mutuo, pero él era demasiado educado para dar el primer paso.

Tal vez en la reunión de esa semana, él se enteraría.

Cassie había organizado una presentación de un miembro del club, Meesha, para la reunión semanal de los socios, sobre una tendencia que la mujer más joven había notado en las redes sociales. Ella había acudido a Cassie con sus observaciones y sugerencias, pero la gran conclusión que Cassie sacó fue que un alto porcentaje de miembros que estaban inclinados a inscribirse la emparejaban con Ty.

La presentación de Meesha podría ser la apertura que Cassie había estado esperando.

Ella se vistió para triunfar en ese miércoles en particular, en lugar de aparecer con ropa de yoga como solía hacerlo. Cassie se fue a casa después de su última clase para ponerse un lindo traje azul marino que había comprado para reuniones de negocios. La falda era lo suficientemente corta para mostrar con ventaja sus piernas. El traje era femenino y elegante, y en su opinión, hacía parecer más probable que ella y el Señor Apuesto pudieran ser una pareja.

Quizás la ropa podría ayudar a Ty a ver lo obvio.

Ella se recogió el pelo en un peinado más complicado que su habitual coleta desordenada y le gustó el resultado. Como beneficio adicional, Cassie usó su nuevo par de tacones de agujas y su lápiz labial más rojo. Incluso tomó un taxi de regreso al club, en lugar de caminar como de costumbre. Un par de los hombres regulares la siguieron con un silbido mientras cruzaba el vestíbulo, lo que no lastimó ni un poco su confianza.

No le sorprendió escuchar a Kyle y a Damon discutiendo en la sala de conferencias cuando ella entró a las oficinas. Lo habían hecho durante tanto tiempo que era un hábito arraigado y, de todos modos, nunca había significado nada. Jax, a quien Cassie consideraba la dama dragón residente de F5F y la guardiana del umbral, puso los ojos en blanco ante el ruido de los muchachos.

"Nunca se rendirán", dijo Cassie.

"Cuando lo hagan, sabremos que hay algo realmente mal", dijo Jax secamente. Ella tenía cuarenta y tantos años y administraba los recursos humanos del club, contratando maestros y equilibrando su fuerza laboral a tiempo parcial con precisión militar. Ella era la mujer original de pocas palabras y una de las mejores boxeadoras del club. Cassie quería ser Jax cuando creciera.

"Eres la última." Dijo Jax y Cassie respiró hondo porque Ty estaba muy cerca. Jax pareció sentir su emoción porque levantó la vista de su hoja de cálculo para inspeccionar a Cassie. "¿Algo anda mal?"

"No. ¿Por qué?"

"Parece que vas a ir a una entrevista de trabajo." Los ojos de Jax se entrecerraron. "Quizás vas a renunciar."

"¡Nunca! Solo quería subir la apuesta." Ella giró, presumiendo. "¿Te gusta?"

Jax asintió. "Me encanta." Ella señaló a Meesha, que estaba sentada en el borde de una silla, esperando. "Sigo pensando que ustedes dos están tramando algo."

Meesha tenía su computadora portátil sobre sus rodillas y sostenía una gran taza térmica de café. Ella también llevaba un traje, aunque el suyo era de color rosa pálido con un volante en el dobladillo. Ella tenía una sonrisa que podía iluminar una habitación y tenía sentido que las redes sociales fueran su entorno natural. Ella tenía poco más de veinte años, era exuberante y su amor por el color rosa rayaba en una obsesión. Su cabello estaba hoy con las puntas rosa, tal vez para la reunión.

"¿Listo?" le preguntó Cassie.

Meesha asintió. "Nunca había hecho esto antes, no en frente de la gente."

"¿Más acostumbrada a hacerlo en línea?" bromeó Cassie.

"O detrás de escena", Ella tomó un sorbo de su café.

"Lo harás genial. No te preocupes."

Cassie y Meesha intercambiaron pulgares hacia arriba y Jax comenzó a recoger para terminar el día.

Con el corazón en la garganta, Cassie entró en la sala de conferencias y miró a Ty. Él llevaba un traje azul marino y una corbata impecable, y fruncía ligeramente el ceño mientras revisaba los informes financieros del mes anterior. Ignorando a Kyle y Damon, como siempre. Yum, yum, yum, como de costumbre también. Ignorando la llegada de ella en modo operativo estándar.

Cassie se negó a desanimarse por eso.

Theo estaba inclinado, apuntando a un elemento en la computadora portátil de Ty mientras murmuraba un comentario. Él también estaba vestido con traje, sus gemelos destellaban mientras indicaba un artículo. La pareja conversaba en voz baja, dos guisantes de una vaina.

Kyle, como era de esperar, no se perdía nada ni se abstenía de comentar nada. Él miró dos veces al verla, luego dio un silbido. "Nadie me dijo que habíamos cambiado el código de vestimenta", dijo él, levantándose para dar vueltas alrededor de Cassie. "Maldita sea, mujer, podrías detener el tráfico con ese traje." Él hizo un gruñido y Cassie lo empujó hacia su silla.

—Abajo, muchacho —dijo ella, muy consciente de que Ty apenas había levantado la vista.

"¿Gran cita después?" Preguntó Kyle, con la típica curiosidad.

"No. Tenía ganas de vestirme para variar."

"Gracias por aportar al paisaje", dijo Kyle y ella deseó tener algo que arrojarle.

"Puedes ver por qué no lo dejamos salir mucho", gruñó Damon.

"¿Por qué te está dando dolor ahora?" preguntó ella.

Damon negó con la cabeza.

"Solo digo que él podría aguantarse un poco mejor", se quejó Kyle. Él volvió a tumbarse en una silla, con un pie apoyado en la mesa de conferencias mientras se balanceaba sobre las patas traseras de la silla. Él se veía como el surfista por excelencia: rubio, bronceado y musculoso. Él iba vestido, como de costumbre, con jeans ajustados en todos los lugares correctos y una camiseta ajustada que podría haber sido una segunda piel. Su cabello era de cien tonos de oro y estaba despeinado, sus ojos de un azul brillante, y Cassie estaba contenta de ser inmune a su encanto. Kyle tenía esa combinación perfecta de confianza y estilo que lo hacía atraer a las mujeres como las abejas a la miel, y él lo sabía. Él también lo usaba. Cassie nunca había conocido a nadie con un caso peor de enfermedad de compromiso. A pesar de su arrogancia, había algo divertido en Kyle que hacía imposible que no gustara.

Ciertamente él podía hacer reír a Cassie, y a casi cualquier mujer viva.

Damon puso los ojos en blanco. Un poco más bajo que Kyle, también pasaba mucho tiempo en el gimnasio. Damon siempre había sido la potencia silenciosa. Era intenso y brillante, y un genio con el diseño. Él también era un caballo ganador, el que inesperadamente podía llegar lejos, y a menudo sorprendía a Kyle cuando competían en el gimnasio.

"A ti fue a quien te le ocurrió la idea del club de baile", señaló Damon. "Fuiste tú quien dijo que tenía que ser monitoreado por una persona exigente como tú. Entonces, deja de quejarte sobre el trabajo que hiciste a tu medida."

"Todo lo que digo es que podrías trabajar un viernes por la noche de vez en cuando", dijo Kyle.

"¿Se acabaría el mundo si ustedes dos dejaran de pelear como ancianas?" Preguntó Cassie, sacando una silla para ella. Se quedó detrás de ella por un momento, deseando que Ty tuviera la oportunidad de notar su nuevo look. "Tal vez deberíamos intentarlo, solo para ver."

"¿Ancianas?" Dijo Kyle, aparentemente insultado. Damon pareció desconcertado. Theo estaba tratando de ocultar una sonrisa.

Ty sólo le lanzó una mirada de reconocimiento. Él estaba conectando su computadora portátil a la gran pantalla, lo que aparentemente requería toda su atención.

"Tal vez hermanas mayores", dijo Cassie y Kyle se estremeció.

"No creo que estemos tan mal", dijo él.

Ty silbó, llamándolos al orden. "Empecemos. He distribuido la agenda y verán que tenemos mucho que cubrir esta noche."

"Incluyendo Damon esquivando turnos en el club los viernes por la noche", dijo Kyle.

"¿Es un crimen tener una vida?" Preguntó Damon.

"Quiero saber su nombre", respondió Kyle, inclinándose hacia adelante para golpear con el dedo índice la mesa.

Damon sonrió, lo que podría haber sido planeado precisamente para volver loco a Kyle.

Los ojos de Kyle se iluminaron y Cassie supo lo que pasaría a continuación.

En cambio, Ty se aclaró la garganta. "¿Alguien sabe por qué tenemos este aumento en las nuevas membresías?" preguntó él, con un enfoque típico en el negocio. Él miró a Cassie. "¿Nueva campaña publicitaria?"

Ella sacudió su cabeza. Aún no."

"Es el club de baile", dijo Kyle, dirigiéndose a Ty. "Tú fuiste quien dijo que necesitábamos nuevos miembros y nuevas fuentes de ingresos. El club de baile lo es."

Ty frunció el ceño. "No lo creo. Quiero decir, es una buena fuente de ingresos y le está yendo bien, pero lo abrimos el otoño pasado. Este es un aumento reciente." Él miró a Theo. "¿Menciones en la prensa?"

Theo negó con la cabeza. "Tuvimos buena visibilidad en los periódicos de celebridades con la fiesta de San Valentín por el club de baile, pero eso fue hace un tiempo."

"Estos nuevos miembros están aprovechando la oferta por un compañero de ejercicios", dijo Ty, escribiendo y luego colocando un gráfico de la pantalla de su computadora en la pantalla grande.

"Dos membresías por una, si trabajan juntos", dijo Damon. "Gran idea, Cassie."

"Pero lo hemos ofrecido por un tiempo", señaló Kyle. "¿Nuevos anuncios?"

Cassie negó con la cabeza. "Casi sin anuncios, en realidad."

"Al menos las mujeres lo están aprovechando", dijo Ty, cambiando la pantalla para dividir los datos por género. "Los hombres se están uniendo individualmente."

"Pero todavía hay más de lo habitual", reflexionó Theo.

"Se trata de sexo", dijo Kyle.

"¿Disculpa?" preguntó Ty.

"Quieren tener suerte. Vienen aquí porque las probabilidades de salir con alguien sexy son mucho mejores aquí que en cualquier otro lugar."

Como solía ser el caso, los instintos de Kyle estaban cerca de la verdad. Cassie revisó la agenda, contenta de ver que la presentación de Meesha era la siguiente.

"Viene con el territorio", continuó Kyle. Él hizo un gesto en dirección al gimnasio. "Especialmente nuestro territorio. Todos esos cuerpos sexys y musculosos. Toda esa perfección humana, sudando y estirajándose, y tonificándose. Todo este lugar se basa en el poder del atractivo visual. Ese es nuestro nicho. Magníficos ejemplares de la humanidad en todas direcciones. Por eso la gente viene al F5F. El sexo es el resultado natural e inevitable." Él se sentó y sonrió. "Fiebre de primavera. Todos quieren tener suerte y F5F es el lugar para buscar las mejores opciones."

"No creo que sea eso", dijo Ty, tecleando para que los patrones estacionales de los últimos diez años se superpusieran a los datos actuales. "Creo que hay una raíz específica para este pico en los últimos treinta días y si lo resolvemos, podemos hacerlo mejor a propósito."

"En realidad, yo lo sé", dijo Cassie y todos los muchachos la miraron. Y Ty tiene razón: se trata de algo más que sexo y fiebre primaveral. Siempre hemos tenido eso. ¿Podemos pasar al tema en la agenda sobre la presentación de Meesha? "

"Seguro. ¿Quién es Meesha? "preguntó Ty.

Cassie se puso de pie. "Uno de nuestros miembros que es un as en las redes sociales. En realidad yo creo que deberíamos darle un trabajo, pero ella está aquí para mostrarnos algo que está sucediendo orgánicamente, algo que ella notó y vino a hablar conmigo." Ella llamó a la mujer más joven, que tropezó con la alfombra cuando entró en la sala de conferencias. Damon la agarró del codo y ella le sonrió agradeciéndole. Luego, los socios hicieron las cosas de hermano mayor que Cassie amaba de ellos. Damon le consiguió una silla a Meesha, Theo le dio la bienvenida y Ty conectó su computadora portátil a la pantalla grande, desenganchando la suya.

Kyle miró sus piernas.

Meesha respiró hondo visiblemente cuando se mostró su primera diapositiva. "Escuché a Kyle decir que F5F tiene que ver con la belleza visual y no es el único que piensa eso." Ella hojeó capturas de pantalla de las redes sociales oficiales del club, destacando sus publicaciones mientras hablaba. "Hay muchos miembros que publican imágenes de sí mismos en *F5F en línea*, y ustedes lo saben porque ponen el hashtag." Una vez que ella comenzó, su confianza creció, tal vez porque estaba interesada en los datos que estaba presentando. "Solo como un aparte, creo que podrían hacer un mejor trabajo con las cosas de marca y compartir eso, pero podemos hablar de eso más tarde." Theo y Ty intercambiaron una mirada. "Quería que vieran esto."

Todos los socios se inclinaron hacia adelante.

"Esto es algo orgánico que surgió en los últimos meses. La gente no siempre usa el hashtag del club, el que creo que deben cambiar, porque es algo muy bueno para las relaciones públicas."

La pantalla de la computadora portátil de Meesha incluía imágenes de una secuencia de fotos en las redes sociales. Todas eran fotografías de parejas, sonriendo a la cámara, con las manos juntas, radiantemente felices y no todas en el club.

"Miren el número de me gusta", les dijo Cassie. Los números estaban fuera de serie y ella quería asegurarse de que los muchachos se dieran cuenta.

"# Encuentraelindicado", leyó Kyle. "En serio, esto no es sobre el amor verdadero."

"En serio, lo es", dijo Meesha con severidad. "Este tipo de mito urbano está evolucionando y es en F5F donde puedes encontrar a tu pareja. Es el lugar del amor verdadero en Manhattan."

"Pero no anunciamos eso", protestó Theo.

"Quizás por eso", dijo Meesha. "Se siente más auténtico, porque simplemente está sucediendo por sí solo. Eso no significa que no puedan alentarlo o resaltarlo."

"O comercializarlo", murmuró Damon.

"Siempre supimos que había grupos de chat", dijo Cassie. "Y el tablero de anuncios para los compañeros de entrenamiento siempre ha estado ocupado. Lo nuevo y diferente es que la gente encuentra el amor aquí, no solo el sexo, y nos estamos ganando una reputación por eso."

"Eso explica los nuevos miembros", dijo Theo.

"Y por qué los hombres se unen solos, pero las mujeres traen un compañero", dijo Kyle.

"Miren todos esos compromisos y bodas con este hashtag", dijo Meesha. "Ustedes tienen que trabajar con esto para poder controlarlo."

"Pero no podemos controlarlo", protestó Ty. "Quiero decir, es genial si las personas encuentran lo que quieren..."

"A quién quieren", corrigió Kyle.

"Pero no somos casamenteros ni un servicio de citas. No garantizamos ese tipo de resultados." Ty negó con la cabeza. "Y no me gustaría hacerlo."

"Pero no tienes que hacerlo", respondió Meesha. "Solo necesitas brindarles a los miembros un foro para expresar lo que ya está sucediendo."

"¿Cómo?" invitó Damon.

"Un tablón de anuncios para fotos aquí en el club. Quizás uno digital, como una gran pantalla que cambia constantemente. La gente puede enviar sus imágenes y compartirlas allí, luego el club puede compartirlas en las redes sociales. De esa forma, están habilitadas y pueden iniciar un hilo en los sitios oficiales para mostrarlas..." Meesha mostró una maqueta de una página de Instagram. "Y podrían presentar a una pareja, tal vez cada semana o más a menudo, dándoles un espacio para compartir cómo se conocieron y cuáles son sus planes futuros. Eso funcionaría en todas sus cuentas de redes sociales." Ella también tenía una maqueta de eso, completa con gráficos y cómo se vería en todas sus cuentas de redes sociales.

"¿De dónde viene el logo?" preguntó Ty.

"Cassie lo hizo cuando le hablé de esto", dijo Meesha.

"Debí haberlo adivinado. Todos nuestros materiales son tan populares, Cassie", dijo Ty. "Es lo que haces y lo que distingue a F5F en el mercado."

Ella se sintió ridículamente complacida, a pesar de que él no la miró, y habló como si fuera solo un hecho. "Ponerle nuestra marca a todo eso lo haría nuestro."

"Y le daría cohesión más allá del hashtag", dijo Meesha, haciendo clic en sus diapositivas. "Un premio de pareja del mes es otra opción. Pueden conseguir que algunos de los medios de comunicación las consideren historias de interés humano. Bodas en F5F."

"Whoa", dijo Kyle.

"¿Por qué no?" Dijo Meesha, desafiándolo. "Alguien va a querer intercambiar sus votos en ese muro de escalada, y una vez que lo hagan, habrá más."

"¿Cómo podemos apoyarnos en esto para talleres o invitados?" Preguntó Theo. "¿Quizás membresías gratuitas para las parejas que se casan después de conocerse aquí?"

"Whoa", dijo Ty. "Descuentos, tal vez." Todos rieron.

"Noches de solteros en la sala de pesas", dijo Damon. "Conoce a tu pareja y diviértete. Trabajen juntos para alcanzar sus metas."

"El club de baile solo está abierto los viernes y sábados", dijo Kyle. "¿Qué pasa si organizamos algún tipo de evento los jueves por la noche?"

"Creo que lo principal es dar más visibilidad a lo que ya está sucediendo", dijo Meesha. "Como esto." Ella hizo clic en más ejemplos. "Pero necesitan contenido, tal vez incluso más allá de lo que los miembros comparten voluntariamente."

"Un fotógrafo", dijo Ty en voz baja. Algo en su tono pinchó a Cassie y ella lo miró de cerca.

Ella estaba segura de que él no conocía a ningún fotógrafo. Ella constantemente encuestaba a los socios para obtener contactos y la fotografía era un gran gasto en sus materiales de marketing.

"¡Exactamente!" Dijo Meesha. "Y alguien -" se aclaró la garganta con modestia fingida "- para construir estos gráficos y administrar estos hilos por ustedes. Necesitan una diosa de las redes sociales." Ella levantó las manos con expresión expectante.

Todos los muchachos sonrieron como uno solo. "Vaya, ¿tal vez conoces a alguien con esas credenciales que busque trabajo?" Preguntó Kyle, todo inocente.

"¡Yo!" dijo Meesha y todos se rieron. "Puedo asegurarme de que sean los dueños de esto, pero no puedo hacerlo como un trabajo secundario. Es mucho trabajo de gráficos además de supervisión y gestión. Es un trabajo de tiempo completo."

"Pensé que tenías un trabajo diurno", dijo Ty.

"Sí, pero esto sería mucho más divertido." Ella sonrió con ese entusiasmo contagioso.

"Se necesitará mucho trabajo para lograrlo", estuvo de acuerdo Theo, quien probablemente era el más comprometido de todos ellos en las redes sociales. "¿Puedes darnos tu currículum?"

Meesha sonrió y sacó su teléfono. "Todo lo que necesito es un contacto de correo electrónico."

Theo sonrió y le dio uno. Hubo un ping audible cuando él recibió su mensaje.

"Esto es genial, Meesha. Gracias por traérnoslo y preparar la presentación. ¿Cualquier otra sugerencia?" preguntó Ty, mirando su agenda.

Meesha sonrió. "Deben saber que hay... discusiones sobre cada uno de ustedes."

"¿De nosotros?" Damon dijo con obvia sorpresa.

"Ustedes", estuvo de acuerdo ella. "Todos ustedes. Quiero decir, después de todo, han estado aquí más tiempo. Solo tendría sentido que si hubiera algo de magia de parejas en F5F, ustedes ya no estarían todos solteros." Ella puso una captura de pantalla que tenía a Kyle acercándose.

"¿Apuestan en nosotros?" preguntó él incrédulo.

"Más o menos. A la gente le encanta la idealización."

"¿Idealización?" repitió Ty.

"Crear relaciones ficticias", explicó Cassie. "Es como fútbol de fantasía."

Meesha asintió. "Establecieron citas de fantasía para todos ustedes."

Kyle, como era de esperar, estaba intrigado. "¿A quién tengo yo?"

Meesha trabajó a través de varias pantallas, algunas de las opciones hicieron reír a los muchachos. Theo había sido emparejado con estrellas de cine y celebridades locales que habían hecho apariciones en el club, Kyle con varias instructoras, Damon típicamente con sus estudiantes pero también con Sonia, y luego Meesha mostró la pareja más popular: Cassie y Ty.

Ty se pasó una mano por el pelo y parecía mucho menos emocionado de lo que Cassie se sentía. "No estoy seguro de que necesitara saber eso", dijo él en voz baja.

"Y algunos miembros incondicionales incluso planean sus bodas." Dijo Meesha, desplazándose por más pantallas. Incluso si los muchachos ignoraban las imágenes y los comentarios, la gran cantidad de publicaciones era impresionante. "Creo que deberían tomar el control de esto. Creo que deberían trabajarlo. Tener citas activamente. Dejarse fotografiar haciéndolo. Alimenta el molino y sé glamoroso al respecto."

"Estoy tan preparado para esto", dijo Kyle. "Puedo empezar ahora. ¿Qué harás en aproximadamente una hora, Meesha? "

Ella se rió de él.

"Pero no somos estrellas de cine", argumentó Damon.

Meesha golpeó la mesa. "Ustedes son superestrellas aquí mismo. El punto es que pueden dar forma a la narrativa e influir en los resultados, si se hacen cargo de esto." Ella sonrió. Y si me contratan. Y a un fotógrafo que haga excelentes tomas naturales."

Hubo un latido de silencio.

"Nos has dado mucho en qué pensar", dijo Ty. "Gracias, Meesha, y gracias Cassie por preparar esto. Cassie tiene toda tu información de contacto y Theo tus credenciales, así que estaremos en contacto"

Los muchachos se pusieron de pie y cada uno le dio la mano a Meesha, luego ella recogió su computadora portátil y se fue, caminando mucho más erguida que cuando había entrado.

Lamentablemente, la imagen de Ty y Cassie se iba con ella.

"Trágica falta de confianza", dijo Kyle con un suspiro.

"Se necesita uno para conocer uno", respondió Damon.

Kyle lo señaló. "Tú deberías hablar primero, con tu cosa del viernes por la noche, sea lo que sea. ¿Quién es ella? ¿Qué tan grave es? Meesha necesita todos los detalles."

"Tú solo quieres todos los detalles."

"Por supuesto que sí. No es natural evitar hacer un turno en el club de baile, que está lleno de cuerpos hermosos, relucientes y retorcidos, todos balanceándose al ritmo. Las feromonas que contiene son suficientes para aturdir a los no iniciados... "

"Natasha", murmuró Damon, probablemente deslizando la confesión en medio del soliloquio de Kyle con la esperanza de que no la notara.

Cassie podría haberle dicho que era una posibilidad remota.

"¡Natasha!" Kyle casi se lanza a través de la mesa de conferencias. "¿Cómo es ella?"

"Por supuesto, ese es el tema de interés para Kyle", dijo Theo.

"Con su profundo interés en el carácter", estuvo de acuerdo Ty y chocaron los puños.

"¿Qué hace ella? ¿Dónde la conociste?" Preguntó Kyle. "¡Quiero fotos!"

"No tendrás suerte." Damon estaba sombrío.

"Pero lo más importante, ¿cuándo la conocemos?"

"Nunca", dijo Damon con firmeza, mordiendo la palabra.

Fue una respuesta inesperadamente dura y la habitación se quedó en silencio por un momento.

Entonces Ty se aclaró la garganta. "Si consideramos el plan de Meesha, los miembros deben poder optar por no participar", dijo él. "Necesitamos asegurarnos de que el club siga siendo un lugar donde los socios se sientan seguros." Hubo un acuerdo general sobre eso y él asintió. "Vámonos. La revista de ex-alumnos enviará a alguien el sábado para que tome algunas fotografías para el artículo. Quieren fotos naturales, así que Kyle sugirió escoger al azar el sábado por la mañana, si todos podemos estar alrededor de las once, entonces podemos hacer unas tomas más formales más tarde... "

Un fotógrafo. Cassie no sabía nada sobre uno que venía. ¿Cómo lo sabía Ty? ¿Tenía esto algo que ver con su anterior cambio de tono?

Definitivamente, ella quería saberlo.

SIETE

S ilencio.

Ty revisó su teléfono de nuevo, pero no había mensajes de Shannyn. Eran más de las nueve cuando él regresó a su apartamento, había terminado el trabajo del día y recalentaba la comida rápida. Tyler se cambió mientras la comida estaba en el microondas, luego la puso en la encimera de la cocina y se la comió de la caja.

Solo otro día.

Pero ese miércoles en particular, Ty estaba impaciente con su rutina. Su vida se sentía rancia en lugar de satisfactoria, aburrida en lugar de concentrada.

Todo porque una mujer impredecible ni siquiera le había enviado un mensaje de texto.

Por supuesto, ella no tenía ninguna razón para enviarle un mensaje de texto, pero eso no había detenido a otras mujeres conocidas por Ty. Él había pensado que ella podría sentir curiosidad por su plan.

Pero no. Ella lo mantenía adivinando, una vez más.

Había sido genial hablar con Shannyn en medio de la noche, su voz era un suave murmullo en su oído, sus bromas haciéndolo sonreír. Él no creía que fuera su imaginación que ella estuviera menos a la defensiva en el teléfono y se preguntó por qué sería así. Él tenía que mantenerse alerta porque nunca sabía a dónde iría algo con ella, y Tyler disfrutaba tener que mejorar su juego. Shannyn nunca dejaba que él se saliera con la suya con una respuesta fácil.

Ty respetaba eso.

Ella también, aparentemente, era la única mujer en el universo que no necesitaba su consuelo o su habilidad para arreglar las cosas. Ty hojeó sus mensajes, notando que todos eran de mujeres que querían algo de él. Su hermana Paige había llamado mientras él estaba reunido con un cliente, probablemente con la intención de hacerlo cambiar de opinión acerca de que ella fuera con Derek. Él probablemente debería llamarla Princesa Persistencia, ya que era muy imposible para Paige considerar no salirse con la suya. Su madre no había vuelto a llamar, evidencia de que todavía estaba molesta con él. Ty estaba bien con eso por el momento.

Giselle había dejado un mensaje de que volaba a casa y había cambiado sus vuelos, junto con algunos comentarios sobre el carácter de Ty que demostraban que los puntos de vista de ella eran similares a los de Shannyn. Sin embargo, ella era mucho menos sucinta al respecto y Ty fue mucho más indiferente.

Luego estaba el mensaje de Cassie, recibido alto y claro, en la reunión de socios esa noche, de que ella estaba disponible. Las luces de neón no podrían haberlo hecho más evidente y Ty estaba avergonzado y molesto a la vez. Ellos habían hablado de eso antes, de forma indirecta. Él iba a tener que ser más directo y no estaba ansioso por eso. No era que a él le preocupara romper corazones; en muchos sentidos, Cassie era como Paige. En otros casos, era como Kyle. Ella solo quería lo que quería y, desafortunadamente, era a él.

El punto sobresaliente era que no había una palabra de Shannyn. Ni un mensaje de texto. Ni una llamada perdida. Silencio. Ellos tenían un trato y ella se apegaba a él. Ty respetaba eso, pero él estaba intrigado sobre el porqué ella no estaba tanteando la idea de Tyler sobre su techo. ¿Ella pensaba que él lo había olvidado? ¿O que él no se iba a molestar? ¿Ella ni siquiera tenía curiosidad?

Él sospechaba que ella simplemente había continuado con la intención de resolver su problema por sí misma. Por mucho que eso fuera refrescante, él quería que Shannyn quisiera su ayuda.

Él no podía esperar hasta el sábado para hablar con ella. Él quería hablarle de Derek. También tenía que advertirle sobre lo que había sucedido con su familia. Era lo más responsable para hacer.

Y Ty siempre era el responsable. Él terminó su cena, lavó y luego la llamó.

Si él estaba conteniendo la respiración mientras sonaba el teléfono, nunca se lo admitiría a nadie, y menos a cierta mujer con una casa con goteras en el techo en Flatbush.

SHANNYN ESTABA RECORTANDO imágenes y enumerando las pocas que tenía que volver a tomar cuando sonó su teléfono. Fitzwilliam roncaba en la vieja computadora portátil y sus inquilinos finalmente habían apagado la televisión por la noche. Ella disfrutaba del silencio.

Ella sonrió cuando vio a la persona que llamaba. "¿Estás llamando para admitir la derrota o celebrar un triunfo?" preguntó ella a modo de respuesta.

"¿No podría yo llamar solo para hablar contigo?" respondió Tyler, con una sonrisa en su voz.

Shannyn se encontró sonriendo. "Podrías, pero probablemente no lo harías. Eres una persona muy orientada a los objetivos."

"¿Eso es algo malo?"

"No. Es algo consistente."

"Haces que eso suene como algo malo." Él sonaba relajado y pensativo, como si ella tuviera toda su atención, lo que era seductor. Shannyn se preguntó si él sabía que estaba manteniendo la voz baja, tal como a ella más le gustaba. Si él había adivinado lo efectivo que eso era para hacer que sus rodillas se derritieran, probablemente lo estuviera haciendo a propósito. El hombre tenía encanto y sabía cómo usarlo.

La comprensión no cambió ni un ápice de la reacción de Shannyn.

"No lo sé. ¿Es tan malo ser confiable? "preguntó ella a la ligera. " Algunas mujeres realmente van a por eso."

"¿Pero tú no?"

Ella rió un poco. "Somos totalmente opuestos, Tyler, y si no lo sabes, te lo diré. Nunca trabajaría en dos trabajos durante una década solo para asegurarme de que todos mis fondos de jubilación estuvieran completos.

Apuesto a que acabas de llegar a casa y cenaste comida rápida. De nuevo."

Hubo una pausa, como si ella lo hubiera asustado. "Punto para ti", le cedió él. "¿Como adivinaste?"

"Esa cocina tuya parece estar en una casa modelo o en un hotel. Supe con una mirada que no cocinabas."

"No me di cuenta de que era tan transparente."

Shannyn se rió. Ella no pudo evitarlo. La sugerencia de que Tyler era fácil de leer era absurda. "No lo eres."

"Pensé que tenías trabajos secundarios. ¿No significa eso que trabajas mucho? "

"Pero eso se debe a que no tengo suficiente dinero y quiero quedarme con esta casa. Estoy motivada, pero espero que sea algo a corto plazo. La vida no se trata solo de trabajo, ya sabes." Ella jadeó con fingida indignación. "¡Oh! No, no lo sabes. Entonces tendrás que confiar en mí."

Su voz bajó para convertirse en un gruñido. "No creo que haya nada malo en la seguridad financiera."

"Yo tampoco me opongo. Yo solo quiero divertirme un poco también."

"¿Qué tipo de diversión?"

"No lo sé." Ella hizo una pausa, luego decidió lanzarle un hueso. "Sexo impulsivo en un martes por la noche al azar, tal vez."

"Definitivamente es una buena elección." Su voz estaba tan cálida con aprobación que Shannyn quiso cerrar los ojos y ronronear.

"Sí. Llovió en el Sahara y ahora los cactus están floreciendo." ¿Por qué ella le estaba contando todo eso?

"¿Y eso que significa?"

"Que yo había tenido un pequeño período de sequía. Lo terminamos con estilo." Ella hizo una pausa y luego pensó que bien podría decirlo. "Gracias."

"Fue idea tuya", le recordó él.

"Una inspirada. Tendré que intentarlo de nuevo en algún momento."

"Podríamos..."

Shannyn se sentó con la espalda recta, dándose cuenta un poco tarde de que había llevado la conversación exactamente a donde no quería ir. "No, eh, eh. Tenemos un trato, y el objetivo es apegarse a los términos."

Ella lo oyó pensar, luego Tyler cambió de tema. "Suenas como si estuvieras de buen humor esta noche. ¿Tuviste un buen día?"

"Tuve un gran día", dijo ella rápidamente, esperando que él no adivinara la verdad, de que ella estaba feliz solo porque él la había llamado.

"Eso es un golpe en mi orgullo. Yo solo esperaba que te alegraras de tener noticias mías."

El corazón de Shannyn dio un brinco. "¿Por qué? Entonces, ¿podrías seguir con la misión de convencerme de que eres un buen tipo? "

"Soy un buen tipo."

"Esa es tu historia y te estás apegando a ella."

Tyler se rió un poco. Ella se lo imaginó de pie en su apartamento, mirando por las ventanas hacia Brooklyn. Esa noche no había chimenea, solo la luz de la ciudad iluminándolo. Ella abrió esa foto de él mirando la pared de roca y la hizo llenar su pantalla, solo para inspirarse.

Era hora de darle una sacudida antes de que ella se ablandara.

"Tuve un día excelente", dijo ella. "Buen trabajo y buena conversación."

"Acabamos de empezar."

"¡No contigo! Me llamó mi compañera de cuarto de la universidad y mi mejor amiga del mundo."

"La profesora de matemáticas", supuso él, y Shannyn se sorprendió de que él lo recordara.

"Sí. Kirsten. Se casará la semana que viene... "

"¿No necesitas una cita falsa?" preguntó Tyler, interrumpiéndola suavemente.

"No, iré sola. Puedo defenderme." Ella lo dejó pensar en eso por un segundo, luego continuó. "Tendrán la ceremonia y la recepción en un nuevo restaurante y estoy emocionada por ello. Buena compañía, una celebración divertida y obtendré ideas culinarias."

"¿Tú cocinas?" Había un interés definido en el tono de Tyler.

"Yo cocino." Ella respondió con firmeza. "Y tú no. Adelante, dime que no tienes tiempo."

"No lo tengo."

Shannyn hizo un sonido de disgusto. Quédate con tu dinero, Tyler. Prefiero tener una vida."

Él pareció sorprenderse por eso. "¿Qué hay de tu techo?"

"Ese fue un sondeo ordenado de regreso al tema en cuestión. Otro punto para ti."

"¿Quién lleva la cuenta?" murmuró él.

"Yo no. Adelante, dímelo. Estás admitiendo oficialmente la derrota en el desafío del techo." suspiró Shannyn. "Oh bien. Sin cita para cenar. Boo hoo."

"No estoy haciendo tal cosa."

"¿De verdad?"

"Espera. ¿No pensabas que yo podría resolverlo? "

"No pensé que estarías lo suficientemente motivado como para molestarte", dijo ella y escuchó la respiración brusca de Tyler. "No tienes que salir de tu zona de confort para demostrarme algo, no se trata de competencia... "

Él la interrumpió secamente. "No, se trata de tu convicción de que la gente te defraudará."

Shannyn se quedó en silencio, sorprendida.

"Lo esperas", continuó Tyler. "Esperas que sea así."

"Punto para ti. Llámalo una respuesta aprendida." Ella escuchó lo tensa que era su voz.

"Bueno, aprende a hacer una excepción", respondió él, su tono era severo. "No te voy a defraudar, y no lo he hecho."

"Si crees que has reparado el techo, debes saber que todavía tiene goteras."

Él respiró hondo. "Hay buenas y malas noticias sobre eso."

"Primero aceptaré las buenas noticias, Alex, por quinientos dólares."

Tyler no se rió. "Mi cuñado es contratista. Él podría hacer un trato contigo." Él le dio la información de contacto de Derek.

"¿Por qué él haría eso?"

"Porque le dije que nosotros estábamos saliendo. Sería una especie de descuento familiar." Él se aclaró la garganta cuando ella no dijo nada. "Le dije que tal vez podrías encontrarte con él el sábado, después de que termines en Flatiron 5 Fitness."

Shannyn luchó contra la sensación de que la estaban controlando, que era una de las cosas que más odiaba en todo el mundo. "Yo podría hacerlo", dijo ella con cuidado. "Ese es un buen contacto. Gracias." Ella esperó un momento. "¿Y las malas noticias?"

"La cosa de las citas falsas está ahí fuera.

Shannyn tardó un momento en aceptar lo que Tyler estaba diciendo.

"Porque existimos como una pareja ficticia al menos para Derek y su esposa, que es tu hermana." Ella no estaba muy segura de cómo sentirse al respecto, o incluso si debería sentirse al respecto. Definitivamente no debería tener mariposas en el estómago.

Ty y ella irían juntos a la boda de su hermana. Su familia asumiría que estaban saliendo.

Pero faltaba un mes para eso. Ella sintió la necesidad de frenar la construcción de esa relación falsa, la que Tyler parecía tan decidido a construir.

"Desde las dos y cinco de esta mañana", continuó él, con la voz tan llena de pesar que ella supo que él no lo había visto venir.

Lo cual era extraño, pero ahí estaba.

"¿Los llamaste tan temprano?"

"Solo quería resolverlo", admitió él. "Mi mamá ha estado hablando de que están despiertos toda la noche con su hijo, que tiene cólicos, así que llamé de inmediato. Estaban levantados."

"Pero se preguntaron por qué tú estabas levantado."

"Exactamente." Ella casi podía oírlo hacer una mueca. "No saben que nado de noche. Supusieron que estaba contigo, en la casa en cuestión."

¡Ah!

"¿Crees que tu hermana se lo contó a alguien más?" preguntó ella.

Tyler soltó una breve carcajada, pero no sonó como si fuera divertido. "¿Qué opinas?"

El corazón de Shannyn se detuvo. "¿Todos los relacionados contigo en un radio de cien millas ya lo saben?" adivinó ella.

"Doscientos", reconoció él fácilmente. Y posiblemente la mayor parte de la costa este. A Paige no le gusta mucho la discreción."

Toda la familia de Tyler no solo sabía de su existencia, sino que creían que ella se estaba acostando con él. Ese no era el conjunto de suposiciones que Shannyn esperaba enfrentar en la boda.

"Maldita sea. Quizá mi mamá ya se haya enterado", dijo ella, tratando de ocultar su consternación.

"Lo siento. No lo hice a propósito."

Él solo quería hacer un trato con ella, para que ella fuera a cenar.

Shannyn sintió una pequeña ola de pánico y luego se recordó a sí misma que aún no tenía techo, ni siquiera otra oferta. Ella respiró hondo. "Dijiste que había dos cosas", le recordó ella, su tono era tan cauteloso como se sentía.

"Yo debería estar ahí cuando Derek vaya a la casa, cuando sea que sea."

"¿Por qué?"

"Si estamos saliendo, él lo esperará."

"Estás haciendo esto complicado."

"Es solo un caso de lo que es aceptable."

"Aceptable", repitió Shannyn, arrastrando la palabra. "Seguimos volviendo a esa palabra.

"Lo hacemos, porque la clave para una cita falsa exitosa radica en los detalles."

"¿Estás hablando por experiencia aquí?"

"No, pero tiene sentido..."

"Porque podría sentirme insultada al darme cuenta de que soy el número cuarenta y seis en una larga lista de citas falsas."

"No lo eres." Tyler sonaba terco y un poco molesto. Shannyn sabía que su boca sería una línea dura y sus ojos brillarían. Una vez más, ella sintió la necesidad de empujarlo hasta el límite y lanzarse cuando él perdiera el control. Ella lo cabalgaría hasta el centro del volcán, sin remordimientos. "Eres la primera y el única."

"Hasta ahora."

"Hasta ahora." Él hizo una pausa, luego continuó con voz tensa. "Shannyn, tenemos que hacer que esto funcione. Estoy tratando de ayudarte con el techo... "

"No", dijo ella, interrumpiéndolo. "Me estás ayudando a promover tu propia agenda. Estás tratando de acorralarme para que haga lo que quieres que haga, que no es lo mismo que ser amable. Te lo dije."

"¡Dijiste que necesitabas un techo!"

"Lo necesito."

"Dijiste que podíamos hacer un nuevo trato."

"Lo hice, pero sigues avanzando hacia un nuevo territorio. Es demasiado. Está muy lejos. Sigues agregando elementos a la lista. Una cena. A continuación, será la cena de ensayo y el almuerzo del día siguiente, conduciendo juntos en ambos sentidos, dos noches en el hotel, mucho más sexo. Es como este enorme pozo de compromiso."

"Un enorme pozo de compromiso", repitió él. "Gracias por eso. Para tu información, no es así como describiría el potencial de dos noches juntos en un buen hotel."

Shannyn se negó a sentirse halagada.

"No te olvides de la despedida de soltera", agregó él cuando ella no dijo nada.

"¿Qué despedida de soltera?"

"El próximo domingo en casa de mi tía."

Ahora Shannyn era la exasperada. ¡Tyler! No quiero que nuestras vidas se enreden así. Ese no es el trato. Volvamos al acuerdo original y cumplamos los términos."

Él exhaló. "No podemos hacer eso."

"No tienes opción."

"Siempre hay una opción, Shannyn." Tyler habló con una convicción que era persuasiva en sí misma. "Solo necesito hacerte cambiar de opinión."

Ella tenía en la punta de la lengua desearle buena suerte con eso, pero sabía que él lo tomaría como un desafío.

"No voy a hacerlo", dijo ella, esperando que fuera cierto.

"Ya veremos acerca de eso", dijo él con una resolución que se estaba volviendo familiar. Shannyn negó con la cabeza porque ella había saltado directamente a eso y le había dado otro desafío. "No te atrevas..." comenzó ella, pero Tyler la interrumpió suavemente.

"Buenas noches, Shannyn", dijo él con esa suave voz de chocolate negro y se fue.

¡Ese hombre!

. . .

¡ESA MUJER!

Ty podría haber arrojado su teléfono a través de la ventana de vidrio. ¿Por qué Shannyn era tan irritable e independiente? Todo iba bien y luego... ¡bam! Ella hacía su cosa de gato salvaje. ¿Por qué a él le importaba? Cualquiera fuera la razón, él no podía detenerse, y no tenía nada que ver con su cita falsa.

Ella quería resolver sus problemas sola.

Bien. Ty respetaba eso.

Pero no estaba en su naturaleza apartarse cuando él podía ayudar.

Ty sacó su computadora portátil y revisó su correo electrónico, esperando que algo se hubiera resuelto desde la reunión anterior de los socios. Para su alivio, así era. En la reunión habían acordado hacerle una oferta de trabajo a Meesha y ella ya había aceptado. Ella ya había comenzado a trabajar y ya había creado una lista de requisitos para el fotógrafo que ella había pedido.

Ty le envió la oferta de trabajo a Shannyn. No sería mucho trabajo, pero sería estable y el dinero solo ayudaría. Él agregó una nota, sugiriendo que ella podría armar una solicitud de trabajo con las fotos tomadas el sábado mientras estuviera en el club.

Él no esperó a ver si ella respondía.

Tenía vueltas para nadar.

Ay de cualquiera que pensara que él compartiría él carril esa noche.

DE REPENTE, Shannyn tenía un ángel de la guarda.

O un hada madrina.

Con traje de Ermenegildo Zegna.

Era extraño, sin precedentes y una especie de... bueno, agradable.

Tyler no necesitaba enviarle esa oferta de trabajo. Era considerado que lo hubiera hecho, incluso si su nota había sido concisa y profesional. No había duda de que él estaba molesto con ella, sin embargo, aun así había hecho algo por ella.

Ella no dejaba de ver que él la estuviera ayudando, incluso se dio cuenta de que hacerlo podría significar que no ella necesitara su ayuda en el tema del techo.

El nuevo trabajo en F5F sería perfecto para Shannyn, si pudiera conseguirlo. Tal vez un día a la semana en el club, tomando las fotos naturales que eran su mejor truco. No era mucho dinero, pero sí un sueldo constante en la que podía confiar. Había mucho que decir sobre los sueldos constantes.

Y quizás más que decir sobre la posibilidad casual de ver a cierto hombre a intervalos. Por supuesto, ella podría planearlo de otra manera. Ella podía ir al club los días de semana, cuando Tyler estaba en su otro trabajo, y evitarlo por completo. Él no había sugerido una rutina que incluyera su presencia. Él debió haberlo pensado, pero estaba retrocediendo, porque ella se lo había pedido.

Pero aun así él la estaba cuidando. Había algo seductor en los protectores y los ángeles de la guarda, eso era seguro.

Aunque Shannyn sabía que era mejor no depender de nada permanente que se desarrollara a partir de esa inclinación. Él podría cuidarla hasta la boda y no más.

Sin embargo, el hecho era que si Tyler realmente hubiera sido un idiota, nunca le habría enviado la oferta de trabajo. La verdad se estaba volviendo más ineludible. La ficción de que lo odiaba era su única armadura contra su encanto y perseverancia. ¿Qué iba a hacer ella cuando eso se erosionara hasta convertirse en polvo?

Ella caería.

Duro.

Y él lo sabría, y luego ella saldría herida.

Era tan inevitable como que saliera el sol por la mañana, a menos que ella se mantuviera firme.

Ella lo pensó mientras trabajaba hasta tarde en la noche del jueves. Ella lo pensó en Cloisters el viernes. Lo pensó mientras comía sobras recalentadas en su cocina por la noche. Ella pensó en eso cuando su teléfono no sonó y cierto hombre parecía haber desaparecido de la faz de la tierra. Ella lo pensó cuando consideraba la conveniencia de comprar la botella más pequeña de cierta colonia para hombres, y lo hizo de todos modos.

Ella pensó en eso mientras estaba despierta el viernes por la noche.

Cuando Shannyn finalmente se durmió, durmió ignorando su alarma. Solo se despertó cuando Fitzwilliam saltó sobre su pecho, como era su rutina. El peso de él expulsó el aire de sus pulmones, pero eso no era suficiente para Fitzwilliam. Él le dio un golpe en la mejilla con una suave zarpa, persistente en su deseo de desayunar. Cuando Shannyn abrió los ojos, él aulló, luego saltó de la cama y se dirigió a la cocina, agitando la cola como una pancarta.

Si ella no lo seguía, él repetía el ejercicio.

Shannyn captó la indirecta. Parecía que iba a ser un buen día, por lo que la luz sería buena en el club. Ella le dio de comer al gato, luego se duchó, se vistió y se dirigió al centro, con la esperanza de poder terminar el trabajo en Flatiron 5 Fitness rápidamente.

Durante todo el camino se preguntó qué le diría Tyler.

Ella revisó la aplicación F5F y descubrió dónde podía encontrar a cada uno de los socios. Lo mejor sería tomar fotografías espontáneas de ellos en medio del trabajo. Damon Pérez tenía agendado entrenar en la sala de pesas, justo en el momento en que ella llegaría al club. Shannyn decidió empezar por él. No era porque estuviera esquivando una conversación que ella había decidido tomar fotografías de los otros socios primero. Ya ella tenía un par de fotos de Tyler. Eso era todo.

Era una excusa y Shannyn lo sabía. Su propio corazón demostraba que ella era una mentirosa, corriendo mientras se acercaba a la recepción para registrarse. ¿Estaba Tyler en la oficina detrás? ¿Saldría él a hablar con ella?

Nada había cambiado en doce años. Ella todavía esperaba verlo como una fanática obsesionada.

La única piedad era que Tyler no tenía ni idea de eso.

Ella se registró y se dirigió a la sala de pesas, diciéndose a sí misma que debía concentrarse en el trabajo.

Damon era un tipo grande con cabello oscuro y ojos oscuros, él era al menos en parte hispano y bastante guapo. También tenía una actitud cautelosa y parecía misterioso. Él llevaba una camiseta negra con el logo del club que mostraba con ventaja su cuerpo esculpido. Shannyn nunca hubiera imaginado que músculos como los suyos pudieran ser reales.

"Pero yo no soy uno de ellos", dijo él cuando Shannyn se presentó.

Qué interesante que él se sintiera como un extraño. Shannyn inmediatamente sintió una familiaridad con él. "Bueno, ahora eres uno de los socios."

"Pero no fui a tu universidad."

"Aun así. Flatiron 5 Fitness. Cinco socios. ¿Te importa si te tomo algunas fotos en el trabajo?

Damon miró al muchacho al que estaba entrenando, invitando su opinión. Había otros tres tipos en la sala de pesas, que era luminosa y estaba bien equipada. Obviamente, dos tenían sus propias rutinas que ya seguían y ella vio a uno ir y localizar al otro para algunas elevaciones de pesas. Supuso que regularmente hacían ejercicio juntos. El tercero era más delgado y recibía instrucciones de Damon.

"Tendré que obtener un acuerdo por escrito tuyo, si sales en las fotos", explicó Shannyn. "Pero eso no significa que el editor las utilizará. Solo haz lo que haces y olvídate de mí. Te mostraré lo que saco al final y podemos hablar de ello. Si no te gusta ninguna de las fotos, las eliminaré."

"El placer de la fotografía digital", dijo Damon.

Shannyn sonrió. "Exactamente."

"Me parece bien", dijo el tipo y Damon reanudó su instrucción.

Él estaba concentrado y era intenso, lo que hacía que sus pocas palabras murmuradas parecieran importantes. También animaba mucho a su alumno, lo que le gustó a Shannyn. Eso también era importante: ella vio la diferencia en la postura del muchacho incluso durante el curso de su lección. Ella estaba asombrada por la calidad de sus fotos, luego se dio cuenta de lo que estaba pasando.

Los tonos cálidos de la iluminación y los colores elegidos para la pintura de la pared hacían que todos se vieran lo mejor posible.

Al final de la lección del muchacho, ella les mostró sus fotos y borró las que no le gustaron al estudiante. Ella tenía media docena que a él le gustaron y él firmó, luego él le preguntó si podría enviarle una de esas para sus redes sociales. Era una foto realmente buena de él, sus brazos flexionados y su expresión llena de resolución.

Shannyn estuvo de acuerdo y tomó su dirección de correo electrónico, tomando nota de la foto. "¿Quién eligió la decoración del club?" le preguntó Shannyn a Damon y él la miró con sorpresa.

"Yo hice el diseño. ¿Por qué?"

"Las fotos son increíbles y no solo porque yo sé lo que estoy haciendo.

Es la luz y los colores aquí. Todo cálido. Sin azules. Creo que podría ser imposible hacer una mala foto."

La sonrisa de Damon la sorprendió. "Sin fluorescencias", estuvo de acuerdo él. "No sabíamos que las selfies se convertirían en algo tan importante hace diez años, pero sabíamos que las personas tienen más confianza en probar algo nuevo si se ven bien haciéndolo." Él se volvió e indicó la pared de espejos. "Todo es motivación."

"Eso es realmente inteligente."

Dile eso a Ty si tienes la oportunidad. Todavía estamos discutiendo sobre el cambio a luces LED, que consumen menos energía... "

"Pero tienden a ser azules."

"Puedes conseguir unos cálidos, pero son comparativamente caros." Él se encogió de hombros. "Creo que vale la pena el costo."

"Creo que tienes razón. Quieres compartir fotos geniales en las redes sociales."

Él sonrió de nuevo y esta vez, sus ojos se iluminaron. Qué hombre tan hermoso.

Sin embargo, su presencia e incluso su sonrisa no la encendieron como lo hacía Tyler.

"Tengo otra cita, si quieres ver esa también", dijo él, señalando la puerta.

"¿Las salas de pesas están divididas por género?" Shannyn lo siguió a otra habitación, al final del pasillo. También estaba lleno de pesas y bancos, pero los miembros ahí eran todas mujeres. Ella pensó que era solo una coincidencia, pero ahora veía que había una señalización para eso.

Damon se encogió de hombros. "Nosotros preguntamos. La mayoría de los miembros lo quería de esa manera."

"¿Más confianza para probar cosas nuevas?"

"Quizás." Él sonrió, miró su reloj, luego cruzó la sala de pesas hacia una pequeña morena que aparentemente lo estaba esperando. Ella se puso de pie, su entusiasmo era claro. Él le estrechó la mano y le dio la bienvenida, sus palabras revelaban que era la primera vez que ella usaba pesas. Shannyn tomó un montón de fotos de Damon dándole una orientación, y algunas realmente grandiosas de él demostrando la forma de sostener las pesas.

Qué físico. Y él tenía carisma. La mujer estaba radiante mientras aprendía. Muchas de esas fotos serían increíbles para las redes sociales del club.

Shannyn tomó algunas fotos más de Damon. ¿Por qué estaban comprando o encargando stock fotográfico para sus anuncios cuando uno de los socios, bueno, dos, porque ella también había visto a Tyler desnudo, eran tan atléticos?

LUEGO SHANNYN BUSCÓ a Cassie en una clase de aeróbicos para un grupo de mujeres de cuarenta años. Había dos instructoras, pero supuso que la rubia alta con ropa de yoga negra tenía que ser Cassie. Ella tenía la edad adecuada, aunque Shannyn no la conocía. Una vez más, la decoración y la iluminación eran cálidas y, de nuevo, todos se veían bien en la pared de espejos.

Cassie saludó a Shannyn, obviamente esperándola, y explicó su presencia a la clase mientras hacían sus estiramientos. A los miembros se les dio la opción de no participar en las fotografías, pero ninguna no lo hizo. Shannyn se puso a trabajar, tratando de capturar el sentido de comunidad que estaba encontrando en F5F.

Cassie era tan positiva como Damon, dando vueltas por la clase para ajustar posturas y dar ánimos. Ella recordaba también los nombres de todos los miembros a los que se dirigía y había unas treinta en la clase. Shannyn se preguntó cuántas clases impartía Cassie. La música era alegre y había muchas sonrisas, incluso cuando la habitación se calentaba. Cassie también tenía una hermosa musculatura. Ella podría haber sido una bailarina profesional, dado lo tonificada que estaba. Al final, vino a hablar con Shannyn y revisar las fotos. Eligieron media docena y Cassie identificó a los miembros en las fotos para que pudieran firmar los permisos.

Las mujeres salieron de la sala de ejercicios, charlaban entre ellas y planificaban sus días. "No es solo un gimnasio, ¿verdad?" Preguntó Shannyn, comenzando a comprender el éxito de F5F. "Es una comunidad."

"Ese siempre ha sido nuestro objetivo", dijo Cassie. "La gente siente un compromiso más fuerte, no solo con su propio programa de ejercicios, sino con el club, si tienen un vínculo emocional. Tenemos foros de chat y sesiones de intercambio para que los miembros puedan conocerse socialmente y en las clases."

"Y está el club de baile."

Cassie se rió. "La brillante idea de Kyle. En cierto modo, tiene mucho sentido, porque una vez que te pones en forma, quieres lucirte." Ella le dio a Shannyn una mirada curiosa. "Deberías pasar una noche. Es divertido."

"¿Eras bailarina antes?"

Cassie pareció sorprendida mientras asentía. "¿Como supiste?"

"Pantorrillas duras como una roca y muslos delgados. Solo las mujeres que bailaron profesionalmente en su adolescencia y en sus veinte años tienen esas piernas en los treinta."

"Entonces supongo que, después de todo, valió la pena." La sonrisa de Cassie fue brillante. "¿A quién buscas a continuación? ¿A Tyler?

"Kyle o Theo. Entonces necesitaré esa foto de grupo."

"Piscina de entrenamiento para Kyle. No está programado, pero él siempre está allí a esta hora los sábados. No creo que Theo haya llegado todavía." Ella arqueó las cejas. "Y Tyler, por supuesto, estará haciendo su trabajo pesado en la oficina." Shannyn no dijo nada. ¿Por qué Cassie estaba tan segura de que ella quería ver a Tyler? "Kyle preparó un juego de baloncesto para las once ya que Ty dijo que querías tomas naturales."

"Es una gran idea. Gracias."

Shannyn salió, muy consciente de que Cassie la estaba mirando.

¿Por qué?

Kyle estaba ayudando a un miembro con una inmersión poco profunda. Shannyn tenía la sensación de que era una instrucción espontánea, no una lección reservada, y realizó algunas fotos antes de que se dieran cuenta de que ella estaba allí. Ella sacudió la cabeza mientras revisaba las fotos de la cámara, asombrada por la buena fortuna genética de los socios. Tampoco dolía que todos estuvieran perfectamente tonificados, musculosos en los lugares correctos y bien arreglados.

Ellos eran la mejor publicidad posible para su propia empresa. Era increíble que no se hubieran dado cuenta de eso, lo que podría significar que Shannyn tenía una oportunidad. Ella solo tenía que encontrar una manera de presentar su revelación como una idea comercial, una que ellos pudieran querer que ella ejecutara.

Tenía que haber una forma.

Ella terminaría con Kyle, luego buscaría a Theo antes del juego.

TIC TAC. Las diez en punto.

Cuatro horas desde que el club había abierto ese día, dos días y medio desde que Ty había hablado con Shannyn, tres días desde que él se había asegurado de que Paige no irrumpiría en la casa de Shannyn y la aterrorizaría con su curiosidad.

No es que él pensara que Shannyn se aterrorizaría fácilmente.

Hoy era el día, si ella hubiera llamado a Derek para pedirle un estimado, pero Ty no sabía qué ella iba a hacer. Él no tenía idea de si ella había llamado a Derek. No tenía idea de lo que sucedería con Shannyn en las próximas doce horas de su vida.

Él debería estarse acostumbrando a eso.

Tyler no sabía si él estaría en casa de Shannyn cuando Derek fuera, cuando eso pasara, si iban a cenar, ni pensar si ella iría a la despedida de soltera. Él había evitado las llamadas de su madre un montón de veces.

Ty tamborileó con los dedos sobre la mesa de la sala de conferencias y volvió a comprobar su teléfono. Nada. Ni un correo electrónico ni un mensaje de texto, mucho menos una llamada. Para alguien que decía que su principal preocupación era conseguir un techo nuevo, Shannyn no parecía muy interesada en la solución de Tyler.

Él quería negociar los términos de su próximo trato, pero ella no jugaría.

Ty sabía que no era una coincidencia. Si alguna vez hubo una mujer a la que le gustara meterse con sus expectativas, esa era Shannyn. Él sabía que ella había llegado al club unas horas antes. Él sabía que ella tenía un trabajo que terminar, pero aun así.

¿Por qué ella no había venido a tomarle fotos?

Alguien entró en la oficina y Ty se puso de pie y se volvió hacia la puerta. Él ocultó su decepción por el hecho de que fuera Theo. "¿Se te hizo tarde?"

Theo dejó caer su bolsa de entrenamiento y colgó su abrigo, luego bostezó como si no pudiera evitarlo. "Jetlag. Es terrible esta vez."

"Ir al oeste es lo peor", coincidió Ty. "Nunca te pregunté cómo estaba tu papá."

"Realmente bien", dijo Theo y Ty pudo ver su alivio. "Aunque mi mamá podría matarlo con amabilidad. Mi hermana se queda con ellos para ayudarlo a que se rehabilite dos veces por semana, y hacer de árbitro."

Ty sonrió, imaginando fácilmente a sus padres siendo de la misma manera. "Apuesto a que le recordaste los beneficios del ejercicio regular."

"Absolutamente. Elaboramos una rutina de caminata fácil que puede aumentar a medida que sana. El equipo de rehabilitación es increíble y mi mamá está caminando con él." Theo chasqueó los dedos. "Olvidé mencionar en la reunión semanal que la asociación de residentes locales de aquí está organizando una carrera de 5 kilómetros en julio, con una fiesta después en la cuadra y están buscando patrocinadores. Hablé con ellos antes de irme, pero volvieron a llamarme."

"Creo que sería una gran oportunidad para que establezcamos mejores conexiones con nuestros vecinos."

"¿Crees que están mal las conexiones ahora?"

"No, pero nos estamos convirtiendo en una gran empresa y cuando los apartamentos estén, nuestro perfil en el vecindario será aún más grande. Quiero que seamos vistos como vecinos innovadores y buenos."

"Como sea ¿Cómo va el progreso con los permisos?"

"Todavía estamos esperando"

"Haré un par de llamadas la próxima semana."

Una de las cosas que Ty apreciaba más de su equipo era que cada uno conocía las fortalezas del otro, y contaban uno con el otro para mantener cada área en la cima de sus expectativas de excelencia. Tyler había extrañado las previsiones y conexiones de Theo en el par de semanas que él había estado fuera. "Es bueno tenerte de vuelta"

"De verdad necesito volver a mi rutina de ejercicios." Theo palmeó su abdomen, que era completamente plano. "La comida de mi madre tiene su precio." Ambos se rieron.

"¿Estás listo para el juego?"

"Absolutamente. ¿Será bueno el artículo?"

"Cassie piensa que sí. La entrevistadora estaba obviamente dispuesta a poner un giro positivo a todo lo que encontraba. Ella te llamó, ¿verdad?"

Theo afirmó con la cabeza. "Sí, después que mi padre estuvo en casa. Fue bueno hablar de algo aparte de su pronóstico médico. Me hizo querer estar de vuelta aquí. "

Ty indicó el último asunto. "Kyle todavía quiere expandir hacia otros mercados."

"Kyle siempre querrá expandir, pero está comenzando a parecer más viable, al menos para mí. Quizás deberíamos apuntar hacia algunas ciudades y hacer un poco de investigación."

"¿Londres?" sugirió Ty, pensando que Theo podría querer una excusa para estar más cerca de casa.

Pero Theo sacudió la cabeza. "Creo que nuestra imagen encajaría mejor en California." Theo revisó su reloj. "Hey, me voy a cambiar. Quiero hacer algunos estiramientos antes del juego."

"Te veo en la cancha."

Theo le dio unos pulgares arriba y salió de la oficina. Ty lo escuchó reírse con Jax, luego revisó su propio reloj.

Si Shannyn no iba a venir hacia él, Tyler tendría que ir hacia ella.

OCHO

Era increíble. Cada socio era más atractivo que el anterior.

Y todos eran tan fotogénicos.

Shannyn encontró a Theo en la pista, estirándose mientras bromeaba con un par de miembros. Se desafiaban el uno al otro a una carrera improvisada y ella se apresuró a presentarse. Él era tan alto como Tyler e igual de en forma, negro y con acento británico. Shannyn apostaba a que él convertía las rodillas en mantequilla por todo el club cuando hablaba. Había elegancia en él y un poco de reserva; ella se preguntó si a él le importaba que ser la única persona de color en el equipo, pero no creía que fuera su lugar preguntar.

Él estuvo tan complacido como los demás en cooperar, pero consultó con los dos miembros del club antes de darle el visto bueno a Shannyn. Una vez más, le sorprendió la sensación de que había una preocupación por el bien colectivo en el club. Era acogedor y agradable.

Si hubiera vivido en el centro de la ciudad, podría haberse unido.

Ella dio un paso atrás y se puso a trabajar, tratando de ser una observadora invisible. Una vez más, parecía imposible hacer una mala foto. Aun así, Shannyn hizo muchas. Ella estaba tan absorta en su trabajo que saltó cuando sintió la mano de alguien en la parte posterior de su cintura.

Ella captó el aroma de una colonia familiar y el contenido de su estómago se movió. Luego, el pulgar de Tyler trazó un pequeño círculo en la base de su columna y Shannyn se derritió. ¿Él estaba haciendo eso a propósito?

Animándose, se volvió para encontrarlo justo detrás de ella. Él llevaba una camiseta negra con un logo de F5F que se extendía sobre sus pectorales, prueba de que no pasaba todo su tiempo en la oficina. Ella se arriesgó a mirar hacia arriba y la intensidad de su mirada la hizo alegrarse de que ella no fuera su tipo. De lo contrario, la habrían incinerado en el acto.

Esa boca.

"¿Así que, cuál es el plan?" preguntó él.

"Pensé que sabías. Juego a las once, foto formal al mediodía... "

"Sobre Derek y el techo", dijo Tyler, interrumpiéndola.

"No he decidido si llamarlo o no." Ella comprobó su cámara innecesariamente, dudando de que él la dejara pasar tan fácilmente.

"¿Por qué no?"

"Simplemente no lo he hecho."

Él se movió para pararse a su lado, como si quisiera aparecer en su visión periférica. Tal vez él quería asegurarse de que ella no pudiera ignorarlo, aunque no había ninguna posibilidad de que eso sucediera. "Podría llevarte y luego estar allí esta tarde cuando Derek pase por ahí."

Ella lo miró con recelo. "¿Por qué siento que tienes un plan?"

"Porque siempre lo tengo. Necesitas un techo. Estoy tratando de resolver eso. Entonces aceptarás cenar." Él sonrió, pero la estaba mirando de cerca como si fuera impredecible. "Vamos esta noche."

Shannyn decidió decirle la verdad. "Odio la sensación de que me estén acorralando para seguir el plan de cualquier otra persona."

"No lo haces. Hicimos un trato. Estamos haciendo otro." Había ese acero en su tono de nuevo y un destello de resolución en su mirada. "Esa fue tu idea."

"Cierto. Aun así, me siento controlada."

"No. No lo estás. Fuiste tú quien dijo que todo es una negociación, así que sigamos el plan. Techo para ti, cena conmigo, cita para la boda y eso es todo."

Y el final de su relación falsa. Él ni siquiera estaba abriendo negociaciones sobre la cena de ensayo y el hotel.

Tyler echó un vistazo a la pista. "Y ahora Kyle se está acercando rápido, así que finge que esta conversación no está sucediendo y en vez de eso enséñame tus fotos."

"¿Qué pasa con nuestra historia de relaciones ficticias?"

"No tenemos una con Kyle alrededor." Los ojos de Tyler se abrieron con miedo fingido. "Es despiadado."

"Le tienes miedo."

"Respeto su capacidad para hacer mi vida miserable."

Shannyn no pudo evitar sonreír. "Tal vez te enseñe a respetar la mía."

"Ya lo hago", dijo Ty, casi en voz baja. Shannyn miró hacia arriba para encontrar sus ojos brillando. "Desafías todas las expectativas que tengo."

"¿Eso es algo malo?"

"Es algo interesante", dijo él, como si lo dijera en serio, y Shannyn tuvo que apartarse de esa mirada intensa.

En su lugar, le dio la cámara. Ella le mostró cómo hojear las imágenes para mostrarlas en el visor. Sus brazos se rozaron y ella era muy consciente de su fuerza musculosa tan deliciosamente cerca de ella. Ella podía sentir el calor de su piel y quería extender la mano y tocarlo.

"Estas son realmente geniales", dijo él, como si estuviera sorprendido.

"Es lo que hago."

"Bien, eres buena en eso." Él le lanzó otra de esas miradas incisivas, las que podían dejar una cicatriz. "¿Por qué no te convertiste en maestra? ¿No era ese tu plan?

Shannyn no debería haberse sorprendido de que él lo recordara, pero sí se sorprendió. Ella trató de desviar su interés. "Sabes lo que dicen sobre los planes mejor trazados."

"Lo sé, aunque no es mi experiencia que se desvíen."

"Oh, es totalmente la mía", dijo ella a la ligera, pero Tyler no sonrió. Entonces ella recuperó su cámara y volvió al trabajo, dejando que Tyler hablara con Kyle mientras ella tomaba algunas fotos más, que no necesitaba. Ella sabía muy bien que Tyler la estaba mirando, pero trató de ignorarlo.

Ella prácticamente falló.

Sus pensamientos daban vueltas. Ella tenía que decidir sobre el nuevo trato.

Cena con Tyler.

Ahorros potenciales en su techo.

Para cuando terminó con Theo, Shannyn había decidido que sería penoso dejar pasar la oportunidad de ahorrar algo de dinero, aunque sabía que esa no era la verdadera razón por la que llamaría a Derek. Solo el tiempo diría si Derek haría su techo o no, pero el precio de tener su información era solo una cena. Ella iría a la boda. Tenía cierto sentido que ella y Tyler supieran más el uno del otro.

Ella no podía fingir que no estaba interesada. El hecho era que si eso sería todo el trato, el total del tiempo que pasarían juntos, Shannyn quería cada minuto.

Ella era tan codiciosa. Seguir los impulsos podría ser nuevo para ella, pero ella lo quería todo.

Además, había lluvia en el pronóstico para la próxima semana. Antes de bajar a la cancha de baloncesto a las once, Shannyn haría la llamada.

Ella miró hacia arriba, tomó una decisión y encontró a Tyler todavía mirándola. ¿Podría él leer sus pensamientos? Probablemente no. Ella le dio un pulgar hacia arriba y fue recompensada con una sonrisa lenta que la hizo hervir a fuego lento hasta los dedos de los pies.

La cena definitivamente no sería una prueba de resistencia.

TY OBSERVABA a Shannyn trabajar y quedó impresionado por su tranquila eficacia, así como por su confianza con la cámara. Las fotos que le había mostrado eran nítidas y muy compuestas, y era difícil creer que pudiera tomar tantas buenas fotos en rápida sucesión. Sin lugar a dudas, Shannyn sabía lo que estaba haciendo.

Él realmente esperaba que ella solicitara el trabajo para tomar fotografías para la nueva iniciativa de Meesha, pero ya la conocía lo suficientemente bien como para no presionarla.

Fue solo cuando ella terminó de tomar sus fotos de Theo en la pista y todos se dirigieron a la cancha de baloncesto que Ty se dio cuenta de que todavía no había tomado ninguna foto natural de él. ¿Por qué no?

Kyle ya había preparado los equipos, con Ty, Cassie y Theo contra Kyle y Damon. Sonia había venido en su día libre para hacer ejercicio y se había unido al equipo de Kyle, además de media docena de otros miembros que eran habituales que se unieron al juego. Jax arbitraba. El juego era bullicioso y rápido, con muchos parloteos y desafíos de Kyle, y ellos se divertían con eso. Ty era muy consciente de que Shannyn rodeaba el perímetro de la cancha con su cámara.

El equipo de Kyle y Damon ganó por 2 puntos, y hubo una ronda de aplausos y golpes de puños por todos lados. Luego, los socios limpiaron y se cambiaron para una foto más formal en el vestíbulo. Theo y Ty vestían trajes, Damon y Kyle vestían camisetas y jeans, y Cassie vestía el mismo traje y tacones que había usado en la última reunión semanal. Ellos hicieron lo que Shannyn les indicó, bromeando mientras posaban, luego Shannyn les agradeció su paciencia.

Ty se acercó a ella mientras guardaba la cámara en su bolso de mensajero.

"¿Tienes lo que necesitas?" preguntó él.

Ella saltó un poco, como si no hubiera esperado que él estuviera allí, luego se volvió y sonrió. "Mucho más de lo que esperaba. Creo que la revista estará encantada."

"¿Porque haces un gran trabajo?" preguntó Ty cuando Kyle se unió a ellos.

La sonrisa de Shannyn brilló. "Porque todos ustedes se ven tan bien", respondió ella. "Hablo de ser genéticamente bendecido. Deben ser el equipo más atractivo de Manhattan." Parecía que ella iba a decir más, pero se detuvo allí.

"¡Del mundo!" corrigió Kyle con su habitual modestia y se rieron juntos. Los socios se alejaron y Shannyn se subió la cremallera de su abrigo, luego miró a Ty.

"Gracias por la oferta de trabajo. Yo también voy a solicitarlo." Ella le señaló con un dedo. "Pero solo con la condición de que no muevas ningún hilo."

Ty levantó las manos. "No lo haré."

Ella se acercó. "Si descubro que lo arreglaste, te haré daño", dijo ella, con un tono feroz, y Ty pensó que era natural preguntarse si eso podría ser algo bueno. Antes de que él pudiera decirlo, ella continuó. "Llamé a Derek", confesó ella apresuradamente. "Me reuniré con él en la casa esta tarde."

"¿Eso significa que quieres que te lleve?"

Ella se mordió el labio y Ty deseó que su presencia hubiera sido más bienvenida. "¿De verdad crees que él esperará que estés allí?"

"Creo que Paige lo esperará."

Los ojos de Shannyn se agrandaron. "¿Crees que ella estará allí?"

"Ahora no."

Ella lo estudió con curiosidad. "¿Qué hiciste?"

"Convencí a mi mamá de que persuadiera a Paige de que se quedara en casa hoy."

"¿Por qué harías eso?"

"Una cosa es fingir que tenemos una relación. Otra es que mi familia y su incesante curiosidad te asfixien. Podrías correr gritando hacia las colinas y ni siquiera admitir que me conoces."

Shannyn reprimió una sonrisa, pero sus ojos brillaron. "¿De verdad crees que ella habría venido?"

"Absolutamente." Ty no tenía ninguna duda. "Si le hubiera dicho a Derek tu dirección la otra noche, ella habría insistido en que la llevara para que pudiera llamar a tu puerta, invitarse a entrar y hacerte quinientas preguntas íntimas." Él sostuvo su mirada, le gustaba esa sonrisa y Tyler deseó otro beso.

"Menos mal que entonces no sabías mi dirección."

"No se la habría dicho de ninguna manera."

"¿Significa algo el que me estás protegiendo incluso de tu familia?"

Lo hacía, pero Ty no iba a admitirlo. "Solo defendiendo nuestra cita falsa para la boda."

Ella negó con la cabeza, poco convencida. "¿Tratas de anticiparte a todo?"

Ty no veía ninguna razón para ocultar la verdad. "Me gustan los planes. Me gusta que las cosas progresen sin problemas a lo largo de un camino predecible." Incluso mientras decía las palabras, Ty ya no estaba seguro de que fueran ciertas. Le gustaba estar con Shannyn y nada salía como él esperaba con ella.

"Y te gusta frustrar a tu hermana Paige."

Las cejas de Tyler se levantaron. "Creo que es bueno que alguien le diga que no a la princesa."

Shannyn se rió. "¿No eres tú el príncipe heredero? ¿Quién te dice que no a ti?

"Tú lo haces."

"¿Nadie más?"

Tyler tuvo que pensar en eso por un minuto. "No tan consistentemente."

"Lo tomaré como un motivo de orgullo", dijo ella, llevándose el bolso al hombro. "¿Qué tanto desea tu familia que te cases de todos modos?"

"Necesitan un nuevo proyecto. Durante los últimos cinco años, mi mamá ha estado organizando bodas. Cuatro hermanas casadas, una cada primavera."

"Y esta es la última", dijo Shannyn, sus ojos brillando de esa manera que él encontraba tan tentadora. "Tu mamá podría empezar a hacer bordados. Jiujitsu. Paracaidismo."

Tyler sonrió ante sus improbables sugerencias. "O casamentera."

"Hiciste este trato como un acto de defensa propia."

"Exactamente." Él se inclinó más cerca, gustándole su alegría. "Y si creas una ruptura llamativa en la boda, me veré obligado a reconciliarme contigo, en ese mismo momento."

"Como un acto de autodefensa."

"Tal vez sexo ruidoso en medio de la pista de baile."

"No lo harías." Esos ojos brillaban como un cielo nocturno.

"Autodefensa. Has sido advertida." Él levantó las llaves del auto. "¿Cena?"

Shannyn se puso seria. "Yo debería trabajar esta noche. Tengo que enviar las fotografías a la revista antes de la medianoche."

Ty tenía la sensación definitiva de que si la dejaba escapar hoy, tal vez nunca la encontrara de nuevo. Había algo esquivo en Shannyn. "Te llevaré a conocer a Derek. Eso te ahorrará tiempo en el metro. Encontré un bar de tapas en Brooklyn, tal vez esté cerca de tu casa... "

"¿Ya revisaste restaurantes?"

"Me gusta planificar el futuro", le recordó él. Él le dijo el nombre del restaurante y vio que ella estaba tentada.

"Se supone que es bueno", cedió ella.

Ty casi no había ganado ese, así que siguió adelante. "¿Qué pasa si prometo tenerte en casa a las nueve?"

Su sonrisa brilló. "Realmente quieres que esto suceda."

"Realmente lo quiero."

"¿Por qué elegiste un lugar de tapas?"

"Porque lleva un tiempo y eso fomenta la conversación. Podríamos cruzar la calle y comer un perrito caliente, pero habríamos terminado en quince minutos y todavía no sabríamos casi nada el uno del otro."

"Además de perros calientes." Ella hizo una mueca.

"Además de perros calientes", coincidió Ty.

"Y así, el plan diabólico se vuelve claro."

"¡No es diabólico!"

"Lo sé, pero te gusta administrar las cosas. Considero que es mi deber para con todas las mujeres entrometerme en tus esquemas."

"No son esquemas."

"Podría argumentar que ya sabemos cosas el uno del otro."

"No creo que el truco para hacerte venir con entusiasmo sea una buena conversación durante la cena en la boda."

Sus mejillas se pusieron rosadas. "Esperar. ¿Ya hiciste una reservación?

Ty fue cauteloso. "No. ¿Debería?"

Para su sorpresa, ella se rió. "Estás aprendiendo. ¿Qué tal si mezclo las cosas esta vez y digo tal vez en lugar de no? "

"Funciona para mí."

"Es fácil llevarse bien contigo. Eso me hace sospechar."

"Estoy contento con una victoria potencial."

Ella se rió de nuevo. "¿Dónde está tu auto?"

"Hay un tipo con un garaje al lado." Ty sabía que sería una mala idea mostrar su alivio, pero él se sentía triunfante. Sin lugar a dudas: ganar era más dulce cuando tenía que esforzarse. "Solo tengo que llamar y lo tendrá en la puerta en cinco minutos."

"Entonces hagámoslo", dijo Shannyn y Ty no pudo evitar lanzar sus llaves al aire y atraparlas.

Finalmente, las cosas iban por buen camino.

· · ·

"¿ESTE ES TU AUTO?" Preguntó Shannyn, inspeccionando el Porsche plateado al ralentí junto a la acera. Estaba pulido hasta resplandecer, tan brillante que podría haber acabado de llegar de la tienda. Ella podía ver su reflejo en las ventanas. El orgullo de Tyler en eso era obvio, pero no podría haber sido una indicación más potente y perfecta de cuánto no encajaban.

También era un recordatorio oportuno. Él la estaba encantando con demasiada facilidad. Ella lo arrastraría a casa después de la cena para tener sexo salvaje si eso continuaba. Cuando él le sonrió, fue difícil recordar por qué eso era algo malo, y que la autodefensa era un plan noble.

"Sí." Ty abrió la puerta del pasajero con eficiencia. El interior estaba impecable. Tenía tapizado de cuero negro e incluso olía a coche nuevo.

"¿Cuánto tiempo lo has tenido?"

"Dos años."

Shannyn se sorprendió. "¿Y ahora tiene cinco millas?"

El hombre mayor que había traído el auto resopló. Estaba de pie junto al auto y Ty le arrojó el juego de llaves que tenía.

"Muy divertido."

"Parece que nadie lo ha conducido nunca."

"Yo me ocupo de eso." Tyler le sonrió al hombre. "En realidad, Marcus se encarga de eso."

"Como si fuera mío", reconoció ese hombre. "Qué auto."

Shannyn vio que Tyler le pasaba una propina a Marcus. Él rodeó el auto y entró, luego le lanzó una mirada chispeante. Su arrogancia le recordó a su hermano, Aidan, con su primer auto, uno usado, pero uno que había sido todo suyo. "¿te gusta?"

La respuesta correcta era obvia.

Pero en opinión de Shannyn, un automóvil debería ser útil.

Ella decidió decírselo a Tyler.

"No veo el sentido de eso", admitió ella. Él se giró para mirar el asiento trasero. "Quiero decir, ¿puedes siquiera llevar comestibles en él?"

"Yo no llevo comestibles." Su tono era templado pero con ese pequeño chisporroteo debajo, el que la hizo sentir un hormigueo.

Él dobló por Bowery y Shannyn hizo una mueca ante el enorme obstrucción de tráfico. Había un obstrucción hasta donde ella podía ver.

Parecía que ellos tendrían la oportunidad de hablar.

Ella tenía que asegurarse de que Tyler no desgastara sus desmoronadas defensas.

La mejor forma de garantizarlo era molestarlo.

"Pero este auto sería una mierda para un viaje por carretera", dijo Shannyn. "No hay espacio para equipaje. Y es tan bajo que no puedes ver por encima del auto de adelante."

"Me encanta este auto", dijo Tyler, con la boca en esa línea de resolución. "Es rápido."

Ella se inclinó hacia delante para mirar fijamente la avenida atascada. "Puedo decirlo, por nuestra velocidad vertiginosa."

"Manhattan está congestionada. Eso no es culpa mía."

"Vives en Manhattan", respondió ella. "Tienes que conducir en Manhattan para llevar este auto a cualquier parte."

"Gracias por señalar eso. Nunca habría pensado en eso." El semáforo cambió y el tráfico avanzó, la gente tocaba la bocina al tipo que aún estaba en la intersección. Tyler cambió de marcha un poco más salvajemente de lo necesario.

Shannyn se decidió por algo seguro.

"Leí en alguna parte que un porcentaje muy alto de hombres que conducen autos caros son unos idiotas", dijo ella. "No estoy segura de cómo eso se correlaciona con ser engreído o tener un título, pero tengo que pensar que hay una conexión."

"¿Estás admitiendo que no soy un idiota?"

Shannyn ignoró eso. "Como el tipo que se encarga del auto por ti..."

"¿Marcus?" Él le dio una mirada ardiente y sus palabras cayeron rápidamente, cortadas y precisas. Ella ya lo había logrado. "Nos asociamos con Marcus desde el principio, porque sabíamos que algunos miembros conducirían al club y nosotros no teníamos estacionamiento. Su hijo consiguió su primer trabajo en el club y fue tan popular que los miembros contribuyeron a su fondo universitario. El club lo igualó, dólar por dólar. Es el primero de la familia de Marcus en ir a la universidad, así que no empieces a decirme que haber tenido suerte en la vida no te impide compartirla."

Una lección. Shannyn se sorprendió de que Tyler mostrara tanta pasión y quedó secretamente impresionada por los esfuerzos de los socios para marcar la diferencia. Era agradable. Ella no podía pensar en eso, no cuando estaba destinada a pasar más horas con él. "Aun así, con este auto, es bueno que no tengas hijos."

"Algo excelente", reconoció Tyler, lo cual fue inesperado.

Shannyn se volvió para estudiarlo. Él parecía decidido de nuevo. "¿No quieres tener hijos?"

"No pronto."

"¿Por qué no?"

"Me gusta dormir bien por la noche. Cuando llamé a Derek la otra noche, Ethan estaba gritando por todos lados." Él se estremeció y ella sonrió.

"¿Venderás el auto cuando lo tengas?" Ella se inclinó para mirar el cuentakilómetros. "Puede que tenga cien millas para entonces. ¿No afectaría eso negativamente a su valor de reventa? "

Ella consiguió una de esas miradas cortantes por su comentario. "No tienes que empezar una pelea. Todo lo que tenías que decir era 'sí, Tyler, me gusta el auto."

"Pero eso no sería cierto. No me gusta."

"¿Por qué no?"

"Es atractivo pero inútil." Shannyn frunció los labios. "He conocido a gente así, en realidad."

Si Tyler pensaba que él podría estar incluido en ese recuento, lo ocultó bien. "Todo el mundo ama este auto."

"Yo no."

"¿Por qué no me sorprende que seas la excepción?" murmuró él en voz baja. "Está bien, si tuvieras un auto, ¿qué tipo de auto sería?"

"Oh, yo tendría una camioneta. O una furgoneta. Algo grande con mucha capacidad. Y neumáticos grandes. Un vehículo para hacer las cosas."

"Nunca me hubiera imaginado que necesitarías tantos comestibles."

Shannyn se rió. "Punto para ti", dijo ella y él comenzó a sonreír de nuevo. Su corazón dio un vuelco, una señal segura de problemas por delante. ¿Cómo iba a pasar una tarde con ese hombre y cenar sin otra ronda de sexo deportivo? "No para comestibles", dijo ella, porque no tenía ningún plan. "Cosas."

"¿Qué tipo de cosas?"

Estaban atrapados en una intersección, avanzando poco a poco y salían de ella. Shannyn estaba mirando a su alrededor, con la esperanza de evadir su pregunta, cuando vio el tipo exacto de cosas que quería decir. Estaba en la acera, a media cuadra más abajo, en la calle lateral. Ella solo tuvo un vistazo antes de que el tráfico se moviera y ellos avanzaran. Ella se giró en el asiento, tratando de conseguir otra mirada.

¿De verdad había visto un sillón de teca perfecto tirado a la basura?

¡Qué hallazgo sería!

Estaban atrapados en el tráfico de nuevo y Tyler estaba agarrando el volante, su impaciencia clara.

"¿Puedes regresar?" preguntó ella.

"¿Por qué? ¿Olvidaste algo en el club?

"No, acabo de ver algo en esa calle y quiero verlo mejor." Ella estiró el cuello, tratando de ver por la ventana trasera, pero el ángulo estaba mal.

"¿Alguien está herido?"

"No. Algo tirado a la basura."

Tyler parpadeó. "¿Disculpa?"

"¿Puedes dar la vuelta a la cuadra ya?" preguntó ella con agitación. "Alguien lo va a agarrar."

"Quieres que vuelva para que puedas revisar la basura." Él habló como si sus palabras no tuvieran sentido.

"¡Sí! La basura de un hombre es el tesoro de otra mujer. Gira aquí, por favor. Puedes dar la vuelta a la manzana."

"Sé que puedo dar la vuelta a la manzana", dijo Tyler, moliendo las palabras. "Simplemente no veo el punto."

Shannyn hizo un ruido de frustración mientras intentaba abrir la puerta. Se había bloqueado automáticamente cuando él arrancó el auto. "¿Puedes abrir esta puerta, por favor?"

"¿Por qué? El tráfico se moverá en un minuto... "

"¿Por favor?"

Las cerraduras de las puertas hicieron clic y Shannyn abrió la puerta. Estaban en un carril central y había un hueco a su lado. Sin embargo, tan pronto como abrió la puerta, los frenos chirriaron. Tyler maldijo cuando un coche se detuvo con un chirrido en el carril derecho, justo detrás del Porsche. El tipo que conducía el otro automóvil obviamente tenía la intención de rodearlos por la derecha. Él levantó las manos con frustración y Shannyn se alegró de no poder leer los labios. Ella lo saludó, agarró su bolso y cerró la puerta del auto de Tyler. Ella escuchó la ventana bajar.

"¿A dónde vas?" le gritó él.

Shannyn giró y señaló. "Allá atrás. ¿Vienes o no?" Ella nombró la calle, luego el tipo en el carril de al lado tocó la bocina cuando el tráfico comenzó a moverse. Ella saltó a la acera. Escuchó a Tyler maldecir de nuevo, pero ya ella estaba corriendo por la acera hacia su premio potencial.

Que esté ahí.

Que ella lo alcance primero.

ERA OFICIAL. Shannyn era la mujer más exasperante del planeta. Tyler se colocó en el carril derecho cuando el tráfico comenzó a fluir —el tipo que casi había arrancado la puerta del pasajero de su auto lo dejó pasar, probablemente por lástima— y él giró a la derecha en la primera calle que pudo. Tyler giró a la derecha de nuevo y corrió de regreso a la calle que Shannyn había nombrado. Él chilló los neumáticos al doblar la esquina y luego redujo la velocidad. La calle estaba prácticamente vacía.

Excepto por Shannyn, orgullosamente sentada en una silla colocada junto a la acera.

Ella estaba sentada sobre la basura de alguien, como si fuera un trono.

Ella también se veía increíblemente complacida consigo misma. Shannyn llevaba el bolso entre los tobillos y pasaba las manos por la silla que habían dejado para la basura como si hubiera encontrado el Diamante de la Esperanza.

Exasperante e inexplicable. Si ella pensaba que iba a volver a su auto después de sentarse en esa silla sucia, podría pensarlo de nuevo.

Ty se estacionó junto a la acera junto a ella y bajó la ventanilla.

"Pensé que habías dicho que el auto era rápido", dijo ella, toda inocencia, y Ty se mordió la lengua.

"¿Regresaste por este viejo pedazo de basura?"

Ella parecía insultada. "No es una viejo pedazo de basura."

"Me parece uno. Sucio y descolorido." Él respiró hondo e hizo una mueca. "Propiedad de alguien que fumaba mucho. Es basura."

Shannyn se inclinó hacia adelante, con los ojos brillantes y pronunció claramente. "Esto, señor Privilegios, es una puntuación del más alto nivel. Esta es una silla de teca de mediados de siglo de fabricación danesa en perfecto estado." Ella abrió mucho los ojos. "Un hallazgo añejo fabuloso que alguien, contra toda razón, está tirando."

"¿Qué significa eso?"

Ella arqueó una ceja. "Que puedo tenerla gratis."

"Pero tienes que llevártelo de aquí para hacer eso."

Ella examinó su coche y suspiró teatralmente. "Y te preguntas por qué creo que tu auto es inútil."

"No es inútil..."

"No, supongo que podríamos atar la silla al techo."

La sola sugerencia enfureció a Ty. "¿Estás jugando conmigo?"

Su sonrisa brilló. Sí, de hecho, lo estaba haciendo. Llamaré a alguien más para que me ayude. Si necesitas irte, está bien."

Ella estaba cambiando los planes, de nuevo.

"Pero llegaremos tarde para encontrarnos con Derek en tu casa."

"Esto es más importante", dijo ella. "Se lo haré saber a él después de resolver esto."

Ty se echó hacia atrás, asombrado. Él no podía creer lo que estaba pasando.

Y luego, como estaba con Shannyn, empeoraba.

"¡Oye!" gritó un tipo y Ty vio que alguien había salido por la puerta principal de la casa. Él hizo una mueca, adivinando que Shannyn descubriría las repercusiones de codiciar la basura de alguien. "¿Te gusta esa silla?"

Shannyn se giró para mirarlo. "¿Estás bromeando? ¡Amo esta silla! "

"¿Quieres la otra?" El tipo dio un paso atrás y señaló el interior de la casa. "Todo tiene que irse y cuanto antes, mejor. La demolición comienza el lunes."

Ty vio entonces que había permisos pegados en las ventanas de la casa. Estaban renovando la casa. Quizás habían comprado el lugar con los muebles. Quizás alguien los había dejado atrás. Quizás alguien había muerto.

De cualquier manera, Shannyn se agarraba a la ventana del auto para pedir su ayuda. "Tienes que sentarte en la silla por mí", dijo ella con urgencia, con los ojos muy abiertos y muy azules. Tyler estaba alarmado por lo mucho que él quería hacer lo que ella le pedía.

Solo para hacerla feliz.

"No. Está sucia." Ty miró con disgusto la tapicería naranja descolorida.

"Cierto, y tú estás en un traje, que es infinitamente más importante." Ella sacudió su cabeza. "Solo párate a su lado. Ponle una mano. Tienes que defenderla por mí."

Ty se dio cuenta de las implicaciones de lo que estaba pidiendo. "No vas a entrar a esa casa sola. No conoces a ese tipo."

"Oh por favor. Él solo quiere deshacerse de una silla que probablemente yo quiero. Esta es una situación de beneficio mutuo sin subtexto. Tengo que ir a buscarla."

"Estás loca."

"Estoy motivada", argumentó ella, y lo miró. "¡Por favor!" suplicó ella. "Los buitres darán vueltas."

Efectivamente, una pareja caminaba por la calle, del brazo. El tipo revisaba el auto de Ty. Los ojos de la mujer se agrandaron cuando vio la silla.

Shannyn se apresuró a colocarse entre ellos y la silla, manteniendo un firme control sobre ella. "Tomada", dijo ella con autoridad.

"Gran descubrimiento", dijo la mujer con admiración.

"Gran auto", dijo el tipo, con igual admiración. "Sin embargo, no es realmente ideal para el trabajo."

En contra de sus mejores instintos, Ty activó los seguros y salió. Él miró la silla y puso una mano sobre ella mientras la pareja continuaba.

"¿Contenta?" le preguntó a Shannyn.

Su sonrisa era radiante y una vez más, él se sentía como un héroe conquistador. "¡Sí!"

"Entonces deja tu bolso aquí. Quiero estar seguro de que vuelvas. Sería muy propio de ti dejarme de pie con la mano en esta silla sucia por el resto del día."

"Yo lo haría, ¿no?"

"Probablemente tomarías fotografías si no guardo tu bolso como seguro."

Shannyn se rió, no preocupada en lo más mínimo por la evaluación de Ty. Luego entregó la bolsa con su cámara adentro. "¿Nunca has recogido nada de la acera?"

"Nunca."

"¿Cuánto tiempo llevas viviendo en Manhattan?"

"Más de diez años."

"Noticia de última hora. Revisar la basura es una tradición consagrada en Manhattan."

"Te refieres a robar basura."

"Me refiero al reutilizar."

Ty no podía imaginarse a sí mismo llevándose a casa un mueble que encontrara abandonado en la acera, pero estaba claro que Shannyn sí podía. Ella incluso estaba emocionada por eso. Ella corrió a la casa. Ty la vio irse, sabiendo que si ese tipo estaba vendiendo algo, Shannyn lo compraría.

Él realmente tenía que enseñarle algo sobre negociación.

Al menos sobre tener cara de póquer.

Él miró a la silla y luego el techo del auto. Ella realmente la quería. No estaba tan sucia ni era tan grande. Él la levantó y se dio cuenta de que tampoco era tan pesada. Él tenía una manta en el maletero y un trozo de cuerda. Los cojines podrían ir en el maletero. Él consultó su reloj, decidió que el tiempo era esencial y decidió resolverlo.

Ty dejó la bolsa de Shannyn en el suelo frente al asiento del pasajero. Él se quitó la chaqueta del traje y la puso en el asiento trasero y luego se subió las mangas de la camisa. Abrió el maletero, arrojó la manta sobre el techo y miró a un tipo que paseaba a un perro, que se detenía a revisar la silla. Él había bajado las ventanas y había comenzado a atar la silla en su lugar cuando Shannyn salió de la casa, con la cara encendida.

Ella se rió cuando vio lo que él estaba haciendo, pero no hizo ningún comentario. Eso era bueno, porque él estaba pensando en las posibilidades de que la cuerda rozara la tapicería y reconsiderando la sabiduría de su decisión.

Marcus podría arreglarlo.

"¿Otra silla?" preguntó él, asumiendo lo peor por su expresión. Él se preguntó cuántos viajes estaría condenado a hacer a Brooklyn ese día.

"¡Mejor!" dijo ella con emoción. "Toda la sala de estar. Hay un sofá y una mesa de café, y ella "literalmente rebotaba", la mesa de la cocina, las sillas y el aparador también. No puedo creerlo. Están en perfectas condiciones y él solo quiere que desaparezcan."

"Y quieres ayudar con eso."

"No suenes tan sombrío. Este es un premio épico, mi mejor hallazgo de todos los tiempos, y tengo el gen recesivo de los hallazgos"

"¿Qué?"

"Es mi super poder. Esto es grande, incluso para mí." Ella se inclinó más cerca, sus ojos brillaban con tal placer que Ty no podía apartar la mirada. Su voz se redujo a un susurro conspirativo. "Aún mejor, es la solución."

"¿A qué?"

"Esto completará el fondo para mi techo."

Ty miró la silla, que él veía como basura, luego volvió a mirar a Shannyn. "No puede valer tanto."

Ella asintió con confianza. "Limpia, tapizada, seguro que sí."

"Entonces, ¿por qué él lo tiraría?"

Ella se encogió de hombros, incluso mientras tocaba afanosamente su teléfono. Mira esa casa. Él probablemente gastará varios cientos de miles en renovar ese lugar. Quizás medio millón. Un par de miles de dólares no están ni aquí ni allá para ese tipo. Para mí, es el resto de mi techo. Es la salvación."

"Pensé que yo estaba proporcionando eso."

"Oh bien." Ella lo miró con una sonrisa llena de picardía.

Y Ty se dio cuenta de que el hallazgo de Shannyn significaba que ella ya no lo necesitaba para resolver el problema de su techo, lo que significaba que su segundo trato podría no llegar a cerrarse. Él tenía esa sensación de que las cosas se desmoronaban rápidamente, una sensación de impotencia que estaba empezando a asociar con Shannyn.

Él necesitaba ser parte de la solución para mantenerse en onda.

Él miró la silla en el techo de su auto y se concentró en los aspectos prácticos. "No puedo llevar un sofá."

"Lo sé." Ella negó con la cabeza con tristeza. "Un auto bonito pero inútil."

Ty se sentía protector de su auto y su dignidad. "Bueno, no estaba planeando recoger basura."

"Lo sé. No lo llamo falta de previsión. Solo una disparidad en las prioridades." Ella estaba revisando su lista de contactos en su teléfono. "No hay tiempo suficiente para alquilar un auto. Podría llamar a Phil, supongo."

"¿Phil?"

"Un tipo que conozco con una camioneta. Sin embargo, él querría que compartiera, y esto debe permanecerse unido para tener el máximo valor." Ella se desplazó. "Podría preguntarle a Tim", reflexionó ella. "Él tiene una camioneta."

"¿No vas a tener que pagarle para que lo recoja?"

"Por supuesto. Negociamos. A él no le importan los muebles."

"¿Cuál es su precio?"

"La última vez, fue una mamada." Ella habló a la ligera, como si estuviera diciendo algo escandaloso para molestar a Ty. Si ese era su plan, funcionó a la perfección. La reacción de Ty debió de mostrarse porque ella miró hacia arriba y se rió en voz alta. "No te veas tan sorprendido. El efectivo no es la única moneda. Hice un trato diferente, uno con otra persona. No te preocupes por mi virtud. Tengo eso cubierto."

Ty había tenido suficiente. "¿Y si yo arreglo esto?"

"¿Tú quieres arreglarlo todo?"

"Si te mantiene alejada de negociar mamadas por transporte de muebles, sí."

"No soy tuya para que me defiendas, recuerda eso."

"Soy muy consciente de eso. Solo estoy tratando de ser amable." Él mordió la última palabra, su paciencia parecía escasa. Todas las mujeres de su vida hubieses quedado advertidas con eso, pero no Shannyn.

"Ah, eso es lo que me confundió", dijo ella chasqueando los dedos. "¿También tienes una camioneta, escondida entre tus muchos recursos?"

"Por supuesto que no." Él llamó a Derek, quien respondió en el manos libres. ¡Derek! Hola, se nos hizo tarde."

"Derek tiene una camioneta", susurró Shannyn con gusto mientras comprendía. Ella agarró el brazo de Tyler, su agarre firme por su emoción. Ella estaba prácticamente vibrando a su lado.

Ty movió la cabeza, después movió los labios "una camioneta grande.'

Ella hizo una pequeña danza feliz, simulando gritar de alegría, pero en realidad no hizo ningún sonido. Ty no pudo evitar sonreírle.

Ella era exasperante, impredecible, pero muy divertida.

¿Cuándo había sido la última vez que él se había divertido tanto? No recientemente.

"A mí también", dijo Derek. "¿Qué está pasando? El tráfico es terrible hoy."

"No lo sé. ¿Alguna posibilidad de que pudieras hacerme un favor y parar en la ciudad en tu camino a Brooklyn?" Ty caminó lejos de Shannyn, sospechando que él tendría que suavizar el trato.

"¿Estás bromeando conmigo? Te lo dije. No manejo en la ciudad."

"Pero Shannyn encontró unos muebles en la curva, y ella realmente los quiere."

"¿Te arrepientes de ese Porsche, no es así?" preguntó Derek con una pequeña risa.

"Nunca."

"Pero necesitas una camioneta."

"Rápido. Los buitres están dando vueltas, como ella dice." Él bajó su voz a un susurro para que Shannyn no pudiera escuchar. "¿Cincuenta dólares?"

"Cien", regateó Derek, como si pudiera oler el entusiasmo de Shannyn desde lejos. "No podrás conseguir una camioneta para alquilar un sábado por la tarde."

Ty obviamente no necesitaba enseñale a su cuñado nada sobre negociación.

"Quieres que rompa mi regla" dijo Derek cuando Ty no contestó de inmediato. "Eso cuesta"

"Cien dólares", estuvo de acuerdo Ty y le dio la dirección. Él no pudo arrepentirse del precio cuando se dio vuelta para encontrar a Shannyn mirándolo ávidamente. Como si ella no hubiese atrevido a respirar. Él asintió y ella se lanzó a él con alegría. Ty se tambaleó hacia atrás por la fuerza de su impacto, entonces la abrazó y le dio vueltas mientras ella se reía.

"Eso es brillante. Tú eres muy bueno solucionando cosas."

"Toda una vida de experiencia. Aunque esto aún no está arreglado."

"Pero te lo debo." Ella lo miró, esos ojos brillando mientras su voz bajaba a un susurro. "Tal vez, tú solo quieras una mamada" ella lo provocó.

Sin embargo, Ty no iría en esa dirección...

Él la puso en el suelo rápidamente y dio un paso atrás.

Ella le sonrió, su mirada recorriendo los rasgos de Tyler como si él la hubiese sorprendido a ella, para variar. "Te atrapé, Tyler Mckay", dijo ella, dándole una palmada en el pecho. "Hiciste otra cosa amable. Tu reputación se arrastrará por el piso."

"Yo puedo vivir con eso." Sus miradas se sostuvieron por uno de esos momentos, entonces ella se estiró para pasar su dedo por la boca de Tyler. "¿Por qué haces eso?

"Porque luces como un tipo duro, pero eso no va a durar. Yo sé que vas a sonreír, muy lentamente, y será como ver la salida del sol. No quiero perderme ni un segundo de eso" Entonces ella se sonrojó. "Probablemente pienses que eso suena tonto...."

"Te conocí en una clase de poesía", murmuró él. Cuando su mirada voló a la de él, Ty sonrió, tal como ella había predicho, y miró sus ojos oscurecerse mientras ella mirada la punta de su dedo. El pecho de Tyler estaba apretado y su corazón estaba retumbando. Él quería levantarla de sus pies y besarla hasta que perdiera la razón, pero ella tenía que hacer el primero movimiento.

Ella tragó visiblemente, luego levantó su mirada hacia él. "Gracias por solucionar esto, Tyler", susurró ella, su voz era ronca.

Todo se estremeció dentro de él y el tiempo pareció detenerse. Solo estaban Shannyn y las estrellas en sus ojos, la suave curva de sus labios, el olor de su piel. Solo estaban Shannyn y sus desafíos.

Ty no tuvo que esperar mucho tiempo, porque ella se estiró hasta ponerse de puntillas y remplazó la punta de su dedo con su boca.

Ty no le iba a darle oportunidad de retroceder. Él puso sus manos alrededor de su cintura y la levantó hacia él, profundizando ese beso hasta volverlo uno para recordar.

NUEVE

Tyler podría haberse ido y haber dejado a Shannyn allí, y si él hubiera sido el imbécil que una vez ella lo había acusado de ser, él se habría ido. En cambio, él había organizado el transporte de lo que Shannyn había encontrado sin exigir nada a cambio.

Él acababa de resolver el problema.

Una cosa era usar sus conexiones para ofrecer una solución alternativa para el techo de Shannyn. Otra muy distinta era descartar sus propias reglas para hacerla feliz.

En cuanto a las opciones, esa era seductora como el infierno.

Era muy posible que él estuviera esperando que ella estuviera en deuda con él, pero el hecho de que no hubiera insistido en resolver los detalles primero era una agradable sorpresa. Shannyn no estaba acostumbrada a que nadie arreglara nada por ella, y el hecho de que Tyler hubiera hecho eso, cuando el hallazgo de Shannyn en la basura había puesto en duda la propuesta de Tyler de un segundo trato, lo cambiaba todo.

El hecho de que él hubiera cargado la silla en el techo de su auto significaba que ella tenía que reconsiderar todas sus suposiciones sobre el carácter de Tyler.

Quizás incluso ella tenía que repensar su estrategia.

Ese beso había sido impulsivo, pero no una elección de la que pudiera arrepentirse. Ciertamente no la ayudaba a aclarar su pensamiento. Eso le hacía querer desnudarse de inmediato y ella deseaba ni siquiera tener una reunión con Derek. Ella podría haber llevado a Tyler a su casa de inmediato, en lugar de esperar más tarde, lo que no parecía nada malo.

Finalmente se separaron y Shannyn no pudo pensar en nada que decir. Tyler parecía estar igualmente conmovido. Él se aclaró la garganta y le preguntó a Shannyn sobre la limpieza de los muebles. Ella le había dado una explicación sobre el aceite de limón y el papel de lija fino, la cual ella esperaba fuera coherente.

Finalmente, Shannyn escuchó un vehículo que se acercaba y miró hacia la calle para ver una camioneta negra de tamaño completo acercándose rápidamente. Tenía el logotipo de la empresa en el lateral y el conductor se estacionó justo detrás del auto de Tyler.

Ese sería Derek.

Él tenía más o menos la edad de Aidan, llevaba el pelo corto, estaba bien afeitado y era delgado. Llevaba botas de trabajo y jeans, y una sudadera con capucha con el logo de Roots en la parte delantera. Era el tipo de hombre cuyos pensamientos eran absolutamente claros, un libro abierto, lo que hizo que Shannyn se diera cuenta del contraste con Tyler, que se había vuelto inescrutable desde ese beso.

Los ojos de Derek se agrandaron cuando salió de la camioneta y miró la silla colocada boca abajo en el techo del auto de Tyler. Luego sonrió. "Debe ser amor", bromeó él, luego tomó una foto con su teléfono.

"Cállate", dijo Tyler con una sonrisa y se dieron la mano cálidamente. "No es necesario que lo documentes."

"Oh, pero lo hago. Oye, tú debes ser Shannyn."

Tyler hizo una presentación rápida. Shannyn, Derek. Derek, Shannyn."

Derek estrechó la mano de Shannyn. La suya era grande y un poco áspera, su agarre firme y su sonrisa rápida.

"El resto está adentro", dijo Shannyn. "Date prisa antes de que él cambie de opinión."

"Si me ponen una multa", comenzó Derek y Tyler desechó su preocupación con un gesto de su mano.

"No te preocupes." Él permaneció junto a la acera, defendiendo los vehículos y la silla. Cruzó los brazos sobre el pecho, lo que le daba ese aspecto de Peñón de Gibraltar que adoraba Shannyn, y él miraba a un peatón que observaba la silla con curiosidad. Eso también funcionaba para ella.

"No lo enfadaría por nada", murmuró Derek y Shannyn sonrió. "¿Cuánto hay ahí?"

"Tanto la sala de estar como la cocina", admitió Shannyn. "Probablemente dos viajes."

"Mierda", dijo Derek en voz baja mientras caminaba alrededor de los muebles apilados en el medio de la sala de estar del hombre. "Definitivamente dos viajes." Él se volvió hacia el tipo que los estaba mirando. "¿Está bien eso? Tengo que llevarlo a Brooklyn, pero hoy hay mucho tráfico."

"Solo quiero que se vaya hoy", dijo el tipo.

"Lo quiero todo", dijo Shannyn e intercambió números de teléfono celular con él.

Derek estaba haciendo un plan. "Llevaremos el sofá en el primer viaje, pero Ty puede ayudarme a llevarlo a la camioneta. Tú lleva algo más pequeño."

Shannyn cogió una silla de la cocina, rompiendo deliberadamente los juegos de muebles. Derek levantó la silla que coincidía con la que había estado junto a la acera. Se dirigieron juntos hacia la camioneta y él bajó la voz. "¿Es danés?"

Shannyn supo entonces que él era un espíritu similar que apreciaba su hallazgo.

"Y firmado en la parte inferior de la mesa del comedor", admitió ella, lo que lo hizo silbar suavemente.

"Dulce. Este es un hallazgo importante", le dijo él. "¿Lo necesitas para tu casa?"

"Lo necesito porque está mal dejarlo aquí."

"Tienes razón sobre eso. Tomaremos todos los cojines en este viaje, una pequeña garantía de que el resto no será robado antes de que regresemos."

"Me gusta como piensas."

"También tengo un par de mantas para mudanzas. Es una casualidad que me olvidara de sacarlas de la camioneta anoche."

"Tal vez eres psíquico", bromeó Shannyn y él se rió con facilidad.

"Yo no. Ty y yo somos los hombres prácticos. Nosotros hacemos el trabajo."

"Vamos a hacerlo, entonces", dijo Tyler cuando ellos llegaron a la acera, obviamente habiendo escuchado las palabras de Derek. Shannyn montó guardia mientras sacaban los muebles y ayudaba tanto como podía. Tyler y Derek los apilaron en la parte trasera de la camioneta, acolchándolos con las mantas y algunos de los cojines. Era como un gran rompecabezas, y era Tyler quien lo hacía encajar.

"Hay que apretarlo para que sean dos viajes, pero creo que funcionará", dijo él.

"Eso deja la mesa de la cocina y la alacena", dijo Derek. "Además de un par de sillas para la próxima vez. Fácil."

"Tiene un librero en el sótano", le dijo Tyler a Shannyn. "Le dije que tú también lo querías."

"¡Sí!" Si Derek no hubiera estado allí, ella habría vuelto a besar a Tyler. Él sonrió, su mirada se aferró a la de ella, y ella supo que él lo había adivinado.

Cuando estuvo todo cargado, Shannyn quiso saltar de alegría. En cambio, se subió al auto de Tyler. Se sentó en el asiento de adelante y supo que era la mujer más afortunada del mundo. Su suerte de hallazgos en la basura había saltado a nuevas alturas.

"¡Te seguiré!" gritó Derek mientras subía a su camioneta.

El auto ya olía a humo de cigarrillos rancios y Shannyn podía adivinar cómo se sentía Tyler al respecto.

"Muchas gracias", dijo ella mientras él se adentraba en el tráfico.

"Tendré que hacer que se encarguen de limpiar el auto. Y mi traje también." Sin embargo, su tono era ligero, como si se estuviera burlando de sí mismo y no de ella.

Shannyn le sonrió. "Entiendo. Te lo debo."

Él levantó las cejas. "Pensé que de eso se trataba el beso." El tono de Tyler era pensativo, lo que le hizo preguntarse a Shannyn qué estaba pensando él. "¿Qué vas a hacer con todo esto?"

"Limpiarlo. Venderlo. Comprar un techo."

Tyler asintió. "¿Tiene un comprador en mente?"

"No, pero encontraré uno. Tengo un par de clientes habituales. Debería ser fácil."

"Podría ser más fácil de lo que crees", reflexionó él.

"Tienes un plan", acusó ella y él sonrió.

"No, solo una idea. Veamos cómo se desarrolla."

Y él no le diría más que eso. Shannyn decidió sacárselo con unas tapas.

Poco después, Tyler se detuvo en el camino de entrada de Shannyn y se inclinó hacia adelante para echar un buen vistazo a la casa. Ella se preguntó qué estaría pensando él, pero su expresión era impasible y no podía adivinar. Ella supuso que él se alegraba de que su auto no tuviera que acercarse más al garaje. Derek estaba estacionando en el único y largo camino de entrada detrás de ellos.

Shannyn alcanzó la manija de la puerta y Tyler colocó un dedo en su brazo. Ella se volvió para encontrar su mirada seria.

"Tenemos que actuar como si yo hubiera estado aquí antes", le recordó él en voz baja y Shannyn asintió. Ella estaría de acuerdo en cualquier cosa con él en ese momento.

"En medio de la noche", bromeó ella.

"O en cualquier otro momento."

Ella señaló la casa. "la cocina al fondo, sala de estar al frente, gato con actitud probablemente escondido en el medio. Inquilino en el segundo piso. Ático sin terminar. Garaje de lujo."

Él casi sonrió, asintió una vez y luego salió del auto.

Derek ya estaba parado afuera de su camioneta inspeccionando la casa. "¡Esta casa!" exclamó él mientras tomaba una foto. "Paige se va a volver loca."

"¿Qué quieres decir?" Preguntó Shannyn.

"Mi hermana acecha casas viejas", dijo Tyler. "Debes haber llegado a la cabeza de la lista."

"Está alto en el top ten de Brooklyn", coincidió Derek.

"Lo que significa que si Paige alguna vez viene aquí, investigará cada rincón sin vergüenza, e incluso revisará tus armarios para evaluar su tamaño relativo", dijo Tyler. "Ella sabrá más sobre tu casa en una hora de lo que una persona normal aprendería después de vivir en ella durante una década."

Shannyn sintió un nuevo aprecio por la previsión de Tyler al asegurarse de que Paige no hubiera venido con Derek. "Gracias de nuevo", susurró ella.

"No voy a llevar una lista", murmuró él, con los ojos brillando. "Porque simplemente soy amable."

Shannyn se rió a carcajadas, incapaz de detenerse.

Derek estaba abriendo la puerta trasera de su camioneta. "¿Dónde vas a poner tu hallazgo?" preguntó él, mirando al decrépito garaje.

"Afortunadamente, mi casa está bastante vacía", dijo Shannyn. "Lo pondremos donde podamos."

TY NO SABÍA lo que él había esperado de la casa de Shannyn, pero no había sido esa casa victoriana en ruinas con su porche hundido y la pintura desconchada. Él trataba de actuar como si hubiera estado allí mil veces y era muy consciente de la curiosidad de Derek. Ella abrió la puerta principal y él dio una buena mirada mientras ella abría una puerta al pie de las escaleras.

Inquilino arriba.

El suelo del vestíbulo estaba revestido de baldosas de piedra blanca y negra y había enormes radiadores de agua caliente a cada lado de la puerta principal. Las paredes estaban pintadas de un amarillo limón que resultaba acogedor y brillante. Solo el color le dio ganas de sonreír. Había una pequeña lámpara de araña que brillaba en lo alto, con un medallón de yeso adornado en el techo. El techo era muy alto y las escaleras eran de madera oscura. Las escaleras estaban cerradas con una pared, de una manera que no podría haber sido la original.

Shannyn sonrió y se encogió de hombros. "Desafortunadamente, no hay una manera bonita de dividir una casa como esta."

"Sin embargo, no es un mal trabajo", dijo Derek. "Todavía puedes ver las escaleras. Con esos balaustres oscuros, deben ser realmente algo sin esa pared."

"Lo son", dijo ella y Ty escuchó en su tono que Shannyn deseaba que la casa no estuviera dividida.

No era su problema para arreglarlo.

Aunque él quisiera.

"La luz es genial", dijo Derek, y Ty se preguntó si él estaba tratando de averiguar cómo tomar fotografías para Paige.

Shannyn abrió la puerta de la planta baja y les indicó con un gesto que entraran. "Probablemente podamos meter mucho aquí."

Lo primero que Ty vio fue el brillo de la madera pulida. Era de un color dorado miel y se extendía hasta la parte trasera de la casa. La sala de estar estaba en la parte delantera, tal como ella había dicho, y él tuvo que ocultar su sorpresa de que las paredes estuvieran pintadas de un verde azulado oscuro. La forma de la chimenea era de piedra blanca, tal vez de mármol, y el techo con su elaborada moldura también era blanco. Funcionaba, el color estaba saturado y no era claustrofóbico en absoluto. El suelo estaba desnudo y el mobiliario era escaso. Había un sofá victoriano tapizado en terciopelo verde azulado frente a la ventana en saledizo, y una silla más moderna de un dorado mostaza en el lado opuesto de la chimenea. Había un grupo de fotografías enmarcadas en negro en la pared detrás de la silla dorada, un par de lámparas de pie que no combinaban y una pila de libros en el suelo. Ty deseó tener tiempo para echar un buen vistazo, pero en cambio, fingió que lo había visto todo antes. Derek miraba lo suficiente por ambos.

Shannyn y Ty levantaron el sofá victoriano, lo apartaron y lo apoyaron contra la pared. Las cortinas de terciopelo de la sala de estar eran de un color morado oscuro y tenían lujosos flecos dorados.

Cuando Derek las miró con obvia curiosidad, Shannyn sonrió. "Aprendí a ahorrar a los pies del maestro. Mi mamá encontró algunos telones de un viejo teatro y me las hizo."

"Vaya, ella saber coser muy bien. Son increíbles ", dijo Derek.

"Ella es modista. Hace vestidos de novia. Todo es personalizado."

Ty escuchaba, dejando que Derek hiciera las preguntas. Quizás no era del todo malo que él compartiera la curiosidad de Paige.

"¿De dónde eres?" Derek le preguntó a Shannyn.

"Un pequeño pueblo al norte de Boston del que nunca has oído hablar", dijo ella con una sonrisa y Derek se rió.

Bajaron su primer cargamento de muebles en la sala de estar y lo guardaron como les indicaba Shannyn. Ty echó un vistazo a la habitación contigua, que tenía un escritorio enorme con una gran pantalla de computadora. Ese tenía que ser el lugar de trabajo de Shannyn, donde ella estaba cuando él había hablado con ella en la noche. Las paredes estaban pintadas de oro con un decorado que las hacía parecer pergamino viejo. Por el enorme medallón de yeso del techo, él supuso que esa habitación debería haber sido el comedor.

Había dos mapas clavados en las paredes, cada uno lo suficientemente grande como para cubrir casi la pared completa. Uno era de América del Norte y del Sur, con una gruesa línea roja dibujada en las costas occidentales y luego en las orientales. El segundo era un mapa de Europa y Asia, y la línea roja comenzaba en España y luego tomaba un camino serpenteante hacia el este. Había postales clavadas en los mapas a intervalos irregulares. ¿De qué se trataba eso?

Tyler vislumbró una cama en la habitación de al lado, que estaba pintada de un púrpura intenso, y una cocina en la parte de atrás con gabinetes blancos, pero entonces ya todos los muebles estaban en la casa. Ya él había visto que la decoración era ecléctica y colorida, inesperada, creativa y completamente Shannyn. Todo el lugar vibraba con su personalidad y él realmente quería explorarlo todo.

Ty de repente olió limones y vio que Shannyn se había arrodillado junto a una de las sillas, frotando la madera con un trapo. Derek ya se dirigía de regreso a la camioneta. A él le sorprendió que la madera se viera tan bien tan rápidamente.

"Nos vemos en un rato", dijo él, pero casi se detuvo en seco por su radiante sonrisa.

"¡Gracias!" Ella se levantó de un salto y volvió a besarlo en la mejilla, haciéndole creer que después de todo había valido la pena, luego Derek le gritó que se diera prisa. Él dejó su chaqueta en su auto y subió a la camioneta, resignado a la factura de la tintorería y no se arrepentía ni un poco.

¿Ellos cenarían juntos? Ciertamente él esperaba poder convencerla.

"Ella es linda", dijo Derek cuando estaba dando marcha atrás con la camioneta fuera del camino de entrada de Shannyn.

"Sí", estuvo de acuerdo Ty.

"Yo nunca los hubiera imaginado juntos, pero tal vez ese sea el punto."

"¿Cómo es eso?"

"Los opuestos se atraen y todo eso."

"Tal vez esa sea la clave", dijo Ty, y decidió dejar que su familia imaginara lo que fuera necesario. Ve por esta calle. Creo que será más rápido."

DEREK Y TY hicieron mejor tiempo con la segunda carga. Una vez que todo estuvo en la casa, Ty tomó la primera silla del techo de su auto mientras Derek consultaba con Shannyn sobre el techo de la casa. Cuando subieron al ático, Ty aprovechó la oportunidad para entrar en la casa y lavarse.

La cocina de Shannyn tenía hermosas lozas azules y blancas en las paredes que parecían moriscas. Allí olía levemente a recién horneado y Ty reconoció que la casa de Shannyn era más un hogar que su propio apartamento. Había una caja de arena en el baño, evidencia del gato que se estaba escondiendo. Él se quitó el reloj y se enjabonó hasta los codos, sintiéndose bien por todo con Shannyn, entonces lo vio.

Había una navaja de afeitar de hombre en el tocador.

Y una botella de colonia, la misma marca que él usaba.

Ty los miró conmocionado. Él recordó, un poco tarde, que había sido él el que había llegado a la conclusión de que Shannyn tenía un ex que la había dejado. Ella había dicho que la casa era un botín de guerra, lo que podía significar muchas cosas. Ella ni siquiera había estado de acuerdo con su suposición de que alguien se había mudado y se había llevado su cheque de pago. Ty había asumido el divorcio o la separación. Había sido él el que había llegado a la conclusión de que Shannyn tenía el corazón roto. Pero un cheque de pago contributivo podría desaparecer por razones distintas al divorcio, como un viaje por Europa.

Él se enderezó y recordó los mapas.

Ty tampoco había preguntado nunca si Shannyn estaba saliendo con alguien. Él solo había hecho suposiciones sobre el cambio en su flujo de efectivo. Esos mapas podían explicar muchas cosas: en particular, que ella estaba lo suficientemente sola como para ser impulsiva con el sexo, pero para mantenerse alejándolo, tratando de evitar que las cosas progresaran. Ella había sido inflexible acerca de no tener vínculos emocionales, y Ty pensaba que entendía por qué.

De hecho, el misterio que era Shannyn fue repentinamente claro como el cristal.

La misma colonia. Ella no podría haber estado fingiendo estar con otro hombre. Ella no podría haberlo elegido a él solo por su colonia.

¿Podría ella haberlo hecho?

Ty no lo sabía.

Él tenía que hablar con ella. Él tenía que estar seguro.

Se secó, se bajó las mangas y volvió a ponerse el reloj. Se sacudió los pantalones y luego salió. Derek estaba en el camino de entrada trabajando en su oferta. Shannyn le dio a Ty una sonrisa brillante y comenzó a caminar hacia él justo cuando un taxi se detuvo en la acera. Un tipo larguirucho salió del taxi, arrojándose una bolsa de lona al hombro mientras inspeccionaba la casa y luego a ellos.

"¡Taz!" Gritó él, luego sonrió y avanzó hacia Shannyn.

¿Taz? ¿Estaba ese tipo en la casa equivocada?

Shannyn soltó un pequeño chillido. Ella corrió hacia el recién llegado. "¡Dijiste que no vendrías hasta agosto!" gritó ella, demostrando que él no estaba en la casa equivocada.

"Mentí", dijo el recién llegado sin remordimientos. "Quería sorprenderte."

"¡Misión cumplida!"

Derek lo miró, pero Ty se encogió de hombros. Él tenía la garganta apretada y sabía que tenía que irse, pero quería saber más.

¿Quién era ese tipo? Ty estaba bastante seguro de que lo sabía. Quienquiera que fuera él, definitivamente conocía bien a Shannyn. Él la agarró con fuerza y la hizo girar en el aire mientras se reían juntos, luego la arrojó sobre su hombro y comenzó a hacerle cosquillas.

Él además sabía exactamente dónde ella tenía cosquillas, lo cual no era alentador.

¿Por qué él la llamaba Taz?

"¡Aidan!" gritó ella, luchando contra él y perdiendo terriblemente. "Pensé que estabas en Taskent."

Aidan. Ella ni siquiera había mencionado a un Aidan.

"No desde el septiembre pasado, Taz, y lo sabes."

Los mapas significaban que ella estaba siguiendo el progreso de Aidan.

A Ty se le heló el estómago. Ella había pensado que Aidan no volvería a casa hasta agosto, lo que significaba que no había sido relevante contarle a Ty sobre él. Su trato estaría cerrado mucho antes del regreso esperado de Aidan.

Mierda.

Ty sentía como si le hubieran dado una patada en el estómago. Él tenía una regla estricta y era que él nunca engañaba. Él nunca se involucraba con nadie que todavía estuviera involucrado emocionalmente con alguien más.

Pero era culpa suya: él nunca había preguntado por la vida romántica de Shannyn. Él había hecho suposiciones, y Ty conocía la vieja frase.

¿Cómo él había podido ser tan estúpido? Ty ya no necesitaba hacer más preguntas. Él solo necesitaba irse.

El problema era que no podía irse, no con la camioneta de Derek estacionada detrás de su auto.

Aidan tenía que ser más de treinta centímetros más alto que Shannyn. Ella pateaba y se retorcía, pero él la sostenía en el aire y le hacía cosquillas sin piedad. Él era rubio y apuesto, uno de esos tipos nervudos que son más fuertes de lo que parecen. Él tenía aproximadamente la misma edad que Ty y obviamente estaba acostumbrado a cargar a Shannyn. Ella no podía liberarse de él y Ty no estaba seguro de que ella quisiera hacerlo.

"Beijing, entonces", dijo ella, sin aliento.

"Me lo perdí esta vez."

"Bangkok", insistió ella.

"No desde febrero."

"Seattle."

"Volé sobre él porque tenía muchas ganas de volver a casa."

Esa no era una confesión tranquilizadora.

"Mentiroso", acusó ella y Aidan se rió.

Ty sentía que Derek lo estudiaba y deliberadamente no miró hacia arriba.

"¿Me extrañaste, Taz?" le preguntó Aidan.

"Por supuesto que no. Incluso me olvidé de quién eres", respondió Shannyn.

"¡Mentirosa!" Aidan le hizo cosquillas hasta que ella chilló.

"¿Cuál es tu nombre? ¿Otra vez? ¿Quién eres tú?" dijo ella, riendo todo el tiempo. "¡Bájame, extraño!"

"No hasta que admitas que me extrañaste. ¿Estás engordando? Por Dios, Taz, pesas una tonelada."

"No. Ahora, eres tú eres el mentiroso. He perdido quince libras desde que te fuiste y probablemente lo sabes."

¿Ella había perdido peso cuando él se fue? Ese era un clavo en el ataúd. Ty sabía todo sobre las mujeres que perdían peso cuando el amor iba mal. Ella había extrañado a Aidan, quienquiera que fuera. Y fuera lo que fuera lo que había pasado, él estaba de vuelta.

"Tal vez te has estado consumiendo, extrañándome tanto. Pobre Taz.

"Awwwwww", dijo Shannyn con su característica bravuconería. "No lo creo."

Ty habría argumentado eso.

Aidan la puso en sus pies. Se sonrieron el uno al otro, se abrazaron con fuerza, luego parecieron recordar finalmente que Derek y Ty estaban allí.

"¿Qué está pasando?" Preguntó Aidan, guiando a una sonrojada Shannyn hacia ellos. La forma en que ella evadía la mirada de Ty lo decía todo.

La habían atrapado y ella lo sabía.

Aun así, Ty podría defender la elección de Shannyn. Ellos tenían un trato. Ellos no tenían una relación. Él no sabía nada de su vida y no le había preguntado. Ella no había hecho ninguna confesión ni ninguna promesa, y si él había sacado conclusiones, era su propia culpa. Ella no sabía acerca de su regla inquebrantable.

Aun así, esto pasaba los límites.

"Aidan, Tyler, Derek", dijo ella, haciéndose eco del mismo estilo de presentación de Tyler. "Ellos me están ayudando con mi hallazgo."

Aidan dio un silbido bajo después de que ella le contó lo de los muebles. "¿Es este un nuevo récord personal?"

"Sí", dijo feliz Shannyn. Ty se preguntó si ella estaba más feliz con los muebles, con el hecho de que él la hubiera ayudado o con el regreso de Aidan. Por la forma en que ella miraba a Aidan, él estaba bastante seguro de la respuesta.

Y eso era eso. Shannyn tenía los muebles, que ella creía que le darían los recursos para pagar el techo. Él había sido parte de la solución, pero no era probable que ahora se llevara el crédito.

Ty se dijo a sí mismo que no importaba.

"Debes estar hambriento", le dijo Shannyn a Aidan. "Siempre lo estás."

La familiaridad entre ellos hizo que Ty se diera cuenta de que él mismo estaba mucho menos familiarizado con Shannyn. Disgustado y sabiendo que no debería estarlo, Ty volvió a meter la cuerda y la manta en el maletero.

La cena estaba cancelada.

Quizás la cita para la boda también estuviera cancelada.

Quizás el regreso de Aidan significaba que Ty estaba de vuelta en el punto de partida.

Él se dijo a sí mismo que no era gran cosa. La suma total de su inversión eran los cien dólares que le debía a Derek.

Ty se negó a decepcionarse.

Él simplemente empezaría de nuevo.

Sin embargo, la próxima vez haría más preguntas.

Mierda.

CONTRA TODAS LAS expectativas de Shannyn, Tyler se fue tan pronto como Derek lo hizo. Aidan estaba ocupado limpiando su nevera y ella esperaba cenar con Tyler, pero algo había cambiado. Él se había vuelto distante después de la llegada de Aidan, aparentemente sumido en guardar la cuerda y la manta. Ella les había ofrecido café a Tyler y a Derek, pero ellos lo habían rechazado cortésmente. Tyler volvía a tener la cara de piedra y Shannyn no podía entender por qué.

Entonces, su hermano había aparecido inesperadamente.

¿En qué se diferenciaba eso de la presencia del cuñado de Tyler?

Pero cuando la presencia de Derek había hecho que Tyler se volviera más familiar, Aidan lo hacía actuar como un desconocido. Era simplemente extraño.

Él se volvió a poner la chaqueta del traje y se apoyó en su auto mientras Derek terminaba de tomar sus medidas. ¿Era el auto de Tyler tan importante para él que tenía que vigilarlo? Aparentemente sí. ¿Todo se trataba de apariencias? Si era así, él debía estar muy triste por ensuciarse el traje.

Disgustada, Shannyn respondió las preguntas de Derek, luego lo siguió hasta su camioneta. Él prometió darle un estimado en los próximos días. Él le estrechó la mano, agradeciéndole la oportunidad al considerarlo para el trabajo, luego se fue. Si Shannyn pensó que eso significaría que Tyler sería más efusivo, ella había estado equivocada. Él esperó hasta que Derek se perdió de vista y luego sacó las llaves del auto.

"Tú no te irás", dijo Shannyn sorprendida. Ese beso en el centro de la ciudad había sido increíble. Ese beso había sido la promesa de una gran cena, tal vez más.

Pero Tyler la miró como si nunca la hubiera visto antes.

"¿Por qué me quedaría?" preguntó él, aparentemente desconcertado por su pregunta.

"Pensé que íbamos a cenar."

"No voy a esperar a que digas que no." La sonrisa de Ty era tensa. "Dejémoslo simple y digamos que es bueno que yo no haya hecho una reservación. Que tengas una buena noche."

Y él abrió la puerta de su auto.

"Pero..."

Cuando él miró hacia atrás, había un brillo en sus ojos. "¿Sorprendida?"

"Asombrada", admitió ella. ¿Él estaba bromeando con ella?

"Bueno, ahora sabes cómo es", dijo él en voz baja, lo que no tenía ningún sentido para ella. "El cambio de planes es un juego limpio a veces."

Luego él se fue, lo que tenía aún menos sentido.

Si hubiera sido cualquier otra persona, Shannyn habría pensado que ella había herido sus sentimientos, pero Tyler era el hombre más seguro de sí mismo que ella había conocido. Su corazón tenía que estar cubierto de Kevlar. Y además, ellos tenían un trato, no una cita, las emociones no tenían nada que ver con eso.

¿Qué estaba pasando?

Cualquier esperanza de que él volviera y admitiera que se estaba burlando de ella murió rápidamente, porque Ty siguió adelante. Ella habría apostado a que él ni siquiera había mirado por el espejo retrovisor. El auto desapareció en la esquina con un destello plateado y el sonido del motor se desvaneció, mezclándose con el tráfico. Ella estaba de pie en su porche mirándolo, sabiendo lo que significaba estar atónita.

Aidan se paró a su lado sosteniendo un cartón de leche de su refrigerador. "¿Problemas en el paraíso?" preguntó él, luego bebió directamente de la caja e inclinó la cabeza hacia atrás.

"No", dijo Shannyn, volviéndose hacia la casa. "Él solo tiene estas tendencias imbéciles a veces." Incluso mientras decía las palabras, ella sabía que no eran ciertas.

Aidan sonrió. "Pero te gusta de todos modos."

"No importa." Shannyn volvió a la cocina y dejó que la puerta se cerrara de golpe tras ella. Ella estaba decepcionada, molesta y confundida, una combinación que no era inusual en la presencia de Tyler.

O aparentemente en su ausencia.

Fitzwilliam había salido de su escondite y olfateaba con atención los muebles que habían invadido sus dominios. Shannyn sabía que Aidan la había seguido, que su nevera estaba mucho más vacía y que ella tenía hambre.

Ella había estado fantaseando sobre las tapas.

Sobre la cena con Tyler.

Sobre celebrar su trabajo en equipo, tal vez de una manera muy terrenal.

Pero él acababa de irse.

"Él cree que somos pareja", dijo Aidan y Shannyn se giró para mirarlo en estado de shock.

"¿Por qué él pensaría eso?"

"¿Le dijiste que tienes un hermano?"

"No. Eso no importaba. Estabas en Tayikistán."

Aidan enarcó una ceja, lo que le hacía parecer tanto escéptico como diabólico. "No nos parecemos, recuerda."

Shannyn se volvió y miró hacia el auto de Tyler, que probablemente ya estaba a medio camino de regreso a la ciudad. "Pero él es inteligente."

"Eso no lo convierte en un psíquico", Aidan miró dentro del cartón de leche y lo agitó un poco, ajeno a la reacción de Shannyn, luego se lo entregó. "Te has quedado sin leche."

Shannyn tomó la caja automáticamente, demasiado ocupada pensando en Tyler. Incluso si él pensara que ella y Aidan eran pareja, ¿por qué le importaría? ¿Por qué eso lo haría irse tan rápido?

No, él debe haber recibido una llamada mientras hacía ese segunda viaje por los muebles. Él debe tener algo mejor que hacer.

Lo cual era decepcionante, pero no una locura. Ella lo había empujado fuera de su zona de confort y por mucho que ella lo hubiera disfrutado, era fácil creer que él no lo había hecho.

Sin embargo, ella esperaba más de él.

Shannyn metió la caja en el contenedor de reciclaje, diciéndose a sí misma que no debía tomar la partida de Tyler como algo personal. Ella sabía que no era su tipo.

Aidan había abierto la nevera, luego el congelador, y él estaba claramente descontento con lo que encontraba o no encontraba. Fitzwilliam trotó hacia la cocina al oír el sonido de la puerta de la nevera y saltó sobre el mostrador, moviendo la cola expectante. Aidan le frotó la barbilla y Fitzwilliam le dio un golpe con una pata antes de aullar en señal de queja. "También te extrañé, amigo", dijo Aidan, mirando de nuevo el interior del frigorífico como si su contenido pudiera haber cambiado mágicamente. "¿No tienes cerveza?"

"No. No bebo cerveza. Tú eres el que bebes cerveza y estabas en las afueras de Mongolia."

"Los peligros de sorprenderte", dijo él con un suspiro.

"Recuérdame por qué te extrañé."

Aidan miró hacia arriba. "Él parecía un buen tipo."

"No te dejes engañar", dijo Shannyn, sintiéndose privada de la compañía de Tyler.

Aidan cerró la nevera. "Él realmente te gusta, ¿no?"

"Dile eso a él y tendré que matarte."

"No hay muchas posibilidades de que eso suceda, ¿verdad? Quiero decir, las marcas de derrape de su auto tardarán años en desaparecer."

Shannyn resistió la tentación de arrojarle algo a su hermano menor.

"¿Dejarás la puerta abierta para mí?" preguntó él con una sonrisa.

Shannyn estaba encantada, como de costumbre, pero trató de ocultarlo. "Te daré una llave. ¿Cuánto tiempo te vas a quedar de todos modos?

"¿Cuándo vas a buscar cosas?"

"Martes o miércoles."

Iré contigo y conseguiré algo de ropa. Las míos están destrozadas. Luego tomaré el tren hasta casa de mamá"

Shannyn se dio cuenta tardíamente de que él había llegado en taxi. "¿Qué le pasó a tu camioneta?"

"La vendí en Birmania."

"Como se hace", dijo ella y Aidan se rió con facilidad.

"Como se hace." Él le guiñó un ojo. "Pagué mi boleto a casa y me sobró un pequeño cambio. Entonces, ¿me vas a dar una llave o necesito encontrar un alojamiento alternativo? "

"Prepararé el sofá. No te tropieces con el gato."

Aidan asintió y le dio un pulgar hacia arriba, alejándose con determinación.

"¡Y compra un poco de leche!" le gritó Shannyn.

Él se despidió sin mirar atrás, lo que ella sabía que no significaba exactamente nada, y siguió caminando.

"No hay forma de que él pensara que somos una pareja", le dijo ella a Fitzwilliam, como si fuera él quien necesitara ser convencido. "Él no se apresuraría a sacar conclusiones. Si él se hubiera cuestionado acerca de mi relación con Aidan, él lo habría preguntado. Tyler es directo."

Fitzwilliam comenzó a acicalarse, desinteresado en Shannyn ya que ella no estaba preparando comida.

Ella suspiró. "Simplemente tiene algo mejor que hacer un sábado por la noche. Otra Giselle."

Menos mal que Shannyn tenía trabajo que hacer. Estaban las fotos del club para recortar y entregar, luego un montón de muebles para limpiar.

Era curioso cómo su triunfo ya no se sentía tan emocionante ahora que no había nadie para celebrar con ella.

DIEZ

Ty quería llamar a Shannyn esa noche más de lo que había querido algo en mucho tiempo.

Él quería escuchar su voz. Él quería que ella confesara que estaba locamente enamorada de Aidan y que ella había estado esperando su regreso. Él sabía que era una estupidez, porque había visto con qué gusto ella le había dado la bienvenida al otro muchacho y obviamente era cierto.

Pero aun así, él quería que ella lo dijera.

Ty sabía que lo que realmente quería era una explicación diferente a la obvia.

Él caminaba por su apartamento, inquieto.

Cuatro días después de que Shannyn volviera a entrar inesperadamente en su vida, Ty sentía que todo se había vuelto de cabeza y al revés. En lugar de tener el control de su universo y todas las variables que lo influían, él se sentía sacudido y perturbado.

Eso era nuevo, pero definitivamente no era aburrido. De hecho, el cambio le hacía sentir como él si no hubiera estado haciendo ningún esfuerzo durante años.

Eso le hacía querer en su vida más que el trabajo.

Eso no tenía sentido. Ty tenía un plan y sabía que funcionaría. Él estaba invirtiendo en su propio futuro, sentando las bases, asegurando que el club y su propia situación financiera fueran sólidos. Era curioso cómo la explicación que había parecido perfecta cuatro días antes ahora sonaba como una excusa.

Una excusa inadecuada, además.

Cuando sonó el timbre de la puerta, Ty gritó "¿Qué?" en el intercomunicador.

Pero era su hermana Lauren, y ella incluso por el intercomunicador, sonaba extraña. Molesta, tal vez. Ella nunca pasaba por su casa a menos que hubiera algo realmente mal. Él no podía entender por qué ella pasaba por allí un sábado por la noche. Ty le abrió la puerta y luego le dio acceso al ascensor.

Él abrió la puerta al pasillo para esperar a que ella saliera del ascensor, queriendo adivinar qué la estaba molestando antes de que ella fingiera buena cara. Ella tenía la cabeza inclinada cuando apareció, su largo cabello oscureciendo sus rasgos, pero él estaba seguro de que cuando miró en su dirección, Lauren parpadeó para contener las lágrimas.

Su sonrisa era ciertamente forzada.

"¿Qué pasa?" preguntó él, manteniendo su tono ligero.

"¿Necesito una razón para visitarte ahora?" preguntó ella, con una pausa en la voz.

"Por supuesto que no, pero ha pasado un tiempo."

"Simplemente no te gusta tener familia en tu cueva."

"Es verdad", admitió él, luego hizo una suposición. "¿Cómo está Mark?"

"Bien." Lauren pareció morder la palabra. Mark podría estar bien, pero la opinión de Lauren sobre él no. Ella pasó junto a Ty y entró en su apartamento, evitando su mirada y se detuvo en el umbral para inspeccionarlo. "¿Por qué no hay signos de vida femenina?"

"¿Por qué debería haberlos?"

Ella se sentó en uno de los taburetes de la barra del desayuno, cruzó las piernas y balanceó un pie. "Porque Shannyn va a ser mi cuñada en cualquier momento, según todos los informes familiares. De hecho, pensé que podría estar interrumpiendo algo y que por eso estabas tan enojado como un oso." Ella lo examinó y él se preguntó cuánto veía ella de la verdad.

"No estoy tan enojado como un oso."

Lauren lo señaló con un dedo. "Culpable de los cargos." Ella giró en la silla y luego contó las opciones con los dedos. "Entonces, ¿el problema es que tu relación con Shannyn es una ficción, que ella no está aquí, que ella está aquí y se esconde de mí, o que mamá te está presionando por el matrimonio, como siempre?"

Ty se dejó caer en el otro taburete y las recontó. "Shannyn y yo nos conocimos en la universidad, como le dije a mamá. Ella no es ficción. Derek la conoció."

"Es cierto, pero tu relación podría ser ficción." Lauren le dio una mirada atenta como si ella supiera que Ty tendría que mentir.

"No lo es", dijo él rotundamente, luego continuó antes de que su hermana pudiera preguntar. "Ella no está aquí, mucho menos escondiéndose de ti, y sí, eso podría ser un factor que contribuya a mi estado de ánimo actual."

"¿No son las preguntas de mamá, entonces?"

"Yo he estado eludiendo un poco sus llamadas."

Lauren se rió y luego se inclinó hacia adelante, con los ojos brillantes. Al menos, él se las había arreglado para mejorar su estado de ánimo. "Debo advertirte. Mamá está realmente molesta por esto. Si Shannyn viene a la despedida de soltera el próximo domingo, prepárate para la prueba de mamá."

Ty lo dejó pasar, pensando que no había muchas posibilidades de que Shannyn estuviera allí.

Lauren lo estudió. "¿Cómo es ella?"

"Pequeña. Linda. Feroz e impredecible."

"Así que no es tu tipo."

"¿Qué quieres decir? Me gustan las mujeres. Ella es una mujer."

"No, a ti te gustan las mujeres hermosas. Mujeres pulidas hasta brillar, mujeres que podrían ser modelos. Pero no lo son. Todas son máquinas profesionales súper ambiciosas con corazones de hielo." Lauren hizo una mueca. "Barracudas, cada una de ellas."

Ty se asustó. "Eso es un poco duro, ¿no crees?"

Lauren negó con la cabeza. Mira a Giselle. Ella te tenía en la mira como a nadie. "Lauren hizo garras con sus manos. " Creo que eras su plan de jubilación de la aerolínea. ¿Qué te hizo finalmente darte cuenta de que yo tengo zapatos con mayor empatía? "

"Lo supe casi de inmediato."

"¿De verdad? Sin embargo, ¿la trajiste al ochenta cumpleaños de la abuela Trixie? Extraña elección para una primera cita."

"Fue un acto de pura desesperación."

Lauren lo señaló. "Eso lo entiendo."

Una vez que Ty comenzó a confesar, la verdad llegó fácilmente. "Ella era la azafata en la cabina de primera clase. Muy bonita."

"Ella lo es."

"Encantadora. Interesada."

Lauren puso los ojos en blanco. "Prueba sólo de que es heterosexual y tiene pulso."

Ty ignoró el cumplido implícito. "Mamá llamó antes de que despegáramos. Mamá volvió a llamar cuando aterrizamos." Él se encontró con la mirada de Lauren con firmeza. "Mamá tenía un tema de la agenda que resolver."

Su hermana sonrió. "La fiesta del ochenta cumpleaños de la abuela Trixie. Y lo que es más importante, el gran enfrentamiento entre las hermanas Preston." Lauren se sentó y asintió con la cabeza, luego imitó a su madre con pericia. "Sabes, querido, que los hijos de la tía Teresa están todos casados y ella ya tiene nueve nietos..."

Ty hizo un gesto de desdén. "Yo sabía incluso antes de que llegáramos a la fiesta que había cometido un error."

"Felicitaciones a ti por eso." Su hermana brindó por él. "Tenía miedo de que pudieras haber estado pensando con tu pene."

"Muchas gracias." Ty suspiró y se pasó una mano por el pelo. "He estado escuchando a Kyle durante demasiado tiempo. Esa parecía una buena idea en ese momento."

"¿Fingiendo que todavía la veías?"

"Eso. Kyle pensaba que era brillante. Yo, no tanto."

"Bien. Cuanto más escuché sobre Giselle, más me preocupé por ti." Lauren cruzó los brazos sobre el pecho. "¿Sigues recibiendo consejos de Kyle?"

"¿Por qué?"

"¿Pequeña, linda, feroz e impredecible? ¿Cómo puedes siquiera hablar de una mujer así y esperar que creamos que es amor? "Ella sacudió su cabeza. " ¿En serio?"

Lauren tenía razón, pero ella también estaba equivocada. Ty se dio cuenta de que era el elemento sorpresa. Estar con Shannyn era una aventura y él no quería detenerla.

"Esas mujeres eran predecibles", explicó Ty. "Yo sabía exactamente lo que harían, cuándo y cómo evolucionaría la relación. Yo sabía cuándo comenzarían las demandas, las discusiones y los comentarios hirientes."

Lauren parecía estar luchando contra una sonrisa. "¿Hirientes?"

"Odio los comentarios hirientes", admitió él y ella se rió entre dientes. "Entonces, yo lo acabaría antes de llegar a esa parte. Me encontraría con otra persona, saldrían chispas y todo progresaría exactamente de la misma manera. Pude ver las señales con Giselle incluso antes de que llegáramos a la fiesta."

"Tu futuro se desarrolló ante tus ojos."

"Seguro. El sexo caliente después de la fiesta. Esto o aquello olvidado en mi apartamento. Las llamadas telefónicas, los mensajes de texto interminables, las visitas, el artificio de la coincidencia." Él recordó que Giselle se había presentado el martes por la noche con demasiada facilidad y suspiró por su momento.

"Y luego los comentarios hirientes."

"Inevitablemente." Él sacudió la cabeza. "No tengo tiempo para una relación seria, pero obviamente estaba eligiendo mujeres con diferentes objetivos. Solo las personas verdaderamente estúpidas siguen haciendo lo mismo y esperando resultados diferentes. Algo tenía que cambiar. No sabía qué, no hasta que Shannyn volvió a aparecer."

"La recordabas de antes."

"Es difícil olvidar a alguien que te llama idiota presumido."

Lauren se rió. Ella se rió con tanta fuerza que casi se cae del taburete. "Ya me gusta", dijo ella cuando pudo hablar de nuevo.

"Nunca sé lo que va a hacer o decir."

"Y eso es interesante."

"Lo es, porque siempre tiene sentido cuando ella lo explica. Simplemente no he resuelto el acertijo todavía."

"¿Has considerado que podrías estar casado y tener un par de hijos cuando descubras el enigma que es Shannyn?" bromeó ella.

Las posibilidades de eso eran tan escasas que Ty se puso serio.

Él señaló a Lauren y cambió de tema. "Tu turno. ¿Por qué estás realmente aquí? ¿Pasa algo con Mark?

Ella hizo una mueca. "Se puede confiar en ti para estropear el estado de ánimo con preguntas interesantes."

"¿Quieres un trago?"

"Definitivamente. Si todavía tienes un poco de ese whisky de malta que Katelyn te compró para Navidad, haz el mío doble."

Ty lo tenía. Él cogió la botella, dos vasos y sirvió. "Salud", dijo él, levantó su vaso y tomó un sorbo sustancial. Era tan bueno como parecía.

"Por las mujeres que desafían las expectativas", dijo Lauren y tomó un sorbo. Ante la mirada de Ty, ella asintió sabiamente. "Ella es buena para ti. Ahora tengo muchas ganas de conocerla."

Ty se mordió la lengua. Él iba a necesitar una historia para la despedida de soltera, y no tenía idea de cuál sería. ¿Cuáles eran las posibilidades de que encontrara a otra mujer llamada Shannyn para entonces?

De pocas a inexistentes.

Casi las mismas posibilidades que tenía de hacer un nuevo trato con la Shannyn que conocía. Él bebió el resto de su whisky ante eso, luego se dio cuenta de que Lauren lo estaba mirando.

"¿Qué no estás diciendo?"

"No importa."

"¡Vamos!"

Ty eligió una excusa. Él no estaba listo para compartir la verdad. Puede que nunca lo estuviera. "El... entusiasmo de mamá solo hace que las cosas sean mucho más complicadas."

Lauren asintió con la cabeza. "Te entiendo. A veces me pregunto si solo me casé con Mark para detener las insistencia de mamá." Ella bebió un sorbo y miró por la ventana.

"Mamá tiene buenas intenciones."

"Sí", dijo Lauren en una larga exhalación. "Esa es siempre la razón fundamental."

"¿Algo de lo que quieras hablar?"

"Baches en el camino", dijo ella a la ligera y Ty supo que ella no estaba lista para compartir más. "Lo solucionaremos." Sin embargo, sus palabras no resonaron con su alegre confianza habitual. Ella terminó su bebida y negó con la cabeza cuando él le ofreció otra.

"Sabes dónde estoy si quieres hablar y cuándo."

"Ibídem. Quizás deberías dejar de seguir los consejos de Kyle."

"Probablemente." sonrió Ty. "No seas tan dura con él. Es la persona más honesta que conozco."

Lauren se burló. "Tal vez necesites salir más."

"Tal vez deberías dar crédito a lo que es debido", argumentó Ty, preguntándose de nuevo por qué Lauren siempre había estado en contra de Kyle. No era propio de Lauren sentir aversión instantánea por nadie, pero eso era lo que había sucedido. "Kyle es absolutamente franco sobre su desinterés por el compromiso. Cuando se trata de romance, lo pasa bien, pero no por mucho tiempo, y todas las mujeres con las que sale lo saben en treinta segundos."

"Él va a contraer una enfermedad uno de estos días."

"Y cuando lo haga, también será directo sobre eso." Ty negó con la cabeza. "Lamento que ustedes dos nunca se hayan visto cara a cara."

"Ya que él es uno de tus amigos más antiguos." Lauren sonrió. "¿Quién dice que los opuestos no se atraen? Tal vez eso sea parte del atractivo, con Kyle y con Shannyn." Había momentos en los que su hermana sonaba más a psicóloga que a peluquera, pero entonces, tal vez eso venía con el territorio.

Hubo un momento de amigable silencio entre ellos, las luces de la ciudad parpadearon muy abajo. Una sirena resonó en la calle y Lauren se aclaró la garganta. Ella miró alrededor de su apartamento con admiración, pero sus siguientes palabras lo sorprendieron. "Siempre el fanático de la limpieza."

"¿Qué?"

"Tu habitación siempre estuvo organizada y ordenada. Precisión militar a la hora de hacer tu cama. Mamá siempre estuvo tan orgullosa de que tu habitación no fuera un foso, como la de Katelyn." Lauren frunció los labios. "Siempre pensaba que tenías un secreto. Me imaginé algunos bastante buenos a lo largo de los años."

"¿Cómo?"

"Que podrías haber sido secretamente gay."

"¿En serio?"

"Si es así, hiciste un buen trabajo escondiéndolo. Nunca he conocido a nadie tan obviamente heterosexual."

"¿Eso es un crimen?"

"No. Es reconfortante. Tengo curiosidad por conocer a la mujer que desafía tus suposiciones. Ella tiene que ser buena para ti."

"¿Quieres que baje y te consiga un taxi?"

Lauren se rió levemente. "Que es otra forma de decir: no dejes que la puerta te golpee en el trasero. Conseguiré mi propio taxi, gracias." Ella hizo una pausa para despedirse desde el umbral. "Gracias por la bebida y la conversación. Era exactamente lo que necesitaba. Ahí lo tienes de nuevo: sabiendo qué es lo mejor para todos." Su sonrisa se volvió traviesa. "Tal vez eso viene con el territorio de ser un idiota graduado engreído."

"¡No lo soy!"

"Por eso es tan interesante que ella hiciera esa acusación. No eres el único intrigado por Shannyn."

Ty bajó al vestíbulo con Lauren y le paró un taxi. Él también pagó por ello, rechazando su agradecimiento. Ella tenía su propia tienda, pero todavía no ganaba mucho dinero como estilista. Su don era hacer que las personas se vieran lo mejor posible, lo que tenía un valor más allá del dinero.

Él se paró en la acera, con la ciudad arremolinándose a su alrededor, y observó las luces traseras del taxi mientras se dirigía hacia la parte alta de la ciudad. Lauren saludó desde la ventana trasera, luego el taxi se incorporó al tráfico y él lo perdió entre la multitud.

Él nunca se lo había dicho a Lauren, pero a él realmente no le gustaba Mark. Nunca lo hizo. Nunca lo haría. Si su matrimonio se derrumbaba, Ty no lloraría. De hecho, si su matrimonio se estaba desmoronando porque Mark no apreciaba a Lauren, entonces el bastardo no la merecía. La mamá de Ty vería las cosas de manera diferente, pero el divorcio podría ser bueno para Lauren. Ellos no tenían hijos, por lo que no habría esa complicación.

El divorcio podría darle a Lauren la oportunidad de una verdadera felicidad, y Ty quería eso para ella y para todas sus hermanas, tanto como ellas la querían para él.

¿Por qué había ido ella al centro de la ciudad a verlo un sábado por la noche?

¿Dónde estaba Mark y qué estaba haciendo?

Ty dudaba que él alguna vez lo supiera. Él regresó a su apartamento, oyó el eco de la música de baile mientras cruzaba el vestíbulo vacío y decidió que era otra buena noche para nadar.

DOS DÍAS DE SILENCIO.

El eco era ensordecedor.

Si Tyler tenía una estrategia de negociación en eso, Shannyn no podía descifrar cuál era. Ella sabía que él quería que fuera a cenar, al menos él había querido que ella fuera, pero a medida que pasaban las horas y él no la contactaba, ella comenzó a considerar la posibilidad de que Aidan pudiera tener razón.

El sábado, ella terminó de recortar las fotos y se las entregó a Deanna. Shannyn guardó algunas fotos naturales y las envió con su solicitud para el trabajo en F5F. Ella recibió una respuesta automática, pero dudaba de que Tyler supiera algo al respecto. La solicitud le había llegado a Cassie.

El domingo, ella hizo su lista final de fotos necesarias para el Met. Ella hizo su llamada semanal al Puerto de Harte, incluido un intercambio muy feliz entre Aidan y su madre. Shannyn le contó a su madre todo lo que sabía sobre la boda de la hermana de Tyler y se sintió aliviada cuando su madre inmediatamente tuvo un plan.

Shannyn le envió fotos de los muebles a su mamá y hablaron sobre la tapicería. Su mamá le dio una dirección en el distrito textil para comprar cuero a buen precio y le recordó qué cremalleras comprar. Estuvieron de acuerdo en que Shannyn recortaría todas las piezas, usando la tapicería de los viejos cojines como patrón, y lo empacaría todo para que Aidan lo llevara a casa de su madre el miércoles. Su madre podría coserlo más rápido en su máquina industrial y Aidan lo traería todo cuando regresara.

Mientras tanto, Aidan estaba limpiando y puliendo la madera. Su casa olía a aceite de limón y era difícil no emocionarse por lo bien que se veía.

Shannyn deseaba que Tyler pudiera verlo. Ella quería mostrarle los resultados de sus esfuerzos y luego preguntarle si había valido la pena haber tenido que pagar la factura de la tintorería por su traje. Ella hizo llamadas a algunos clientes posiblemente potenciales para los muebles y dejó mensajes.

El lunes fue una locura, porque ella tuvo que ir al Museo Metropolitano para encontrarse con el curador allí para las fotos finales, y luego ir al distrito de los textiles también. Aidan la encontró cuando ella terminó con sus fotos, simplemente para actuar como una bestia de carga. Una vez más, Flatiron 5 Fitness emitió un tirón magnético mientras ella pasaba por ahí en el metro, pero Shannyn no se rindió.

Sin embargo, buscó la dirección de Fleming Financial. Si ella iba a preguntarle a Tyler sobre sus suposiciones, tal vez desafiarlas, ella quería ver su rostro. Él podría disfrazar sus pensamientos en un mensaje de texto o por teléfono, pero no en la vida real. Era fácil adivinar el camino que él tomaría desde su trabajo diurno de regreso a su apartamento al final de la jornada laboral, por lo que ella sabía que podía interceptarlo.

Shannyn encontró el estimado de Derek para el techo en el piso del vestíbulo cuando llegó a casa el lunes, y supuso que él lo había deslizado debajo de la puerta. Ella tuvo que preguntarse si Paige lo había acompañado.

El martes, ella cortó toda la tela para que la cosiera su mamá, todavía esperando que sonara su teléfono. Sin suerte. El miércoles, llevó a Aidan al mercado en Brooklyn y le encontró un nuevo guardarropa en un tiempo récord.

"Has perfeccionado tus habilidades", dijo él con aprecio.

Shannyn tenía suerte desde que había vuelto a encontrarse con Tyler. "Sólo una coincidencia", dijo ella. "Como las fases de la luna." Ella decidió aprovechar su suerte y que ese fuera el día en que se enfrentara a Tyler. "Tengo que ir al centro de la ciudad."

Aidan hizo una mueca. "¿Entonces no vas a cocinar para mí?"

"No esta noche. No sé cuándo volveré."

"Okey. Conseguiré algo de comida para llevar y terminaré la alacena por ti." Su hermano era el hombre más tolerante del mundo.

"Come algo de la nevera, si quieres."

"Pero esa es tu reserva."

"Está bien. También podrías beber las dos últimas botellas de cerveza."

"Sería un error dejarlas en tu refrigerador cuando me vaya. Una imposición." Él levantó las cejas, como alarmado por la idea de tirar algo, y Shannyn no pudo evitar reír.

"Eres la mayor imposición conocida por la humanidad", bromeó ella y él sonrió.

"Es un don." Luego él se puso serio. "¿Vas a hablar con él?"

"Voy a averiguar si tienes razón."

"La tengo." Aidan no tenía ninguna duda en su conclusión. "Él parecía una persona recta. Por supuesto, se iría si pensara que somos pareja. Ese tipo de mierda no estaría en su libro de jugadas."

"¿Incluso si tuviéramos un trato, no una relación?"

Aidan la miró. "No voy a preguntar sobre eso. De cualquier manera creo que él es del tipo que se basa en los principios morales."

Shannyn no estaba convencida, pero iba a averiguarlo.

EL TELÉFONO de Ty sonó mientras salía del edificio de oficinas donde se encontraba Fleming Financial. Era miércoles por la noche y él todavía estaba de mal humor. Era inusual para él estar de mal humor, pero no podía evitarlo. Tanto su jefe como su secretaria lo habían comentado, a pesar de que él estaba tratando de mantener sus pensamientos ocultos. Él cogió su teléfono, dispuesto a aceptar cualquier distracción.

Era un mensaje de texto de Shannyn.

Él pensó el mérito de leerlo durante medio segundo y luego lo miró.

Aidan es mi hermano.

Ty se detuvo en seco en la calle y miró su teléfono. Alguien chocó con él por detrás y maldijo. Ty apenas se dio cuenta. Los otros peatones fluían a su alrededor, pero él estaba mirando el mensaje de Shannyn.

¿Su hermano?

Él miró a su alrededor, solo para encontrar a Shannyn acercándose rápidamente. Ella estaba vestida con su habitual negro sin distinción de género, y su bolso de mensajero estaba abultado con algo. Ella también estaba cargando lo que parecía una maleta y Ty adivinó por su postura que era pesada.

Ciertamente eso no la detuvo.

"No lo pensaste ", acusó ella acaloradamente. " No pudiste haberlo pensado. Se supone que debes ser inteligente." Ella dejó la maleta y exhaló, con las mejillas enrojecidas por el esfuerzo de cargarla. Ty nunca se había sentido más feliz de ver a alguien en su vida. "Dime que no imaginabas que Aidan era mi pareja o mi compañero o algo realmente tan asqueroso como eso."

Ty quería sonreír ante su indignación.

"Por supuesto que sí", protestó él, luego se dio cuenta de que ella estaba sugiriendo que la conclusión era su propia culpa. Él te cargó. Él te hizo dar vueltas. Lo recibiste con alegría desenfrenada. Te hacía cosquillas y conocía los mejores lugares."

"Alegría desenfrenada", repitió ella y luego puso los ojos en blanco. "Él es mi hermano. Hace dos años que se fue. Qué suposición más loca hiciste."

"Eso no es todo. Hay una máquina de afeitar en tu baño."

Shannyn lo miró fijamente. "¿Cómo puedes tener cuatro hermanas y no estar al tanto del impuesto rosa?"

"Eso es solo en..." Ty hizo un gesto.

"¿Productos de higiene? No. Es un aumento excesivo de precios en todas las cosas que usan las mujeres, especialmente en los artículos de tocador. Champú, desodorante, lo que sea. Y las máquinas de afeitar de los hombres son de mucha mejor calidad."

"Allí también hay colonia."

Eso la detuvo por un minuto. "Okey." Shannyn asintió una vez, decidiendo claramente confesar algo. Ty estaba más que dispuesto a escuchar. "Cuando Cole se mudó, había tres cosas que extrañaba de vivir con un hombre."

Cole.

"¿Solo tres?" Ty se sentía unas cuarenta mil veces mejor que unos minutos antes. Él tenía que burlarse de ella. "¿Puedo adivinar cuáles eran?"

"Puedes, pero estarías equivocado." Ella levantó un dedo. Su máquina de afeitar. Yo no tenía idea de que las máquinas de afeitar para hombres fueran mucho mejores hasta que un día tomé prestada la suya. Más afilada, más barata y más duradera. Hay un impuesto rosa y es indignante."

"Pero no era tan caro comprar una máquina de afeitar."

"Infinitamente mejor que quedarse con la de Cole", estuvo de acuerdo, luego levantó un segundo dedo. Sus ojos se entrecerraron un poco. "Vas a pensar que esto es una tontería."

Ty estaba intrigado por la forma en que ella se sonrojó. "Tal vez no. Tendrás que decírmelo para averiguarlo."

Ella respiró hondo y miró a ambos lados de la calle antes de hablar, como si estuviera confesando un secreto de estado. Ty estaba oficialmente intrigado. "Cole solía ir temprano al trabajo, así que él usaba el baño primero. Siempre me encantó entrar allí cuando todavía estaba empañado por la ducha. Había olor a hombre, hombre limpio y colonia... Ella cerró los ojos y sintió un escalofrío en todo el cuerpo mientras Ty miraba, luciendo tan extasiado que la vista envió una punzada de deseo a través de él. Ella suspiró y le lanzó una de esas brillantes miradas. "Créeme. Es una muy buena forma de empezar el día."

"¿Tu ex usaba la misma colonia que yo?"

"No." Ella rechazó la idea. "Él usaba algo más barata. La tuya es mucho mejor." Ella le sonrió a Ty. "Entonces, cuando entré a tu baño hace una semana, me di cuenta de que había una manera fácil de replicar ese placer culpable."

"Compraste una botella."

Ella asintió con satisfacción. "Para empezar bien mis días."

Ty podría vivir con eso. Después de todo, ella había comprado la colonia de él. "¿Cuál es la tercera cosa que extrañaste?"

Para su sorpresa, Shannyn se ruborizó. "No te voy a decir eso."

La mente de Ty se dirigió directamente a la cuneta y fue él quien tuvo que apartar la mirada. Él trató de volver al tema en cuestión. "Tú y Aidan no parecen estar relacionados."

"Porque ambos somos adoptados. No estamos relacionados biológica-mente, pero créanme, sabemos lo suficiente el uno del otro como para que no haya posibilidad de que suceda nada más. Él es mi hermano." Su tono dejó en claro que cualquier cosa más que afecto filial estaba fuera de discusión.

Ty entendía ese sentimiento demasiado bien.

Shannyn lo estaba mirando, con un brillo burlón en sus ojos. Su expresión expectante hizo que su corazón diera un vuelco.

Él la había echado mucho de menos.

"No estás viendo a nadie más", dijo él, mirándola negar con la cabeza con vehemencia.

"¡No! Eres un idiota —dijo ella, como si él fuera su hermano y Ty estuviera tentado de arrojarla sobre su propio hombro y hacerle cosquillas hasta que ella suplicara piedad.

No, Tyler quería que ellos estuvieran desnudos cuando él hiciera eso. Por primera vez en su memoria reciente, Ty quería una segunda noche con una mujer.

Esa mujer.

Quizás también una tercera y cuarta noche.

"Deberías haber preguntado", lo reprendió ella.

"No podía hacer eso, no frente a Derek, ni siquiera frente a Aidan."

Ella señaló su teléfono.

"Funciona en ambos sentidos", le recordó ella.

"Como acabo de demostrar. Pero lo peor de todo, porque saltaste a una conclusión, me quedé soñando con tapas el sábado por la noche. Muriendo de hambre." Ella dio un elaborado suspiro. "Con solo la tarea de pulir muebles de teca en soledad para consolarme."

"¿Aidan?"

"Fue a tomar una cerveza y volvió a las dos."

"Eso no es culpa mía. Nunca accediste a cenar conmigo."

Esos ojos bailaron. "Si hubiera dicho que sí en lugar de tal vez, ¿todavía te habrías ido?"

Ty tenía que burlarse en respuesta. "Nunca lo sabrás ahora, ¿verdad?"

"Eres un hombre exasperante."

"Créeme. Tengo mucho que aprender sobre ser exasperante."

Shannyn extendió las manos. "¿Qué diferencia habría tenido ir a cenar juntos, incluso si Aidan no fuera mi hermano? Tenemos un trato, un intercambio racional basado en ningún compromiso emocional. ¿Correcto?"

"Son los principios."

"¡Aidan dijo que dirías eso!"

Ty sentía un nuevo respeto por su hermano. "¿Por qué es eso incomprensible?"

"No veo por qué los principios importan cuando se trata de citas falsas. Quiero decir, la cita falsa en sí misma es una especie de mentira."

"No engaño", dijo Ty con firmeza. "Punto. No es negociable, no importa cuál sea la situación. Y si estuvieras saliendo con alguien, incluso si estuviera en Taskent, estar conmigo sería engañar. Simplemente está mal."

"Desearía que me dijeras cómo te sientes realmente al respecto", bromeó ella y luego lo estudió. "Vas en serio."

"Absolutamente. Es un factor decisivo."

"Por eso te fuiste."

Él asintió con la cabeza, luego se dio cuenta de que Shannyn aparentemente no estaba de acuerdo con él. "¿No estás de acuerdo?"

"En la vida real, seguro. Si estuviéramos saliendo, casados o involucrados de otra manera, estaría totalmente de acuerdo." Ella se encogió de hombros. "Pero tenemos una cita falsa. Eso es todo."

Él la miró fijamente. "El martes por la noche fue más que una cita falsa."

Entonces, satisfacción mutua. No significa que estemos abriendo una cuenta corriente conjunta."

Qué interesante que ella eligiera una metáfora del dinero en lugar de una más emocional, como seleccionar un lugar para la boda o elegir nombres de bebés.

Todavía había muchas cosas sobre Shannyn que él no entendía.

Y él quería entender, más que nada.

"Te fuiste el martes cuando llegó Giselle, porque pensaste que yo estaba saliendo", le recordó él.

"No. Pensé y sigo pensando que tres son multitud ", insistió ella. " Se trata de logística, no de principios. Quiero decir, ¿cómo manejan las personas los tríos? Parece como si hubiera demasiadas piernas." Ella frunció el ceño. "Quizás no demasiadas manos."

Ty no tuvo respuesta para eso. De repente él se dio cuenta de que había estado de pie y hablando, en lugar de ponerse a trabajar. "Lo siento, pero tengo que irme. Llego tarde a nuestra reunión semanal."

"¿Mi culpa?"

"Por supuesto que no. Yo decidí detenerme y hablar contigo, y me alegro de haberlo hecho. La culpa es toda mía."

"Eso suena gracioso."

"Es simplemente la verdad. No dejes que nadie te culpe por sus propias decisiones."

"Buen plan", dijo ella, desviando la mirada como si él hubiera tocado un nervio. Ty se preguntó qué sería. "Yo también puedo tomar mi tren cerca del club." Ella volvió a sopesar la maleta con una mueca.

Ty colocó su maletín en la otra mano y tomó la maleta de ella, dando involuntariamente un pequeño gruñido por su inesperado peso. Shannyn se rió.

"¿Qué es esto?" Él marcó un paso rápido pero ella lo siguió, dando tres pasos por cada dos de los de él. Ella hacía que pareciera como bailar y él se alegró de que ella fuera feliz. Al igual que el sábado, su actitud le hacía querer sonreír.

"Encontré una Bernina." Su satisfacción era obvia. "Está nueva también."

Ty la miró con recelo. "¿Debería saber qué es eso?"

"Una máquina de coser. Una portátil."

"Si usas el término libremente." Era razonable sentirse complacido cuando ella se reía de su broma. "¿Estaba abandonada en la acera?"

"No, claro que no. ¿Sabes lo fantásticas que son las tiendas de segunda mano en la calle 23 en el Este? Alguien no sabía lo que estaba haciendo. Fueron solo veinte dólares, en perfecto estado de funcionamiento y con todos los accesorios."

Ella podría haber estado hablando griego por lo poco que Ty entendía de eso. Sin embargo, él reconoció que ella estaba emocionada y ayudarla con su premio lo hacía sentir bien. De nuevo. "¿Cómo sabes que está funcionando perfectamente?"

"Oh, te dejan probar las cosas eléctricas. Mi mamá ha estado deseando otra de estas, así que le dije que estaría atenta a una. Cuestan más de mil dólares en eBay."

Ty se asustó. "¿Por una vieja máquina de coser?"

"Es una buena. No creo que nadie lo haya usado nunca. Como si fuera un regalo de bodas, escondido en un armario, hasta después del funeral, cuando la botaron."

"¿Un regalo de bodas?"

"Era muy común en los años cincuenta. Todas las esposas necesitaban una, según la lógica popular, pero algunas mujeres nunca las usaban."

"Pero no podían tirarlas porque eran regalos de boda." asintió Ty. "Mi mamá tiene cuencos de cristal tallado que nunca usa pero que tendrá para siempre."

"Y al final, las máquinas de coser perfectas se acurrucan junto a los cuencos de cristal tallado, todavía en sus cajas, todo en una fila en la tienda de segunda mano."

"Para tu deleite."

"Yo no quiero los cuencos de cristal, pero alguien debe quererlos."

"¿Pero tu mamá no vive al norte de Boston?"

"¡Te acordaste!"

Ty pensó que las expectativas de Shannyn sobre la compañía masculina eran bastante bajas. "¿Cómo llega esta ancla de barco de aquí para allá?"

"Aidan se la llevará o tal vez yo, cuando tome el tren a casa. Lo importante es que la tengo."

"Estoy empezando a ver el atractivo de un vehículo grande."

Shannyn se rió. "Pero no tienes que llevarme a casa. No es por eso que vine a buscarte."

"¿Vas a llevar esto en el metro?"

"Bueno, duh."

"Pesa una tonelada."

"No tengo que sostenerla en mi regazo. La bajaré una vez que esté en el tren."

"Eso es un gran esfuerzo por una máquina de coser."

"Yo caminaría a través del fuego por mi mamá", dijo Shannyn con un fervor que lo tomó por sorpresa. "Llevar una máquina de coser a casa en el tren no es nada." Ella le lanzó una mirada que estaba llena de resolución. "Nada en absoluto."

Su tono solo le daba a Ty más preguntas. Se detuvieron frente al Flatiron 5 Fitness y él volvió a poner la máquina a sus pies. "Yo te llevaría", dijo él. "Pero tengo esta reunión."

Ella le sonrió. "¿Eso significa que estoy perdonada?"

"Absolutamente. Yo fui quien saltó a las conclusiones. Lamento haberme ido."

"Lamento no haberte hablado de Aidan. Realmente nunca se me ocurrió." Sus miradas se cruzaron y sostuvieron, y el mundo tenía una medida infinitamente mayor de promesas que cuando Ty había dejado el trabajo. Las siguientes palabras de Shannyn socavaron eso. "Te veré en la boda."

"¿Ya vendiste los muebles?"

Ella frunció el ceño. "No. Falla épica en ese plan."

"¿Cómo es eso?"

"Yo estaba tan segura de que uno de los tres excelentes candidatos compraría los muebles, pero no." Ella los contó. "Uno está en quiebra. Uno se está mudando con un nuevo socio que ya tiene muebles y, si puedes imaginar el descaro, no está dispuesto a tirar sus cosas a favor de este fabuloso hallazgo."

Ty se rió entre dientes ante su expresión de incomprensión.

"Y el tercero acaba de comprar muebles nuevos. ¡De estreno! Todas mis ideas preconcebidas se han hecho añicos." Ella frunció el ceño, lo que la hacía lucir determinada y adorable. Era tentador no resolver el problema, solo verla enfrentarse al mundo, pero ese no era el estilo de Ty. "Aunque encontraré a alguien. Solo tomará un poco más de tiempo. Habrá un techo en mi futuro cercano."

"Parece que, después de todo, es posible que me necesites."

Ella lo miró, con cautela en su mirada. "Necesidad es una palabra fuerte, Señor McKay."

Ty levantó su teléfono. "Me necesitas. Necesitas esto."

"Yo tengo un teléfono."

"No es el teléfono. Es el mensaje." Él revisó los mensajes hasta el último que le había mandado Paige, entonces giró el teléfono para que Shannyn lo leyera. "Prueba A. Este es el séptimo mensaje de mi hermana, la Princesa Paige, desde que Derek regresó a casa el sábado. Solo se distingue de los anteriores por el incremento del aire de desesperación." Él le entregó el teléfono a Shannyn.

"Eso lo hace la prueba G", dijo ella, pero agarró su teléfono. Ty disfrutaba mientras los ojos de Shannyn se agrandaron al leer el mensaje. Ella volvió al principio del mensaje y lo volvió a leer antes de encontrarse con la mirada de Ty. "¡Ella quiere los muebles!"

"Sí." Él suspiró con una mueca de arrepentimiento. "Ella está acostumbrada a obtener todo lo que quiere."

"¡Ella quiere que Derek negocie la mitad del precio de mi techo por ellos!" La expresión de Shannyn era de tanto placer que Ty sonrió. "Yo debería llamarla..."

"¡No! Déjala esperar."

"Tú solo no quieres que ella obtenga lo que desea." Shannyn puso los ojos en blanco. "Princesa Paige. Yo golpearía a Aidan si él alguna vez me llamara algo como eso."

"Porque tú no te lo merecerías. Yo creo que a ella no lo haría daño esperar."

Ella lo miró. "y tú tienes un plan."

"Ven a la despedida de soltera conmigo el próximo domingo y haz tu trato ahí. Los términos deberían ser mejores para entonces."

"Diabólico", susurró Shannyn, pero ella estaba reprimiendo una sonrisa. "Una cena y una despedida de soltera." Los ojos de Shannyn bailaban, así que Ty no podía ofenderse. "¿Esa pequeña y simple solución te hace feliz? No solo solucionas el problema de mi techo a cambio de una cena, sino que también negocias mi asistencia a un evento familiar."

"'Sí me gusta." Él tenía que admitirlo. "Es elegante."

"Y así habrá cena, práctica y estudio con el objetivo de que hagamos una aparición exitosa en la despedida de soltera." Ella no lucía como si pensara que eso era algo malo. "Pero no esta noche. Tú tienes tu reunión."

"Y se me hace tarde. ¿Mañana?" Él señalo por el camino que habían llegado. "Hay un restaurante italiano genial justo al final de la siguiente calle a la derecha"

"Por supuesto. Esto es Manhattan. Hay un restaurante italiano genial al final de cada calle, usualmente a ambos lados, derecha e izquierda."

"A mí me gusta este." Él le dijo el nombre. "haré una reservación para las siete y te enviaré el link."

"Suena bien." Entonces ella se giró y le sonrió a Tyler, la calidez en los ojos de Shannyn haciendo que todo valiera la pena. "Gracias, Tyler"

"¿Por qué eso se siente como una victoria demasiado fácil? Preguntó él y ella se rió de nuevo.

"Me gusta hablar contigo, Tyler McKay, y no solo porque me ayudaste a llevar mis muebles a casa. No es tampoco poco seas un hombre elegantemente vestido." Ella se inclinó más cerca, luego se estiró para susurrar, la proximidad de Shannyn haciendo que todo se estremeciera dentro de él. "Y ciertamente no porque tú tomaras como un desafío personal haceme gritar en la cama y tuvieras éxito."

"¿Entonces por qué?" murmuró él, preguntándose lo que ella tenía para decir esa vez.

Ella arrugó la nariz. "Es solo que me gusta sorprenderte. Es inesperadamente satisfactorio."

"Bueno, supongo que acertaste en eso el sábado."

"No te preocupes. No me acostumbraré a eso. No habrá un establecimiento de precedentes con esta cita falsa." Con una sonrisa alegre y un gesto de la mano, ella agarró su máquina de coser y se dirigió a la estación de tren. Ty se quedó parado, viéndola irse, aunque ya él llegaría tarde, sintiéndose a la vez, mejor y un poco peor.

Entonces él sacudió la cabeza y continuó hacia el club, sorprendido por la influencia que una mujer tenía sobre él en tan solo una semana.

ONCE

No había duda de que a Tyler McKay le gustaba arreglar las cosas, pero a Shannyn le sorprendió lo mucho que a ella le gustaba que él le arreglara las cosas. Ella siempre había resuelto sus propios problemas, especialmente desde el divorcio, y ella estaba particularmente orgullosa de su independencia desde que Cole se había ido. Sin embargo, era más fácil tener un poco de ayuda. Tyler hacía que pareciera tan fácil y, sin embargo, sus soluciones no eran rápidas ni descuidadas. Eran ajustadas y calculadas para encajar perfectamente.

Examinadas, incluso.

Había una cierta confianza en él que era ajena a Shannyn. Ella se preguntó si él alguna vez había querido algo que no pudiera tener. Quizás la princesa Paige no estaba sola en sus expectativas.

Quizás algunas personas simplemente nacían con suerte.

Shannyn no lo sabría.

Ella pensó en él todo el camino a casa en el metro, deseando haber pensado en tomar una foto de la reacción de asombro de Tyler. Ella apostaría a que él no se sorprendía muy a menudo. Cuando Shannyn llevaba su premio las últimas e interminables manzanas a casa, ella se preguntaba sobre el juicio de su propia insistencia en llevar la máquina a casa en el tren.

Una cena. Una despedida de soltera. La pendiente resbaladiza era real, especialmente porque a ella le gustaba tanto pasar tiempo con él. Incluso si él se lo había tomado como un desafío para demostrarle a Shannyn que él que era amable, ella no tenía que decirle que ya él lo había logrado. Ella lo guardaría para la boda y, misión cumplida, él desaparecería en el momento justo. Mientras tanto, ¿seguramente Shannyn podría ser lo suficientemente inteligente como para divertirse y no desarrollar expectativas románticas? Se suponía que ella debía estar viviendo el momento ahora y saboreando la oportunidad. Esa era uno buena.

Quizás ella debería desafiarse a sí misma. Ja.

Tal vez ella debería aprender una lección del éxito del trabajo en equipo con Tyler y buscar más. No con él, ella le pediría consejo a Kirsten sobre él.

SHANNYN LE ENVIÓ un mensaje de texto a Kirsten y acordaron una hora más tarde esa noche para una larga conversación. Ella le dio de comer a Fitzwilliam, escuchó sus comentarios sobre su día y pulió un poco más los muebles mientras sus sobras se calentaban. Quizás ella cocinaría el viernes. El Met ya le había pagado su cheque, lo que era una ventaja total, y ella estaba de buen humor cuando Kirsten llamó.

Ella no se contuvo. Le contó todo a Kirsten y respondió a todas sus preguntas, luego esperó el veredicto.

"Vaya", dijo Kirsten. "Tu viejo sueño se hizo realidad."

"Más o menos. Pero no es una relación real."

Kirsten se rió. "A pesar de que está empezando a sonar como una."

"Es simplemente conveniente."

"Y es por eso que lo invitas a ser tu cita en nuestra boda."

"No, no lo invito. Estaré ocupada tomando las fotos de tu boda."

"Parece que él podría sobrevivir por su cuenta."

"No lo voy a invitar."

"Sería interesante verlos a los dos juntos."

¡Kirsten! Se supone que debes estar ayudando."

"Okey. Lo único que tienen en común es que no quieren nada más que una cita falsa."

"No lo había pensado de esa manera."

"Y lo único que crees que es más importante es que él no se dé cuenta de que te estás enamorando."

"Él podría usarlo en mi contra."

"¿Para qué?" se burló Kirsten. "¿Para convencerte de tener un mejor sexo?"

"Una vez fue suficiente. No volveré a hacerlo."

"Pensé que eras tú quien vivía el momento y se rendía al impulso."

"Ya la hice. Ahora avanzo."

"UH Huh. Bien. Entonces, nuestra primera regla es no más sexo."

"Excelente regla."

"¿Qué destruiría esa regla?"

"Un beso", admitió Shannyn. "Él besa como si hubiera inventado los besos."

Kirsten se rió de nuevo. "Y no hay anhelo en ese comentario. Puedo decir que no quieres volver hacerlo."

"No es inteligente volver a hacerlo."

"Eso es diferente. Número dos: sin besos. ¿Qué más debilita tu resolución? "

"Llamadas telefónicas en medio de la noche", dijo Shannyn de inmediato.

"¿Por qué?"

"No lo sé. Es íntimo. Sexy. Se siente como un placer culpable."

"Puedo sentir ese escalofrío desde aquí", dijo Kirsten. "¿Es probable que te llame de nuevo?"

"No lo sé. Él podría enviar un mensaje de texto primero."

"No contestes tus mensajes de texto o tu teléfono por la noche."

"Entonces no estaría hablando contigo." Ellas se rieron juntas y luego Shannyn estuvo de acuerdo. "Sin sexo, sin besos, sin llamadas telefónicas a altas horas de la noche."

"¿Qué tal si no hay más conexiones?"

"¿Qué quieres decir?"

"No te dejes llevar a ninguna cosa más. Haz una línea en la arena."

"Pero hay un trabajo en el club. Lo solicité."

"¿Y no crees que él se asegurará de que lo consigas?"

"Él prometió que no lo haría. Es un buen trabajo, un salario constante."

"¿Qué más?" exigió Kirsten y Shannyn suspiró.

"Me conoces demasiado bien."

"Puedo olerlo cuando tienes una idea."

"La tengo. Estaba pensando en hacerles una propuesta para un trabajo más grande, tomando fotos para una campaña publicitaria para ellos."

"Recuérdame de nuevo, ¿quién es el que está poniendo excusas para prolongar esto?"

Shannyn se rió. "Si consigo uno o ambos trabajos independientes, puedo hacerlo sin ver a Tyler. Él tiene un trabajo diurno. Puedo evitarlo fácilmente."

"¿Pero lo harás?"

"Sí."

"UH Huh. Creo que deberíamos agregar otra regla."

"¿Cómo qué?"

"Nada de poesía. Recuerdo cómo prácticamente te desmayaste cuando fue el turno de él de leer en voz alta en esa clase."

Shannyn también lo recordaba.

"Creo que es un regalo. Hay tan poca oportunidad para la poesía romántica del siglo XIX en la vida real."

"Eso es justo. Tengo una propuesta para una regla más", dijo Kirsten. "Creo que te gusta provocarlo."

Shannyn sonrió. "Culpable de los cargos. Él tiene el control. No puedo evitarlo. Solo quiero empujarlo al límite. Es una reacción perfectamente natural."

"Bueno, no está permitido", dijo Kirsten. "También es una señal de atracción y puedes apostar a que él lo sabe. Si fueras realmente indiferente con él, no te darías cuenta de eso ni te importaría su estado de ánimo." Shannyn sabía que su amiga tenía razón. "Esa es la regla final."

"Le estás quitando toda la diversión."

"La diversión es lo que te va a meter en problemas. Me llamaste para evitar la diversión."

"Cierto."

"Si quieres divertirte, olvídate de esta lista y hazlo, saborea esa cita falsa hasta que la novia arroje su ramo y la feliz pareja vaya hacia el atardecer. Pero si estás tratando de ir a lo seguro, no puedes hacerle pasar un mal rato."

"No estoy segura de poder hacer eso."

"Entonces prepárate para que él responda. Si puedes mantenerte firme sin besos ni sexo, entonces me inclinaré ante ti."

"¿Crees que estoy muy mal?"

"Sé que estás muy mal. De lo contrario, nunca hubieras sugerido esa cita falsa a cambio del sexo. Siempre has sabido que él era un buen hombre, al menos en tu corazón. Es por eso que eras dulce con él. Por eso te enojó tanto que él nunca se fijara en ti. Estabas insultada y herida, y por eso le gritaste."

Shannyn suspiró, sabiendo que su amiga tenía razón. "Dile eso y tendré que matarte."

"Lo sé." No parecía que a Kirsten le preocupara esa posibilidad. "Es mejor que no lo lleves a la boda. Yo podría estar de humor para confesiones y hacer de casamentera."

"Ni siquiera lo pienses", advirtió Shannyn y se rieron juntas.

Entonces Kirsten se aclaró la garganta. "Hay algo que también tengo que decirte." Su tono jadeante le recordó a Shannyn las confidencias susurradas en la oscuridad de su dormitorio. Ellas se habían conocido el primer día de la universidad cuando se les asignó compartir una habitación y se habían hecho amigas al instante. Habían sido mejores amigas, aunque se veían poco desde entonces.

"Está bien, entonces dime."

Kirsten respiró hondo y luego sus palabras estallaron. "Estoy embarazada."

El corazón de Shannyn dio un brinco por su garganta y por un minuto, no pudo decir nada.

"¿Estás bien con eso?"

"¡Por supuesto!" Era difícil sonar alegre con un nudo en la garganta, pero Shannyn estaría condenada si dejaba que su propia historia biológica se interpusiera en el camino de esa amistad. "¿Cuándo es el gran día?

"Agosto."

Shannyn se sorprendió. "Solo faltan tres meses. Debes haberlo sabido por un tiempo."

"Lo sabía y no compartir la noticia me ha estado matando", confesó Kirsten. "Quería decírtelo en persona, Shannyn, pero seguimos cancelando nuestras cenas juntas y con los planes de la boda, simplemente no ha sido un buen momento. Notarás mi barriga en la boda y supe que tenía que decírtelo primero."

"Ajá. Tenías un motivo oculto para escucharme esta noche."

"¡No! Es solo que Lukas se lo ha estado contando a todo el mundo y - "Kirsten exhaló" - quería decírtelo yo misma. Realmente no quería que lo supieras por otra persona."

"Gracias."

Shannyn dejó que su amiga hablara mientras ella aceptaba la noticia. Kirsten estaba embarazada. ¿Significaba eso que se separarían? Ella lo había visto antes, la brecha entre los que tenían bebés y los que no tenían bebés, hasta que se convertía en un abismo que no podía cerrarse. Era como si a esos antiguos amigos no les quedara nada de qué hablar.

La posibilidad hizo que le doliera el corazón.

"¿Serías su madrina, Shannyn? —Preguntó Kirsten de repente. "Ella va a necesitar todas las mujeres que pueda conseguir en su vida. Todas las muchachas lo necesitan. No será lo mismo que tener tu propia hija, por supuesto, pero me encantaría contar con tu ayuda. Da un poco de miedo pensar en ser responsable de una personita."

Una niña. Shannyn estaba abrumada por la consideración de su mejor amiga. "Me sentiría honrada", dijo ella, con palabras roncas y lágrimas en los ojos. "¿Has elegido un nombre?"

"Tenemos una lista. Ya sabes cómo es Lukas." Kirsten parecía exasperada. "Novecientos siete posibilidades."

Shannyn sonrió a pesar de sí misma. "Realmente no tantos."

"En realidad no", cedió Kirsten. Quizá sólo cincuenta. Y él está inventando sistemas para compararlos entre sí."

"¿Sistemas?" Se sentía bien hablar de otra cosa y le daba a Shannyn un minuto para recuperar el aliento.

"Los diez primeros", Dijo Kirsten. "los diez más fáciles de pronunciar. Los diez son más difíciles de olvidar. Me está volviendo loca."

Shannyn no lo creyó por un minuto. Kirsten y Lukas eran tan perfectos el uno para el otro, una pareja ideal con las fortalezas de cada uno equilibrando las del otro. El único rasgo que compartían era un gran sentido del humor y ellos se burlaban sin piedad. Shannyn los había visto recalcular el equilibrio muchas veces, pero siempre le impresionaba lo bien que lo hacían.

"Le dije que si no se calma con el nombre, lo enviaré por antojos de comida todas las mañanas a las tres de la madrugada." Kirsten se rió. "Creo que él piensa que es de mala suerte no tenerlo todo decidido de antemano."

"El bebé puede lucir como que un nombre le queda mejor que otro", dijo Shannyn.

"¡Exactamente!" Gritó Kirsten. "Sabía que lo entenderías."

Hubo un momento de silencio entre ellas y luego Kirsten habló en voz baja. "¿Estás bien?"

"Estoy bien. Felicidades." Shannyn se enderezó. "Serán grandes padres."

"Debes odiarme ahora mismo", dijo Kirsten. "Solo nos decidimos intentarlo en Navidad y sucedió de inmediato. Pensé que tomaría al menos un año... "

Shannyn la interrumpió antes de que ella pudiera ir muy lejos por ese camino. "No te odio, Kirsten. Nunca pienses eso. Yo nunca podría odiarte. No es así con los amigos. Tú eres feliz, entonces yo soy feliz. Fin de la historia."

Shannyn sabía que sería mil veces mejor sentirse muerta por dentro, como se había sentido después del divorcio, que sentir una pizca de envidia por su mejor amiga del mundo. Kirsten era la única que la había tomado de la mano, la única que conocía cada detalle y la amaba de todos modos.

"¡Gracias!"

"Y estoy muy contenta de que te haya sucedido rápidamente", dijo ella.

"Nadie tiene que pasar por lo que tú pasaste, Shannyn."

"Se acabó y se hizo, Kirsten. Está bien. No dejes que eso afecte tu alegría en este momento. Por favor."

"No lo haré."

Hablaron durante unos minutos más sobre los planes para la boda y el bebé, luego terminaron la llamada. Shannyn estaba en su oficina, mirando alrededor de su apartamento a oscuras, muy consciente de su soledad. Ella escuchó a Lisa apagar la televisión definitivamente y el suelo crujió cuando sus inquilinos se fueron a la cama. Fitzwilliam roncaba, pero por lo demás, todo estaba muy silencioso.

Ella estuvo devastada cuando Cole se fue, luego aislada del mundo con su ira. Pero gracias a su trato con Tyler, ella se sentía vigorizada y lista para correr algunos riesgos. Ellos no tenían un futuro romántico, pero ella podía considerar que algún día podría encontrar a alguien nuevo. Ella tenía que agradecerle a Tyler por su recién descubierto, aunque frágil, optimismo.

Lo mínimo que ella podía hacer era asegurarle que su relación podía parecer aceptable para su familia.

Shannyn sabía exactamente qué vestido ponerse, a pesar de que su cena ni siquiera era una cita falsa. Era una reunión de estrategia para compartir información. Nada más y nada menos.

Es curioso cómo eso ni siquiera comenzaba a explicar el nivel de emoción de Shannyn.

Después de todo, ella tenía cinco nuevas y brillantes reglas.

EL RESTAURANTE que Ty había elegido era uno pequeño y acogedor que había estado en el negocio durante la mitad de la eternidad y había estado dirigido por la misma familia todo el tiempo. Ty fue recibido como un viejo amigo, o tal vez como un primo perdido hacía mucho tiempo, y fue acompañado a su reservado favorito en la esquina. Shannyn no estaba allí, pero él había llegado un poco temprano.

Él se preguntó si ella iba a aparecer.

Él se sentía inseguro como rara vez lo hacía y, sin embargo, emocionado por la velada. La expectativa era algo que había estado faltando en su vida personal y a él le gustaba que volviera. Él nunca sabía qué esperar realmente de Shannyn, y Ty se sorprendió de lo mucho que le gustaba eso.

Tyler había pensado que él era un fanático de la previsibilidad, pero aparentemente no.

Shannyn lo mantenía adivinando y él solo quería más.

Cuando ella apareció, Ty casi no la reconoció. Ella llevaba un impermeable negro diferente, uno que estaba hecho a medida en lugar uno de lo suficientemente grande como para envolverla por completo, y ella llevaba un bolso cruzado que era mucho más pequeño que su bolso de mensajero. Ella debía haber dejado su cámara en casa. Él se puso de pie cuando la maître le quitó el abrigo a Shannyn y él sintió que sus ojos se agrandaban ante el cambio. Shannyn estaba vestida con su típico negro, pero ella vestía una blusa sin mangas y pantalones ajustados. Junto con su anillo de plata característico, llevaba pendientes de plata que colgaban sobre sus mejillas y un poco de delineador de ojos. Ella se veía elegante y artística al mismo tiempo y Ty admiraba la combinación. De fuera de la ciudad y citadina, en perfecta armonía.

Por supuesto, Shannyn notó su reacción. "Ahora puedes levantar tu mandíbula del suelo", dijo ella, sentándose y abriendo su menú. Sus ojos brillaban y él sabía que ella había planeado sorprenderlo.

"Te ves genial. Un poco diferente de lo habitual."

Shannyn se rió. "Solo quería demostrarte que a tu familia puede que no le parezca una locura que estemos juntos."

"Estoy convencido." De hecho, Ty se sentía un poco aburrido con su traje y corbata habituales. Él robó otra mirada, tratando de averiguar cómo Shannyn tomaba la ropa clásica y le daba su propio toque.

Esa era también la primera vez que él podía ver bien el tatuaje en su brazo. Era una pieza grande, del sol y una luna creciente juntos en la parte superior de su brazo, los rayos del sol llegaban hasta cubrir su brazo y gotas de lluvia caían hasta su muñeca.

Él recordó las fases de la luna en la parte posterior de sus hombros. ¿Por qué la luna de nuevo?

Shannyn lo sorprendió mirando y arqueó las cejas. "Podrías tomar una foto."

"Me gustaría", admitió él, sacando su teléfono antes de que ella pudiera discutir.

"Dulces para los ojos de mis hermanas", dijo ella, su tono paciente mientras él se inclinaba más cerca para tomar una selfie de ellos juntos. "No", dijo ella cuando miró el resultado, para sorpresa de él. "Eres mucho más guapo que eso." Ella reclamó su teléfono y cambió la configuración. "Ahora levanta la barbilla y entrecierra un poco los ojos..."

"¿Entrecerrar?"

"Sí, solo un poco inclinados. Se intenso. Sin dientes en la sonrisa. Haz esa peligroso, la que te hace parecer que lo tienes todo resuelto."

Ty se rió a carcajadas ante eso.

"¡Sin dientes!" lo reprendió Shannyn, luego tomó un montón de fotos. "Es digital. No desperdicias nada tomando múltiples fotos." Ella deslizó las fotos que había tomado, borró la mitad de ellas, incluida la que él había tomado y le devolvió el teléfono.

Una vez más, Ty quedó impresionado. "Maldita sea. Nos vemos muy bien."

"Es solo que yo sé lo que estoy haciendo", dijo Shannyn a la ligera y se rieron juntos. Ella le lanzó una mirada juguetona. "Y ambos lucimos bien. Mira eso. Algo en común, contra todo pronóstico."

"Oh, yo creo que tenemos mucho en común", dijo Ty, volviendo su mirada al menú como él si no lo hubiera memorizado.

"Ninguno de los dos quiere nada más que una cita falsa", agregó ella.

"Eso son dos cosas en común."

"Haces ese sonido como si hubiera más."

"Creo que hay una lista completa, pero descubrirla es parte de la diversión." Él lanzó una mirada hacia Shannyn a tiempo para ver sus ojos entrecerrados. "¿Por qué ese tatuaje?" preguntó él antes de que ella pudiera callarlo.

Ella extendió su brazo, estudiando su tinta. "El sol y la luna, la lluvia y las estrellas. Es bonito, y para mí, significa aprovechar el día."

"Carpe Diem." Una filosofía excelente, pero ninguna que Ty hubiera asociado con Shannyn. Tal vez eso explicara la noche del martes.

"No exactamente", dijo ella frunciendo el ceño. "Más bien, buenos días. Tienes otro día y tal vez otra noche. ¿Qué vas a hacer con eso? ¿Cómo vas a hacer que valga la pena? "Ella se encogió de hombros como si el tatuaje no fuera importante.

Ty no se dejó engañar. El tatuaje había sido una inversión en tiempo y dinero. Era importante.

Ella simplemente no quería que él adivinara cuánto.

"Cómo tú vas a cambiar el mundo" sugirió él.

O simplemente tu vida. Quizás la vida de otra persona." Shannyn se encogió de hombros. "No estamos aquí solo para ocupar espacio." Ella frunció el ceño ante el menú, pero hacía un pésimo trabajo ignorando a Ty.

"¿Y el otro?" preguntó él. "¿Las lunas?"

"Que todo tiene una temporada." Ella sonrió un poco pero no miró hacia arriba. "O tal vez 'esto también pasará'."

Ty sintió la necesidad de corregir al ex de Shannyn una vez más. "¿Por qué necesitas los recordatorios?"

"Porque ambas cosas son fáciles de olvidar, por supuesto. ¿Qué hay de bueno aquí? "

"Todo lo que he probado, que es prácticamente todo menos el calamar." Él se inclinó y le habló de las opciones, como si estuvieran en una cita real. Estuvieron de acuerdo en agua con gas en lugar de vino, hicieron sus pedidos, luego se sentaron y se observaron el uno al otro.

"¿Qué está pasando realmente aquí?" Preguntó Shannyn.

"Una cena, creo."

"No. Más que eso." Ella lo miró fijamente. Ty se preguntó si ella tendría visión de rayos X porque él se sentía fijo en el lugar. "Estás tramando algo."

Ty negó con la cabeza. "De ninguna manera. Acabo de tener un nuevo plan."

"¡Ajá! ¿Te importaría compartir?

"No es tan complicado. Te gusta salirte con la tuya. Decidí que sería más fácil simplemente aceptar eso."

"¿Significado?"

"Tú haces las reglas y yo las seguiré."

Ella lo observó durante un largo momento, claramente escéptica. Ty se preparó para su reacción, fuera la que fuera. "Me estás tomando el pelo."

Ty negó con la cabeza y luego hizo una cruz sobre su corazón con dos dedos.

Para su alivio, Shannyn sonrió, pero todavía parecía cautelosa. "Por extraña e inusual coincidencia, resulta que tengo una lista de nuevas reglas."

"¿Para?"

"Para el resto de esta falsa relación. A partir de hoy, hasta el lanzamiento del ramo."

"¿Debo tomar notas?"

"Creo que lo recordarás." Shannyn lo miró a los ojos. "La número uno es no tener sexo."

"¿Porque fue malo o porque fue bueno?" Ty tuvo que preguntar.

"No tengo que decírtelo."

"¿No hay sexo entre tú y yo, o entre nosotros y cualquier otra persona?"

"Entre tú y yo. Una cita falsa no debería interponerse en el camino de una cita real con otra parte interesada."

"Tengo que rogar por diferir en eso." Ty pensaba que ella le estaba advirtiendo, pero no creía que fueran tan diferentes. Ella se había ido cuando llegó Giselle, y él no creía que se tratara de tríos.

Después de todo, ella había sido la primera en preguntar sobre otras relaciones.

"Está bien, durante unas semanas, puedo renunciar a eso. Si alguno de los dos encuentra un candidato, podemos renegociar."

Ty dudaba que ella se rindiera más que eso. "Suena como un plan. ¿Número dos?" invitó él.

"No hay besos."

"Le estás quitando toda la diversión a esto", bromeó él, queriendo hacerla sonreír.

En cambio, Shannyn pareció sorprendida. Ella lo señaló con un dedo. "Número tres: no hay llamadas telefónicas a altas horas de la noche."

Ty no podía entender eso. La tentación del placer físico era una cosa, pero ¿llamadas telefónicas? "¿Por qué no?"

"Mis reglas. No tengo que explicarlas. Dijiste que las seguirías."

"¿Cuántas más hay?"

"Dos. Número cuatro: nada de poesía."

Ese sorprendió a Ty por completo. "No me di cuenta de que corríamos el riesgo de una poesía aleatoria", dijo él. "¿Mía o de algún poeta en particular?"

"Simplemente nada de poesía."

Ella era desconcertante.

"Porque valdría la pena evitar la mía a cualquier precio."

Ella sonrió.

"Okey. ¿Y una más? Vamos a escucharla."

"Esa es solo para mí."

"Entonces, ¿cómo la seguiré?"

"No es necesario. Es para evitar que yo haga algo."

¿Qué era lo que Shannyn quería hacer pero había decidido no hacerlo? Ty tenía curiosidad, pero él sabía que ella no se lo diría. Mejor dejarlo ir, tal vez resolverlo por su cuenta.

Sin sexo, besos, poesía o conversaciones tardías. Si Ty no lo hubiera sabido mejor, él podría haber concluido que Shannyn pensaba que existía la posibilidad de que ella pudiera empezar a creer que su relación era real.

Ty tenía que pensar en eso. ¿Él quería que eso se convirtiera en una relación real? A él le gustaba estar con Shannyn y cómo ella siempre lo presionaba un poco. A él le gustaba que lo desafiaran a entregar un poco más. Y le gustaba mucho la forma en que ella lo sorprendía. Hacía mucho tiempo que él no disfrutaba tanto de la compañía de una mujer.

Él le preguntó sobre su trabajo para el Met y vio cómo se le iluminaban los ojos mientras describía el proyecto y el próximo programa. Ella estaba entusiasmada con su trabajo y orgullosa de él, lo que la hacía más comunicativa. Había ruidos de actividad en la cocina y olores tentadores flotando en el restaurante. Era comparativamente temprano para que los neoyorquinos salieran a comer y ellos se sintieron cómodos teniendo el lugar prácticamente para ellos solos. Shannyn le contó sobre las fotos que le había enviado a la revista de ex-alumnos y luego sacó un cuaderno y un bolígrafo.

"Si voy a estudiar, necesito tomar notas." Ella levantó cuatro dedos, lo que provocó la sonrisa de él que Shannyn recordaba. "El primer punto de la agenda es un resumen familiar de Tyler McKay. Tienes cuatro hermanas, tres casadas, una cada año.

"Tienes una buena memoria."

"Todavía no se ha probado mucho."

"Okey." Ty levantó un dedo. Lauren. La hija mayor, la siguiente después de mí, probablemente mi hermana favorita."

"¿Se te permite tener una favorita?"

"Solo si no se lo dices a las demás. Ella tiene treinta años, se casó hace tres años con Mark."

"Él no te agrada", supuso Shannyn y Ty se sorprendió.

"Nunca lo diré."

"No tienes que decírmelo. Está por toda tu cara." Ella tomó nota. "¿En que trabaja él?"

"Agente de bienes raíces." Ty tomó un sorbo de agua. "Ella es una estilista de la zona alta, que desentraña los secretos de todos y propone soluciones diplomáticas."

"Talento útil en una gran familia."

"Absolutamente. Luego está Stephanie, casada con Anthony la primavera pasada. Tiene veintiocho años y está terminando la escuela de posgrado. Él es abogado."

"¿En la ciudad?"

"No, ellos están en Boston y vendrán la semana antes de la boda para quedarse con mis padres."

"¿Ellos viven en Connecticut? Dijiste que la boda sería allí."

Ty asintió y la observó tomando notas. ¿Shannyn iba a estudiar? Si ella pensaba que eso tenía mérito, entonces tenían algo más en común. "Mis padres se mudaron allí antes de formar una familia y todavía van a la misma iglesia."

"¿Hermana número tres?"

"Paige, se casó hace dos años con Derek."

"Paige la coleccionista de casas y Derek el salvador de techos."

"Ella hace su contabilidad y tuvieron un hijo en noviembre pasado. Ethan."

"El de los cólicos." Shannyn levantó la vista de sus notas. "¿Primer nieto?"

"Sí, porque estamos muy atrasados." Ty negó con la cabeza ante la injusticia de todo eso y ella sonrió. "La hermana de mi mamá, Teresa, ya tiene nueve nietos. Uno es mejor que ninguno, pero mis hermanas tienen que mejorar su juego."

"¿Pero tú no?"

Ty hizo una mueca. "Trato de desviar toda discusión sobre el heredero al trono."

"¿Por qué?"

Él levantó una mano. "No creo que sea tan importante.

"Vamos." Shannyn dejó su bolígrafo. "Simplemente no has llegado a ese punto de tu vida todavía. Cuando estés casado y todas tus finanzas estén en orden, querrás tener hijos. Un niño y luego una niña. Una casa. Luego un labrador retriever."

"No lo creo", protestó Ty, sintiendo que eso importaba.

"¿Por qué no?"

"Porque eso suena más a un inventario que a una lista. ¿Qué hay de tener un buen matrimonio y no preocuparse por el resto? Se supone que debes convertirte en un equipo cuando te cases, y un equipo gira para abordar las preocupaciones a medida que surgen. Todas las asociaciones no pueden asumir que sus objetivos son los mismos que los de cualquier otra asociación. Eso no tiene sentido. También sería muy aburrido si todos quisieran exactamente lo mismo."

Ella lo estaba mirando, sus pensamientos ocultos, y él sintió que su respuesta era importante.

"Eres adoptada", continuó ella. "Tú, entre todas las personas, debes reconocer que tener bebés no tiene por qué ser el objetivo de todos los matrimonios."

Shannyn respiró hondo y bajó la mirada a sus notas, su postura tensa. "Tienes razón. Sin embargo, no es una opinión común."

"Especialmente entre aquellos que obtienen lo que quieren", supuso Ty. Él se inclinó más cerca. "Pero si alguien está acostumbrado a obtener lo que quiere, ¿por qué no querría más que el promedio?"

"¿Y qué es más?"

"Un matrimonio y una asociación realmente grandiosos, uno que deja a la sombra todos los demás objetivos." Tan pronto como él dijo las palabras, Ty supo que eran ciertas.

"¿Eso es lo que tú quieres?"

"Eventualmente. Pero no espero que eso me caiga en el regazo. Se necesitará tiempo y esfuerzo para construir ese tipo de relación. Requerirá sacrificios y reequilibrar las prioridades, pero valdrá la pena."

"Por eso crees que no tienes tiempo."

"Exactamente."

Shannyn le sostuvo la mirada durante un largo y caluroso momento y Ty ni siquiera respiró. Él se sentía como si hubiera pasado una prueba inesperada, aunque no estaba seguro de cuál había sido. Luego ella volvió a bajar la mirada a su cuaderno. "¿Hermana número cuatro?" dijo ella y Ty sintió que algo precioso se había escapado.

Él deseó saber cómo recuperarlo.

"Katelyn, la futura esposa. Jared es un artista y le va bastante bien. Grandes cuadros que no entiendo. Mucho negro."

Shannyn sonrió ante eso.

"Viven en un loft en Soho y mi madre está feliz de que lo estén haciendo oficial."

"¿Qué hace Katelyn?"

"Ella hace joyas. Yo tampoco lo entiendo."

"¿Por qué no?"

"Es... inesperado."

"No puedo esperar a verlo", confesó Shannyn.

"¿Por qué no me sorprende eso?" preguntó él, su tono burlón. Probablemente te gustará. Y supongo que podrás explicarme ambas cosas." Ella se sonrojó mientras volvía a mirar sus notas, por lo que él aún no estaba fuera del juego. Por capricho, él sacó la invitación al evento de Katelyn y Jared en su teléfono y se la mostró.

"*El poder de dos*", leyó Shannyn. "Una exploración en la dualidad, traducida en pigmento y plata." Ella encontró su mirada. "Suena interesante."

"¿Lo hace? No tengo idea de lo que significa."

"¿Es esto una invitación?" preguntó ella con cautela.

"Es una invitación, pero me la enviaron." Él recuperó el teléfono de la mano de Shannyn. "Puedes venir, por supuesto, pero no te lo estoy pidiendo."

"¿Debería sorprenderme?" Ella se mostró cautelosa de nuevo.

"Realmente no. Simplemente me gusta elegir las batallas que tengo la oportunidad de ganar."

Shannyn se rió aliviada, su reacción le decía a Ty que él había jugado bien.

"¿Qué es ese anillo de todos modos?" preguntó él a la ligera. "Parece un pulpo mascota en tu dedo."

Ella se lo quitó y se lo entregó. Era pesado, plateado y todavía cálido. "Es un tenedor."

Para sorpresa de Ty, estaba hecho con un tenedor de plata esterlina, que había sido calentado y retorcido para que los dientes parecieran tentáculos.

Inesperado. Hermoso. Único.

"Reducir, reciclar y reutilizar." Era una expresión perfecta de la filosofía de Shannyn.

Así era como ella lo hacía. Ella tomaba ropa clásica, luego agregaba algo inesperado, como ese anillo.

Shannyn volvió a ponerlo en su dedo, sus manos se rozaron por un momento. "Nunca pensé en él como un pulpo mascota, pero tienes razón. Se parece a eso. El artista también hace collares, pulseras y campanillas de viento, pero me gustó este anillo."

Tal vez Ty iría al espectáculo de su hermana. Tal vez él encontraría algo para resaltar un poco su propia apariencia. Fue una idea que le gustó de inmediato.

Él deseó poder convencer a Shannyn de que lo acompañara.

"¿Qué pasa con las tías serviciales?" preguntó ella. "Solo has mencionado una."

"Teresa es la hermana mayor de mi mamá."

"¿La de todos los nietos?"

Ty asintió. "Y está Maureen, la hermana pequeña de mi mamá. Su hija Maxine no está casada." Él suspiró. "Alguien mencionará el incidente del papel higiénico. Fue Maxine, el año pasado en la boda de Stephanie. Ella regresó a la pista de baile con un rastro en su zapato. Mis hermanas son bastante despiadadas al burlarse de ella al respecto."

"¿Porque ella ha sido despiadada con ellas en el pasado?"

Él hizo una pausa para considerar eso, luego apreció su percepción.

"Sabes, supongo que sí, especialmente cuando éramos niños. Ella tiene la misma edad que yo y como que dominaba a mis hermanas."

"¿Y tus padres?"

"Mi mamá es Colleen y siempre ha sido ama de casa."

"Cinco hijos la habrían mantenido ocupada."

Especialmente dada su aguda gestión de todos ellos, pero Ty no dijo eso. "Mi papá, Jeffrey, es un banquero de inversiones jubilado que prácticamente deja que mamá dirija el rumbo mientras él trabaja en su juego de golf. Cuarenta años más o menos casados ."

"¿No lo sabes exactamente?" Shannyn preguntó con una brillante mirada de reojo.

Ty sonrió. "Treinta y siete años. El 15 de agosto."

Ella tomó nota.

"Ten en cuenta que habrá damas del club de jardinería y damas de la iglesia y una red social completa que asistirá. Mi mamá estaba organizando eventos mucho antes del primer compromiso familiar."

"Gran boda entonces."

Ty asintió con la cabeza, sospechando que él parecía un poco cansado.

"No te gusta eso."

"Parece mucho dinero, problemas y presión para celebrar algo que es privado al final." Él pensó en Lauren visitándolo y en su comentario sobre los planes de su madre. "Y me pregunto si la gente puede simplemente dejarse llevar, que si tienen dudas de última hora, tienen miedo de decir algo y provocar al monstruo."

"¿Cómo vas a manejar tu gran día cuando llegue?"

"Después de cuatro años de esto, creo que las fugas tienen cierto atractivo."

"Las bodas familiares pueden ser divertidas."

"Puedo decir que no has asistido a ninguna últimamente. Pienso en ellas como pruebas de resistencia."

"Debes tener una tía loca que insiste en bailar la Macarena contigo."

Él sonrió. "Mi abuela. Todo el mundo la llama Trixie." Su mirada se detuvo en Shannyn. "Te gustará", dijo él y supo que era verdad.

Su sonrisa fue rápida. Entonces, será mejor que practique mi Macarena.

Se rieron juntos, luego el camarero trajo la sopa. Era una cremosa sopa de tomate con un remolino de crema en la superficie y adornada con albahaca fresca.

"Recién hecha", dijo Shannyn en voz baja después de probarla. Y desde cero. Este chef sabe lo que hace." Ella tomó otro sorbo y él la vio saborearlo y considerarlo.

"¿Tienes ideas?"

"Las tengo. Y mañana es un día de cocina. Esto influirá en los resultados."

Ella habló con tal convicción que Ty sintió curiosidad, pero no se arriesgó. "Tu turno", dijo él. "Háblame de tu familia."

DOCE

Shannyn había sido seducida. Había pasado mucho tiempo desde que ella había salido a cenar, pero esa no era la fuente de su placer. Ella disfrutaba de la intimidad del restaurante, la comida, pero sobre todo le gustaba tener la atención de Tyler. Había un pequeño chisporroteo de atracción entre ellos, uno que refutaba todos sus argumentos para sí misma acerca de que la cena solo se trataba de verificar detalles. Ella se sentía bien, vestida un poco más elegante, y el brillo de admiración los ojos de Tyler habría afectado el pulso de cualquier mujer.

Esa podía haber sido una cita real.

Habría sido fácil pensar en eso como una cita real. Ella se recordó a sí misma que no debía tener expectativas más allá del trato. Él estaba tratando de convencerla de que él era un buen tipo y lo estaba logrando con facilidad. Tan pronto como ella admitiera que él había ganado ese desafío, ¿apagaría él el encanto? Shannyn no quería verlo desaparecer.

Ella lo estaba disfrutando.

Y ella le había dicho a Tyler las reglas. Para su crédito, él no estaba haciendo ningún movimiento.

El problema era que la filosofía post-Cole de Shannyn de vivir el momento y seguir los impulsos era un desafío directo a sus nuevas reglas para sobrevivir a Tyler. Estaba en la naturaleza de Shannyn ser desafiante.

Ella había dejado de lado esa inclinación en la escuela secundaria y en la universidad, con la esperanza de que sus sueños se hicieran realidad, como una especie de recompensa por su buen comportamiento. En cierto modo, tenerlos hechos pedazos había revivido su antiguo hábito de romper todas las reglas, solo porque sí.

Debía ser por eso que ella ya quería abandonar esas cinco reglas.

Era natural preguntarse cuánto tenía que ver Tyler con ese cambio.

Shannyn se dio cuenta tardíamente de que él estaba esperando que ella hablara. Bueno, conociste a Aidan. Además de él, solo está mi mamá."

"La modista."

Ella asintió con la cabeza, preguntándose cuánto le conmocionarían las diferencias en sus situaciones financieras. Bueno, él no lo sabría a menos que ella se lo dijera, así que ella se lo haría. "Aquí es donde no tenemos nada en común. Yo crecí en una pequeña ciudad, el Puerto de Harte. Mi papá murió cuando yo era pequeña y mi mamá nos crió. Nunca había suficiente dinero."

"No parece que eso los detuviera."

"Nosotros ayudábamos. Yo también aprendí a coser, y ambos sabemos arreglárnosla con lo que hay."

"Así es como te metiste en la búsqueda de tesoros."

"Fui aprendiz con la gran maestra", admitió Shannyn y Tyler se rió entre dientes. "Mi mamá tiene increíbles poderes para encontrar cosas. Y funciona. Muchas veces, hacemos un hallazgo, lo arreglamos, lo vendemos y llenamos un vacío."

"Es realmente práctico. Me estás convirtiendo." Ty le dedicó una pequeña sonrisa llena de aprobación que envió fuego directo a los dedos de los pies de Shannyn.

"Pero eres un converso reacio."

Él se rió. "¿Eso importa? Tengo mucha curiosidad por ver qué has hecho con esos muebles."

"Quedarás impresionado."

Una vez más, Ty le dio una cálida sonrisa y esta vez, bajó la voz. "No tengo duda."

Shannyn se sintió un poco nerviosa. Ella miró su sopa y trató de volver a encarrilar la conversación. "Era una meta familiar enviarme a la universidad. Rescatamos y escatimamos y lo logré, apenas, con una beca agregada a la mezcla."

"¿Y Aidan?"

"Él se inscribió en el ejército. Hizo una gira en Afganistán de la que nunca habla."

"Pero no es por eso que estaba lejos."

"No. Eso fue hace años."

"¿Qué hace el ahora?"

Shannyn sonrió, sabiendo que eso derribaría a Tyler, el hombre que siempre tenía un plan. "Él viaja. Uno de sus amigos del servicio vivía en Idaho y otro en California, razón por la cual él compró un Land Rover después de llegar a casa y luego atravesó Estados Unidos. En California, decidió ir al sur en lugar de al este. Condujo hasta Tierra del Fuego, bajó por el lado oeste de ambos continentes y volvió a subir por el lado este. Se fue un año y medio."

Ty asintió con la cabeza, su expresión serena. Él tenía que estar ocultando su sorpresa y desaprobación. "Ese es uno de los mapas que tienes en tu oficina."

Él era observador, eso era seguro. "Tienes razón. Yo tenía la casa para mí sola cuando él regresó y vino a quedarse un tiempo, arreglando algunas cosas para mí."

"¿Pero sin contribuciones financieras?"

"Me trajo azulejos de México y me ayudó a ponerlos en mi cocina. Es útil."

"¿Pero él no debería pagarte el alquiler cuando se queda en tu casa o contribuir económicamente?" Tyler parecía como si fuera a sacudir la jaula de Aidan por dinero en efectivo, y por mucho que Shannyn pensara que era un objetivo noble, ella entendía la realidad de su hermano mejor que eso. El camarero les quitó los platos de sopa.

"Esa es una posibilidad muy remota", dijo Shannyn. "¿Recuerdas los diagramas de Venn?"

Tyler parpadeó ante su abrupto cambio de tema. "Seguro. Mostrando relaciones con círculos."

"Exactamente." Ella indicó su plato de acompañamiento. "Entonces, digamos que esto es dinero."

"Okey."

Ella cogió el plato de acompañamiento de Tyler. "Y este eres tú." Ella puso el plato encima del de ella. "Tu relación con el dinero es absoluta, completa, intuitiva e instintiva. Lo haces, lo cultivas, lo guardas, lo entiendes a fondo. Tal vez tengas alguna habilidad mágica para atraerlo o conjurarlo de la nada, pero te sigue y se pega a ti. Lo has tenido toda tu vida y lo comprendes a fondo, como respirar."

Ty sonrió solo un poco y ella volvió a mirar los platos, pisoteando su impulso de extender la mano y tocar su boca. "Dejaré pasar eso por el bien de la explicación", murmuró él.

Shannyn tomó el plato superior y lo movió para que se superpusiera ligeramente con el de la mesa. "Y este soy yo ahora, con mi conocimiento pasajero del dinero. Viene y se va, y trato de hacer que algo se quede en los lugares correctos, a veces con éxito y otras no. Tengo una hipoteca, pago mis impuestos y pago mis cuentas, pero en mi universo siempre hay espacio para una mejor relación con el dinero. Quizás solo más dinero."

"Okey." Tyler estaba atento, como si estuviera listo para dar un paso al frente y proponer una solución, pero permaneció en silencio.

Shannyn dejó el plato en el otro lado de la mesa, a unos buenos tres pies del primer plato. "Y esta es la relación de Aidan con el dinero."

Tyler se rió a carcajadas, como si ella lo hubiera sorprendido. "Él no tiene ninguno."

"Es el más casual de los romances. Él nunca tiene ninguno. Él nunca lo persigue. A él simplemente no le importa. Él no es materialista pero tiene suerte. Él siempre aterriza de alguna manera en algún lugar. El dinero no es particularmente relevante para él." Shannyn levantó un dedo. "No es que sea un vago. Rara vez tiene trabajo, pero trabaja duro. Es práctico y puede arreglar cosas. Entonces, cuando Aidan llega para quedarse, los grifos dejan de gotear, las bombillas se reemplazan, los refrigeradores dejan de hacer ruidos extraños y los agujeros se reparan. Las paredes se pintan. Se construyen vallas."

"Los muebles se limpian y se pulen."

"Y las máquinas de coser se entregan a lugares remotos con un mínimo de esfuerzo."

"Él debe tener algunas metas."

"Si las tiene, no sé cuáles son. Un día, llegó a casa con un mapa de Europa y Asia y un billete de avión a Madrid. Eso fue hace dos años."

"El segundo mapa."

Shannyn asintió. "Compré uno igual yo misma para realizar un seguimiento de su progreso. Él llama y envía correos electrónicos, envía postales y, de repente, aparece, normalmente en busca de una cerveza." Ella se encogió de hombros. "Entonces, eso es todo de mi familia."

Ella no pensó que se saldría con la suya, y tenía razón.

"No necesariamente", dijo Tyler, su voz suave como la seda. "Dejaste fuera a Cole."

"No estoy hablando de él." Shannyn se arriesgó a mirar a Tyler y lo encontró luciendo tan terco como ella se sentía.

"¿No crees que sea relevante?"

"No. Debo agregar eso a mi lista de reglas. Yo no hablo de Cole."

"Demasiado tarde para eso. Has hecho tu lista y, al agregarlo, indicas que es muy importante."

Shannyn negó con la cabeza. "Él no lo es. Ya no. Simplemente no quiero hablar de fracasos."

"Está bien, entonces", dijo Tyler, abandonando el tema inesperadamente. Sin embargo, sus ojos eran de un verde vivo, una señal segura de su interés. Él estaba muy quieto y muy atento, tan intenso que Shannyn sintió un escalofrío deslizarse por su piel. "Cuéntame una historia en vez de eso."

"¿Qué?"

"Te estoy ofreciendo un trato." Su tono era moderado, pero Shannyn escuchó el acero subyacente a eso. "Yo creo que debería saber acerca de Cole, quienquiera que fuera y lo que sucedió más allá de su matrimonio. Creo que su relación y su final son importantes, pero tú no estás de acuerdo. Ofrezco una solución alternativa."

"¿Por qué?"

"Porque creo que el éxito es mucho más probable cuando tienes opciones."

"¿Éxito? ¿Todo se trata de ganar? "

"Difícilmente. Estoy definiendo el éxito como que no te conviertas en un gato salvaje antes de que terminemos esta comida."

Shannyn sonrió a pesar de sí misma. "¿Un gato salvaje?"

"Siempre pensé que eras feroz, pero no había visto ni la mitad."

El camarero trajo sus entrantes, que olían divino y ofrecían una distracción perfecta. Shannyn había pedido piccata de pollo y lo sirvieron con risotto de espárragos. Ella estudió el plato, reuniendo impresiones e ideas en lugar de responderle a Tyler.

Él esperó.

Él estaba negociando.

Ella también.

"¿Puedo elegir la historia?"

La sonrisa de Tyler fue rápida y triunfante. "Por supuesto. Pero si necesita ideas, tengo una lista de sugerencias."

"Apuesto a que sí. Sigue."

"Bueno, la Cole es obvia, pero esa está descartado. ¿Qué tal la tercera cosa que extrañas de vivir con un hombre? "

Shannyn negó con la cabeza de inmediato. No había forma de que se sentara en un restaurante como ese, las rodillas rozándose a intervalos, diciéndole a Tyler cuánto le gustaba el sexo por la mañana. "Eso también está descartado."

"¿Por qué harías algo por tu mamá?" Claramente, a él no le faltaban ideas.

"¿No harías nada por tu mamá?"

"Yo haría mucho por mi mamá", admitió él. "Le daría un riñón. Le compro flores todos los días correctos y acepto sus llamadas telefónicas incluso cuando me está volviendo loco, pero hay límites." Él miró a Shannyn. "Parece que tú no tienes esos límites y me pregunto por qué."

Responder a esa pregunta significaría confiar la historia de su propio pasado y Shannyn pensó que eso revelaría demasiado. Un hombre metódico como Tyler sacaría todo tipo de conclusiones a partir de tantos detalles; no solo era probable que él adivinara correctamente, sino que él podría usar esa intuición en su contra.

"No. No voy a contar esa historia." Ella sostuvo su mirada, preguntándose si estaba rompiendo su propia regla de no provocarlo. "¿Qué más tienes?"

La boca de Tyler se apretó por un segundo y sus ojos se oscurecieron un poco. Sin embargo, cuando él habló, su voz estaba completamente tranquila. "¿Qué tal la razón por la que Aidan te llama Taz?"

"Es solo un apodo. En eso no hay ningún secreto."

Tyler enarcó una ceja, escéptico, y su voz se endureció. "No me vengas con eso. Hay una razón."

Él estaba en lo correcto.

Shannyn miró su plato. Ella consideraba las opciones y sabía que él no estaba pidiendo mucho. "Okey. Yo me quedo con esa"

SHANNYN ERA UN ACERTIJO, envuelto en un misterio, dentro de un enigma; pero Ty tenía que creer que había una llave. Él estaba dispuesto a aceptar cualquier migaja, incluso el dato más pequeño, en su determinación de averiguar qué la hacía funcionar.

A ella le tomó unos minutos componer sus pensamientos, pero él no la presionó. Él habría esperado toda la noche por su confesión y no habría sido un problema incluso si ella no se lo hubiera dicho.

Él tenía un caso grave de curiosidad, uno que solo Shannyn podía resolver.

Finalmente, ella dejó el cuchillo y el tenedor, luego respiró hondo como si la confesión le fuera a costar. "Era el apodo de mi padre para mí."

El padre que había muerto. Ty se dio cuenta de que él estaba en territorio emocional.

"A él le encantaban todos esos dibujos animados con Bugs Bunny." Ella sonrió un poco al recordarlo, una sonrisa agridulce. "Él tenía todos los videos y solíamos verlos juntos."

Ty todavía no entendía. "Pero Taz era el demonio de Tasmania."

"Correcto."

"¿Por qué él te llamaría así?"

Ella volvió a coger el tenedor. "Lo tomaré como una pista de que no puedes creer que fuera una niña mala."

"No, no puedo."

"Bueno, lo era. Impredecible, decía él. "

"Estoy con él en eso."

"Y salvaje." Ella abrió los ojos como si fuera suficiente, pero Ty negó con la cabeza.

"De ninguna manera."

"Es cierto." Había una aspereza en su voz. Ella encontró su mirada. "¿No crees mi respuesta?"

"Sí, pero eso no responde a la pregunta."

"Técnicamente, lo hace."

"Técnicamente, no es así. Tu padre te llamaba así, pero ¿por qué Aidan todavía usa ese apodo?"

"¿Sentimentalismo?"

"No creo que él sea un tipo sentimental."

La sonrisa de Shannyn fue rápida y un poco culpable.

Ty profundizó. —Dijiste que eres adoptada. ¿Era ese tu padre biológico?

Shannyn se apresuró a negar con la cabeza. "No. No tengo ni idea de quién era. Quizás mi madre biológica tampoco lo sabía. Yo nunca lo conocí, hasta donde yo sé."

Sus defensas estaban aumentando y ella se estaba poniendo irritable, lo que significaba que Ty estaba cerca de una confesión interesante. "Háblame del papá que conociste", invitó él, manteniendo su tono ligero.

"¿Ahora estás haciendo dos preguntas?"

"Todavía estoy buscando la respuesta a la primera." Sus miradas se sostuvieron y Ty estaba seguro de que ella lo iba a dejar fuera de combate. Él no apartó la mirada y, para su alivio, ella asintió con la cabeza.

"Okey. Lo suficientemente justo. Aidan y yo fuimos adoptados juntos, aunque no somos hermanos biológicos." Ty frunció el ceño y ella levantó una mano. "Te ahorraré una pregunta", dijo ella a la ligera. "Estábamos en el mismo hogar de acogida."

"¿Cuántos años tenías?"

"Cinco. Recuerdas lo que dije sobre ser una niña mala. Nadie me quería y no los culpo. Aunque Aidan." Ella suspiró. "Todo el mundo adoraba a Aidan. Yo odiaba sus agallas."

Ty se rió entre dientes. "Puedo entender esa reacción."

Shannyn se rió de él. "Pero eso se debió a tus propias suposiciones."

"¿Qué hay de las suposiciones de tu yo de cinco años sobre Aidan?"

"Cierto. Él era lindo. Como un osito de peluche. Me seguía a todas partes, aunque yo no quería que lo hiciera. Nunca lloraba y nunca se quejaba. Simplemente se movía con lo que fuera que estaba pasando."

"Parece que no ha cambiado mucho."

"No. Él es mucho más alto y come más, pero su carácter es exactamente el mismo. Tengo que preguntarme cómo sería él si alguna vez encontrara algo que realmente le importara." Ella frunció el ceño ante su comida y Ty pensó que no diría nada más.

Pero Shannyn habló de nuevo, sorprendiéndolo tanto por el calor silencioso de sus palabras como por el hecho de que estaba admitiendo más. "Mi madre biológica salió del hospital sin mí", dijo ella en voz baja. "No sé nada de ella y no quiero saberlo. Entré directamente a un hogar de acogida y siempre me cambiaban a otra familia, a otro hogar." Ella lo empaló con una mirada. "Probablemente no sepas que muchos niños de crianza temporal llevan sus pocas posesiones en bolsas de basura."

Ty no lo sabía. Él estaba sorprendido y estaba seguro de que se notaba, porque Shannyn asintió con cansancio.

"Incluso para un niño pequeño, es difícil perderse la conexión. Nadie me quería. A nadie le importaba. No era querida, mucho menos amada, y no merecía serlo. Yo misma podría haberme metido en esa bolsa." Ella tragó. "Así que era mala. Me escapaba y respondía y desafiaba a todos los que intentaban ayudarme."

Él no hizo ningún comentario sobre gatos salvajes. "tú no tenías nada que perder."

"No es de extrañar que no me quisieran. Yo me aseguré de eso."

No era difícil imaginarla atacando. "Porque tenías miedo", supuso Ty en voz baja.

"En realidad yo creo que estaba furiosa. Y cuando yo tenía cinco años, llevaron a Aidan al hogar de acogida donde me estaba quedando. Como dije, lo odié a primera vista. Él no solo era adorable, también era muy tolerante. Siempre lo ponían como ejemplo, especialmente para problemas como yo. Por supuesto. Me porté aun peor. Mis padres adoptivos me castigaban, pero no hacía ninguna diferencia. No sabían qué hacer conmigo. Probablemente los volví locos."

Ty podía entender esa reacción.

Shannyn prestaba mucha atención a su plato mientras movía su pollo. Ty no quería decir nada en caso de que ella dejara de hablar. Él estaba paralizado y asombrado de que la historia de Shannyn pudiera ser tan diferente a la suya.

Sin pensar que alguien tan fuerte y creativa pudiera tener tal experiencia.

"Y luego vinieron mis padres. No mis padres biológicos, mi mamá y mi papá. Ellos vinieron a ver a Aidan porque querían adoptar un niño y él era hermoso. Yo estaba tan celosa." Shannyn negó con la cabeza y Ty vio el brillo de las lágrimas en sus ojos. "Rompí algo en una rabieta y corrí a esconderme en mi habitación. Yo sabía que él iba a tener una familia y yo no. Rompí algunas cosas más allí, pero realmente quería lastimarlo a él." Ella respiró hondo, pero se detuvo y sus siguientes palabras fueron roncas. "Simplemente no era justo."

No, no era justo. Ty no podía imaginar por qué alguien la abandonaría.

La garganta de Shannyn se movió por un momento. Era como si ella no pudiera dejar de contar la historia una vez que había empezado, como si hubiera descorchado una botella y tuviera que verterla hasta que estuviera vacía. Ella negó con la cabeza y sus lágrimas cayeron, ver eso mató a Ty. Ella ni siquiera trató de detenerlas. Quizás ella no sabía que estaban cayendo.

Ella estaba reviviendo esa devastación y no había nada que Ty pudiera hacer. Él no podía meterse y arreglar eso. Él ni siquiera podía consolarla porque si se acercaba, ella podría darse cuenta de cuánto estaba confesando y dejaría de hablar.

Todo lo que él podía hacer era escuchar y era lo más difícil que él había hecho en su vida.

Él debería estar acostumbrándose a que Shannyn exigiera todo lo que él tenía para dar y un poco más.

"Pero eso no es lo que pasó", susurró ella. "Ella vino a mí, la mujer que se convertiría en mi mamá, y me habló. Ella era tan amable, aunque yo no lo era. Ella pidió conocer a mi muñeca, la única que yo tenía, lo que me sorprendió. Mi muñeca estaba sucia y rayada, pero era mi posesión más preciada. Quizás mi única posesión. Tal vez me sorprendió en un momento de debilidad porque le mostré la muñeca. Ella le enderezó la ropa con cuidado mientras yo miraba, como si mi muñeca fuera hermosa.”

Ty vio sus lágrimas otra vez.

“Ella la peinó, luego fue a buscar su propio bolso. Me fascinó que ella tuviera un pequeño kit de costura allí y me acerqué para mirar. Ella volvió a poner un botón en el vestido de mi muñeca y arregló el dobladillo, hablándome todo el tiempo. Ella no esperaba una respuesta. Ella solo hablaba, explicándome cómo coser un botón, cómo anudar el hilo, cómo hacer pequeños puntos. Y cuando terminó, ella me devolvió mi muñeca. Mi muñeca se veía mucho mejor. Yo la amaba pero no la había cuidado y eso me sorprendió un poco.”

Shannyn respiró hondo de forma irregular. “Entonces mi mamá me preguntó si podía peinarme y yo la dejé, aunque siempre peleaba con cualquiera que quisiera tocarme. Ella enderezó mi ropa y cosió un agujero en mi bolsillo, hablando en voz baja todo el tiempo. Ella era tan gentil. Yo sentí que alguien le importara, por primera vez desde que podía recordar. Me gustaba que me peinaran y me arreglaran la ropa. Me gustaba sentirme como si le importara, solo un poco a alguien. Cuando ella me preguntó si quería irme a vivir con ellos, lloré. Ella me levantó y me abrazó, luego me sacó a mí y a mi muñeca de allí.”

“Los adoptaron a los dos”, supuso Ty.

“Primero tuvieron que acogernos, y yo era mala. Tenía mucho miedo de creer que estaba pasando algo bueno.”

“Si iba a salir mal, preferirías que sucediera antes.”

“Supongo que sí. Parecía que yo no podía detenerme, pero ella nunca me gritó. Ella se preocupaba por mí cuando salía corriendo e iban a buscarme y siempre me abrazaban cuando regresaba. Yo tenía una habitación con cosas bonitas y ropa limpia y tenía una maleta pequeña en lugar de una bolsa de basura. Mi muñeca también adquirió un nuevo guardarropa y, poco a poco, comencé a confiar en que tenía un hogar. Incluso empecé a llevarme bien con Aidan.”

Ty sonrió ante eso y ella le lanzó una mirada. "Escuché un pero", dijo él.

Shannyn asintió y se puso seria. "Mi papá murió. Fue muy repentino. Él tuvo un aneurisma en el trabajo. Se fue a trabajar un martes por la mañana y nunca volvió a casa. Mi mamá estaba devastada. Ellos estaban muy enamorados. Solo habíamos estado allí unos años y pensé que eso era lo que estaba escrito en la pared."

"El otro zapato se estaba cayendo."

"Tenía mucho sentido para mí a los diez años. Yo estaba decidida a quedarme con Aidan, aunque no tenía ni idea de cómo podría hacerlo."

"Te habías acostumbrado a él."

Ella sonrió un poco. "Él me venció." Ty deseaba que ella estuviera hablando de él. "Cuando mi mamá nos llamó a la cocina después del funeral, yo estaba convencida de que había llegado el momento. Me llevé la maleta. Estaba empacada. Yo estaba lista."

Ty podía imaginarse a esa niña feroz con la barbilla en alto, la maleta en la mano y el corazón lleno de miedo.

Por eso Shannyn siempre esperaba que la gente la decepcionara.

A menudo lo habían hecho.

Incluido Cole. Él no necesitaba conocer los detalles para reconocer eso.

"En cambio, ella nos dijo que no iba a haber mucho dinero, que tendría que trabajar duro y que necesitaría nuestra ayuda. Ella nos dijo que lo haríamos funcionar juntos, porque éramos una familia. Fue Aidan quien dijo las palabras en voz alta, quien le dijo que había pensado que ella nos devolvería, y ella estaba muy horrorizada de que nos hubiéramos preocupado por eso, incluso por un minuto. Ella fue quien desempacó mi maleta y guardó todo."

"Es por eso qué harías cualquier cosa por ella", concluyó Ty en voz baja.

Ella tomó una respiración inestable. "Ella nos salvó a los dos, pero sobre todo a mí. Sin ella, probablemente ya estaría muerta o en serios problemas en alguna parte. Yo haría cualquier cosa por ella, cualquier cosa. Ella puede tener mis dos riñones, cada centavo que poseo, cualquier cosa que pida, porque le debo mi corazón y mi alma." Ella le lanzó una mirada cruda, las lágrimas se le clavaron en las pestañas y sus ojos se oscurecieron por la pasión, y Ty no pudo apartar la mirada.

Era diez veces la confesión que él había esperado y explicaba muchas cosas.

Él quería tocar a Shannyn, tomar su mano, abrazarla. Él quería matar a todos sus dragones y asegurarse de que nadie la traicionara ni la decepcionara de nuevo. Pero incluso cuando él tenía el impulso, Tyler sabía que Shannyn no lo permitiría.

Ella apartó la mirada de él y se compuso visiblemente. "Supongo que tienes dos respuestas por el precio de una, aunque no lo planeé de esa manera." Ella se secó los ojos y comió otro bocado de su cena. Su tono era frío cuando continuó. "Esto está muy bueno."

Ty pensó que el siguiente bocado sabría a polvo después de eso. "Me gusta este lugar", dijo él fácilmente. "Me alegra que a ti también te guste."

Se sentaron en silencio durante un largo rato. "Es demasiado fácil hablar contigo", se quejó Shannyn y Ty supo que ella estaba haciendo una broma para cubrir su vulnerabilidad emocional. "No quise decirte todo eso."

"Me lo imagino. Gracias por confiar en mí." Ty lo decía en serio. Él sostuvo su mirada cuando ella miró, queriendo que ella viera que él entendía, al menos un poco. "Tienes razón. Eso hace que una máquina de coser parezca una pequeña cosa." Él se sintió humilde por la confesión de Shannyn y no le importaba que ella lo supiera. "Me haces apreciar la suerte que he tenido."

"No es tu culpa", dijo ella. "Todos los niños deberían crecer con todas las ventajas. Eso haría del mundo un lugar ideal."

"Pero puedo ver por qué me odias."

El fantasma de una sonrisa tocó los labios de Shannyn. "Está bien. Te estás redimiendo."

Ty tomaría la victoria donde la encontrara, por progresiva que fuera. Él cambió de tema, deseando que ella sonriera más. "¿Qué tan bueno fue?" preguntó él, indicando el plato de Shannyn. "¿Suficiente para ser inspirador?"

"Lo es", dijo ella, cayendo claramente en la excusa para hablar de otra cosa. Ella probó de nuevo un poco de salsa. "El chef ha hecho algo diferente con esto de lo que yo hago, y no puedo entenderlo."

"Entonces, preguntémosle", sugirió Ty y llamó al camarero. No había mucha gente y él era un cliente regular. Él estaba dispuesto a utilizar todas y cada una de las conexiones para hacer sonreír a Shannyn.

Él también le daría unos minutos para decidir cómo proceder.

HOMBRE PELIGROSO.

Tyler no necesitaba poesía para debilitar las defensas de Shannyn. Su mirada penetrante y su curiosidad obviamente eran suficientes, junto con una deliciosa cena. Era seductor tener toda la atención de este hombre sexy en particular, sin pensar en que ella se daba cuenta de que él recordaba prácticamente todo lo que ella le había dicho. Shannyn nunca había estado con un hombre que estuviera tan concentrado en ella, y a ella le gustaba mucho.

Demasiado.

Ella estaba avergonzada de lo mucho que le había confiado y se sentía expuesta como resultado. Pero Tyler parecía entender. Que él le hubiera pedido al chef que saliera y hablara con ella era una distracción perfecta.

Y era una buena acción.

Ella sospechaba que Tyler estaba tratando de hacerla sentir mejor, pero se sorprendió de lo bien que funcionaba. En gran parte por notar cómo él solo miraba la discusión de Shannyn con el chef, esa pequeña sonrisa curvando su boca, sus ojos mostrando su placer en el entusiasmo de Shannyn.

Hombre peligroso, peligroso.

Si la de ellos hubiera sido una real, Shannyn sabía que ella habría estado dispuesta a entregarle todo a él. ¿Era solo una actuación, solo porque él lo había tomado como un desafío para hacerla cambiar de opinión sobre él? Shannyn no podía creerlo. Para ser una cita falsa, sus sentimientos eran muy reales.

Sus reglas parecían un poco inútiles cuando salieron del restaurante y él le ofreció llevarla a casa.

"No tienes que hacer eso", protestó ella. Si Tyler la llevaba a casa,

Shannyn sabía lo que pasaría. Habría un pequeño beso, uno que se convertiría en algo eléctrico e innegable, luego estarían desnudos en su dormitorio y la guerra contra la tentación se perdería por completo. La peor parte era que a ella ni siquiera le importaría. Ella simplemente se deleitaría con eso.

Sería mucho más tarde, cuando él la dejara y desapareciera, que ella se arrepentiría de la pendiente resbaladiza.

"Hazme el favor", dijo Tyler. "Solo estás en el centro la ciudad de noche por mi culpa."

"Pero tomo el metro todo el tiempo..."

"Yo sé que lo haces. Pero yo quiero llevarte."

"No necesito un ángel de la guarda."

Él levantó las manos. "Yo podría argumentar eso, pero reconozco una propuesta perdedora cuando veo una." Él estaba bromeando con ella de nuevo, sus ojos brillaban un poco.

Peligroso.

"Estaré bien por mi cuenta." Shannyn sabía que ella sonaba terca pero no podía evitarlo.

"Pero aquí está la verdad." Él podría estar fingiendo hacer una confesión, pero Shannyn no se dejaba engañar. "Estoy pensando en mí. Es una oferta puramente egoísta."

"No lo creo."

"No podré dormir si me preocupo por ti."

"Mentiroso, mentiroso", acusó ella.

Él sonrió y le dio un codazo. Vamos, Shannyn. Hazme feliz." Él se inclinó para que estuvieran nariz con nariz. "¿Por favor?"

La resistencia de Shannyn se derritió en el momento justo. También sus rodillas. Era muy posible que sus bragas se hubieran quemado espontáneamente. Ella sonaba como una infame diciéndole que no a alguien que estaba tratando de ser amable con ella, incluso si él tenía un plan, ella no se oponía a él, no en su corazón.

Quizás no sería tan bueno como la primera vez.

Tal vez eso la ayudaría a superar ese enamoramiento.

Porque era un enamoramiento, en el mejor de los casos. Su fascinación por Tyler no estaba destinada a durar más que el interés de él por ella.

Ellos eran demasiado diferentes. Los opuestos podían atraerse, pero no construían relaciones duraderas.

Su enamoramiento universitario no se iba a convertir en realidad.

Ella tenía que recordar ese detalle.

"Quieres lucir tu auto", bromeó ella y Tyler se rió con facilidad.

"Quizás." Él sacó sus llaves y las arrojó al aire, dándole una sonrisa cuando las agarró. "¿Qué dices?"

"Tienes una agenda", lo acusó ella.

"Solo para convencerte de que realmente soy un buen tipo." Él sonrió y se veía un poco malvado, lo suficiente como para hacer que el corazón de Shannyn saltara, pero Shannyn decidió provocarlo.

"Los tipos buenos aceptan un no por respuesta", le recordó ella.

"Los tipos buenos siguen las reglas. Tengo mis órdenes de irme. Considéralo una prueba."

Shannyn se sentía tentada. Ella realmente no quería tomar el metro a esa hora.

"Está bien", concedió ella y Tyler sacó su teléfono para llamar a Marcus. Caminaron de regreso al club, un pequeño y encantador hervor de conciencia entre ellos mientras hablaban sobre su cena y el clima, y el auto estaba parado junto a la acera cuando llegaron.

Tyler le abrió la puerta y luego le dijo algo a Marcus. Shannyn los escuchó reír juntos, luego Tyler subió al auto.

El auto era rápido cuando las carreteras estaban vacías y tenía una marcha suave. Él era un buen conductor y Shannyn se encontró mirando las manos de Tyler. Para evitar recordar la sensación de ellas en su piel desnuda, decidió burlarse de él.

"¿Estás presumiendo?"

"¿Por qué no lo haría? No tengo nada que perder dado que ya odias el auto."

"No lo odio. Creo que sería más útil con un maletero más grande."

Tyler levantó una mano, claramente reacio a debatir el asunto. "Me queda bien."

Si eso era un recordatorio de que él no tenía interés en asegurarse de que los futuros hallazgos de Shannyn pudieran ser transportados, porque ellos no tenían futuro juntos, o no, Shannyn lo tomó como uno. Cita falsa, se recordó a sí misma. Cero perspectivas de futuro.

Pero quizás otro tipo de conexión. Esa podría ser una oportunidad perfecta para preguntarle sobre su idea para el club. No solo estaban solos, sino que ella estaba nuevamente sin trabajo.

"Quería preguntarte algo", comenzó ella, sintiéndose nerviosa.

"Ve a por ello."

"Si tuviera una idea de marketing para F5F, ¿cómo podría presentarla?"

"¿Una idea de marketing?"

"Sí. La tuve al hacer las fotografías. Creo que están perdiendo una ventaja obvia."

"¿Y tú podrías ayudar?"

"Sí." Shannyn se preguntó si él le pediría más detalles. Aunque ella en realidad no pensaba que Tyler simplemente tomaría la idea y la usaría sin darle crédito, ella estaba muy feliz de no compartirla todavía. Ella quería elaborar un plan que respondiera a cualquier pregunta obvia. Eso la haría sentirse más preparada para discutir la idea, que todavía era un poco vaga.

"Podrías presentársela a los socios", dijo Tyler. "Tenemos una reunión semanal los miércoles a las seis. Si quieres estar en la agenda de la próxima semana, puedo arreglar eso."

"¿Se reúnen todas las semanas? Porque me vendría bien un poco más de tiempo para armar una presentación."

"Hecho", asintió él fácilmente. "Una semana el miércoles. ¿Necesitarás un proyector? "

"Sí, por favor." Shannyn lo señaló con un dedo. "Siempre y cuando no muevas los hilos ni lo arregles, yo obtengo el trabajo, si es que hay algún trabajo."

"¿Otra regla?"

"Esa es una vieja. Hablo en serio, Tyler. No quiero limosnas ni trabajos por lástima."

"Ni soñaría con hacer eso", dijo él, luego le lanzó una sonrisa de reojo. Su voz bajó a ese tono bajo que hacía que los dedos de los pies de Shannyn se doblaran. "No me necesitas a mí ni a nadie más para luchar por ti, Shannyn. Lo haces bien por ti misma."

Fue un cumplido que hizo que su corazón se apretara y Shannyn se sintió un poco sin palabras por su elogio. Afortunadamente, Tyler se detuvo en su camino de entrada y ella no tuvo que decir nada.

Había llegado el momento de la verdad. ¿Se las arreglaría ella para decir que no? Sería difícil, ya que ella no quería decirlo.

Cuando Tyler abrió la puerta, Shannyn se dio cuenta de que él había dejado el auto encendido. "Gracias por compartir tu historia", dijo él con una sonrisa cuando ella salió.

"Gracias por la cena y por aceptar mis reglas." Ella le ofreció la mano y él sonrió al estrecharla.

Luego se la llevó a la boca y le plantó un beso en la palma. El toque de sus labios contra su piel envió un deseo furioso a través de Shannyn y la forma en que él la miraba solo podía significar que él se había dado cuenta. Ella vio la moderación de Tyler de nuevo en la forma en que él apretó la mandíbula, luego dobló los dedos de Shannyn sobre su palma, como si estuviera guardando la huella de su beso para protegerla, y le soltó la mano.

Sus miradas se aferraron todo el tiempo, un infierno ardiendo en las venas de Shannyn.

Ella casi tira sus principios y lo invita a pasar.

Pero Tyler habló primero y se volvió hacia la puerta del auto. "El domingo, entonces." Él hizo una mueca y Shannyn se rió de él.

"No será tan malo."

"Si las expectativas se establecen lo suficientemente bajas, solo puede ser mejor de lo que espero."

Ella se rió de nuevo mientras caminaba hacia el porche, luego se volvió para ver que él todavía estaba de pie junto al auto.

Por supuesto. Ella sintió un pequeño resplandor de que él hacía lo que había dicho que iba a hacer.

Pero entonces lo suyo era las pruebas de rendimiento.

"¿A la una?" le sugirió él.

"Si es entonces cuando tenemos que irnos, estaré lista. ¿Usarás traje?

Tyler levantó las manos como si la respuesta fuera evidente y Shannyn supuso que lo era. Él regresó al auto, pero esperó, mirando, hasta que ella abrió la puerta y le dio un pulgar hacia arriba desde la cocina. Luego él saludó y retrocedió, el motor del auto rugió mientras él se dirigía de regreso al centro de la ciudad.

Shannyn se apoyó contra la puerta y se dio cuenta de que estaba sonriendo. Había cierta ironía en el hecho de que ella solo se las había arreglado para seguir sus propias reglas porque Tyler era un buen tipo.

Fitzwilliam se acercó a ella, agitó la cola y aulló en señal de protesta.

"Sería fácil acostumbrarse a tener un ángel de la guarda", confesó ella, pero él comenzó un soliloquio sobre la tardanza de su cena.

TRECE

Si Shannyn le hubiera pedido a Ty que predijera qué regla lo desafiaría más, él nunca habría elegido el número tres.

Sin llamadas telefónicas a altas horas de la noche.

Pero fue esa la que resultó ser una espina clavada en su costado.

Él quería llamar a Shannyn cuando regresara a su casa, y él incluso sacó su teléfono para hacerlo antes de detenerse. Tyler sabía que era ridículo querer escuchar la voz de Shannyn después de haber pasado varias horas en su compañía, pero él quería. Él quería hablar sobre lo que ella había aprendido del chef y cómo lo iba a aplicar. Él quería saber qué iba a hacer ella al día siguiente. Él quería asegurarse de que ella estuviera bien después de contarle tantas cosas. Él quería saber cuál era la idea de Shannyn para el club y él quería saber sobre Cole.

Pero sobre todo, Ty quería escuchar la voz de Shannyn. A él le gustaba hablar con ella y sobre todo le gustaba hablar con ella por la noche, no solo porque ella parecía inclinada a confesarse un poco más en esos momentos.

Tal vez esa era la razón fundamental detrás de la regla número tres. Ty ya sabía que Shannyn era el tipo de persona que defendía sus vulnerabilidades con entusiasmo.

Él tenía una llamada perdida de su madre y la llamó para hacerle saber que Shannyn iría a la despedida de soltera, soportando todas las preguntas y dando todas las garantías. Él respondió a los mensajes de texto de Paige, sugiriendo que ella hablara con Shannyn sobre los muebles el domingo. Él verificó con su tía si había algo que él pudiera llevar o recoger. Él consultó con Katelyn sobre el evento en su apartamento, habiendo decidido asistir. Tyler trabajó unas horas y, como era demasiado temprano para nadar en privado, bajó a la sala de pesas.

El viernes, la necesidad de llamar a Shannyn fue aún más fuerte, pero Ty se mantuvo firme. Él fue al evento de Katelyn y Jared solo, compró unos gemelos nuevos y un anillo, tomó una copa, se mezcló en sociedad y deseó que Shannyn hubiera estado con él. Las pinturas de Jared lo desconcertaron, incluso cuando una bonita rubia trató de explicárselas. Él tomó un montón de fotografías, planeando hablar con Shannyn sobre ellas. Tyler necesitó todo su esfuerzo para evitar llamarla después del evento o enviarle las fotos.

Él ansiaba hablar con ella.

El sábado por la noche, Ty estaba razonando que debería confirmar lo del domingo con Shannyn, pero se contuvo. Él iba a seguir las reglas de Shannyn, incluso si eso lo mataba, y podría matarlo. Él hizo algunos cambios en sus elecciones de vestuario, seguro de que ella se vestiría con su brío habitual. Ty quería que ellos se parecieran un poco a una pareja, pero sobre todo, él no quería parecer aburrido al lado de Shannyn.

El domingo por la mañana, hizo ejercicio, trató de matar el tiempo y, de todos modos estuvo listo para irse muy temprano.

Demonios. Él conduciría alrededor de la cuadra si llegaba demasiado temprano a casa de Shannyn.

SHANNYN PASÓ el viernes y el sábado cocinando. Ella hizo sopa y guisos; horneó pan e hizo cupcakes. Ella hizo pasta para lasaña, luego cortó un poco en fettuccine y lo secó. Ella hizo tartas caseras individuales, quiches y tartas de pollo. Ella llenaba el congelador un poco más cada noche hasta que estuvo a punto de reventar. La revista de ex-alumnos había pagado y ella se sentía emocionada. Era mejor pensar en cocinar que preocuparse por no tener un nuevo trabajo. Además, Aidan regresaría a su casa durante la semana, por lo que Shannyn estaba contenta de tener mucha comida lista para que él atacara.

Ella habló con su madre el sábado por la noche, ya que podría llegar a casa demasiado tarde el domingo para llamarla. Conversaron sobre sus opciones para la despedida de soltera y su madre tenía ideas sobre la boda. Revisaron qué zapatos y carteras ella tenía y Shannyn le envió a su mamá algunas fotos de hallazgos recientes.

A Shannyn le costó conciliar el sueño el sábado por la noche, pero Fitzwilliam la despertó temprano la brillante mañana del domingo, aterrizando sobre su pecho con su puntualidad habitual. Ella salió a correr, solo para calmarse, luego volvió a casa para vestirse.

Ella se tomó su tiempo, disfrutando del ritual de vestirse y luego se miró frente al espejo para admirar el resultado. Ella le envió una selfie a su mamá y recibió un mensaje rápido de ánimo, luego ella fue a esperar a Tyler en la cocina, donde ella podría ver el camino de entrada. El corazón de Shannyn saltaba como si ella hubiera corrido una maratón.

Para sorpresa de Shannyn, él llegaba tarde.

¿Él había cambiado de opinión?

¿Había pasado algo?

Ella estaba pensando en llamarlo cuando escuchó el chirrido de neumáticos. Ty se detuvo en el camino de entrada a toda prisa y parecía un poco molesto. Su boca estaba en una línea sombría. Él llevaba gafas de sol y cuando salió del auto, Shannyn notó que su traje era de un azul más brillante de lo que ella esperaba. El traje era de un azul regio oscuro y de corte delgado. Él llevaba zapatos de cuero color caramelo y Tyler realmente parecía un modelo en un anuncio de un diseñador italiano de ropa masculina. A Shannyn le gustó que él estuviera cambiando un poco.

Él consultó su reloj al salir del auto. "¡Lo siento!" dijo él, su irritación era clara, y cerró la puerta con fuerza. "Vas a apreciar lo estúpido que es esto. Yo llegué quince minutos antes, así que di la vuelta a la manzana y me quedé atrapado en un atasco... "

Shannyn se rió y cerró la puerta con llave, luego salió del porche. Tyler miró hacia arriba en medio de su historia y aparentemente se quedó mudo.

Él miró fijamente.

Shannyn caminó hacia el auto, amando haberlo dejado en silencio. Su vestido era azul marino con lunares blancos, un vestido femenino coqueto que era entallado en la cintura y acampanado debajo, uno que se balanceaba alrededor de sus rodillas. Ella lo usaba con una pequeña chaqueta azul marino a medida que ocultaba sus tatuajes de la vista. Sus zapatos de color rosa pálido de tacones bajo hacían juego con su bolso de mano. Su largo collar de perlas rosadas de agua dulce y sus pendientes a juego parecían un poco boho. Hoy, en lugar de su habitual apariencia natural, los ojos de Shannyn estaban delineados y con pestañas gruesas, y ella usaba lápiz labial rosa del mismo color que su bolso.

Fue un poco divertido darse cuenta de lo bien que coincidían ella y Tyler.

Ella se detuvo frente a él y sonrió. "¿Podría derribarte con una pluma?"

"Quizás." La mirada de Tyler se deslizó sobre ella como si él no pudiera evitar mirar.

Eso hizo que Shannyn se sintiera poderosa. Ella se rió mientras giraba frente a él. "Solo canalizo mi Audrey Hepburn interior."

"Y lo haces maravillosamente. No me hagas caso." Él miró de nuevo. "Nunca había visto tus piernas antes." Su voz era lo suficientemente baja como para iniciar un zumbido muy profundo dentro de ella.

"En público."

Ty sonrió. "Yo no estaba mirando esa noche."

"No mis piernas."

Él respiró hondo y se quitó las gafas de sol. "¿Estás tratando de sorprenderme deliberadamente?"

Shannyn asintió. "¿Funcionó?"

"Por supuesto. Tienes un historial perfecto en ese departamento." No parecía que a él eso le molestara mucho. Tyler la miró a los ojos y su sonrisa se desvaneció. "Pero no tienes que ser nadie más que la persona que eres. No cambies por mí ni por nadie más, Shannyn. No tienes que fingir para esta cita."

"Tú eras el que defendías la aceptabilidad."

"Quise decir que sería aceptable que estuviéramos saliendo, porque sabemos cosas el uno del otro, no es que cumplas con las ideas locas que mi familia tiene sobre con qué tipo de mujer yo debería estar."

"Pero..."

El tono de Tyler se endureció y esa boca tentó a Shannyn a tocarlo.

"No es de su maldita incumbencia con quién yo salgo. Si yo estoy feliz, eso debería ser suficiente." Él pasó una mano por su cabello, luciendo impaciente. "Sé tú misma. Eso es más que suficiente. Si esto es algo que pensaste que tenías que ponerte, tal vez para ocultar tus tatuajes, esperaré mientras te cambias. No tienes que actuar para mi familia."

Shannyn sintió un nudo en la garganta. "No lo hago. Me gusta este vestido."

"Es bonito. Te ves genial." Él le sonrió torcidamente y su corazón dio un vuelco ante la intensidad de sus ojos. "Pero me gustas, tal como eres, como tú elijas ser. No importa lo que uses, estoy orgulloso de estar contigo."

Shannyn no pudo hablar por un momento, porque ella sabía que Tyler lo decía en serio.

"Ahora parece que te pueden derribar a ti con una pluma", bromeó él después de un momento de silencio.

Shannyn intentó tragarse el nudo en la garganta. "Eso es lo más romántico que alguien me ha dicho", confesó ella.

"Es cierto", dijo Tyler y le pasó la punta de un dedo por la mejilla.

"Gracias." Shannyn no podía apartar los ojos de la intensa mirada de Tyler y, de repente, parecía que no haber suficiente oxígeno en Brooklyn. Ella extendió la mano y tocó la boca de Tyler, sintiendo que él sonreía bajo las yemas de sus dedos. Luego él inclinó la cabeza y besó su palma, acariciando su mejilla contra la mano de Shannyn, su mirada fija en la de ella.

Ella estaba perdida, sin ningún deseo de ser encontrada.

Shannyn respiró hondo y luego tiró de la solapa del traje de Tyler. "¿Y qué pasa con esto? Parece un poco moderno para ti. ¿Estás cambiando tu estilo? "

Tyler miró hacia abajo con mirada triste. "Mi sastre me convenció de que me lo pusiera el otoño pasado, pero nunca lo he usado."

"Deberías."

"Yo tiendo a usar trajes más conservadores. Azul Oficial. Color carbón."

"Me he dado cuenta. Me gusta que estés cambiando eso un poco. Te hace ver más joven."

"Quieres decir menos estirado."

"Nunca podrías lucir estirado."

"Aburrido."

"Tampoco aburrido. De confianza."

Él levantó las manos e hizo un sonido de angustia, uno que ella sabía que se suponía que la haría reír. Ella lo hizo, luego se dirigió al lado del pasajero ante el gesto de Tyler.

Cuando Tyler alcanzó la manija de la puerta, ella vio el anillo. Era de oro con un diseño de nudo celta y él lo llevaba en el pulgar derecho. Ella lo miró sorprendida, luego extendió la mano para tocarlo con la yema del dedo, como si fuera un espejismo.

"Lo compré en el evento de mi hermana", admitió Tyler. Él se levantó las mangas. "Y un nuevo par de gemelos."

Eran plateados y esculpidos, cada uno con una pequeña piedra preciosa. Uno era la cabeza de un dragón, con una piedra roja en el ojo, y el otro era la cabeza de un fénix, sosteniendo una pequeña perla en su pico. Eran intrincados pero sustanciales, hermosos pero no femeninos. "¡Ni siquiera coinciden!" dijo ella, asombrada de que él los hubiera elegido.

"Bueno, son un conjunto, pero no son iguales."

"Un fénix y un dragón."

"Es esa cosa de la dualidad del Ying y el Yang, aparentemente." Tyler se encogió de hombros. "Simplemente pensé que eran geniales. Es difícil creer que Katelyn los hizo."

"Me gustan", dijo Shannyn, queriendo animarlo. "Y ese anillo es sexy."

"¿Sexy?" Él miró hacia arriba.

"Llama la atención sobre tus manos, y tienes unas manos estupendas."

"Gracias." Tyler sonrió y ese calor familiar crepitó entre ellos.

"A continuación, te harás un tatuaje y harás añicos todas mis suposiciones." Se suponía que era una broma, pero la expresión de Tyler se volvió pensativa.

"¿Dónde te hiciste el tuyo?"

"Una artista llamada Chynna. Ella tiene una tienda llamada Imagination Ink. Creo que hace un gran trabajo."

"Yo también." Su voz era peligrosamente baja y la mirada de Tyler se posó en sus labios.

Shannyn levantó un dedo. "Advertencia de lápiz labial. Y es una cita falsa de todos modos." Ella se preguntó a quién estaba tratando de convencer, pero se deslizó en el asiento. Ella sintió el calor del interés de Tyler y miró hacia arriba a tiempo para verlo mirando.

"Tienes unas piernas estupendas", murmuró él y la parte de atrás de su cuello se sonrojó un poco, como si no hubiera esperado decir eso en voz alta.

"¿Eso es algo bueno?"

"El hecho de que las ocultes de forma rutinaria es una tragedia más allá de toda razón, tal vez un crimen contra la humanidad." El tono de Tyler era ligero, pero ella sintió que él hablaba en serio.

"Quiero que la gente me mire a mí, no a mis piernas." Tan pronto como Shannyn dijo las palabras, se arrepintió porque Tyler recordó sus modales y desvió la mirada.

Él le dio la vuelta al auto y se subió, luego dio marcha atrás y se dirigió a la autopista. Había una tensión en el auto que Shannyn no esperaba y ella se preguntó si era culpa suya. "Si estás preocupado por los muebles, prometo no buscar ninguno", dijo ella. "Cerraré los ojos."

Tyler se rió entre dientes. Yo prometería no mirar tus piernas, pero tendría que cerrar los ojos. Puede que no sea una buena idea."

"No." Shannyn suspiró con fingido pesar. "Supongo que tendré que soportarlo."

"Hará que nuestra cita falsa parezca más creíble si no puedo dejar de mirar."

Shannyn movió sus piernas para ponerse cómoda, deslizándolas una contra la otra mientras lo hacía. Sus medias emitieron un leve sonido, uno que ella no habría notado, excepto que Tyler volvió a mirarle las piernas.

Como si no pudiera detenerse a sí mismo.

Luego él tragó.

Al menos ella no era la única que se sentía acalorada e incómoda.

"Cuéntame sobre el evento", invitó ella, para volver a un tema más seguro. Cualquier cosa para distraerse de la perspectiva de provocarlo y de cuánto lo disfrutaría.

"Yo estaba deseando que estuvieras allí", dijo él fácilmente, sacando su teléfono cuando se detuvieron en un semáforo. "Tomé algunas fotografías de las pinturas de Jared." Él le pasó el teléfono y hablaron sobre las pinturas mientras ella las miraba. Como antes, su conversación fluía fácilmente con un poco de reparo debajo de las palabras. A ella le sorprendió lo pronto que él conducía por una calle residencial bordeada de árboles antiguos.

"Tengo que admitir que no esperaba que la regla número tres me diera tantos problemas", confesó Tyler inesperadamente.

Shannyn se sintió ridículamente complacida. "¿Querías llamar?"

"Me gusta hablar contigo por la noche." Él le lanzó una mirada. "En realidad, me gusta hablar contigo en cualquier momento." Él se detuvo junto a la acera frente a una casa grande, lo que la salvó de tener que responder.

La casa era enorme, con un gran jardín bien cuidado al frente. El camino de entrada estaba lleno de autos y todoterrenos, la mayoría nuevos o casi nuevos, y todos caros. La calle también estaba llena de autos estacionados. El único lugar donde Tyler pudo detenerse fue al final del camino de entrada.

"Gran fiesta", dijo Shannyn, ya que no se había dado cuenta de que la despedida de soltera estaría tan concurrida. Los signos externos de opulencia le recordaron que ella era una forastera e hicieron que su confianza flaqueara un poco.

Tyler le tocó la mano y ella se volvió para descubrir que él se había quitado las gafas de sol. Él parecía preocupado. "¿Estarás bien mientras estaciono el auto?"

Shannyn hizo una broma. "¿Qué tan aterradora es tu familia?"

"No voy a responder eso." Él sacudió la cabeza. "Seré lo más rápido que pueda." Él salió y dio la vuelta para abrir la puerta, luego sacó un regalo del baúl. Era exquisitamente hermoso, envuelto en plata y azul con un elaborado lazo.

"O tienes habilidades inesperadas para envolver regalos..."

O la tienda lo envolvió. Opción B. "

"¿Qué les compramos?"

"Una de esas elegantes cafeteras individuales. Una palabra para los sabios: nunca te interpongas entre Katelyn y su cafeína." Tyler le entregó el regalo y luego se inclinó para mirarla a los ojos, con tanta seriedad que Shannyn quiso tranquilizarlo. "Me daré prisa."

"Creo que puedo arreglármelas por mí misma durante unos minutos", dijo ella y él sonrió.

"Tengo que amar esa confianza." Él tocó su mejilla. "Lástima lo del lápiz labial", murmuró él, la caricia de Tyler y el brillo en sus ojos la dejaron anhelando el beso que no había recibido.

Luego él volvió al coche y se dirigió calle abajo para estacionar. Shannyn se dirigió hacia la puerta principal, con el corazón latiendo con fuerza. ¿Qué tan malo podría ser? Tyler era el hijo mayor adorado y ella era su cita. Ella supuso que no habría una mujer viva que alguno de los parientes de Tyler pensara que era lo suficientemente buena para él, pero la gente con baldes de dinero era educada.

La mayoría de las veces.

Ella levantó una mano para tocar el timbre, pero la puerta se abrió de golpe antes de que ella hiciera contacto. "¡Tú debes ser Shannyn!" declaró una mujer mayor. Ella era alta, atractiva y delgada, y Shannyn pensaba que veía un parecido con Tyler en sus rasgos. "Yo soy Colleen McKay, la mamá de Tyler. Adelante, Shannyn. ¡Todos están deseando conocerte! "

Shannyn cruzó el umbral, convencida de que todo saldría bien.

Pero incluso ella estuvo impresionada por lo rápido que todo se fue al infierno.

TY NO HABÍA PENSADO que algo pudiera salir mal en los pocos minutos que le llevó estacionar el auto, pero una vez más, Shannyn demostraba que él estaba equivocado. Él entró en la casa de su tía, saludó a sus familiares y buscó a Shannyn. A él no le importaba si pensaban que él estaba enamorado. Tyler tenía un mal presentimiento y hacía mucho tiempo que él había aprendido a confiar en sus instintos.

El regalo que había comprado estaba en la mesa de la sala de estar junto con todos los demás, así que ella había llegado hasta ahí. Él miró hacia el comedor más allá, con las puertas de cristales abiertas al jardín, y vio a Shannyn en el patio.

Ella estaba charlando con Lauren y su mamá, riéndose de algo que una de ellas había dicho. La mirada de Shannyn se posó en él y sonrió, como para tranquilizarlo, y el corazón de Ty palpitó de alivio. Él vio a Paige y a Derek acercándose a Shannyn y ella se volvió para estrechar la mano de Derek. Ty estaba casi ahí.

Entonces Paige empujó a Ethan a los brazos de Shannyn. Ty se había olvidado de la prueba de mamá y ciertamente no le había advertido a Shannyn, y ese había sido su error.

Shannyn parecía como si la hubieran golpeado contra una piedra y ella sostenía al bebé como si fuera una bomba de tiempo.

Su expresión duró solo un latido, pero lo decía todo. Ty no tenía idea de lo que estaba mal, solo que él tenía que arreglarlo. Tyler se abrió paso a través de la multitud entre él y el patio, y arrancó a Ethan de los brazos de Shannyn. Él no se perdió el destello de alivio en sus ojos.

"¡Mírate!" le dijo al bebé, sosteniéndolo en lo alto. Ethan gorgoteaba y pateaba con deleite. "Debes tener el doble de tamaño que cuando te vi por última vez." Él inclinó a Ethan hacia abajo, lo que provocó que el bebé se riera, luego lo colocó en el hueco de su codo en el lado opuesto de Shannyn.

Ella parecía un poco apagada, lo que Tyler no podía explicar.

Hasta que se dio cuenta de que su mamá la estaba mirando de cerca.

Eso tenía que ser un tiempo récord para que las cosas se fueran a la mierda.

Ty rodeó a Shannyn con el otro brazo y la atrajo hacia su costado, dándole un beso en la sien. "¿Ya te han aterrorizado?" bromeó él en un susurro escénico y todos rieron ligeramente.

Shannyn deslizó su brazo alrededor de la cintura de Tyler y lo sostuvo, un movimiento que decía mucho.

Paige, Derek y su mamá lo saludaron, luego Lauren se burló de él acerca de encontrar un lugar lo suficientemente seguro para estacionar su auto. Él admitió que había sido en Maine. Todos rieron juntos, luego Ty miró a Shannyn de nuevo.

"Ni siquiera tienes una copa de vino todavía", dijo él, luego negó con la cabeza. "Es la bienvenida que ofrecen por aquí. Mi cita entra por la puerta y le dan un bebé." Él olfateó. "¿No hay algo que deba ser atendido?" preguntó y le devolvió a Ethan a Derek. Él dejó que su mano se deslizara hasta la parte posterior de la cintura de Shannyn y trazó pequeños círculos allí con el pulgar, con la esperanza de tranquilizarla.

"Solo estábamos hablando de la casa de Shannyn", dijo Paige.

"Y el plan diabólico de Paige para guiar la conversación a los muebles que Shannyn encontró", agregó Derek en voz baja.

Paige le dio un manotazo. "Todavía no", susurró ella y Derek puso los ojos en blanco.

"Solo lo llevé a casa con tu ayuda", le dijo Shannyn a Derek con una sonrisa. "Gracias."

"No te preocupes. Fue algo divertido. Especialmente por ver a Ty fuera de su elemento."

"Muéstrale a mamá esa foto", le pidió Paige y Derek sacó su teléfono.

"¿No puede la dama tomar un sorbo de vino primero?" Ty acercó a Shannyn. "Vamos. Conociendo a mi tía, habrá una docena de tipos, así que tendrás que elegir." Sin esperar su respuesta, la tomó de la mano y se la llevó.

"Gracias", susurró Shannyn cuando estuvieron fuera del alcance del oído de los demás.

"Debería haberte advertido sobre la prueba de mamá." Él se detuvo y tomó a Shannyn en sus brazos, inclinándose para susurrarle. Él quería que pareciera que eran amantes, pero se sentía bien abrazarla así. Se sintió aún mejor que ella no se apartara.

Y su familia, aparentemente capaz de captar una indirecta por una vez, mantuvo la distancia.

Ty sabía que eso no duraría.

"No podrías haberlo sabido", dijo Shannyn en voz baja.

Ella puso sus manos sobre el pecho de Tyler y lo miró mientras él apretaba su abrazo. Le gustaba la sensación de ella contra él y el olor de su perfume.

"Sé lo que hacen..."

Ella le lanzó una intensa mirada. "No, no podrías haber sabido cómo yo reaccionaría."

"Pero..."

"Porque no sabes por qué. Te lo diré más tarde ", susurró ella, con tal atractivo en sus ojos que el corazón de Tyler se apretó. " No es tu culpa.

No podrías haberlo adivinado." Ella extendió la mano para tocarle la boca con la punta de un dedo, silenciándolo con un gesto. Él le besó la yema del dedo y no solo para aparentar, recordando las palabras de Shannyn. Él sonrió lentamente y vio que sus ojos de ella iluminaban. La voz de Shannyn se volvió ronca. "Me sorprendió y le admití a tu mamá que no quiero tener hijos."

"Eso no habría sido bien recibido."

"No, no lo fue." El tono de Shannyn era resuelto y desvió la mirada de él. Ty no conocía los detalles, pero entendía el fondo. Alguien la había lastimado. Eso tenía algo que ver con un bebé. ¿Cole se había llevado a su hijo? ¿Había muerto un bebé? La imaginación de Ty se aceleró, llevando sus impulsos protectores a un nuevo nivel.

"Lo siento", dijo él y lo decía en serio.

"Tienen buenas intenciones", reconoció ella y luego cuadró los hombros. "Y ahora estoy lista para ellos. No volverá a suceder."

Pero Ty había visto la evaluación en la mirada de su madre y sabía que la reacción de Shannyn no se olvidaría pronto.

Mientras tanto, él necesitaba hacerla sonreír. Él pasó las yemas de los dedos hacia arriba y hacia abajo por la parte posterior de su cintura y observó cómo se oscurecían los ojos de Shannyn. "Estoy pensando que tal vez necesitemos un plan diabólico propio."

"No creo que eso sea todo lo que estás pensando."

Ty sonrió. "Adelante, adivina."

"Tal vez estás tratando de hacer que parezca que estamos locamente enamorados."

"¿Es una idea tan mala?"

"No va a hacer ninguna diferencia para tu madre." Ella hablaba con la convicción de una lección aprendida, lo que también intrigaba a Tyler. "¿Cuál es ese plan?"

"Que hagamos que la princesa Paige se esfuerce por gastar su dinero."

"¿Cómo?"

Ella quiere los muebles. Tú quieres un techo."

"Ella ya te dijo que ellos harían un trato."

Ty asintió. "Entonces, hagámoslo mejor. A ti le gusta el trueque y supongo que el dinero que no gastes en el techo se puede utilizar para otra reparación."

"Cierto."

"Entonces, hagamos que el componente en efectivo del trato sea lo más bajo posible."

Ella lo miró a los ojos y sonrió. "Estás tomando esto como un desafío personal."

"Tenemos que hacer algo aquí además de hablar sobre la disposición de los asientos, los colores de las servilletas y los baños con servicios para cambiar pañales." Él puso los ojos en blanco, lo que la hizo reír un poco. "De lo contrario, esta será una tarde muy larga."

"Okey." Shannyn golpeó un dedo en el pecho de Tyler. "Te desafío a hacer un trato que no implique dinero en efectivo."

Ty dio un silbido bajo. "No hay nada como poner el listón alto."

"Todo el mundo hace que todo sea demasiado fácil para ti."

"Gracias a Dios que te tengo cerca, entonces", bromeó él. "Está bien, ¿qué tienes que ofrecer?"

"Aidan", dijo ella de inmediato. "Él podría ayudar. Él trabaja por la comida."

"Y dijiste que es útil." Ty la condujo hacia la barra, pensando. "¿Almuerzo para la tripulación?"

"¡Oh! Yo definitivamente puedo preparar el almuerzo. No había pensado en eso."

"Además tienes los muebles, que estarán restaurados."

"Y tapizados", dijo Shannyn. "Aidan traerá las fundas de los cojines y mamá me dijo cómo reconstruir los cojines. Se hará esta semana." Ella eligió un vaso de agua con gas y el camarero lo sirvió en una copa de champán. Ty pidió lo mismo. "¿De verdad crees que puedes hacer esto?" susurró ella, y su esperanza fue obvia para él.

"Creo que tienes un don para obligarme a mejorar mi juego", confesó Tyler, y a él le gustó cómo ella se reía.

"¿Eso es bueno o malo?"

"Es una de las cosas que más admiro de ti", dijo él, sosteniendo su mirada. Ella parecía un poco nerviosa, lo que él tomó como una victoria. Ty acercó su vaso al de ella. "Vamos. Shannyn Hawke. Hagamos un trato."

. . .

HABÍA algo en ver a un hombre hacer lo que mejor sabía hacer, sabiendo que lo estaba haciendo por ti.

Shannyn estaba fascinada e impresionada con Tyler. Él sabía cuándo marcharse y dejar que Paige se preocupara. Él sabía cuándo burlarse de su hermana. Él sabía cuándo endulzar su trato.

Y mientras tanto, su lenguaje corporal le decía a su familia que él estaba locamente enamorado de Shannyn. Él nunca dejaba de tocarla. Si su brazo no estaba alrededor de su cintura, estaba sosteniendo su mano. Él la besaba en la sien y las yemas de los dedos, se inclinaba para murmurarle como hacen los amantes, la hacía reír y periódicamente la alejaba de los demás para un momento privado. Shannyn se alegró de que él fuera el que negociara, porque ella fue un desastre a los veinte minutos de su llegada.

Todo en lo que ella podía pensar era en desnudar a Tyler.

Incluso ella encontró la actuación de él persuasiva.

A Shannyn también le gustaba la sensación de que ella y Tyler estaban trabajando hacia un objetivo común. Era agradable no estar sola contra el mundo, tener una pareja o alguien que la cuidara. Se sentía bien tener a alguien con quien poder contar, incluso si eso no duraría mucho. A medida que avanzaba la tarde, Shannyn se convencía cada vez más de disfrutar esas pocas semanas con Tyler y no preocuparse por lo que sucedería después de la boda de Katelyn.

Ella había hecho las reglas: ella podía romperlas.

Ella y Tyler se mezclaban, se reunían con la familia y charlaban, pero siempre volvían a Derek y Paige para otra ronda.

El gran problema para Derek era el costo de la mano de obra. Estuvieron de acuerdo en que el techo podría hacerse el primer fin de semana soleado y que Aidan ayudaría. Shannyn se sorprendió cuando Tyler se sumó para ayudar.

"¿Qué sabes tú sobre techado?" exigió Paige, dándole a su traje una mirada desdeñosa.

"No puede ser ciencia espacial", respondió Tyler.

"Es un trabajo pesado, a menudo al sol y repetitivo." Derek consideró el físico de Tyler por un minuto. "Pero en cierto modo, probablemente estés entrenado para eso. Tienes que usar un arnés, pero estás en el equipo." Él calculó rápidamente. "Tres de nosotros y un aprendiz, si puedo convencer a Paul de que trabaje un fin de semana, podemos hacerlo en dos buenos días."

"¿No es Paul el tipo al que le encanta comer?"

"Él tiene el metabolismo necesario. También, él tiene diecinueve años."

Shannyn captó la mirada de Tyler y comprendió lo que él le quería decir. "Yo les prepararé almuerzos. Sándwiches de albóndigas caseros." Ella vio cómo los ojos de Derek se iluminaban. "De dos tipos. El sábado italiano y el domingo banh mi."

"Eso cambia el juego", dijo Derek. "Almuerzo casero. ¿Sabes cocinar?"

Tyler levantó la mano como si la pregunta fuera un insulto. "Haz tus matemáticas", invitó él. "Shannyn necesita otra copa." Él la condujo de regreso a la barra. "¿Estás segura de que no quieres algo más fuerte?"

"¿Estas tratando de emborracharme?" bromeó ella y él se rió.

"No. Tienes que estar atenta. Estamos cerca."

Y lo estaban. Shannyn también podía sentirlo.

Para cuando se fueron a las seis, el techo estaba programado para el próximo fin de semana, asumiendo que el clima fuera bueno. El desembolso de efectivo era solo por el costo de las tejas. Derek iba a cubrir el salario de Paul por el trabajo.

Shannyn estaba encantada. De hecho, ella no podía creer su suerte. Ella podría reconstruir el porche durante el verano; ella necesitaba un carpintero para eso, para reproducir los detalles de madera.

Todo porque ella se había asociado con Tyler para hacer un trato.

Incluso si ella le debía una historia.

Pero el hecho es que después de conocer a su familia, Shannyn tuvo que preguntarse si la verdad lo cambiaría todo.

ESAS ERAN BUENAS NOTICIAS.

Shannyn estaba claramente emocionada, tal como lo había estado con los muebles el fin de semana anterior, y a Ty le gustaba que él fuera, al menos en parte, responsable de su felicidad. Ella conseguiría el techo que necesitaba, tal como estaba planeado. Su presentación a la familia de Tyler había ido bien, excepto por ese primer momento incómodo. Shannyn había encantado a Katelyn y Jared, hablando de su trabajo con ellos de una manera que Ty solo podía admirar. Él estaba contento de haber tomado las fotos y habérselas enseñado a Shannyn. Él sabía que a Lauren también le agradaba Shannyn.

En general, Ty sentía una tremenda sensación de que todo estaba bien en su mundo y de que el futuro era una promesa extraordinaria.

El sol se estaba poniendo y el cielo estaba inundado de tonos azules y naranjas mientras ellos conducían de regreso a la ciudad. El tráfico era ligero y Manhattan comenzaba a brillar delante de ellos, las luces encendiéndose a medida que caía la noche. El aire entre ellos estaba envuelto en electricidad y Tyler se preguntó si ella aceptaría una invitación para cenar.

Ty no quería que este día terminara.

"No me estás presionando sobre esa historia", dijo finalmente Shannyn.

"Te lo dije. Me gustan las propuestas ganadoras." Él sonrió cuando ella se rió. "Me la contarás o no. Estoy bien con lo que decidas."

"¿Eres realmente tan paciente?"

"No, pero confío mucho en ti. Dijiste que me la contarías, así que esperaré. Lo harás cuando estés lista." Él podía sentir que Shannyn lo miraba, como si ella no pudiera entenderlo, y él se sintió aliviado de ser un poco interesante para una mujer que podía confundirlo por completo cuando quería.

"Yo conocí a Cole en mi último año en la universidad", dijo ella en voz baja, mirando por la ventana opuesta. Su voz era tensa y Ty se preguntó si él realmente quería conocer la historia o no. A él no le gustaba la sensación de que la reacción de Shannyn hacia Ethan involucraba a Cole. "Nos conocimos en una fiesta y simplemente conectamos. Él era impulsivo y enérgico, enamorado del mundo. Él parecía sincero y con los pies en la tierra, y cuando yo estaba con él, todo se sentía brillante y nuevo. Cuando él me besó, se sintió bien." Ty la vio marcar el borde de su bolso con la punta de un dedo. "Dormimos juntos esa primera noche y no creo que nos separamos mucho después de eso. Todo se volvió serio rápidamente. Quizás fue serio desde el principio. No lo sé. En una semana éramos inseparables. En un mes, habíamos decidido casarnos. Un mes después de la graduación, nos casamos y compartíamos un pequeño apartamento en Brooklyn."

Entonces, su noche juntos no había sido la primera vez que ella había sido impulsiva con la intimidad. Ty podía creer que fuera lo que fuera lo que había sucedido con Cole, Shannyn temía que ellos estuvieran en la misma trayectoria. "¿Cuál era su especialidad?"

"Biología. Él había hablado de la escuela de medicina, pero no entró y decidió enseñar en vez de eso. No podíamos permitirnos que los dos permaneciéramos en la escuela, así que yo trabajé y él fue a la universidad de profesores. Fue solo por un año."

"¿Qué hiciste tú?"

"Yo trabajé en una tienda de artículos de novias en Brooklyn. Mi mamá conocía al dueño y yo conocía el negocio. Ella me consiguió el trabajo. Era una buena tienda, era concurrida y yo trabajaba un montón de horas. Más que a tiempo completo, porque necesitábamos el dinero. Celebramos cuando Cole se graduó y consiguió un trabajo de inmediato." Ella guardó silencio, como perdida en los recuerdos.

"¿Tú fuiste a buscar tu título después de eso?"

"Ese era el plan, pero una vez que Cole consiguió un trabajo, él comenzó a soñar con el futuro. Habló de formar una familia y hacerlo más temprano que tarde, para que pudiéramos seguir el ritmo de nuestros hijos. Nos reímos de eso. Él dijo que sería más fácil, pero eso era mentira." Shannyn respiró hondo y habló en voz baja. "No fue nada fácil."

Ty condujo y esperó.

Finalmente, ella se aclaró la garganta y continuó. Entonces compramos la casa. Fue amor a primera vista para mí, pero él siempre quiso una casa más moderna. Él hizo un gran esfuerzo por convencerme, finalmente admitiendo que sería una gran casa para que los niños crecieran, que tendrían el tipo de infancia con la que todos soñamos. Entonces, la casa solo tenía mérito para él como un lugar para que los niños crecieran."

"No porque a ti te encantara", supuso Ty.

Shannyn negó con la cabeza. "Supongo que fue una bandera de advertencia."

"Otra. Tú abandonaste tus planes profesionales por los de él."

"Yo no lo pensaba de esa manera. Yo no pensaba que estuviera renunciando a nada. Yo pensaba que estaba jugando para el equipo. Incluso cuando... Ella frunció el ceño y guardó silencio.

"¿Incluso cuando?"

"Yo quería casarme en el Puerto de Harte, pero él quería casarse antes, con menos complicaciones." Ella se aclaró la garganta y su tono revelaba que esa decisión era más importante de lo que ella quería hacerle creer a Tyler. "Fuimos al ayuntamiento"

"Apuesto a que tu mamá estuvo decepcionada."

Shannyn asintió con la cabeza y su tono fue neutral cuando ella habló. "Fue años antes que ella me dijera que había estado haciendo mi vestido de novia para mí."

Ay. Cole realmente había arruinado eso.

"Esperaré para ver la parte en la que él cede", dijo Ty agriamente, adivinando que Cole nunca cedía en nada.

Shannyn se giró para mirarlo, pero él mantuvo sus ojos fijos en la carretera. "Tendrás que esperar un rato" dijo ella tranquilamente.

"Eso es lo que pensé." Ty sabía que eso sonaba duro pero a él no lo importó. Su urgencia por saber lo que había hecho Cole era mayor que nunca, y Shannyn apenas había comenzado su historia.

"Yo tuve tres abortos en dieciocho meses", confesó ella y él se sorprendió una vez más. "Mi médico dijo que yo era joven, y que eso no era motivo de preocupación. Yo tengo un útero invertido, ella dijo que eso lo hacía difícil pero no imposible. Ella sugirió que lo siguiéramos intentando. Ella pensó que el estrés podría ser un factor, así que Cole insistió en que yo renunciara a mi trabajo." Ella recuperó el aliento. "Desde ese momento cada faceta de mi vida era sobre quedar embarazada. ¿Qué época del mes era? ¿Cuál era mi temperatura? ¿Cuáles eran las mejores posiciones para concebir? ¿Qué ducha vaginal debía usar para asegurar la germinación? ¿Qué debería comer? ¿Qué no debería comer? La voz de Shannyn se elevó. "Todo era acerca de quedar embarazada. Era de lo único que Cole y yo hablábamos, y era el elefante en la habitación cuando no lo hablábamos. Cuando yo tuve otro aborto, Cole nos buscó una consulta para consejos sobre fertilidad."

Sin siquiera preguntarle a ella. Ty sabía que nada que el dijera sobre todos en el equipo contribuyendo a una decisión no sería bienvenido, y que absolutamente nada de lo que él dijera podría detener la historia de Shannyn.

"Fueron tres años y medio de infierno", dijo ella. "No hay otra palabra para eso. Es intrusivo y desgastante, eso destruye la intimidad y la espontaneidad de tu relación, y cada fallo te lleva a sentirte más inútil incluso que el polvo. Es caro también, es por eso que no hay seguro por la casa, Gastamos cada centavo."

"¿Nadie podía ayudarte?"

Ella sacudió su cabeza. "Mi mamá no tenía dinero para prestarnos y yo no se lo hubiese pedido. Ella tenía que hacerse cargo de tu propio retiro y seguridad social."

"Trabajadora por cuenta propia y viuda."

"No creo que la familia de Cole tuviera ningún dinero para prestarnos tampoco, pero no importaba porque él no les diría lo que estábamos haciendo. Él lo veía como un fracaso y no había nadie más aliviado que Cole cuando los doctores dijeron que el problema era yo."

Ty se puso tenso pero él se mordió la lengua.

"Así que, nosotros seguimos el protocolo y gastamos el dinero, y cada vez que no había buenas noticias, las cosas se ponían un poco peor entre nosotros. Finalmente, la inseminación artificial funcionó y concebimos gemelos."

"Eso suenan como buenas noticias."

"Sí y no. Era de alto riesgo, y eran en realidad dos placentas separadas. Ellos devolvieron muchos óvulos fertilizados y dos funcionaron."

"Así que no eran gemelos idénticos."

"Hermanos parecidos." Ella se encogió de hombros. "De cualquier manera, pasa a menudo." El tono de Shannyn era cuidadosamente neutral y Ty se preparó para la próxima parte de la historia. "Cole estaba encantado. Yo me sentía tan mal que lo estaba menos." Ella tragó. "Entonces, en uno de mis ultrasonidos, el técnico no pudo encontrar el segundo latido."

Ty se agarró con más fuerza al volante.

"Yo no estaba tan avanzada. Cuatro meses. Un bebe había muerto y el útero hizo lo suyo. Ellos trataron de salvar a la otra, pero ella también fue sacada, y era demasiado pequeña para salvarla. Ella murió tan pronto como la sacaron."

"Lo siento", dijo Ty cuando ella se quedó en silencio otra vez.

"Gracias. Yo estaba devastada. Cole estaba decidido a volver a la fertilización otra vez, tan pronto como fuera posible, pero yo no podía volver a pasar por eso. Peleamos como nunca habíamos peleado antes. Fue horrible. No estuvimos de acuerdo sobre nada nunca más"

Shannyn suspiró y Ty una vez más tuvo que aceptar que había algo que él no podía arreglar por ella, sin importar cuanto quisiera hacerlo.

"Al final, se suponía que fuéramos a casa de mi mamá el fin de semana. Era el cumpleaños de ella. Cole llegó a casa del trabajo y solo dijo que él no iría. Él no me miraba a los ojos. Nos paramos en lados opuestos de la cocina, él hablando hacia la tostadora y yo hablando hacia la nevera. Yo estaba tan cansada y decepcionada que no intenté hacelo cambiar de idea. Yo en realidad estaba deseando acabar con lo que fuera en lo que se había convertido nuestro matrimonio." Ty la vio agarrar su bolso con más fuerza. "Yo tomé el tren a casa de mi mamá y éramos solo nosotras dos. Lloré mucho. Me sentía mejor cuando regresé, lista para pelear otra ronda, solo porque alguien me había escuchado." Shannyn se quedó en silencio entonces,

"Pero él se había ido", adivinó Ty.

"¿Cómo lo supiste?"

"Premonición." Él le dio una mirada, casi sonriendo.

Shannyn ni siquiera intentó sostener su mirada. Ella miró abajo hacia su bolso y Ty supo que a ella le dolía incluso recordar el abandono de Cole. "Había una nota en el mostrador de la cocina, justo donde él había estado parado, junto con sus llaves. Los muebles se había ido y también el auto. La nota decía que si yo quería conservar la casa podríamos llegar a un acuerdo. Él dijo que él había contratado al abogado. Y eso fue todo"

Qué idiota.

CATORCE

El auto se quedó en silencio después de que Shannyn terminó su historia. Era extraño, pero ella se sentía mejor por haberla compartido. Más ligera, como si ella hubiera estado llevando una carga sobre sus hombros y finalmente la hubiera soltado.

Realmente era demasiado fácil hablar con Tyler. Shannyn se secó los ojos y revisó su delineador de ojos, luego se arriesgó a mirar en dirección a Tyler.

Él estaba tenso y su boca estaba en una línea sombría. Él debió haber sentido la mirada de Shannyn de reojo porque habló sin mirar en su dirección en absoluto. "¿Cuánto tiempo estuvieron juntos?" Las palabras fueron breves y precisas.

"Siete años."

"¿Y él ni siquiera tuvo el valor de mirarte a los ojos y decirte adiós?" Tyler cambió de marcha, con fuerza, mientras el corazón de Shannyn se hinchaba.

Él era tan protector. Era bastante dulce, pero innecesario.

"No lo entiendes", explicó ella. "Yo no tuve hijos. Yo no le di lo que él quería. Al final, él no me amaba lo suficiente como para quedarse conmigo cuando yo ni siquiera lo intentaría de nuevo. Él lo vio como una falta de fe."

"Yo también, pero en tu matrimonio, no en tu fertilidad."

Shannyn negó con la cabeza. "No, no es eso. Todo es una transacción. Siempre lo ha sido y siempre lo será. Cole demostró que incluso el amor, o lo que la gente elige llamar amor, también es una transacción. Si no puedes darle a tu pareja lo que quiere, se marchará."

"Qué mierda", dijo Tyler mientras se detenía en el camino de entrada. Él apagó el auto y se giró para mirar a Shannyn. "Ustedes estaban casados", dijo él, su tono enfático. "Ustedes eran compañeros. Eso significa que tenían que trabajar juntos por objetivos comunes. Tenían que consultarse entre sí. Ayudarse el uno al otro. Abrazarse cuando las cosas no van bien y celebrar juntos sus triunfos. Eso es lo que significa ser un equipo."

"Él quería tener hijos."

"Él te quería a ti primero."

"Aparentemente, solo para poder darle hijos. Cuando no pude hacer eso, ya no me quiso."

El tono de Tyler era feroz. "Entonces él era, y probablemente todavía lo es, un idiota y tú te mereces algo mejor." Él era tan vehemente, tan seguro, y Shannyn no podía dejarlo pasar.

"¿Te ofreces como voluntario?" preguntó ella, con la intención de burlarse de él, pero eso no salió del todo bien.

"¿Y si lo hiciera?" Él bajó la voz y sus ojos se oscurecieron, su mirada se posó en la boca de Shannyn. Shannyn sintió una reacción perfectamente predecible a esa mirada provocadora.

"Entonces te diría que lo olvides", dijo ella, sabiendo que ella estaba hablando con más determinación de la que sentía. "Te recuerdo que tenemos un acuerdo y nada más que eso."

"¿Y no hay nada más que quieras?" preguntó él suavemente. "¿No hay otro trato que quieras negociar?"

Shannyn sabía que lo había y decidió pedirlo. "Sexo otra vez", dijo ella rápidamente, antes de que pudiera cuestionar su impulso. "Pero esta vez rápido y duro."

"¿Qué estuvo mal la última vez?"

"Nada. Solo quiero saber qué se siente cuando te sueltas, cuando no solo se trata de que mantengas el control y te lo tomes con calma." Él la estaba mirando con tanta atención que ni siquiera parpadeaba. Shannyn se estiró a través el auto para susurrarle al oído. "Quiero saber cómo es que me desees y me tomes."

Él contuvo el aliento y miró hacia otro lado, su garganta moviéndose. "¿Por qué?"

"Siento curiosidad."

Tyler negó con la cabeza. "No. Suena peligroso, como si pudieras salir lastimada." Él le lanzó una mirada interrogativa. "¿Es eso lo que realmente quieres?"

"No, y no saldría lastimada."

"Soy mucho más grande que tú."

"Pero eres un buen tipo. Nunca me harías daño." Shannyn se congeló al darse cuenta de lo que había dicho. Ella le había dado la razón para marcharse, sin la intención de hacerlo.

Y eso era todo. Él tomaría su victoria y se iría.

Pero Tyler se limitó a sonreír, su satisfacción era clara.

Shannyn respiró hondo. "Ahí tienes. Misión cumplida. Me has hecho cambiar de opinión sobre ti y lo he admitido." Ella se acercó a la puerta del auto, pero Tyler le puso la yema del dedo en el brazo.

"Eso no es realmente todo, ¿verdad, Taz?" preguntó él en voz baja y ella se sorprendió de que usara su apodo. "Solo estás tratando de alejarme, y no va a funcionar tan fácilmente."

"Pero..."

"Creo que te han lastimado y estás asustada y eso es justo." Él colocó la yema de un dedo sobre los labios de Shannyn, deteniendo su corazón y silenciándola con un suave toque. "Algo realmente bueno está sucediendo aquí. Algo que no se parece a nada que yo haya tenido antes. ¿No quieres ver adónde va? "

Shannyn le apartó la mano. "No va a ninguna parte."

"¿Está segura?"

"Soy positiva. Es solo una novedad. Estás visitando mi barrio, por así decirlo, y volverás al tuyo cuando te aburras."

"¿Qué pasa si nunca me aburro?"

"Creo que lo harás."

"¿Por qué? ¿Te aburrirás tú?"

Shannyn separó los labios, pero luego no pudo mentir. "No", admitió ella en voz baja. "Ni de cerca."

Él sonrió levemente. "Ni de cerca", repitió él como si ella hubiera hecho una gran concesión. Él pasó las manos por el volante, eligiendo claramente sus palabras con cuidado, tal vez decidiendo cuánto decirle. "Esto es lo que pienso", dijo él finalmente. "Creo que sientes la misma atracción eléctrica que yo siento, y que quieres hacerlo rápido y duro para poder fingir que es solo sexo deportivo." Él se giró para encontrarse con la mirada de Shannyn, su propia mirada de conciencia. "Creo que tienes miedo de hacer el amor, mirarme a los ojos, quizás dejarme ver que no se trata solo de placer."

Shannyn se quedó sin aliento y no se le ocurrió nada que decir. Ella estaba perdida en su intensa mirada.

"Así que tengo un desafío para ti", continuó Tyler en ese tono suave y persuasivo. "Podemos hacerlo rápido, pero solo si lo hacemos lento después de eso. Llámalo comparar y contrastar."

Dos veces.

Pero era solo sexo.

Ella podía hacer eso y, lo que es más importante, ella quería hacerlo.

Shannyn sentía que Tyler no estaba seguro de lo que ella haría, y la tentación de sorprenderlo era demasiado para resistirse.

Tomada su decisión, ella se acercó y le pasó la yema del dedo por la boca, viendo cómo se oscurecían sus ojos. "Está bien", dijo ella. "Rápido y duro primero, en la encimera de la cocina."

"Está bien", dijo él, y salió del auto tan rápido que Shannyn se estaba riendo cuando él abrió la puerta.

"¿Motivado?"

"Me gusta ganar", dijo él con una sonrisa arrogante. "Hagamos esto."

RÁPIDO Y DURO en la encimera de la cocina.

Por mucho que a Ty le gustara tomarse las cosas con calma y saborear a Shannyn, por mucho que él quisiera hacerlo durar, había algo emocionante en su desafío. Si ella lo quería rápido, él se lo entregaría, para que nunca volviera a tenerlo mejor. Ella buscó a tientas las llaves hasta que encontró la que iba en la cerradura, y él se las quitó de la mano, abrió la puerta y la condujo al interior.

Él bajó el tapiz de la puerta y cerró las cortinas. "Si va a ser así, tienes que estar mojada."

"Lo tengo cubierto", dijo ella, con un hilo de humor en su voz.

Ty se giró para encontrar que Shannyn se había quitado el vestido por la cabeza y lo había arrojado hacia una silla de la cocina mientras él miraba. Ella llevaba lencería, lo que él no esperaba. Su corsé era de encaje azul marino y satén, con ligas que se extendían hasta la parte superior de encaje de sus medias. Eso la hacía parecer más pequeña y delicada, su piel lucía clara contra el encaje oscuro. Sus pechos estaban acurrucados en copas de encaje y él podía ver los pezones a través del encaje. Ty podía oler su excitación, que tenía que ser la esencia más seductora de la historia. Ty no creía que él hubiera estado tan duro en su vida.

Ella lo miraba mientras pellizcaba sus propios pezones, con expresión juguetona, luego los hizo rodar entre el dedo y el pulgar.

"Ese es mi trabajo", dijo él, quitándose la chaqueta y lanzándola en dirección general a la mesa de la cocina. Con un movimiento suave, él sujetó a Shannyn contra el mostrador y reemplazó las manos de ella con las suyas. Sus pezones ya estaban duros y él era un poco rudo con ellos, su toque la hacía gemir. Ella guió el anillo de su pulgar hacia un pezón y lo frotó por el apretado pico, sosteniendo su mirada mientras separaba los labios y jadeaba. Ty captó la indirecta y siguió atormentándola con el borde del anillo mientras le tomaba la cabeza con la otra mano y la besaba con fuerza. Fue un beso exigente y posesivo, un reclamo, y su corazón dio un vuelco cuando Shannyn lo encontró a mitad de camino. Ella envolvió una pierna alrededor de la de él y tomó su rostro entre sus manos, deleitándose con su boca, usando sus dientes y lengua para llevarlo a una furia de necesidad.

Ty se sentía como un hombre hambriento al que se le ofreciera un festín. Cada sonrisa que ella le había dado, cada mirada juguetona, cada lágrima y cada confesión del día lo habían atrapado en una red de la que no quería escapar. Él quería a Shannyn, como ella lo quería a él, y ahora él la quería a ella.

Cuando él se inclinó para tomarle el pezón con la boca, succionándolo con fuerza y rozándolo con los dientes, ella le susurró con voz ronca. "Me gusta cómo se siente la lencería. Me hace sentir desnuda debajo de mi ropa." Ella le pasó los dedos por el pelo con rudeza, arqueando la espalda mientras sus palabras la volvían loca. "Me hace sentir caliente y excitada."

Ty enmarcó el rostro de Shannyn entre sus manos y capturó su boca en un beso que podría durar para siempre. Él la soltó, sin reprimir su deseo en absoluto, profundamente satisfecho por la verdad de Shannyn. Las manos de Shannyn estaban en su cabello, agarrándolo, atrayéndolo más cerca, exigiendo más. Su boca estaba abierta para él, su lengua se movía contra la de él y su aroma lo rodeaba, lo seducía, lo atraía. Ty quería comérsela hasta que ella gritara, pero ella no soltó su cabeza y él entendió que ella realmente lo quería rápido y fuerte.

Él la hizo retroceder con más fuerza contra el mostrador, aplastándola contra él, disfrutando cómo ella se retorcía de satisfacción. Él nunca dejó de besarla, su necesidad coincidía con la de ella. Ella lo rozó con los dientes, sus manos se deslizaron debajo de su camisa para pellizcar sus pezones antes de desabrocharle el cinturón. Él sintió sus pantalones caer y deslizó las manos sobre ella, con los dedos abiertos y las palmas planas contra sus muslos, saboreando el suave calor de su piel. Las ligas estaban debajo de sus bragas, como ella si lo hubiera planeado, y comprender eso encendió a Ty. Shannyn hizo un pequeño ronroneo cuando él enganchó sus pulgares debajo de sus bragas. Él las empujó hacia abajo con una suave caricia, dejándolas alrededor de sus tobillos y capturando su boca de nuevo. Él sintió que ella las pateaba mientras la levantaba sobre la encimera sin romper el beso.

Entonces él dio un paso atrás para quitarse los zapatos y apartar los pantalones de una patada. Su corbata y camisa fueron descartadas y él sacó un condón del bolsillo de su pantalón, volviéndose para observarla mientras se lo ponía.

Su expresión se volvió malvada y ella suspiró con tolerancia fingida. "Sólo hay un problema con los hombres bien vestidos."

"¿Qué es eso?"

"Demasiada ropa." Shannyn sonrió y luego extendió las rodillas, apoyando un talón en el borde del mostrador para mostrarse ante él. El corazón de Ty se detuvo cuando ella se tocó a sí misma.

"Ya no." Él alisó el condón y luego volvió a pararse entre las rodillas de ella. Shannyn envolvió sus piernas alrededor de su cintura, pero Tyler desabrochó la espalda de su corsé, un gancho a la vez.

"¿No te gusta la lencería?"

"Me gusta más la piel", dijo él, deslizando su pulgar por sus pezones desnudos. Ella echó la cabeza hacia atrás y él volvió a juguetear con su anillo, solo porque a ella le gustaba. "Me gusta sentir tu piel contra la mía." Shannyn se echó hacia atrás, apoyando las manos en el mostrador detrás de ella y arqueó la espalda cuando él terminó de desnudarla. Ella era tan hermosa, tan apasionada, tan perfecta.

Cuando ella se quedó usando solo sus medias, él la tomó de la nuca con una mano y la besó.

"No tan rápido después de todo", se burló ella y Ty la acercó más. Él la levantó y luego se enterró profundamente dentro de ella de un solo golpe.

Shannyn jadeó e hizo un pequeño gruñido de satisfacción. "Tan grueso", susurró ella. "Tan duro." Ella giró las caderas y se meció un poco para que Ty contuviera el aliento.

Ella estaba tan caliente, tan apretada, tan resbaladiza que él tuvo que apoyar la frente en su hombro durante un minuto para recuperar el aliento. Su corazón latía con fuerza, pero él quería que eso durara un poco más. Shannyn le besó la oreja, moviendo su lengua contra su lóbulo, prendiéndole fuego con una facilidad predecible. Él se inclinó para tomar un pezón con la boca, succionándola mientras él comenzaba a moverse, amando cómo ella envolvía sus piernas y brazos alrededor de él y lo sostenía con fuerza.

Ella estaba jadeando contra él y podía sentir que su clítoris estaba duro. Él la inclinó hacia atrás y puso su pulgar entre ellos, asegurándose de poder provocarla.

"Sólo quieres que grite", acusó ella sin aliento.

"Las dos veces", estuvo de acuerdo él y rozó el borde de su anillo contra ella.

"Mis inquilinos se enterarán", jadeó ella.

"Bien", dijo Ty y ella se rió, hasta que él se movió más rápido y ella tembló con una necesidad que él compartía. Él se movió más rápido y más fuerte, burlándose de ella, provocándola, amando cómo ella se retorcía, se estremecía y lo provocaba. En el momento en que ella gritó en su liberación, él fue justo detrás de ella, enterrándose dentro de ella por última vez con tanta fuerza que los platos tintinearon en los armarios. Y Shannyn se rió, abrazándose contra él mientras temblaba con el poder de su liberación, luego presionó besos contra su hombro.

Ty se dio cuenta de que no importaba cuántas veces estuviera con Shannyn, siempre sería fresco y nuevo. Siempre sería una experiencia para saborear, siempre sería caliente y ella siempre lo sorprendería de alguna manera.

Y a él le gustó mucho la promesa en eso.

LO HICIERON LENTAMENTE en la ducha por segunda vez, dejando seco el tanque de agua caliente, y Shannyn tuvo que admitir que cuanto más lento era mejor. Tyler la atormentó por segunda vez, tal como lo había hecho la primera noche, llevándola al borde del placer repetidamente antes de liberarla. La provocación hizo que el orgasmo fuera mucho más poderoso, tanto que las rodillas de Shannyn temblaban mientras ellos se secaban. Ella se sentía apreciada y lánguida, y demasiado bien para preocuparse por los peligros futuros.

"¿Crees que el local de tapas abra los domingos?" Preguntó Tyler. Él estaba recogiendo su traje y sacudiéndolo. "Los pequeños y lindos sándwiches solo llegan hasta cierto punto."

Shannyn le dio una percha, lo que lo hizo mirar en su dirección con sorpresa. "Tú me invitaste la semana pasada", dijo ella. "Es mi turno."

"¿Y qué significa eso?"

"Que te daré de comer para mantener tus fuerzas", dijo ella. "También te demostraré que puedo cocinar."

"Suena como una oferta que no puedo rechazar."

Ella le encontró a Tyler un par de pantalones cortos y una camisa de cambray de Aidan, luego se rió de él tan informal. Él se veía despeinado y accesible, más joven pero igual de sexy. Él colgó su traje, luego fue a encontrarse con ella en la cocina descalzo. No importa lo que él vistiera, parecía de un millón de dólares, y cuando él le pasó la mano por la espalda, ella estaba lista para tenerlo de nuevo.

"Eso huele increíble", dijo él, dándole un beso en la nuca.

"Es solo un plato rápido, pero la pasta es casera."

"¿Pasta hecha en casa? Sigue."

Shannyn se rió de su sorpresa. "La gente hace pasta."

"Nadie que yo conozca."

"Ese chef la hace. Apostaré por eso."

"Sabes a lo que me refiero."

"Es realmente fácil. Solo necesitas un poco de paciencia."

"¿Por qué molestarse?"

"Verás por qué lo hago en unos minutos. Lo prometo." Ella se arriesgó a mirar en su dirección, sabiendo lo fácil que sería acostumbrarse a tenerlo cerca. Como solía ser el caso, ella terminó por confesarle demasiado. "Tomé todas las clases de cocina mientras esperaba que maduraran los huevos y todo eso. No tenía nada más que hacer."

"Como yo ahora mismo. Dame un trabajo. Aprendo rápido."

Shannyn se rió y sacó una bolsa de verduras mixtas de la nevera. "¿Harías una ensalada?"

"Eso está dentro de mis capacidades." Tyler se puso a trabajar, lavando los vegetales. Shannyn había dejado a un lado un cuenco grande y le dio una botella de aderezo casero. Cuando él terminó, lo dejó sobre la mesa y encendió las velas que ella ya había sacado. Ella lo sintió mirando a su alrededor.

"Sin vino. Lo siento."

"No te preocupes." Tyler regresó para verla terminar la salsa, su calor cerca detrás de la espalda de Shannyn. La mano de Tyler aterrizó en la parte posterior de su cintura y su pulgar hizo ese círculo que estaba empezando a volverla loca. "¿Qué es?"

"Se llama Pasta de medianoche. Puedes hacerla rápidamente si tienes los ingredientes en la despensa. Cebolla, ajo, anchoas, alcaparras, aceite de oliva, hojuelas de ají, un poco de perejil, parmesano fresco si lo tienes." Shannyn se encogió de hombros. "Es flexible. Le he puesto sobras de pollo antes, pero pierdes."

"No difícilmente", murmuró él con una risa, haciéndola sentir cálida de nuevo. Él sonrió cuando ella le lanzó una mirada y Shannyn supo que su corazón se había detenido. "Huele fabuloso, como algo que incluso yo podría hacer."

"Fácil, fácil." Shannyn lo sirvió y adornó los platos con parmesano recién rallado. Se sentaron y Tyler vertió agua con gas en las copas de vino.

Él frunció el ceño y ella lo vio mirar por el pasillo. Él miró y Shannyn sonrió, sabiendo quién estaba haciendo su entrada.

"El gato esquivo", supuso él.

"Fitzwilliam", dijo Shannyn. Ella se levantó y puso un poco de anchoas en el plato para gatos, pero Fitzwilliam permaneció sentado en el pasillo. Él observaba a Tyler con abierta sospecha.

"¿Cuál Fitzwilliam?" preguntó él.

"Orgullo y prejuicio."

"Lo sé, pero ¿cuál?"

Ella miró hacia arriba. "¿Disculpa?"

"¿Fitzwilliam Darcy o el coronel Fitzwilliam?" Tyler dio un mordisco y cerró los ojos, saboreando, mientras ella miraba. "Guau. Esto es realmente bueno. Gracias."

"De nada." Ella sonrió. "¿Importa eso?"

"Por supuesto que importa. Cuál inspiró el nombre me lo dirá todo."

"¿Todo?"

"Todo."

"Es una perspectiva aterradora."

"No te ves muy asustada."

"Realmente tienes las referencias de Austen al pie de la letra."

Él levantó cuatro dedos y sonrió cuando ella se rió. "Ver Orgullo y prejuicio es el tónico universal para todos los problemas, románticos, financieros, lo que sea. Creo que conozco las líneas de Darcy mejor que Colin Firth."

"Fitzwilliam Darcy", admitió Shannyn. "Ahora, ¿qué deduces de eso?"

"Bueno, le pusiste el nombre del noble inquietante que mantiene bien ocultas sus inclinaciones románticas y que los demás lo juzgan mal." Tyler cogió un mordisco. "Esto es asombroso", murmuró él, luego asintió. "A diferencia del encantador militar, que al final demuestra ser egoísta." Él cogió otro bocado y pareció elegir sus palabras. "Se podría argumentar que el que parece un imbécil estirado y engreído al principio demuestra ser el mejor hombre y el hombre adecuado para Elizabeth." Él le lanzó una de esas miradas letales a Shannyn. "Ella lo había entendido todo mal."

"No, él cambió por ella, tal vez para ella."

"Exactamente, pero ella no pudo ver su potencial al principio."

Sus miradas se cruzaron y se sostuvieron sobre la mesa, y Shannyn recordó el desafío de Tyler. ¿La gente realmente cambiaba? Ella no estaba convencida, pero estaba tentada de averiguarlo.

Entonces hubo un aullido de queja, y una cola ondeando apareció en la puerta.

"Pescado en el plato", le dijo Tyler a Fitzwilliam, indicando el plato.

El gato pronunció un soliloquio sobre su descontento con la situación.

"Es muy hablador."

Shannyn sonrió. "Oh, él tiene mucho que decir. Es el señor de la mansión y lo sabe." Ella se disculpó y se levantó para abrir una lata de comida para gatos, luego puso un poco en el plato del gato. Cuando ella lo dejó sobre la alfombra, Fitzwilliam se acercó, a un metro de distancia de Tyler y del cuenco. Él se sentó allí, con los ojos entrecerrados, considerando la situación, y Shannyn dudaba que él aprobara a otro hombre en su territorio.

"¿Más botines de guerra?" preguntó Tyler cuándo Shannyn volvió a sentarse.

"No. Lo conseguí cuando los vecinos se mudaron. Lo dejaron atrás."

Él se quedó paralizado en el acto de tomar otro bocado. "¿Abandonaron una mascota?"

Shannyn asintió, evitando su mirada. "Él estaba escondido debajo de su porche. No es un gato de la calle, así que tenía hambre. El otro vecino llamaría a la SPCA para capturarlo. Yo sabía que, dado que él era un adulto y no un gatito, eso podría no terminar bien para él."

Ty la estaba mirando tan de cerca que a ella se le puso la piel de gallina. El hombre perdía nada. "Así que tú lo acogiste."

"Bueno, no fue fácil. Yo tenía que convencerlo. Me tomó alrededor de una semana e innumerables latas de atún. Sin embargo, una vez que se mudó, él comenzó a contármelo todo. No ha dejado de hablar desde entonces."

Fitzwilliam maulló como si estuviera de acuerdo y acechó su cena. Él se sentó como de costumbre, se envolvió con la cola y luego se inclinó para comer.

Shannyn era muy consciente de que Tyler la estaba mirando, evaluando su estado de ánimo.

"Supongo que algunas personas dirían que es solo un gato", dijo él finalmente.

"¿Solo un gato?" Shannyn repitió. "Él estaba abandonado y solo, con frío, mojado y hambriento, abandonado sólo porque no les convenía. ¿Qué clase de persona lo dejaría? Cualquiera que tenga un gato debe saber cuántos perros callejeros hay y cuántos de ellos están siendo sacrificados en los refugios. Eso estaba mal." Ella metió el tenedor en la pasta. "Fue perverso."

"Lo salvaste porque lo entendiste", dijo Tyler en voz baja.

Shannyn asintió. "Sé lo que es ser abandonado y olvidado, y no creo que nadie deba soportar eso, ni siquiera un gato."

"Lo suficientemente justo."

Como de costumbre, la forma en que él realmente la escuchaba la impulsó a admitir más. "Cuando fui a intentar sacar a Fitzwilliam de debajo del porche, él estaba aterrorizado. Me arañó la mano con tanta fuerza que necesité puntos. Pero yo lo entendía. Él había confiado en alguien que no había mantenido la fe. Lo habían traicionado. Él no quería tener la tentación de volver a confiar. Yo sabía exactamente de dónde venía él. Entonces, regresé de la sala de urgencias y me puse un par de guantes gruesos y regresé a ese porche, tan decidida a llevarlo a casa como él a quedarse allí."

"Quizás más", dijo Tyler. "Él está aquí."

"Él no iba a ir a un refugio para que lo mataran bajo mi supervisión."

Tyler miró hacia arriba, y Shannyn estaba tan sorprendida por la forma en que sus ojos brillaban que ella se quedó en silencio y lo miró fijamente. "Lo hice bien la primera vez", dijo él. "Feroz, idealista, romántica y muy, muy linda." Con eso, él dejó el tenedor, se inclinó sobre la mesa y besó a Shannyn hasta dejarla sin aliento.

Oh,

Se habían roto las reglas, las barricadas ardían y, por el momento, a Shannyn no le importaba ni un poco.

Y entonces sonó el teléfono de Tyler.

A SHANNYN le pareció que ella y Colleen estaban de acuerdo violentamente sobre las perspectivas de la relación de Shannyn y Tyler. Ni siquiera la distancia disimuló el sonido de la voz de Tyler alzándose con fastidio.

Cuando él regresó por el pasillo, se veía sombrío y se guardó el teléfono en el bolsillo de la chaqueta con un gesto despectivo. "Ahora, ¿dónde estábamos?" preguntó él, como si tuviera la intención de ignorar la interrupción.

Shannyn no lo ignoraría.

"Ella tiene razón, y lo sabes." Ella cruzó los brazos sobre el pecho como si eso fuera a hacer alguna diferencia para protegerla del atractivo de ese hombre.

"Ella no tiene razón", dijo Tyler. "¿Cómo se atreve siquiera a sugerir que tú y yo deberíamos romper? No es asunto de mi madre con quien salgo." Él se sentó y miró su pasta como si le hubieran echado a perder el apetito.

Sin duda, Shannyn lo había perdido. "Probablemente ella diría que tu felicidad es asunto suyo."

Él le dio una mirada atenta. "Ella lo dijo."

"Y tú le dijiste que ella estaba equivocada."

"Por supuesto que lo hice." Tyler estaba impaciente. "Las relaciones no se tratan necesariamente del matrimonio y los matrimonios no se tratan necesariamente de los bebés. Hay muchas opciones disponibles, incluida la búsqueda de lo que sea que haga felices a los involucrados."

"Tu mamá te conoce desde hace más tiempo que nadie."

Él exhaló. "Es verdad."

"Y tú podrías cambiar de opinión más tarde."

"No." Tyler era inflexible. "El punto es el compañero. Es la decisión que tomas lo mejor que puedes. Todo lo demás lo afrontas como viene, idealmente más fácil porque tienes a la persona adecuada respaldándote. Nadie sabe lo que depara el futuro. Nadie puede garantizar nada."

"Podrías haberle dicho que era una relación falsa."

Su mirada se cruzó con la de ella. "No creo que lo sea más", dijo él en voz baja y se inclinó más cerca, su intensidad hizo que el corazón de Shannyn saltara. "¿Qué pasa si estamos en algo bueno?"

¿Y si? Ella tenía que estar segura de que él nunca adivinaría lo tentador que era eso. "No seas ridículo. Simplemente te gusta el desafío de todo esto." Ella se apoyó contra el mostrador. "Y sabes, tienes razón. Me has convencido. Eres amable."

Él dio un paso atrás para inspeccionarla y Shannyn pensó que él se iría en unos minutos. "¿De qué estás hablando?"

"Ganaste. Triunfaste. Tuviste éxito en el desafío y estoy de acuerdo." Ella se frotó las manos. "Y ahora hemos terminado. Misión cumplida."

"¿Y no dejes que la puerta te golpee en el trasero?"

"Bastante."

Tyler la observó durante un largo momento. Entonces, él llevó su traje al baño y regresó, vestido para la guerra. Él se encogió de hombros y se puso la chaqueta del traje, con la mirada inquebrantable. Él la miraba como si intentara descifrarla.

Luego él dio un paso entre ellos y le sostuvo la mirada. "Estás tan segura de que te voy a defraudar", susurró él. "Pero me pregunto si tu verdadero miedo es que yo no lo haga."

"¿Qué?"

Tyler extendió la mano para tocar su barbilla con la yema del dedo. "Te desafío a que nos des una oportunidad. Ni siquiera faltan tres semanas para la boda de Katelyn. ¿Y si actuamos como pareja durante esas tres semanas? Y si no quieres hacerlo realidad después de eso, me iré sin una palabra de protesta."

"Vas a intentar hacerme cambiar de opinión."

"¿Puedes culparme?"

"Simplemente te gusta ganar."

"Me gusta construir sobre la base del éxito. Y creo que tienes miedo porque sabes tan bien como yo que hay algo especial entre nosotros."

"No tienes tiempo para una relación."

"Eso es lo que pensé, pero parece que estoy haciendo tiempo para ti."

"Te aburrirás."

"¿Por qué no averiguarlo con seguridad?" La yema del dedo de Tyler se deslizó a lo largo de su mandíbula en una lenta caricia, dejando un hormigueo caliente detrás de ella. "¿Por qué no me invitas a la boda de Kirsten, Shannyn? ¿De qué estás asustada?"

"¡De nada! Es porque yo haré las fotos. Estaré trabajando."

"Y yo seré padrino en la boda de Katelyn, así que sería justo." Él bajó la mirada para observar la punta de su dedo, que se deslizaba hacia la oreja de Shannyn. El pecho de Shannyn estaba apretado y ella se lamió los labios sin querer hacerlo. Ella quería inclinarse hacia su toque y sabía que si él clavaba sus dedos en su cabello, ella sería incapaz de resistirse. Su mirada se encontró con la de ella de nuevo. "¿Qué es lo peor que podría pasar?"

Shannyn podría volverse loca de nuevo y quedarse con el corazón roto de nuevo.

"Sobreviviste la última vez", susurró Tyler, como si hubiera leído sus pensamientos. "¿No crees que vale la pena correr el riesgo de nuevo?" Él se inclinó más cerca, su aliento contra la mejilla de Shannyn y sus labios tocando su oreja. "Acepta el desafío, Shannyn", murmuró él, sus palabras enviaron una punzada de deseo a través de ella. "Prometo hacer que valga la pena tu tiempo."

Y Tyler lo haría. Ella lo sabía.

Pero él no esperó su respuesta.

Quizás él sabía que ella tenía que pensarlo.

Quizás él creía que su rendición era inevitable.

Tyler giró y salió de la cocina, saliendo de su casa y regresando a su auto. Él se detuvo por un momento al lado del auto, dándole una de esas lentas inspecciones como si quisiera memorizar la vista de ella. Esa mirada envió calor a través de Shannyn, así como un anhelo de más, mucho más de los que ella ya tenía con él. Ella sabía que podría haber dado un paso hacia él y Tyler la habría encontrado a mitad de camino, pero se recordó a sí misma que era una tontería desear la luna.

Ella cerró la puerta y echó la llave, recostándose contra ella y luchando contra las lágrimas inesperadas. Ella tenía razón y lo sabía, entonces, ¿por qué se sentía mal dejar que Tyler se fuera?

Porque ella le había dado lo que él había dicho que quería. Ella había admitido que sabía que él era un buen tipo. Y él no había desaparecido. Él le había ofrecido la oportunidad de más.

Shannyn se mordió el labio, preguntándose si ella tendría el descaro de aceptar el desafío de Tyler.

Luego hizo lo único razonable: llamó y le pidió consejo a Kirsten.

SE PERFILABA COMO otra semana interminable y Ty sabía que era solo porque no había perspectivas de que él viera a Shannyn antes del fin de semana. Ella no llamó el domingo por la noche, como él esperaba, y no llamó el lunes. A medio camino pensó que ella podría encontrarse con él en la calle después del trabajo el lunes, pero no había ni rastro de ella. Él buscó. Trabajó en los libros para F5F esa noche, luego merodeó por su apartamento hasta que pudo nadar solo.

Hubo un rayo de sol cuando su teléfono sonó el martes por la mañana justo cuando él se dirigía al trabajo.

Shannyn.

"Estoy dentro", dijo ella cuando él respondió y Tyler sonrió ante su tono de júbilo. "He decidido aceptar tu desafío, con el apoyo de Kirsten. ¿Todavía estás preparado para eso?

"Por supuesto."

"Y hoy, planeo usar mis super poderes para el bien."

"¿Qué tiene que ver con el hallazgo de algo?"

"¿Sigues pensando en ayudar el sábado?"

"Claro que sí." La sonrisa de Ty se desvaneció. "Di mi palabra…"

"Eso pensé", dijo ella triunfante. "Y apuesto a que no tienes ropa ni botas de trabajo."

Ty miró calle abajo, preguntándose dónde estaba ella. Él tenía la clara sospecha de que ella podría estar más cerca de ahí que Brooklyn, y eso mejoró enormemente su estado de ánimo. "Tendrías razón en eso", estuvo de acuerdo él.

"Aidan dice que necesitarás una gorra de béisbol y un montón de camisetas, pero probablemente ya lo tienes cubierto, todas con bonitos logotipos de F5F."

También tienes razón en eso. ¿Eso me hace predecible? "

"¡Ni de cerca!" dijo ella y su sonrisa se ensanchó. "Dado que los martes son mi día de suerte para la búsqueda de tesoros, pensé en ayudarte, todo con el espíritu de trabajo en equipo."

"Las tiendas de segunda mano en la calle 23 al Este", supuso Ty, recordándolo.

Dime tus tallas, por favor, y saldré a cazar. Si encuentro algo, tal vez puedas probarte cosas en el almuerzo. Especialmente las botas."

"Espera un minuto. ¿Botas usadas?

Shannyn se rió. "En realidad, los zapatos son uno de los mejores hallazgos. Muchos de ellos están ahí porque la gente los compró y luego no les gustó el ajuste. Es sorprendente la cantidad de zapatos sin usar que esperan ser llevados a casa a precios de ganga."

Ty estaba asombrado. "Okey. No pensé en eso."

"Vamos. Tú eres el hombre con los planes ", bromeó ella.

Ty se arriesgó. "Siempre tuve planes y siempre funcionaron, hasta que llegaste tú."

"¿Qué significa eso?"

"Significa que trato de planificar todas las eventualidades, pero tú le das la vuelta a los mejores planes y me giras a mí al revés. Es el mayor desafío."

Ella no dijo nada por un momento. "No necesito que me arreglen", dijo ella entonces, su tono un poco a la defensiva.

"No, no es así. Me gustas tal como eres, pero me gusta arreglar las cosas y me gusta arreglar las cosas por ti. ¿Eso es un crimen?

"No. Es un poco dulce, en realidad." Shannyn suspiró. "Incluso amable."

Ty sonrió. "¿Voy a necesitar cargar una máquina de coser?" bromeó él en respuesta, y le gustó que ella se riera.

"No esta vez. Estoy concentrada." Ella habló con determinación, pero Ty no lo creyó por un momento. Si ella veía una gema, la agarraría y él se ocuparía de las complicaciones que pudiera traer. "Tallas, por favor."

"Almuerzo", respondió él.

"¿Cuánto tiempo de descanso tienes?"

"Lo que me tome comerlo. Hay un mercado con camiones de comida a la vuelta de la esquina. Podemos comer rápido allí."

"Está bien", dijo Shannyn como si fuera una gran concesión. Pero solo si encuentro algo. Yo te lo haré saber."

Y así, el día de Ty se veía mil veces mejor.

EN DOS HORAS, Shannyn lo tenía todo arreglado. Ella encontró dos pares de monos pesados, ambos en buen estado, ambos en la misma tienda. Había tres pares de botas, pero ella pensó que las que tenían puntera de acero, que estaban en la misma tienda de segunda mano que los monos eran la mejor oferta. Ella lo negoció para que le guardaran las mejores opciones que había encontrado durante dos horas, luego llamó a Tyler.

Ella lo esperó fuera de la tienda de segunda mano, y lo vio fácilmente cuando él apareció a grandes zancadas. Su pulso se volvió loco cuando su mirada se fijó en ella y él sonrió con esa pequeña sonrisa malvada que la hizo sonrojarse hasta los dedos de los pies.

Tentación, tu nombre es Tyler McKay.

¿Y si él tenía razón?

Era una posibilidad tentadora.

Él la abrazó y le dio un beso triunfante, dejando a Shannyn mareada. "¿y eso por qué es?"

"Te mereces una recompensa por aceptar el desafío", dijo él fácilmente. "Y yo me merecía una por no romper la regla número tres, dos noches seguidas."

Él le guiñó un ojo y le abrió la puerta de la tienda, luego la siguió al interior. Shannyn pudo sentir su curiosidad y vio que él estaba mirando a su alrededor. Más de un comprador lo observó y Shannyn sabía que muchos de ellos estaban evaluando ese traje. Él no se probó el mono, simplemente lo levantó y lo revisó, comprobando las costuras con tanta diligencia como Shannyn. Él era un comprador decidido y ella podía imaginarlo abriéndose camino a través de una boutique de hombres, eligiendo camisas y corbatas a la velocidad del rayo, y luego sacando su tarjeta dorada.

Tal vez él solo estaba motivado por el almuerzo. Eso usualmente aceleraba a Aidan.

Tyler se probó las botas, caminó un poco y se agachó. "Tienes razón", le dijo a Shannyn. "Estas funcionarán muy bien."

Él se lo llevó todo a la cajera y dejó su tarjeta dorada.

"¿Vas a vivir en los barrios bajos?" bromeó la cajera.

"Ayudando con el nuevo techo de mi novia", respondió Tyler con facilidad, sus palabras sorprendieron a Shannyn.

La cajera le guiñó un ojo. "¿primera vez arreglando un techo?"

"Sí." Sonrió él y Shannyn vio que la empleada estaba deslumbrada. "Estoy deseando que llegue."

"Vas a estar adolorido", dijo la mujer y Ty se rió.

"Probablemente. Pero cualquier cosa para hacerla feliz." Él le sonrió a la dependienta y recogió la bolsa, luego se dirigió a la puerta y al almuerzo. La dependienta lo vio irse, luego le dio a Shannyn un pulgar hacia arriba.

Cualquier cosa para hacerla feliz.

Era solo una línea memorizada, tenía que serlo, solo una actuación.

Y, sin embargo, Shannyn se sentía feliz. Ty extendió su mano y ella se apresuró a colocar la suya en la de él sin siquiera pensarlo. Él la llevó al mercado, sugiriendo que probaran los sándwiches banh mi para poder compararlos con los de ella el fin de semana. Él la hacía reír, como si ella realmente fuera su novia, y Shannyn no tenía la intención de arruinar el momento.

Quizás tres semanas con ese hombre valieran la pena de un corazón roto.

QUINCE

Kyle estaba apoyado contra la pared de la oficina de F5F mientras su madre lo regañaba una vez más. Era viernes por la noche y tenía una fiesta que animar en el club de baile. Él quería hablar con el DJ sobre la música antes de que abriera el club.

En cambio, lo había atrapado su madre, cuyas llamadas en su teléfono celular él había estado esquivando. Ella lo conocía lo suficientemente bien como para saber dónde encontrarlo el viernes por la noche.

Y Cassie era despiadada. Ella no lo había cubierto en absoluto.

Para eso estaban los amigos.

"Tu hermano es cinco años menor que tú, pero está casado y tiene un hijo y otro bebé en camino", dijo su madre por centésima vez ese mes. "Mis hermanas menores tienen tres nietos cada una. Kyle, quiero tener nietos mientras pueda disfrutarlos."

"Disfruta de los niños de Dave."

"¡Lo hago! Pero no se trata solo de mí. Se trata de ti, cariño. Necesitas tener a alguien en tu vida... "

"Mamá, te avisaré cuando conozca a la mujer adecuada."

"Lo sé, cariño, pero no estoy del todo seguro de que estés haciendo algo para conocer mujeres. Cada vez que hablo contigo, estás en el trabajo... "

"Es un gimnasio, mamá. Está lleno de mujeres." Kyle admiró a una mujer que pasaba junto a él de camino a la clase de yoga. Ella le dedicó una sonrisa coqueta y él le devolvió la sonrisa, disfrutando de la perspectiva hasta que ella se perdió de vista.

"Pero tal vez el tipo adecuado de mujeres no estén interesada en un instructor de fitness. Quizás necesites un trabajo mejor, cariño. Quiero decir, todo esto estaba bien cuando eras más joven, pero a las mujeres puede que no les resulte atractivo. No quiero insultarte, Kyle, pero las mujeres tienen que ser prácticas. Si van a tener hijos y se quedarán en casa con ellos, necesitan un hombre que pueda mantenerlas... "

"Mamá, hay tantas suposiciones en esa oración, que ni siquiera sé por dónde empezar."

"¿Suposiciones?"

Kyle hizo una mueca ante el tono de su madre.

Ahora él estaba acabado.

"¿Cómo es una suposición que la mujer a la que ames y con la que te cases querrá tener hijos, o que tendrán muchos hijos, o que ella naturalmente querría pasar sus años de formación con ellos?"

"Bueno, son tres suposiciones, mamá."

"Si quieres decir que la fertilidad puede convertirse en un problema cuando una mujer tiene más de treinta años, entonces tienes razón, cariño, y esa es una razón de más para tomar en serio la búsqueda de esposa y compañera..."

"Mamá, tengo que ir a dar una clase."

—Mentiroso —murmuró Cassie cuando pasó a su lado.

Kyle le hizo una mueca y ella sonrió.

"Bueno, piénsalo, Kyle. Recogí algunos folletos en la universidad local sobre la mejora de habilidades que creo que podrían ser interesantes para ti... "

"Gano suficiente dinero, mamá."

"Suficiente dinero para ti no es lo mismo que suficiente dinero para mantener a una familia, Kyle. Créeme. ¡Lo sé!"

Su madre no tenía idea de cuánto dinero ganaba Kyle y él no se lo iba a decir. California no estaba tan lejos como para que ella no pudiera imponerse a él con poca anticipación e inmiscuirse en su vida social.

"Trabajo, mamá. Me tengo que ir."

Y eso es otra cosa. Realmente necesitas empezar a pensar en tu propia salud, cariño. Todo este ejercicio parece excesivo a tu edad... "

"¡Adiós, mamá!"

Kyle terminó la llamada, sintiéndose tan molesto como después de cada llamada telefónica que había tenido con su madre en los últimos diez años. Él exhaló de manera constante y lenta, usando algunos de los ejercicios de respiración que enseñaba para calmarse.

"¿Cuándo te vas a casar, cariño?" se burló Cassie, interrumpiendo sus pensamientos con su perfecta imitación de su madre. "No te estás haciendo más joven."

"Eso es lo que escuché", dijo Kyle. "Ella cree que necesito ganar más dinero para mejorar mi atractivo para las mujeres."

Cassie se rió con tanta fuerza que una lágrima se abrió paso. Pobre Kyle. Vivir en los barrios bajos de la gran ciudad por un salario mínimo cuando podrías volver a capacitarte para ser "—ella buscó una ocupación adecuada para él—" ¡un plomero con licencia! "

"¿Viste las facturas de los arreglos? No subestimes su poder adquisitivo."

"No puedo imaginar que te ensucies. Eso podría arruinar tu cabello."

Kyle se rió a su pesar. "Ella nunca se da por vencida."

"Ella probablemente quiera nietos. La mío los quiere."

"Ella tiene nietos. Dave está trabajando en ese punto."

"La mía no", dijo Cassie con un suspiro y un movimiento de cabeza.

"¿Qué le dices de todos modos?"

"¿Acerca de?"

"De tu trabajo."

"Que trabajo en un gimnasio privado, dando clases de ejercicios para ejecutivos."

"Bueno, eso es cierto. Es más o menos lo que yo digo, pero ella actúa como si todavía estuviera dando clases de salvavidas de verano en la universidad."

"Supongo que no hiciste eso por el dinero."

"Yo les habría pagado." Kyle puso un puño sobre su corazón. "Enseñando resucitación boca a boca a una docena de muchachas hermosas al mismo tiempo. Esos eran los días."

Cassie se rió de nuevo. "Es curioso cómo las cosas no cambian, ¿no?"

Damon se detuvo al salir. Él llevaba puesta la chaqueta y Kyle se sorprendió de que él todavía estuviera en el club. Después de todo, eran casi las seis. "¿Es la broma lo suficientemente buena para compartirla?"

"Nos quejamos de nuestras madres", dijo Cassie y Damon apretó la boca. "¿Qué le dices a la tuya?"

"¿Acerca de?" Damon siempre era difícil de leer, pero parecía particularmente cauteloso con Kyle. Él también parecía tener prisa.

Natasha debía estar esperando.

"Sobre el amor y el romance, el matrimonio y los nietos", dijo Kyle, convirtiéndolo en una broma.

"Le dije hace años que era gay."

Kyle estaba asombrado.

"¡No!" Cassie protestó en estado de shock. "¿Quién iba a creer eso?"

"Mi mamá, evidentemente", dijo Damon.

"¿En serio?" Preguntó Kyle. "¿Dejaste que incluso tu mamá pensara eso?"

"Bueno, ella estaba a mitad de camino. Ella tenía una revista con un artículo "¿su hijo es gay?" Y la había dejado en la mesa de café. El tipo tranquilo con pocos amigos en la escuela era una de las posibilidades." Damon se encogió de hombros. "Simplemente le dije eso. Parecía más fácil."

Kyle se pasó una mano por el pelo. "No creo que valga la pena. No creo que yo pudiera decirle a nadie que soy gay."

Cassie puso los ojos en blanco ante eso.

"Ya ella no pregunta por los nietos", señaló Damon. "Y nadie en su círculo de amigos intenta arreglarme una cita."

"Eso no es poca cosa", dijo Cassie. "Las personas que eligen cuando me arreglan una cita." Ella sacudió su cabeza. "A veces da miedo."

"Profundamente aterrador", coincidió Damon. "Yo estaba motivado para encontrar otra solución."

Si Kyle se fuera a casa en Navidad sin llevar una cita, todos entrarían en acción. "¿Cuál era el nombre de esa revista de nuevo?" preguntó él, ya pensando en ofrecerse a trabajar durante las vacaciones.

Cassie y Damon se rieron a carcajadas.

"Theo está trabajando contigo esta noche, cierto", le dijo Cassie a Kyle y él asintió.

"Gracias a Dios que somos dos. ¿Vienes?" Kyle le preguntó a Damon, quien negó con la cabeza. "Por supuesto que no", continuó Kyle, respondiendo a su propia pregunta. "Siempre dices que tienes una cita el viernes por la noche y creo que es una mierda. Me estás dejando todo el trabajo a mí."

"Es todo el trabajo que quieres", señaló Cassie.

"Natasha debe estar esperando", dijo Kyle.

"¿Celoso?" bromeó Damon.

"No, escéptico. Probablemente solo digas eso porque te deja sin trabajar un turno de fin de semana, dejándome más cosas que hacer mientras estás con Natasha."

"Estás celoso", respondió Damon.

"¿Pero no va a arruinar tu historia de portada perfecta cuando le cuentes a tu mamá sobre Natasha?"

Su compañero se alejó. "Tal vez tal vez no. Te veo en la mañana." Él se despidió con la mano y salió con un propósito, Cassie haciendo coincidir los pasos con él. Ty estaba cruzando el vestíbulo, luciendo tan decidido que Kyle sabía que era mejor no pedirle que hiciera un turno en el club. Él habló con Damon y Cassie cuando pasaron, luego fue directamente a ver a Jax en la oficina, pidiéndole un resumen.

"Todo trabajo y nada de juego", se burló Kyle mientras Ty se dirigía a la sala de conferencias, obviamente con la intención de trabajar, pero Ty solo lo miró y cerró la puerta detrás de él.

Kyle y Theo estaban solos.

Y el DJ estaría esperando esas sugerencias de música. El mejor tipo de trabajo, en opinión de Kyle, era un trabajo que se sintiera como un juego, y con el club él tenía mucho de eso.

. . .

TY LLEGÓ temprano a la casa de Shannyn el sábado. Había un contenedor de basura al lado del camino de entrada y dos plataformas de tejas nuevas al lado del porche. También había un dosel al lado del garaje, con algunas sillas de jardín y una mesa. Ty supuso que esa era su zona de descanso. Él saludó a Aidan, que estaba inspeccionando la casa con una taza de café en la mano, y salió para ponerse sus botas nuevas, nuevas para él.

Derek se detuvo detrás de él y estacionó, luego miró el Porsche. "¿El próximo trabajo es arreglar el garaje?"

Ty se rió. "No soy yo quien define las prioridades."

"Aun así", concluyó Derek y Ty no discutió. Derek presentó a Paul, un adolescente larguirucho que aparentemente no hablaba mucho. "No reconocerás a Ty si alguna vez lo vuelves a ver", le dijo Derek a Paul. "Es un tipo de traje y corbata. De hecho, deberíamos documentar este momento." Él tomó un par de fotos con su teléfono, luego Shannyn salió de la casa.

Ella parecía tan feliz que Ty no pudo evitar sonreír.

Ella se acercó directamente a él, y él esperaba que no todo fuera una actuación cuando ella se estiró para besarlo. "Advertí a mis inquilinos y decidieron irse el fin de semana", dijo ella y él se dio cuenta de que ella también tenía su cámara. "Entonces, puedes hacer todo el ruido que necesites."

"Excelente", dijo Derek y colocó a Ty en un arnés. Paul descargó escaleras y las apoyó con Aidan contra la casa. Derek le entregó a Ty un par de guantes gruesos y una herramienta de aspecto desagradable. "Primero hay que desprender las tejas viejas. Intentemos hacer eso antes del almuerzo."

"¿Salvaremos las canales de desagüe?" Preguntó Aidan. "¿Y las uniones de impermeabilizante?"

"Lo intentaremos. Yo echaré un vistazo y lo diré entonces. ¡Vamos a empezar!" Derek negó con la cabeza. "Cuanto antes esté hecho, antes podré bajar a Paige del cielo raso."

Ty se rió y se pusieron manos a la obra.

Fue la última vez que él se rió en mucho tiempo. Tyler no esperaba que fuera tan difícil.

· · ·

SHANNYN TOMÓ fotos del techo antes y de algunos de los muchachos, haciendo algunas fotos a Tyler cuando él no estaba mirando. La mejor fue puro bizcocho, cuando los muchachos salieron a almorzar. Tyler fue a su auto y se cambió la camiseta, se bajó la parte superior de su overol y se quitó la camisa empapada. Su cabello estaba mojado y despeinado, y a ella le recordaba a esas fotos de bomberos en el calendario. Él se secó el sudor, se puso otra camisa y aceptó una botella de agua de Aidan, echando la cabeza hacia atrás para beberla.

Derek estaba claramente decidido a burlarse de él cuando los muchachos entraron en la cocina de Shannyn para cargar sus platos para el almuerzo. "Ahora sabes lo que es trabajar para ganarse la vida", le dijo él a Tyler, quien le sonrió a Shannyn.

"Voy a dormir como un muerto esta noche."

Será mejor que pongas una alarma. Volveremos también mañana temprano." Hicieron una pausa para observar el buffet y Shannyn nombró todo.

"Hoy es italiano. Albóndigas, panes, pimientos y cebollas salteadas, pimientos picantes, salsa extra, mozzarella o provolone. Jalapeños porque a Aidan le gustan en todo." Los muchachos se rieron. Ella le hizo una seña a Aidan, sabiendo que él sería el ejemplo. Él llenó su plato, creando dos sándwiches de albóndigas que desbordaron la capacidad de los panes.

"Maldita sea", dijo Derek, luego le dio a Tyler un puñetazo en el estómago. "Vas a engordar por aquí."

"No si hay más trabajos como este", dijo él. Se rieron de nuevo antes de servirse. Paul comió incluso más que Aidan, pero Shannyn pensaba que él era lo suficientemente joven como para tener una pierna hueca. Tyler se detuvo con su plato antes de seguir a los otros muchachos, luego empujó a Shannyn hacia el mostrador. Sus ojos brillaban cuando se inclinó para susurrarle al oído.

"Finge que te gusto", susurró él. "Y déjame darte las gracias por el almuerzo." Tyler la besó antes de que ella pudiera discutir y Shannyn no tuvo que fingir ni un poco. Derek y Aidan silbaron desde el patio trasero, pero Tyler los ignoró, tomándose su tiempo.

"¿Asegurándote de que mis bragas se derritan?" preguntó ella cuando él levantó la cabeza.

"Asegurándome de que consideres las posibilidades."

"Deberías quedarte", sugirió ella impulsivamente.

"Gracioso. Yo esperaba que dijeras eso."

"Sólo por las apariencias."

Tyler arqueó una ceja, lo que lo hizo lucir malvado. "¿Solo por eso?"

"Aidan dormirá en la sala de estar", reprendió ella. "No necesita tanta información sobre mi vida."

Tyler se inclinó para acariciarle la oreja. "No parece un sofá muy grande el de tu sala de estar, ciertamente no es lo suficientemente grande para que Aidan y yo lo compartamos, además no creo que nos conozcamos lo suficientemente bien como para eso."

Shannyn sonrió y rozó sus labios con los de Tyler. "Tienes que dormir en mi cama, conmigo, por las apariencias."

"Qué destino tan terrible", murmuró él y le devolvió el beso.

Shannyn se rió. "Podrías pensar que sí. Mi cama es mucho más pequeña que la tuya."

"Creo que sobreviviré. Bésame como ahora como si lo quisieras de verdad", dijo él y Shannyn lo hizo.

AL FINAL DEL DÍA, Shannyn vio a Tyler despedirse con la mano mientras Derek salía del camino de entrada y lo vio pasar una mano por su cabello. Incluso vestido con ropa informal, él parecía lujoso. No había nada áspero en él, aunque él había trabajado tan duro como los otros muchachos en el techo. Él tenía una quemadura de sol en la parte posterior del cuello y los antebrazos, y ella sabía que nunca lo había visto con una mancha de suciedad en la piel. Él se veía lo suficientemente bueno como para comérselo, en opinión de Shannyn, sus músculos estaban flexionados y su camiseta estaba húmeda, y sus ojos se iluminaron cuando ella le abrió la puerta de la cocina.

"¿Por qué no te duchas mientras yo preparo la cena?" sugirió ella y él sonrió.

"Nos gustaría." Él golpeó a Aidan con el puño en broma, quien le siguió el juego un poco, y Shannyn volvió a cortar las cebollas en cubitos.

Ella no pudo evitar pensar en Tyler en la ducha, el agua corriendo sobre él, y deseó que Aidan desapareciera.

No tendría tanta suerte.

Su versión de la piccata de pollo fue bien recibida y Tyler quedó claramente impresionado. Los tres lavaron los platos juntos y Shannyn estaba segura de que Aidan saldría en busca de cerveza.

En cambio, él volvió a sentarse a la mesa y le habló a Tyler. "Shannyn dijo que eres un tipo de dinero, ¿verdad?"

Tyler le lanzó una mirada a Shannyn y ella se preguntó si él estaba recordando su descripción de la relación de Aidan con el dinero. "Finanzas. Sí."

"¿Puedo hablar contigo entonces? ¿Cómo una consulta profesional? Hay algo que quiero hacer y no estoy seguro de cómo empezar."

"Okey." Tyler se sentó frente a Aidan. "¿Qué es lo que quieres hacer?"

"Abrir una cervecería."

Shannyn parpadeó ante la primera expresión de cualquier tipo de ambición de su hermano.

"¿Por qué?" Preguntó Tyler.

"Porque es una gran idea", dijo Aidan con una sonrisa. "Porque el mundo necesita más cerveza y más cervecerías." Él asintió. "Todo lo que necesito es un inversor para que eso suceda, así que te pregunto cómo hacerlo."

Tyler frunció el ceño y se aclaró la garganta. "Está bien, tienes una opción aquí", dijo él y Aidan se inclinó un poco hacia adelante. "La opción A es que puedo decirte que es una gran idea y que debes hacerlo, y habremos terminado."

Incluso Aidan escuchó la advertencia en el tono de Tyler. "¿O?"

"O puedo hacerte preguntas, preguntas que realmente podrían ayudarte a que esto suceda. La opción B probablemente sea mucho menos alegre"

"¿Por qué?"

"Tú tienes una idea. Millones de personas tienen millones de ideas todos los días, y muchas de ellas son buenas. Eso no significa que incluso una pequeña fracción de ellas se convierta en realidad, y mucho menos que alguien invierta en esas ideas."

Aidan hizo una mueca. "Vas a convencerme de que no lo haga."

Tyler negó con la cabeza. "No lo haré. Es tu idea y tu elección. Pero si realmente quieres seguir adelante, puedo mostrarte lo que necesitas saber para que suceda."

"Okey. Estoy escuchando."

Shannyn se apoyó en el mostrador para escuchar. La casa parecía realmente silenciosa ahora que el martilleo en el techo había terminado. Ella podía escuchar música del patio trasero de alguien y el distante zumbido del tráfico, y se sintió satisfecha y llena de emoción. Esa parecía ser su reacción habitual cuando Tyler estaba cerca. Ella lo observó mientras él hacía lo que mejor sabía hacer.

"Lo primero que necesitas cuando solicitas una inversión es un plan de negocios. Debes responder a todas las preguntas."

"Yo puedo responder preguntas."

"Pero en mi experiencia, los bancos no hacen preguntas. Si ellos no creen que el plan de negocios sea sólido, simplemente dicen que no y ese es el final de la discusión."

Aidan se enderezó. "Okey. ¿Qué incluye un plan de negocios? "

Tyler miró a su alrededor y Shannyn adivinó lo que él estaba buscando. Ella le dio papel de la impresora y un bolígrafo. Él escribió "¿quién?" Y luego miró a Aidan. "¿Por qué tú?"

"Porque soy yo quien tiene la idea."

"Pero, ¿qué te convierte en el mejor candidato para abrir una cervecería?"

"¿Porque quiero hacerlo?" Había una pregunta en la voz de Aidan.

"Eso es bueno, pero no es suficiente. ¿Qué sabes sobre la gestión de una cervecería, por ejemplo? ¿Sabes cómo hacer cerveza? ¿Sabes cocinar o llevar un restaurante? ¿Tienes alguna experiencia en la gestión de una empresa? "

"Voy a aprender", comenzó Aidan, pero Tyler negó con la cabeza.

"Necesitas ofrecer pruebas."

"Pero esta no es una solicitud de empleo", protestó Aidan. "Mi experiencia no debería importar tanto como mi idea."

"Tu experiencia es lo único que importa cuando es el único activo que tienes", dijo Tyler. "Estás pidiendo dinero. Tu experiencia debe estar en tu plan de negocios, en un apéndice, y todas las referencias deben ser verificables. No te limites a buscar trabajo en una cervecería: averigua qué trabajos necesitas para obtener la experiencia necesaria para dirigir una cervecería."

"Eso va a tomar un tiempo."

Tyler asintió. Él escribió algunas preguntas más en la hoja de papel: ¿Por qué? ¿Dónde? ¿Qué lo hace diferente? ¿Quiénes son la competencia? Luego le dio la vuelta a la hoja de papel y se la pasó a Aidan con el bolígrafo. Aidan comenzó a tomar notas. Shannyn no podía recordar la última vez que él había querido algo lo suficiente como para perseguirlo.

"Okey. Puedo conseguir un trabajo en una cervecería y aprender cómo funciona."

"Entonces, tendrás experiencia y credenciales por haber trabajado en una cervecería. ¿Cuál sería una prueba aún mejor de que podrías hacer cerveza? "Preguntó Tyler. " ¿Qué probaría que puedes hacerlo solo?"

"Hacerlo, pero es por eso que necesito el dinero..."

"Pero es más probable que obtengas el dinero si puedes demostrar que puedes hacerlo."

Aidan alzó las manos. "Entonces, no tiene sentido..."

"Por supuesto que lo tiene", dijo Tyler. "¿Cómo puedes demostrarlo? Piensa fuera de la caja. Entre no tener instalaciones y administrar una cervecería artesanal exitosa, hay pasos incrementales. Detállalos y haz una lista de lo que necesitas para lograr cada uno. ¿Puedes conseguir un trabajo como asistente de un maestro cervecero? ¿Puedes comenzar a preparar algunos lotes pequeños aparte? ¿Puedes alquilar equipo para preparar tu propia cerveza? Debes pasar de nunca haber elaborado cerveza, a dominar las habilidades para hacerla, a tener evidencia de que puedes hacerla."

Aidan asintió.

"Y entonces podrías responder a mi segunda pregunta."

"¿Esa era solo la primera pregunta?"

Tyler sonrió. "¿Sabes cómo vender cerveza?"

"¿Qué tan difícil puede ser?"

Tyler negó con la cabeza. "Necesitas demostrar que puedes construir una marca desde la nada. Necesitas un logo, un sitio web, algunos bares que sirvan tu cerveza, blogs que hablen de tu cerveza. Necesitas clientes y necesitas rumores. Eso irá mucho mejor si el banco ha oído hablar de ti antes de que entres por la puerta."

Aidan tomó más notas. "Me estás obligando a iniciar este negocio sin ninguna inversión", se quejó él.

"Ese sería el mejor plan, entonces nadie es dueño de una parte del resultado."

Shannyn vio que se encendía la luz proverbial.

Tyler dio la vuelta a la hoja, luego trazó una línea de tiempo. "Entonces, fase uno, consigue un trabajo en una cervecería y trabaja duro. Aprende cada trabajo."

"Lo que significa que probablemente sea una operación pequeña", dijo Shannyn.

"¿Dos años? ¿Tres? Eres aprendiz del maestro cervecero, haces conexiones, aprendes tu oficio."

"Entonces alquilo un fermentador", dijo Aidan, asintiendo.

"Si puedes. ¿Cuánto tiempo se tarda en hacer un lote de cerveza? "

"Un par de semanas. Depende. Digamos que un mes del grano al barril."

"¿Cuánto tiempo llevará venderlo?"

"No lo sé."

"El primero será el más difícil, porque no tendrás muestras para dar."

"A menos que primero haga un lote en un fermentador más pequeño", dijo Aidan, tomando el bolígrafo para tomar más notas. "Supongamos que puedo venderlo en un mes, mientras se prepara el siguiente lote."

"Muy bien. Sé conservador y planea venderlo en dos meses."

"¿Y si lo vendo más rápido?"

"Es un buen problema para tener, pero también necesitas una solución."

"Quizás la empresa para la que él trabaje tenga estrategias que Aidan pueda aprender", dijo Shannyn.

"¿Y luego compro mi propio fermentador?"

"Yo esperaría hasta que tuvieras suficientes ventas para necesitar un segundo fermentador. Intenta obtener una opción con el primero para renovar el contrato de arrendamiento hasta por un año, tal vez incluso más. Luego, averigua dónde colocarás el primer fermentador que compres."

"Junto con todos los demás equipos. Necesitaré un edificio." Aidan sonrió. "Estaba pensando en la casa de Cedric en el puerto de Harte..."

"¡Un edificio!" dijo Tyler bruscamente. "¿Y comprarlo directamente? Eso es mucho capital."

"Tú lo hiciste con Flatiron 5 Fitness", señaló Shannyn.

"Porque no teníamos otra opción. Necesitábamos agarrar un sitio cuando pudiéramos y era difícil balancearnos. También teníamos algo de efectivo. ¿En el Puerto de Harte hay un mercado inmobiliario de moda? Si no es así, tal vez puedas hacer un trato por parte del edificio, tal vez con una opción posterior de compra."

"No importa cuánto ahorre, me quedaré sin dinero rápidamente de esta manera." Aidan estaba escaneando sus notas con el ceño fruncido. Shannyn se alegró de verlo pensando en todo el desafío.

"Tal vez te den la opción a cambio de otra cosa. Un barril cada sesenta días."

"Lo entiendo."

"Sé creativo", le dijo Tyler a Aidan. "El dinero es lo más difícil de conseguir. Siempre puedes trabajar más duro o dedicar más horas. Puedes negociar por lo que necesites. Tu hermana es buena en eso." Él le lanzó una sonrisa a Shannyn. "Simplemente consigue todo por escrito. Siempre que hagas un trato, quieres poder demostrar exactamente cuáles son los términos, en caso de que alguien intente cambiarlos."

Aidan se reclinó y examinó sus notas. "Esto es un montón de trabajo."

Tyler bostezó. "Es por eso que tantas grandes ideas nunca llegan a nada."

Aidan no parecía disuadido. "Cuando tenga un plan de negocios, ¿lo mirarías?"

Tyler parpadeó sorprendido. "Seguro."

"Serán un par de años."

Tyler le entregó a Aidan una de sus tarjetas. "No voy a ninguna parte."

Aidan le ofreció la mano. "Gracias. Ni siquiera había pensado en la mayoría de estas preguntas."

"Me alegra ser de ayuda." Tyler se puso de pie y miró hacia la ventana hacia la oscuridad que caía. "Será mejor que duerma un poco. Tengo la sensación de que la mañana llegará temprano." Él se acercó a Shannyn y la besó. "Gracias por el almuerzo y la cena", dijo él en voz baja, mirándola a los ojos.

"Gracias por hacer realidad mi techo."

Él sonrió, solo un poco, y le pasó la punta del dedo por la boca antes de volverse para dirigirse a su dormitorio.

"¿Puedo usar tu computadora?" preguntó Aidan con entusiasmo. "Tengo mucho trabajo por hacer."

Shannyn guardó las últimas ollas, no queriendo parecer demasiado excitada por meterse en la cama con Tyler, luego dejó a Aidan trabajando en su computadora. Fitzwilliam estaba dormido en ese teclado cuando ella abrió la puerta y encontró a Tyler profundamente dormido en su cama.

Ella sonrió, se desnudó y se puso un camisón, luego se acomodó en la cama junto a él. Él se dio la vuelta, acurrucándose detrás de ella, el peso de su brazo alrededor de su cintura y su aliento en su cabello.

Shannyn se atrevió a creer solo por esta noche, luego se durmió con una sonrisa en los labios.

TY NO QUERÍA ABRIR los ojos.

Él solo quería que ese momento se prolongara hasta la eternidad.

Él estaba en el dormitorio de Shannyn. No había duda con su suavidad acurrucada contra su costado y su cabeza en su brazo, su aliento abanicaba su mano. Su cama era más pequeña y blanda que la de él, pero Tyler no tenía quejas. Él quería quedarse allí para siempre, abrazándola mientras dormía.

Luego quiso hacerle el amor mil veces más.

Y mil después de eso.

Él podía oír pájaros, que era otra pista de que no estaba en su apartamento en el centro la ciudad. Había sonidos débiles de tráfico, pero nada como en la ciudad. Su casa crujía un poco cuando el horno se encendía y los radiadores de agua caliente se calentaban, pero era maravillosamente serena.

Ty sintió la convicción de que estaba exactamente donde debería estar, que ese era su hogar. Él pasó su mano a lo largo de Shannon y ella se acurrucó más cerca, lo que lo llevó a sonreír al reconocer por qué se sentía de esa manera.

Después de todo, el hogar estaba donde estaba el corazón.

Incluso si le dolía en lugares en los que ni siquiera se había dado cuenta.

Y tomaría otro día terminar el techo. Él se había ido a la cama en calzoncillos y camiseta y se había quedado dormido antes de que Shannyn se le uniera. Él ni siquiera sabía cuándo ella se había ido a la cama, pero ella estaba acurrucada contra él. A Ty no le importaba si había sido por las apariencias o porque no había ningún otro lugar donde dormir. Él se estiró y gimió un poco, sabiendo que tendría que hacer algunos estiramientos para calentarse antes de volver a subir al techo.

Pero aun así, Tyler no habría estado en ningún otro lugar del mundo.

Tyler rodó sobre su espalda, tratando de no molestar a Shannyn, y un peso aterrizó con fuerza en su pecho, expulsando el aire de sus pulmones.

Sus ojos se abrieron de par en par justo cuando le dieron un golpe en la barbilla. Fitzwilliam estaba sentado sobre su pecho, sus ojos verdes brillando en la penumbra. Ty vio ese exuberante movimiento de la cola, luego Fitzwilliam extendió la mano y le dio una palmada en la barbilla de nuevo.

Esta vez, él puntualizó lo que obviamente era una solicitud con un aullido de queja.

Al parecer, el gato había superado su timidez.

Shannyn se acercó un poco más, frotando su trasero contra él de una manera muy excitante. Ty miró hacia abajo para ver una misteriosa sonrisa curvar sus labios y supo que ella era muy consciente de lo que estaba haciendo.

Ella se dio la vuelta y deslizó una mano sobre él, sus dedos se cerraron alrededor de su erección con una seguridad que lo hizo recuperar el aliento. Cuando ella lo miró, sus ojos brillaban y él sabía que ella iba a meterse con él.

Él no podía esperar.

"Y ahí está la tercera cosa que echo de menos", susurró ella, su tono pícaro. "Erecciones matutinas que exigen atención inmediata." Ella le dio una caricia que le hizo olvidar sus dolores y molestias, luego se sentó. Ella se estiró, dándole una vista tentadora cuando se quitó la camisa de dormir. El sexo por la mañana es lo mejor."

Ty pudo haber tomado eso como una invitación, pero escuchó a Aidan llegar al baño por el pasillo. "¡Buenos días Vietnam!" rugió Aidan en una muy mala imitación de Robin Williams, luego golpeó la puerta del dormitorio. "Levántense y brillen, gente. Hay mucho trabajo por hacer."

La decepción de Ty debió de mostrarse porque Shannyn se rió de él mientras alcanzaba su bata. Ella le lanzó un beso y luego se fue a la cocina, con Fitzwilliam caminando con confianza detrás de ella. Ty se quedó mirando al techo durante un largo momento, lo que no hizo casi nada para frenar su reacción al toque de Shannyn, dado que las sábanas olían como la piel de Shannyn.

Ella lo empujaba. Ella lo provocaba y lo desafiaba. Quizás era estratégicamente el momento de retroceder. Ty había dejado clara su opinión, él había sugerido el desafío, pero Shannyn todavía no lo había invitado a la boda de Kirsten. Si ella solo quería sexo y un techo nuevo, entonces ya habían terminado. Ty quería más. Mucho más.

Él quería lo que solo ella podía dar, pero su relación no podría volverse real si Shannyn no quería más también.

Era hora de desafiarla a hacer un movimiento.

Él tenía el día para planificar la mejor manera de hacerlo.

ERA el domingo por la tarde cuando Shannyn tomaba fotografías de la tripulación cansada y su trabajo. El techo se veía increíble. Paul limpiaba el jardín mientras Aidan ayudaba a Derek a subir las escaleras. Ella le pagó a Derek por las tejas y miró furtivamente a Tyler. Algo estaba pasando y ella quería saber qué era. Él había sido silencioso pero educado todo el día, como si estuviera esperando algo. Shannyn se acercó a él y le pasó una mano por el brazo, observando cómo él se giraba para sonreírle.

"¿Qué ocurre?"

"No tengo una invitación para la boda todavía", dijo él, inclinándose para besarla como si no pasara nada.

"Creo que es una mala idea."

"Creo que no estás entrando en el espíritu de este desafío", respondió él. "Si todo lo que quisieras fuera sexo, yo podría haberlo conseguido sin tener que matarme para ayudar con un techo." Él se apartó un poco para estudiarla. "Pero tal vez un techo fuera realmente todo lo que querías de mí. Y ya. Todo arreglado." Él sostuvo su mirada por un momento en desafío y Shannyn no supo qué decir.

"¿No crees que somos demasiado diferentes?"

"Sigues diciendo eso, como si estuvieras tratando de convencerte de que es verdad." Él se inclinó más cerca, con la mirada todavía hirviendo. "Yo ya estoy convencido de que tenemos todo lo importante en común."

"¿Cómo?"

"Los dos somos románticos. Ambos somos idealistas. Ambos nos tomamos nuestro tiempo para comprometernos, pero lo hacemos con todo. Ambos protegemos a quienes amamos, cueste lo que cueste. ¿Cómo estoy hasta ahora?

"Te lo estás tomando como un desafío para hacerme cambiar de opinión."

"¿Por qué estarías tan preocupada por eso, si estuvieras segura de que yo no podría tener éxito?" preguntó Tyler suavemente, su mirada penetrante.

Shannyn expresó su peor temor. "¿Qué sucederá cuando superes todos los desafíos? Ningún desafío significa que no hay interés."

"¿Qué pasa si perdemos la oportunidad de algo especial porque no te arriesgas?" contraatacó él en voz baja. "Yo no me engaño. Estás asustada, Shannyn, porque te desafío a que te arriesgues conmigo, en esto, y no lo harás. Demasiado para vivir el momento y seguir los impulsos."

"¡A eso me refería!" protestó ella, aunque su acusación tenía un sentido traicionero.

"Solo dentro de ciertos parámetros. Tú eres más reacia al riesgo que yo, irónicamente porque te he estado escuchando."

Antes de que ella pudiera responder, Tyler fue a empezar a cargar los muebles en la camioneta de Derek. A Derek le tomó tres viajes esta vez, porque Shannyn insistió en empacar todo con más cuidado. Ya ella había fotografiado las piezas renovadas para mostrárselas a su madre. Ella fue junto con Derek y Paul, y tomó algunas fotografías del deleite de Paige mientras los muchachos descargaban las primeras piezas. Entonces Paul terminó por el día, y Derek condujo de regreso a su casa. Tyler regresó con él esta vez, luego Derek regresó solo para tomar la última carga.

Arreglaron los muebles y concluyeron el trato, dejando a Paige extasiada. Ella era muy consciente del silencio de Tyler a su lado cuando Derek los llevó de regreso a su casa, y supo que la discusión no había terminado. Ella esperaba que Aidan se hubiera ido a tomar una cerveza cuando ellos regresaran, pero él estaba sentado en el porche, esperando.

En lugar de tener la oportunidad de hablar con Tyler, o agradecerle de una manera muy terrenal, lo observó mientras él tomaba sus cosas y empacaba su auto. Él le dio la mano a Aidan y luego se volvió para irse sin siquiera tocarla. "Nos vemos el miércoles", le dijo a Shannyn, su mirada intensa. "Y prometo actuar como si fuéramos extraños."

Parecía que él ya estaba haciendo eso. Shannyn no podía pensar en qué decir para cambiar las cosas y Tyler no esperaría para averiguarlo.

"Agradable, Taz", dijo Aidan cuando Tyler salió de su coche. "Realmente agradable."

"Pensé que él se iba a quedar."

"¿Le preguntaste?"

"No pero..."

"Es un buen tipo, Taz. Podrías hacerlo peor, y bueno, lo has hecho."

"Gracias por eso. Supongo que tienes hambre de nuevo."

Pero Aidan se paró con un propósito. "Tengo hambre, pero iré a buscar una cerveza"

"¿No podías haber hecho eso hace una hora?" le preguntó Shannyn, pero él solo se despidió con la mano y salió a la calle.

Y ella estaba sola una vez más, aparentemente triunfante sin nadie para celebrarlo.

Pero Tyler estaba equivocado, ella no era reacia al riesgo.

. . .

TY ESTABA ATASCADO en el tráfico, de regreso a la ciudad, cuando su teléfono sonó. Su mamá. Él no estaba de humor para ser diplomático, pero él supuso que era de dejar lo inevitable atrás.

"Si mamá." Ty sabía que él sonaba impaciente, pero su madre tenía ese efecto en él.

"Tyler, Derek nos envió algunas fotos de todos ustedes trabajando en la casa de Shannyn este fin de semana y estoy impactada por el cambio en tu apariencia."

"¿Lo estás?"

"Esta muchacha te está cambiando, querido, y tú no lo ves..."

"No creo que probar algo nuevo sea tan terrible, mamá."

"Bueno, yo no estoy de acuerdo. Shannyn es una opción inapropiada, querido. Tú podrías tener un enamoramiento con ella, pero ella no podrá hacerte feliz."

"Ella sí me hace feliz." insistió Tyler, incluso mientras reconocía que ese momento en particular era una excepción.

"Pero Tyler, ¡no puedes tener una relación seria con una mujer que no quiere hijos! ¡Y ella tiene un tatuaje!"

"En realidad tiene dos."

"¡Tyler!"

"Mamá, ¿tú no decías siempre que la cosa más importante era que nosotros cinco fuéramos felices?

"Por supuesto, querido, pero sé que tú quieres una familia..."

"¿Tú hubieras sido feliz con papá si no hubieran tenido hijos?"

"No es lo mismo. Yo solo quiero que tú pienses en las implicaciones, Tyler..."

"Y a mí me gustaría que te mantuviera al margen, mamá", dijo Ty firmemente. "Yo creo que has dejado tus reservas en claro, pero en realidad, no son tan pertinentes", Su madre se quedó en silencio y él supo que ella estaba impactada", Yo realmente aprecio tu contribución, pero creo que yo soy mejor juez de lo que me haría feliz, Shannyn me hace feliz, así que tendrás que acostumbrarte a ella."

Antes de que su madre pudiera discutir de nuevo, Ty terminó la llamada y arrojó el teléfono al asiento del pasajero. No era de extrañar que

Shannyn creyera que la gente la quería solo por lo ella podía hacer por ellos.

Él estaba comenzando a preguntarse si era incluso posible hacerla cambiar de opinión sobre eso.

¿Sería Shannyn el primer desafío que él perdiera?

La idea era molesta, pero él no pudo deshacerse de ella una vez que lo pensó. A Ty no le gustaba fracasar. A él no le gustaba rendirse. A él no le gustaba admitir que había algo que él no pudiera arreglar. Él vio una oportunidad de avanzar y cambió de carril, haciendo una mueca cuando escuchó el metal crujir.

Lo que él necesitaba era un nuevo plan. Él apretó los dientes y salió del auto para hablar con el otro conductor y ver cuán grave era el daño.

COLLEEN SE QUEDÓ MIRANDO el teléfono de la cocina después de que colgó, Su primogénito nunca le había hablado así. Tyler siempre había sido un muchacho educaado y respetuoso, no es que él nunca hubiera estado en desacuerdo con ella, es solo que él se lo guardaba para sí mismo cuando lo estaba. Él nunca la había desafiado así antes.

Era culpa de esa muchacha...

"Te ves triste" dijo Jeffrey mientras entraba en la cocina. "¿Va a llover en la boda después de todo?"

"Es tu hijo", dijo ella.

"Me parece recordar que tú también tuviste tu parte en su concepción." Dijo él ligeramente.

"Yo estaba tratando de advertir a Tyler sobre tener algo serio con Shannyn y él me dijo que me mantuviera al margen. ¿Qué significa eso siquiera?

"Significa que es demasiado tarde."

"¿De qué estás hablando?"

Jeffrey fue a pararse a su lado mientras se servía una taza de café. Sus maneras serenas eran completamente opuestas a la agitación de Colleen. Él rellenó la taza de ella también, como si no hubiese nada mal en absoluto. "¿Viste su expresión cambiar cuando tú atormentaste a Shannyn con Ethan?"

"Ethan no es un tormento. Él es un bebé maravillo..."

Jeffrey la miró a los ojos y arqueó una ceja.

"No lo vi", admitió Colleen. "yo estaba mirando a Shannyn."

"Yo estaba mirando a Ty", admitió Jeffrey, poniendo crema en el café de ella, la cantidad exacta. "Y yo creo, mi amor, que tú tendrás que hacer las pase con las implicaciones de esta mujer singular en la vida de Tyler",

"¿Por qué?"

Jeffrey sonrió y chocó su taza contra la de ella y salió de la cocina.

Colleen se quedó mirándolo mientras se daba cuenta de lo que él había querido decir. "¡Tú crees que él está enamorado de ella!"

"Yo sé que lo está. Sin embargo si él ya lo sabe, mucho menos si ella lo sabe, es un asunto diferente, pero si tú fueras una mujer inteligente", Él hizo una pausa en la puerta para sonreírle. "Y yo sé que lo eres, Colleen",

"Los halagos no te llevarán a ninguna parte."

"No son halagos si son la verdad." Respondió Jeffrey. "Quédate fuera de esto, Colleen. No puedes ganar."

"Pero tú sabes que él solo será feliz con una familia",

"Yo no sé eso. Yo sospecho que él solo será feliz con Shannyn, si él realmente está enamorado."

"Y ella tiene un tatuaje. ¡Dos dice él!"

"¿No te acuerdas de haberle enseñado a nuestros hijos a mirar más allá de la superficie?"

Colleen frunció el ceño. "Nosotros podríamos..."

"Quédate fuera de esto." La voz de Jeffrey se endureció como rara vez lo hacía y ella sabía que decía hacerle caso. "Tú solo lo forzarías a elegir, y ningún hombre de valor escoge a su madre sobre la mujer que ama."

"Pero..."

"¿Recuerdas cuando yo le enseñé a nuestros hijos a andar en bicicleta?" Preguntó él.

"Por supuesto, pero no entiendo que tiene que ver eso con lo otro."

"Llega un momento, Colleen, donde ya no puedes sostener sus asientos y correr detrás de ellos. Llega un momento donde tienes que dejarlos ir. Y ellos tal vez se caigan, pero tal vez no lo hagan. Todo lo que puedes hacer es enseñarles lo mejor que puedas y estar ahí si ellos necesitan que los ayudes a levantarse después. No hagas a Ty elegir." Él brindo con ella con su taza de café y siguió hacia su oficina, su silbido haciendo eco por la casa.

Colleen suspiró y miró el teléfono otra vez. Los instintos de Jeffrey sobre Tyler siempre eran correctos, sin importar cuanto quisiera ella lo contrario.

Quizás las cosas siguieran su rumbo.

Pero Tyler, ella lo sabía, había sido decidido desde la cuna. Él no se apresuraba a decidir, pero una vez que lo hacía, su decisión podría estar tallada en piedra.

Y tal vez, solo tal vez, el tiempo podría cambiar la opinión de Shannyn sobre los hijos, aunque eso no haría nada sobre el tatuaje.

Colleen decidió quedarse al margen y esperar lo mejor.

PARA CUANDO TY llegó a su apartamento y se había consolado con Marcus sobre el estado de su parachoques trasero, él estaba listo para reconsiderar sus prioridades. Él se había convencido por años de que no tenía tiempo para una relación. ¿Y si eso había cambiado? Shannyn había tenido razón, él estaba financieramente asegurado en ese punto. Quizás él ya tenía suficiente dinero ahorrado.

Quizás Flatiron 5 Fitness podría mantenerlo.

Quizás era tiempo de hacer espacio para una relación en su vida.

Quizás era momento de cambiar las cosas a gran escala y probar que él no es tan predecible como todo el mundo parecía creer. Era momento de cambiar las cosas y añadir un poco de espontaneidad a su vida. Él pasó el domingo por la noche en internet, mirando tatuajes, luego encontró Imagination Ink y programó una cita con Chynna para el jueves por la noche. Era hora de conmemorar encontrar haber encontrado un poco de yin para su yang.

Cuando él llegó a Fleming Financial el lunes por la mañana, Ty abrió una nueva hoja de cálculo. Él empezó a calcular costos y a comparar escenarios, haciendo las cuentas y calculando las posibilidades, que era lo que él hacía mejor.

Sin embargo, las matemáticas no cooperaban con su objetivo esta vez. El club le daría muy poco dinero si él se trasladaba a tiempo completo allí, y él no podía ver que sus ventas aumentaran lo suficientemente rápido para cubrir eso rápido. Ellos tenían que crecer al siguiente nivel, pero Ty no estaba seguro de cómo hacerlo. Él pasó dos días luchando con los números, soñando con ellos, pensando en otras posibilidades, sabiendo que le faltaba una última pieza del rompecabezas.

Al final, la encontró en lugar más inesperado.

Shannyn se la presentó el miércoles por la noche.

Shannyn nunca había estado tan nerviosa en su vida como cuando se encontraba esperando en las oficinas de Flatiron 5 Fitness a las seis menos cinco el miércoles por la noche. A ella nunca le había gustado hablar en público y odiaba hacer una audición o pedir trabajo. El hecho de que Tyler la estuviera observando, juzgando su actuación, no ayudaba en nada.

¿Mantendría él su promesa de no arreglar eso por ella? Shannyn esperaba que sí, aunque ella sabía que probablemente necesitaría toda la ayuda que pudiera conseguir.

Lisa había llamado a la puerta de Shannyn esa mañana para avisarle. Ella y la Sra. P. se mudarían a Florida a fines de julio, donde vivían su hermano y su esposa. Ellos esperaban otro bebé y la Sra. P. quería estar más cerca de sus únicos nietos. Lisa había conseguido un trabajo de maestra allí, así que se irían. Shannyn estaba feliz por las dos, pero no le encantaba que ya no tuviera un inquilino confiable.

Primero lo primero. Ella tenía que hacer bien esa presentación.

Tyler entró en la oficina cuando faltaba un minuto para las seis y apenas le dirigió una mirada, lo que Shannyn supuso era una confirmación de que se estaba quedando al margen. Él era impasible, cortés y tan distante como la luna. Ella deseó poder poseer solo un poco de su fácil confianza. Él llevaba un traje diferente, este era azul marino, y su color oscuro lo hacía parecer más severo. Sonia indicó que Shannyn estaba esperando y Tyler asintió con la cabeza hacia ella, todo negocios, y señaló la sala de conferencias.

"Eres lo primero en la agenda de esta noche", dijo él con tanta frialdad que ellos podrían haber sido perfectos desconocidos.

"Estupendo. Gracias." Shannyn se puso de pie y se obligó a respirar para tranquilizarse. Ella sabía que era buena. Ella sabía que la idea era excelente. Ella también sabía que no había nada que impidiera que los socios le dieran las gracias y luego siguieran adelante y usaran su idea sin que ella se involucrara.

Lástima que ella fuera mala confiando en la gente.

Shannyn pasó junto a Tyler con la barbilla en alto y conectó su computadora portátil al proyector de la mesa de conferencias. Tyler la presentó a ella, a los socios y a Meesha, quien se unió a ellos para su presentación.

Las luces se atenuaron a petición suya y Shannyn sintió como si hubiera entrado en caída libre.

Aquí no pasa nada.

EL ANILLO del pulgar era nuevo.

Cassie miraba el nuevo anillo de Ty con sospecha. Ella lo había notado la semana anterior y todavía no podía conciliarlo con el estilo habitual de Tyler. Sin embargo, no iba a desaparecer, lo que significaba que probablemente había una mujer detrás de su elección. Anteriormente, él había indicado que conocía a un fotógrafo, y ahora Shannyn Hawke estaba haciendo una presentación a los socios. Ella era fotógrafa y había sido Ty quien la había agregado a la agenda.

También, él estaba tratando a Shannyn con extrema cortesía, como si nunca se hubieran conocido.

Cassie habría apostado mucho dinero a que él estaba ocultando algo.
Mmm.

Debido a que Shannyn había solicitado el trabajo con Meesha para las imágenes de las redes sociales, Cassie le había pedido a Meesha que participara en la presentación de Shannyn. La última incorporación a su personal estaba sentada junto a Cassie, tan alerta y emocionada que casi estaba vibrando. Ella ya había comenzado a trabajar y ya había hecho grandes avances en su nuevo trabajo. Cassie ya se alegraba de que la hubieran contratado.

Cuando Shannyn tomó las fotografías para la revista de ex-alumnos, ella parecía una artista. Había sido difícil saber su sexo, lo que había estado bien para Cassie. Esa noche, sin embargo, ella llevaba un traje negro a medida y un poco de maquillaje. Ella era sorprendentemente bonita, al menos para Cassie, y estaba claramente muy nerviosa.

"Gracias por escuchar mi idea", comenzó. "Como saben, estuve aquí para tomar fotografías para la revista de ex-alumnos, pero eso me dio una idea que espero que les resulte interesante. Necesitarán un fotógrafo para esa idea, si deciden usarla, y lo estoy solicitando oficialmente."

Los muchachos se rieron entre dientes.

Shannyn se aclaró un poco la garganta. "Estoy segura de que hay reglas y expectativas para presentaciones como esta, y probablemente voy a romper la mayoría, si no todas."

Ty arqueó una ceja ante eso, y los otros muchachos sonrieron.

"Pero solo puedo explicarles esto de la forma en que lo pensé, así que les pido paciencia." Shannyn se volvió hacia la pantalla cuando los socios asintieron con la cabeza. Ella hizo clic en algunas imágenes de la publicidad actual del club. "Siempre he admirado su publicidad y las imágenes que eligen para eso."

Las imágenes eran nítidas y las consignas breves y directas. Cassie sintió una oleada de orgullo por lo bien que se veía y funcionaba su material de marketing.

Si Shannyn tenía la intención de cambiar eso, ella tendría una pelea entre manos.

"Las imágenes en blanco y negro o sepia son realmente impactantes, además de mostrar la definición muscular de los modelos. Están realmente bien seleccionadas. Son elegantes y sexys y los lemas son fáciles de aprender."

"Gracias", dijo Cassie, curiosa por saber hacia dónde se dirigía eso.

"Pero me pregunto por qué están pagando licencias para imágenes de archivos", dijo Shannyn. "Dado el éxito del club, las imágenes exclusivas dificultarían que la competencia imitara su marca." Ella mostró algunos anuncios que eran claramente copias de las campañas de F5F. Los que tenían las mismas fotografías que ella había mostrado una al lado de la otra.

Cassie estaba molesta por los anuncios de imitación y también porque atrajeran la atención sobre ellos. "No eran imágenes de archivos. Eran tomas personalizadas, pero el fotógrafo tenía derecho a vender otras tomas de la sesión." Ella se puso de pie, sintiendo como si Shannyn la estuviera haciendo quedar mal. "Puedes ver que hay una diferencia en la pose, aquí, y en la anterior, era la iluminación."

"Todavía se ven bastante similares", dijo Kyle. "Creo que Shannyn tiene razón. Sería mejor si fuéramos diferentes."

"Pero completamente personalizado y exclusivo es realmente caro", dijo Cassie.

"Exactamente", asintió Shannyn para sorpresa de Cassie. "El otro problema es que algunos de estos modelos hacen mucho trabajo, por lo que incluso si pagan por todas las imágenes de una sesión determinada, podría haber otro material fotográfico disponible a muy bajo costo del mismo modelo." Ella mostró algunas imágenes más, de las mismas modelos en diferentes poses utilizadas en los anuncios de la competencia.

"Mira cuanto se parecen", murmuró Damon.

"¿La imitación es la forma más sincera de adulación?" sugirió Theo y todos los socios negaron con la cabeza.

"Supongo que tienes una sugerencia para remediar eso", dijo Ty.

"Sí", dijo Shannyn, cambiando la diapositiva de nuevo. "Estas son las imágenes que envié a la revista. No tengo idea de cuáles elegirán ellos, pero creo que muestran el vínculo entre todos ustedes y dan una idea de lo que hace que Flatiron 5 Fitness sea especial." Ella hizo clic en las imágenes y eran realmente buenas. Los socios parecían exitosos y felices, y aunque las tomas con los miembros del club eran tomas naturales, no podrían haberse organizado mejor.

"Ella sabe lo que hace", susurró Meesha y Cassie asintió.

"Probablemente todas se vean así", dijo Shannyn, mostrando cuatro fotos de los socios vestidos esa tarde para la foto de grupo.

"Esas son geniales", dijo Kyle.

"Gracias. Mi punto es que voy a suponer que estas imágenes se adhieren a sus ideas de cómo se ven ustedes mismos. Pero es que todos tenemos muchas caras y no siempre somos conscientes de las que no nos saludan en el espejo todas las mañanas."

Shannyn colocó una imagen de Kyle, recién salido de la piscina. Él estaba emocionado y echando una mirada al fotógrafo. Él tenía una mano extendida y un brillo de despreocupación en sus ojos que lo hacía parecer un rey pirata imprudente. Él exudaba tal hambre sexual que Cassie se asustó. Ella estaba acostumbrada al encanto de Kyle y a su sonrisa fácil, pero no a que se viera tan ardiente.

"Maldita sea", susurró Meesha y los demás se quedaron mirando.

"No envié estas a la revista", continuó Shannyn. "Aunque las tomé el mismo día. No tienen el tono que quería la revista, pero eso no las vuelve inútiles. Puede que no se vean así ustedes mismos, pero los miembros del club sí lo hacen todo el tiempo." Ella cambió a una versión filtrada de la toma, en blanco y negro, como los anuncios existentes del club, y la recortó a una barra vertical. Kyle era todo delgado, ardiente, deseo.

—Dios maldita sea —susurró Cassie en voz baja.

La siguiente imagen era de Damon. Él estaba levantando pesas y Cassie lo había visto con una expresión tan intensa un millón de veces. Sin embargo, ella nunca había sido el objetivo de esa mirada. Él llevaba una camiseta negra y sus músculos parecían esculpidos, con una pátina de sudor en ellos. Su concentración y disciplina eran legendarios en el club, pero en esa foto, él había mirado hacia arriba. Tal vez acababa de notar a Shannyn, pero su expresión era intensa y chisporroteante.

Seductor.

Cassie nunca había pensado en Damon como sexy, pero sus partes rosadas se hicieron notar y saludaron.

Meesha se movió en su silla.

La siguiente diapositiva de Shannyn cambió esa imagen a blanco y negro, la recortó verticalmente y la colocó al lado de la de Kyle. Eran imágenes impresionantes individualmente, pero juntas enviaban un mensaje poderoso.

La sala de conferencias estaba en silencio.

La siguiente foto era de la propia Cassie, estirando la mano. Ella recordó el momento en que la habían tomado, cuando ella había estado animando a su clase de aeróbicos a dar un poco más. Ella había escuchado el clic de la cámara. Ella se veía igualmente intensa, reluciente de sudor, tan tonificada como una diosa, estirándose hacia las estrellas con la confianza de que podría arrancar algunas. Ella no tenía idea de que se veía tan bien en el trabajo.

Kyle silbó, luego se lamió el dedo y apuntó hacia ella, dando un silbido bajo. "Muy caliente, Cassie."

"Tú no estás tan mal."

La siguiente toma era de Theo, levantando la vista estando agachado. Parecía como si él estuviera listo en la línea de salida de una carrera, pero ya hubiese estado corriendo. Su mirada estaba llena de resolución. Una vez más, se veía hermoso y su piel brillaba por el sudor, y la mirada que le dio a la cámara era lo suficientemente caliente como para provocar un incendio forestal.

La imagen final era de Ty, en medio de su juego de baloncesto. Él estaba agachado como una pantera, esperando la pelota. Se veía ágil y musculoso, listo para luchar contra la persona desde su punto de mira directamente a la colchoneta. Cassie no pudo respirar profundamente.

Cuando Shannyn cambió eso a blanco y negro y la pantalla se llenó con las cinco fotos, el silencio se cernió en la habitación.

"Yo. Quiero. Esas. Fotos." susurró Meesha, sus palabras rompieron el estado de ánimo. "En serio", dijo ella. "Seríamos dueños de Internet con una colección de imágenes tan calientes."

"Lo derretiríamos", dijo Kyle y ellos se rieron juntos.

Shannyn sonrió y se sonrojó un poco. "Estas fotos me hicieron darme cuenta de que no es necesario contratar modelos, que ya tienen activos increíbles aquí en el club y que son exclusivos del club. Todos ustedes podrían posar para sus anuncios."

Hubo un susurro de interés.

"Después de todo, ninguno de ustedes va a posar para los anuncios de otra persona."

"Maldita sea", dijo Theo.

"Entonces las imágenes serían exclusivas. Además, el uso de imágenes de los socios ofrece una conexión con el club en sí", continuó Shannyn.

"Existe una posibilidad mucho mayor de venir a Flatiron 5 Fitness y encontrar el modelo en el anuncio realmente aquí y haciendo ejercicio, lo que agrega credibilidad."

"Me gusta cómo piensa ella", le susurró Meesha a Cassie.

"Porque prácticamente vivimos aquí", dijo Kyle. "Me gusta."

"Seríamos dueños de los anuncios, al igual que del club", dijo Theo asintiendo.

"Y no estaríamos pagando tarifas por modelos", dijo Ty. "Interesante."

"¿Cómo obtuviste estas fotos?" Preguntó Damon. "No recuerdo haberte visto."

Shannyn se rió. "El zoom fue mi amigo. Es lo que hago."

"Y lo haces de manera brillante", dijo Theo, con la aprobación general.

"Pero ese es solo el comienzo de mi idea", dijo Shannyn, pensativa mientras volvía a mirar la pantalla. "Me preguntaba cómo se podrían aprovechar estas fotografías de la mejor manera. Probablemente no recuerden que en los años 80, hubo una campaña de vallas publicitarias en Times Square para Calvin Klein." Ella mostró una fotografía de uno de los anuncios.

"Hombres sexys en calzoncillos, treinta pisos de altura", Cassie asintió con la cabeza. "Hicimos un estudio de caso sobre eso en una clase de marketing."

Shannyn mostró la siguiente foto. Era una animación, que mostraba la valla publicitaria de Calvin Klein siendo reemplazada por la imagen en blanco y negro de Kyle, como si el edificio del Times estuviera siendo despellejado con ella. La imagen rodó por el edificio desde el techo hasta la calle, luego cayó en su lugar. El logotipo de Flatiron 5 Fitness brillaba en rojo en la parte inferior.

"Mierda", susurró Kyle.

"Brillante", dijo Theo. "Hablando de visibilidad."

"Y reconocimiento de la marca", dijo Cassie, impresionada a pesar de sí misma.

Shannyn había hecho cinco maquetas de la valla publicitaria, una con cada foto. El logo tenía un color diferente en cada una. Ella hizo clic para que pasaran lentamente.

"Detendríamos seriamente el tráfico", dijo Damon.

Cassie volvió a sentarse. "La valla publicitaria podría permanecer encendida durante meses con la misma imagen", anotó ella. "Podríamos cambiarla bimestralmente o incluso trimestralmente. Y me encantaría tener ese stock fotográfico como recurso para todos nuestros otros materiales."

"Me encanta todo eso", dijo Kyle.

"Tú solo quieres ser el primero", dijo Theo, provocándolo un poco.

"Maldita sea, sí."

"Tenemos que conocer el tráfico", dijo Cassie. "Para que podamos decidir si vale la pena."

"¿No pasa toda la ciudad por Times Square?" Preguntó Kyle.

"Y todos los turistas", coincidió Damon.

"¿Son ellos el objetivo de nuestro mercado?" Preguntó Theo.

"Podrían serlo, si ofreciéramos pases de un día", dijo Cassie.

"Hacer tratos con hoteles", dijo Theo. "Para que sus invitados puedan venir aquí."

"¿Qué tan caro es ese edificio?" preguntó Ty, el inevitable control de la realidad.

"Mucho", cedió Shannyn. "Sin embargo, me encanta esta idea, así que traté de pensar en una forma de hacerla funcionar. Eché un vistazo a algunos de sus competidores para ver cómo ellos están aprovechando sus marcas y noté que podrían moverse al ámbito virtual de manera más agresiva de lo que lo han hecho hasta la fecha. Tienen un canal de YouTube que no usan mucho, pero eso y sus otras redes sociales podrían usarse para promocionar el club a una audiencia mucho más amplia."

"Realmente me gusta", murmuró Meesha con aprobación.

"Pueden comercializar a una audiencia virtual, compartiendo los conocimientos y la experiencia de Flatiron 5 Fitness con cualquier persona en el mundo con un teléfono o una conexión a Internet." Shannyn pasó por una serie de diapositivas con imágenes de Cassie. El logo era *Cardio con Cassie*, con un logo F5F en la esquina inferior.

"Disculpen los gráficos", dijo Shannyn con una sonrisa. "Realmente no son mi fuerte. Mi punto es que si graban, por ejemplo, una lección de aeróbicos de treinta minutos cada día de la semana, al final de un mes, tendrían veinte episodios. Al final de un año, tendrías doscientos sesenta de ellos."

Hubo un murmullo de interés mientras Shannyn pasaba a otro grupo de diapositivas, y Cassie vio que todos los muchachos estaban sentados más erguidos. La siguiente diapositiva presentaba a Brooke, una de las nutricionistas, y se llamaba *Desayuno con Brooke*. "Me sorprendió lo atractivos y agradables que son muchos de sus instructores", dijo Shannyn. "Podrías asociarse con ellos para podcasts o secuencias de video destacando su experiencia, construyendo su visibilidad y estatus, para atraer personas al club. ¿Qué tal una función diaria de quince minutos sobre cómo comenzar con un desayuno saludable, tal vez con un ingrediente todos los días? "

"Y pones eso en los metadatos y los términos de búsqueda", dijo Meesha con entusiasmo. "Así que cualquiera que busque batidos con germen de trigo para el desayuno nos encontrará."

"Y vendemos licuadoras de marca y vasos con tapa para viajar en el metro en la nueva tienda en línea F5F", dijo Kyle.

"Y le haces publicidad a esas licuadoras y vasos durante la transmisión, y luego se dirige directamente a las personas que vieron ese episodio", dijo Meesha.

"¿Tú puedes hacer eso?" Preguntó Kyle.

Meesha sonrió mientras hacía crujir sus nudillos. "Apártense."

"Y no importa dónde se encuentre esa persona", dijo Shannyn. "Él o ella pueden experimentar la marca Flatiron 5 Fitness y volverse fiel a ella desde cualquier parte del mundo."

Theo dio unos golpecitos en la mesa. "Una vez que tengamos suficiente programación, podríamos considerar iniciar un canal de cable."

"Y gestionaríamos quién puede promocionar en nuestros anuncios", dijo Cassie.

"Es brillante", dijo Damon y todos asintieron con la cabeza.

"Llevar la marca a nivel nacional sin mover nada", dijo Kyle con admiración. —Sin bienes raíces, Ty. Al siguiente nivel sin riesgo."

Ty no respondió a esa burla, pero rápidamente estuvo tomando notas.

"Y cualquiera que vea esa valla publicitaria", Shannyn volvió a colocar a Kyle en Times Square. "Puede experimentar su marca y contribuir a sus resultados, incluso si están de visita desde Paducah, incluso si nunca visitan físicamente este edificio." Ella tomó aliento. "Lo que pasa es que quieren ser coherentes con su calidad hasta la fecha. Grabé esto para mostrarles el tipo de calidad que pueden obtener, filmando un video en su teléfono con una configuración mínima." Shannyn mostró un video de ella misma, sosteniendo su cámara. "Hoy, vamos a hablar sobre cómo aprovechar al máximo su cámara digital, específicamente en la elección de la configuración adecuada para las condiciones de luz", dijo ella en la grabación.

No estaba mal, pero no estaba tan pulido como a Cassie le hubiera gustado.

"Y esto es lo que pasa con el mismo material cuando se utiliza un profesional, como el suyo de verdad" El segundo video mostraba a Shannyn nuevamente, diciendo lo mismo. Sin embargo, el video estaba iluminado de manera más uniforme y brillante, y Shannyn parecía más natural. También había una URL del sitio web en la parte inferior, y había un primer plano que mostraba la configuración y el visor mientras ella daba sus explicaciones. El audio también era más consistente y mejor modulado.

"No solo tendrá una mejor calidad de sonido y video, sino que podrán registrarlo como parte de la marca comercial y agregar cualquier tipo de gráficos. Para los batidos de desayuno, podría haber recetas, por ejemplo, o enlaces para ofertas especiales. Terminará con un producto más refinado sin una gran inversión por su parte."

"Contratos", dijo Ty. "Si los instructores van a crear contenido que comercializaremos, necesitaremos contratos para asegurarnos de que no nos quiten ninguna ventaja."

"Por supuesto", le dijo Shannyn. "Pero no tienen que ser idiotas al respecto. Pueden crear asociaciones que les brinden a sus instructores la capacidad de construir su marca en otros lugares, tal vez que los aliente a dirigir el público hacia ustedes. En un mundo ideal, todos podrían construir el éxito juntos. Ustedes tienen este sentido de comunidad aquí que no debe descartarse."

"Una marea alta hace flotar a todos los barcos", dijo Kyle con satisfacción.

"Podríamos pedirle sugerencias a Jax", dijo Damon. "Ella conoce mejor la experiencia de nuestros instructores."

"Podríamos tener una competencia interna", respondió Theo. "¿Quién será el anfitrión de los primeros cinco programas de F5F?"

"¿Quién tendrá la plataforma de redes sociales para ayudar con la visibilidad?" dijo Meesha, y luego la discusión estalló por todos lados, las ideas fluían y volaban de la manera que mejor hacían los socios.

Solo Ty guardó silencio.

Bueno, Ty y Shannyn. Shannyn retrocedió, observando la emoción del equipo, como si no estuviera segura de qué esperar.

"¿Puedes mostrarme esa imagen de Kyle de nuevo?" Preguntó Cassie.

"No puede tener suficiente del número uno", bromeó Kyle mientras se ponía de pie.

"Ya quisieras", dijo Cassie con un movimiento de cabeza. "Estas vallas publicitarias necesitan consignas." Ella fue a la pantalla. "Justo aquí", ella indicó un espacio delante del pecho de Kyle. "Ven a sudar a F5F."

Theo silbó y Kyle se rió a carcajadas.

"Oh sí. ¡Eso es genial! "gritó. Chocó los cinco con Theo antes de que Ty se aclarara la garganta.

"Danos un número." Dijo Tyler y los demás se pusieron serios ante su tono.

"No sé sobre el espacio de la valla publicitaria", admitió Shannyn. "Solo sé de la fotografía."

"Pero ya tienes estas fotos", señaló Theo.

Shannyn negó con la cabeza. "No son lo suficientemente buenas para esto. Para que sea tan grande, las imágenes tienen que ser perfectas. Eso es fácilmente de doscientos pies de altura. Necesitarán tomas de estudio de alta calidad y alta resolución... "

"¿Cuánto?" preguntó Ty.

Shannyn lo miró a los ojos y dijo el número en voz alta. Era menos de lo que Cassie esperaba. "Eso sería por cada sesión personalizada y tendrían cinco de esas. Cabello, maquillaje, máquina de viento, iluminación, lo que sea que necesitemos para que quede perfecto. Serían dueño de todas las fotos de la sesión y podrían hacer lo que quisieran con ellas. Eso es independiente de la filmación de videos y podcasts, que podrían facturarse a una tarifa por hora." Ella también le dio ese número, y Ty lo anotó, su expresión no mostraba evidencia de su reacción.

La habitación estaba tarareando. Cassie sabía que tan pronto como Shannyn se fuera, los socios estallarían con ideas, pruebas y planes.

Ty se puso de pie y le ofreció la mano. "Gracias, Shannyn. Es una gran idea y te agradecemos que nos la presentaras." Él habló con frialdad, como si no estuviera interesado en lo que ella había dicho, lo que no tenía ningún sentido. Quizás él no veía el potencial.

Cassie tenía dificultades para creer eso. Algo más estaba pasando.

"Estaremos en contacto si podemos utilizar tus servicios", agregó él.

"Gracias por la oportunidad de presentarlo." Shannyn desconectó su computadora portátil del proyector. Ella empacó rápidamente antes de salir de la oficina, sin mirar a Ty.

Tan pronto como se cerró la puerta, los cinco estaban hablando a la vez, con Ty tomando notas. Meesha y Kyle estaban intercambiando ideas a la velocidad del rayo y Cassie no sabía si estar emocionada o molesta cuando Theo dijo lo obvio.

"Deberíamos contratarla a tiempo completo", dijo él, su voz baja paralizó la discusión. "Tiene que ser más barato que todo este trabajo independiente, y ella es realmente buena."

"Oh, sí", dijo Kyle. "Seríamos idiotas si la dejáramos escapar."

"La competencia podría usarla si es autónoma", dijo Damon. "Pongamos a Shannyn en la nómina."

Solo Cassie vio la pequeña sonrisa de satisfacción de Ty antes de que desapareciera.

Ella se preguntó qué significaba eso.

Ella apostaría a que tenía algo que ver con ese anillo.

SHANNYN ERA BRILLANTE.

Ty estaba impresionado.

Su idea llevaría al club al siguiente nivel, si no a varios más, con un mínimo de riesgo e inversión de capital. Eso podría sentar las bases para abrir otras sucursales en otras ciudades, algo que Kyle siempre había querido hacer, pero que era una obligación financiera que preocupaba a

Ty. Eso levantaría su empresa y su rentabilidad, si se administraba correctamente, e incluso podría aumentar el sentido de comunidad que ya tenían en el club.

Absolutamente brillante.

Había sido la reunión más larga en la vida de Ty, porque él no había podido hablar. Él le había prometido a Shannyn que no se aseguraría de que ella obtuviera el trabajo y casi lo había matado solo hacer alguna pregunta ocasional de dinero; esa era su responsabilidad, y él había esperado cada vez que ella tuviera una respuesta. Él se había sentado allí, muriendo por gritar que ella era brillante y que tenían que hacer eso, pero en su lugar, garabateaba notas en voz baja.

Tyler casi había besado a Theo por hacer la sugerencia que él pensaba que era obvia e inevitable.

Ty estaba ansioso por subir y hacer los números, pero él estaba seguro de que esa iniciativa le permitiría tener un solo trabajo.

En Flatiron 5 Fitness.

Lo que le daría tiempo para invertir en una relación.

Él sabía exactamente la relación que quería.

SHANNYN ESTUVO nerviosa todo el camino a casa. Ella no sabía si estar eufórica o agotada, y estaba a las dos cosas. Ella pensaba que había ido bien. Ella esperaba que le hubiera ido bien. Ella quería tanto el trabajo que podía saborearlo.

Esperar era la parte más difícil.

Una vez que llegó a casa, comió y alimentó al gato, luego buscó algo que hacer. Aidan había dejado una nota de que había salido a tomar una cerveza, lo cual era tan sorprendente como la salida del sol por la mañana.

En lugar de sentarse y fantasear, Shannyn comenzó la tarea de recortar y filtrar las fotografías del viaje de Aidan. Ella vio mucho Madrid, quedó impresionada por los ojos de Aidan para la composición y el color, pero ni siquiera estar inmersa en lo que mejor sabía hacer la distraía.

Entonces sonó su teléfono.

Shannyn saltó. Afuera estaba oscuro y Fitzwilliam roncaba en el teclado vacío de la computadora portátil.

Su corazón dio un brinco cuando vio que era Tyler.

"No lo hice", dijo cuando ella respondió.

"¿Hacer qué?"

"No arreglé nada, no hice una sola sugerencia ni alenté la discusión para que fuera en cualquier dirección. Fue la reunión más larga e insoportable de toda mi vida, pero afortunadamente tengo socios muy inteligentes."

Shannyn se atrevió a tener esperanzas. "¿Qué significa eso?"

"Ellos finalmente llegaron a la conclusión correcta."

"¿Acerca de?"

"De ti. Theo sugirió que te ofreciéramos un trabajo a tiempo completo, para hacer el trabajo de redes sociales y las fotos y videos de esta nueva iniciativa. Estamos todos de acuerdo."

Shannyn quiso gritar triunfante.

"Pero hay que hacer cálculos y presupuestos. No sé cuándo te llamarán para hacer la oferta. Solo quería que supieras que cumplí mi promesa."

Shannyn realmente no había tenido ninguna duda. Tyler era un hombre de palabra y a ella eso le gustaba mucho. "A pesar de que casi te mata."

"A pesar." Él estuvo de acuerdo en voz baja, la voz que la hacía tararear. "Y ahora estoy destrozando la regla número tres, a pesar de que acepté no hacer llamadas telefónicas nocturnas, pero ya tú arrojaste las reglas número uno y dos al abismo."

Shannyn se rió. "Supongo que no es del todo malo romper una regla para compartir buenas noticias."

"Eso es lo que pensé", estuvo de acuerdo él. "Además, yo quería hablar contigo." Continuó él antes de que Shannyn pudiera decidir qué decir a eso. "Hiciste una gran presentación hoy. Un tanto poco convencional, pero muy convincente. Tú creaste esta oportunidad y la vendiste tú misma."

"¿Realmente les gusta?"

"Esa sala estaba caótica con todas las ideas e interpretaciones. Nunca había visto nada igual. Decir que están emocionados es quedarse corto." Su voz se suavizó de nuevo. Lo hiciste, Shannyn. Sacudiste nuestro mundo y te hiciste un lugar en él. Buen trabajo."

Shannyn se sentía nerviosa y complacida, un poco intimidada y muy contenta.

"Además, te va a encantar la ironía de esto. También solucionaste mi problema, el que ni siquiera yo admitiría que tenía."

"No entiendo."

"Mi preocupación por mudarme a tiempo completo al club y dejar Fleming Financial son los ingresos, simple y llanamente. Yo quería que el club tuviera un plan para pasar al siguiente nivel, y no sabíamos qué sería. Hemos hablado de abrir clubes hermanos en otros mercados, pero yo no estaba convencido de nuestro inevitable éxito y habría una gran inversión de capital. Este plan tuyo podría lograr eso maravillosamente." Ty hizo una pausa. "Eso podría ser mi plan de salida de Fleming Financial, lo que significa que te debo una."

El corazón de Shannyn dio un brinco ante eso. "Pensé que te gustaba trabajar en Fleming Financial."

"Me gusta, pero si necesito elegir, mi compromiso es con Flatiron 5 Fitness."

"Pensé que no tenías que elegir. Pensé que te gustaba trabajar todo el tiempo."

"Estoy empezando a apreciar el mérito de tener algo en mi vida además del trabajo."

Él no dijo más, aunque su tono era cálido, y Shannyn decidió arriesgarse. "¿Te gustaría ir a esa boda conmigo?"

Ella oyó que su interés se agudizaba. "¿La boda de Kirsten?"

"Esa es." Shannyn recordó sus dudas anteriores y sentía que tenía que advertirle. "Yo estaré haciendo la fotografía, así que estarías solo, lo cual no es muy atractivo..."

"Dime cuándo y dónde", dijo Tyler, interrumpiéndola secamente.

"¿No estás ocupado? Es en solo un par de días, el sábado... "

"Tienes que saber a estas alturas que haría cualquier cosa por ti." Él continuó como si eso fuera obvio, pero esas palabras detuvieron el corazón de Shannyn por un segundo. "Si yo tenía planes, se cancelaron. ¿Cuándo y dónde, Shannyn?

Ella le dijo el nombre y la ubicación del restaurante, luego se dio cuenta de que ella podía simplemente reenviarle la invitación. "Será un poco diferente a las bodas a las que estás acostumbrado", advirtió ella.

"Bien. Me estoy acostumbrando a que las cosas cambien de vez en cuando." Él hizo una pausa y ella pensó que él iba a terminar la conversación. "Trata de no revelar que ya conoces las buenas noticias cuando Cassie llame. Eso estropearía su diversión."

"No lo haré. Gracias, Tyler."

"Y ahora tengo algo que hacer para celebrar."

"¿Yo debería saber lo que eso significa?"

Él se rió, solo un poco. "Creo que esta vez te dejaré adivinando. Duerme bien, Shannyn."

Entonces Tyler se fue, dejándola mirando su teléfono, anhelando más.

TYLER MCKAY no era típico de los clientes de Chynna.

Él estaba inspeccionando su tienda con abierta curiosidad cuando ella salió a recibirlo para su cita, y luego su mirada la recorrió. Él le ofreció la mano, ese hombre impecablemente vestido con traje y corbata, y Chynna sonrió al estrecharla.

"¿Primera vez?" preguntó ella y él sonrió.

"Culpable de los cargos."

"¿Está seguro?"

"Absolutamente." Él llevaba un sobre grande y lo abrió, sacando una hoja de papel. En él estaba impresa la imagen de un tatuaje. "Creo que este podría ser tu trabajo."

Chynna sonrió mientras tomaba la sábana y miraba a los dos peces, nadando en direcciones opuestas. Estaban ligeramente curvados, formando un círculo, y parecían pinceladas japonesas. Había sido una pieza para un cliente que era Piscis y Chynna se había sentido orgullosa de cómo había quedado. "Lo es. No lo había visto en un tiempo."

"Lo encontré en tu blog. Yo estaba buscando un símbolo del yin yang que fuera un poco diferente", explicó Tyler. "Me pareció que luce como pintado en su piel y me gustó."

"Sin embargo, yo no repito diseños."

"Pensé que ese podría ser el caso", dijo él fácilmente. "Y yo estaba buscando más contraste entre los dos peces. Me preguntaba si podrías usarlo como inspiración, porque tampoco quiero un tatuaje que sea igual al de cualquier otra persona. Por eso vine a ti."

"¿Conoces a un cliente mío?"

"Shannyn Hawke."

"Las lunas", recordó Chynna con una sonrisa.

"¿Recuerdas todos los tatuajes que te hiciste?"

"Bastante." Ella lo examinó. "¿Dónde lo quieres y qué tan grande?"

"Estaba pensando aquí", dijo él, señalando su bíceps izquierdo y dibujando un círculo con la punta del dedo. "¿Es un buen lugar?"

"Es una elección bastante común. Duele menos", agregó ella con una sonrisa. "Vamos a la parte de atrás y déjame trabajar en una variación para ti. Te llevará un tiempo si quieres hacerlo esta noche."

"Quiero hacerlo." Él estaba decidido, lo que a Chynna le gustó.

"No será barato."

Esa sonrisa la volvió a encantar. "Las mejores cosas no lo son."

EL SÁBADO AMANECIÓ soleado y despejado, el día perfecto para una boda perfecta. Kirsten y Lukas se iban a casar en un restaurante del Soho propiedad de unos amigos que lo habían cerrado al público durante el día. Había un patio en la azotea donde planeaban intercambiar sus votos, luego se prepararía una cena buffet en el segundo piso. El bar de la planta baja también estaría abierto y el baile sería allí.

Shannyn había decidido usar pantalones y botas para poder moverse mejor y había elegido un esmoquin para el día. Tampoco había forma de que ella pudiera manejar su equipo con tacones. Ella fue al apartamento de los novios para tomar fotografías de Kirsten vistiéndose por la mañana. La dama de honor de Kirsten era su hermana gemela, y su madre también estaba allí. El apartamento estaba lleno de flores y luz solar. Todas eran rubias y tan bonitas que las imágenes parecían imágenes de una fantasía. Era una mañana maravillosa y amorosa y Shannyn tuvo lágrimas en los ojos más de una vez.

La azotea también estaba llena de flores y Shannyn arregló cortinas y luces para asegurarse que la pareja estuviera apropiadamente iluminada.

Ella hizo un montón de fotos espontaneas de los invitados llegando, sabiendo que Kirsten querría fotos de todos sus invitados.

El corazón de Shannyn se detuvo en seco cuando Tyler apareció, usando el mismo traje azul que había usado para la despedida de soltera, y sus gafas de sol. Lukas estaba saludando a la gente a medida que llegaban y obviamente adivinó quien era ese. Para cuando Shannyn llegó a su lado, ellos estaban dándose la mano y hablando. Ella los presentó, muy consciente de la cálida mirada de Tyler sobre ella.

"¿Quieres que lleve tu bolso?" preguntó él y ella le entregó su bolso de mensajero con gratitud. "Sigue. Has lo que haces. Yo estaré aquí."

Lukas presentó a Tyler a otra persona y sonaba como si ya se conocieran el uno al otro. Shannyn aprovechó al máximo cada minuto, asegurándose de fotografiar a cada invitado al menos dos veces. Tyler se sentó en el lado de la novia para la ceremonia y Shannyn se paró junto a él durante el intercambio de votos. Ella se sintió un poco abrumada por la ceremonia, su garganta apretada mientras veía el amor entre su mejor amiga y su compañero. Tyler le ofreció un pañuelo y cuando sus miradas se encontraron él le dijo moviendo los labios "cuatro" y le guiñó un ojo. Shannyn sonrió y se enjugó los ojos, y le gustó que él también le sostuviera la mano. Su agarre era cálido y firme y ella se encontró apoyándose en él un poco.

Era muy fácil acostumbrarse a tenerlo cerca.

Por el momento ella decidió solo disfrutar.

JUSTO COMO SHANNYN le había advertido la boda era diferente a esas a las que Ty había ido antes. Era a la vez más sencilla y más romántica. Había una mezcla de gente y estilos de vestuario y una calidez que era genuina e inevitable. Nadie se detenía en ceremonias. Él hablaba con Tate y Genevieve, a quien había conocido por Katelyn, y que lo había presentado a otro círculo. Era fácil, aunque él estaba vestido demasiado formal, y Ty se sentía bienvenido. A él le encantaba ver a Shannyn moverse alrededor y entre la multitud.

Había aperitivos servidos en el patio con champagne, y muchas conversaciones, todo el mundo se detenía a felicitar a los recién casados.

Kirsten y Lukas eran ambos altos y atractivos, que se reían a menudo. A Ty le cayeron bien instintivamente. Lucía como si la novia estuviera embarazada y cuando Shannyn le confesó que ella sería la madrina, a Tyler le gustó la pareja aún más.

La multitud se movió escaleras abajo cuando el aire se enfrió al caer la tarde. El restaurante estaba lleno con flores y velas así como con pequeñas luces de colores colgadas arriba. Había una cena buffet y Tyler preparó un plato para Shannyn y uno para él mismo, tomando dos asientos en el perímetro para que fuera fácil para ella detenerse y tomar un descanso. Ella no pudo descansar mucho, porque había discursos, pero él defendía el palto de Shannyn hasta que ella volvía a coger otro bocado. Ella no comió mucho y él se preguntó si podría llevarla a comer algo después. Él estaba esperando para mostrarle a Shannyn su nuevo tatuaje y sonrió al imaginarse su reacción.

Si ese era su nuevo yo, a Tyler le quedaba muy bien.

Mucho más tarde, después de los primeros bailes, Shannyn estaba revisando las fotos en el visor, revisando las fotos que había tomado y asegurándose de que no se hubiera perdido nada obvio. Ella incluso había hecho una foto de Cole y Amanda. Ella se había sorprendido al verlos asistir, luego recordó que Cole estaba en el mismo grupo de amigos que Lukas. Ella había usado su zoom para eso y estaba orgullosa de su propia compostura.

Shannyn se recordó a sí misma que a ella no le importaba Cole. Él ya no formaba parte de su vida y eso estaba bien.

"¿Obtienes una recompensa ahora?" preguntó Tyler y ella sintió su mano caer en la parte de atrás de su cintura. Él llevaba dos copas de agua con gas en la otra mano. El corazón de Shannyn dio un vuelco al verlo.

"Solo asegurándome de haber fotografiado a todos. Gracias."

"¿Abuelas?" preguntó él, examinando a la multitud.

"Las cuatro."

"¿Abuelos?"

"Ambas cosas."

"¿La tía Myrna?"

"Tengo muchas de ella. ¿No es divertida? "

"Ella es genial." Ty tocó el borde de su vaso con el de ella. "Realmente estás trabajando duro."

"Quiero que sea perfecto."

"Parece que todo ha ido como un reloj." Ellos bebieron como uno solo. "¿Fotografiaste a todos los invitados, o se supone que debes hacerlo?"

"Creo que tengo a todos en al menos una foto, incluso a ti." Shannyn se dio vuelta para escanear a la multitud en la pista de baile y su corazón se detuvo.

Cole estaba abriéndose camino a través de la pista de baile llena de gente, obviamente dirigiéndose hacia ella. Y eso no era lo peor. La mujer a la que él estaba arrastrando hacia ella de la mano tenía que ser su nueva esposa, Amanda, y ella tenía un bulto visible. Shannyn sintió que el dolor aumentaba incluso cuando un escalofrío la invadió.

Él venía a regodearse, el bastardo. Ella lo supo por la expresión de Cole, y eso la hizo sentir enferma.

"¿Qué?" preguntó Tyler con silenciosa urgencia.

"Mi ex, acercándose rápido."

—Entonces gírate hacia mí —susurró él, inclinándose más como si le estuviera contando un secreto. "Y mira hacia arriba y sonríe, como si fueras totalmente ajena a él."

Shannyn hizo lo que Tyler le sugería. La mirada de Tyler era intensa, para sorpresa de Shannyn, pero su atención estaba fija en ella. "Hecho", dijo ella en voz baja.

Tyler sonrió con su lenta y peligrosa sonrisa. "¿De verdad quieres demostrarle que te rompió el corazón?"

Shannyn abrió la boca para protestar, luego la volvió a cerrar, incapaz de discutir bajo esa mirada perspicaz.

"Eso es entregarle el poder. No le des eso." Tyler se inclinó más cerca y ella sintió su aliento contra su oído. Shannyn cerró los ojos y se estremeció. "No se lo merece."

"No." Ella soltó la palabra como un suspiro y se dio cuenta de que ya no pensaba en Cole. Shannyn se acercó y tocó la boca de Tyler, trazando la línea de sus labios con la punta de un dedo. Él sonrió y su mirada se calentó, y Shannyn se preguntó si él estaba recordando lo que ella le había dicho sobre su boca. "Lo que se merece es mucho, mucho peor."

Tyler se movió levemente y luego le besó las yemas de los dedos. Su otra mano le acariciaba la espalda suavemente, convirtiendo los huesos de

Shannyn en mantequilla. Su mirada estaba fija en la de ella y Shannyn sintió que el corazón le daba un vuelco. "Dime", invitó él en un murmullo bajo.

"Él se merece que alguien destruya su auto", dijo Shannyn. "Que tiren su estéreo debajo de un autobús."

"¿Eso es todo?"

Shannyn respiró hondo y lo miró a los ojos. "Que le corten las pelotas y se las den para que se las coma, con su ego finamente cortado a un lado."

Las cejas de Tyler se levantaron. "Que no eres feroz mi trasero."

Las palabras fueron tan inesperadas que ella se rió a carcajadas. Los ojos de Tyler brillaron de satisfacción justo antes de que ella escuchara a Cole aclararse la garganta.

Y ella se dio cuenta de la imagen que Tyler había creado.

Bien, le dijo ella moviendo los labios y negó con la cabeza. Tyler sonrió, imperturbable, luego ella se giró para mirar a su ex. Con la mano de Tyler en su espalda, ella se sintió capaz de mantenerse erguida y fingir que no le importaba en absoluto.

Fue después de que Cole se alejara con su nueva esposa que Shannyn se dio cuenta de que no importaba.

Eso era nuevo. La vieja herida ya no ardía. La presencia de Cole, incluso su existencia, ni la enfurecía ni la hacía llorar. A ella no le importaba si él tenía todo lo que quería o no. En realidad, ella le deseaba lo mejor, pero Shannyn seguía adelante.

Shannyn estaba pensando en cambio en otro hombre parado detrás de ella y ayudándola a enfrentar sus miedos. Ella estaba pensando en la mano de Tyler en su espalda y en su confiabilidad y en lo malditamente atractivo que estaba y Shannyn se dio cuenta de que él era todo lo que ella siempre había querido. Ella se había enamorado de Tyler y él no desaparecía de su vida.

Todo lo que ella tenía que hacer era confiar en que todo podría ser de ellos.

Comprender eso envió una oleada de alegría a través de Shannyn y ella inmediatamente quiso celebrar.

Ella se giró hacia Tyler, sabiendo que su felicidad se mostraba. "¿Quieres bailar?"

. . .

ALGO HABÍA CAMBIADO.

Había sucedido cuando Shannyn había hablado con Cole, pero Ty no pudo identificar de inmediato el motivo. Ella parecía de repente imprudente y él estaba un poco sorprendido por sus ganas de bailar. Era como si ella estuviera tratando de evitar el dolor o ignorándolo, y aunque él se compadecía, la reacción de Shannyn no era muy alentadora.

Él reclamó su bolso con su cámara y se lo confió al cantinero, junto con un billete de cincuenta para garantizar que el muchacho lo vigilara, y una promesa de otro cuando lo recogieran. Él condujo a Shannyn a la pista de baile, pero antes de que se unieran a la multitud, pasó un camarero con una bandeja de chupitos. Para su sorpresa, Shannyn tomó uno y lo bebió, devolviendo el vaso vacío a la bandeja. Ella tomó la mano de Tyler y él no confiaba en su aparente felicidad.

Era una actuación.

Él nunca la había visto beber. Ella estaba tratando de compensar algo.

Y Tyler adivinó con dolorosa claridad lo qué era. Él antes había pensado que ella lo estaba alejando porque estaba enamorada de otro hombre; él tenía razón en eso, pero estaba equivocado sobre el hombre.

Ella todavía amaba a Cole.

Eso era lo único que podía hacer que Ty se alejara del desafío de persuadirla para que le diera una oportunidad a él.

Cuando Shannyn alcanzó otro chupito, Ty se lo arrancó de la mano y bebió la mitad antes de que ella pudiera hacerlo. Ella lo terminó, sus ojos brillando con desafío, y él supo que la noche que había sido tan prometedora se iba a ir directamente a la mierda.

Eso hacía que le doliera su nuevo tatuaje, pero él no se arrepentía de nada.

AL FINAL, él sacó a Shannyn y su bolso de la boda, los metió a ambos en un taxi y la llevó a casa. El tequila la había golpeado mucho, probablemente porque ella era muy pequeña. Quizás ella estaba exhausta también. Él no la había visto comer mucho y se preguntó si ella habría almorzado.

En el taxi, ella comenzó a llorar, lo que lo arruinó a él por completo.

Ty no entendía nada de lo que ella estaba diciendo y se alegró cuando ella guardó silencio. Él la llevó a través del vestíbulo del club y hasta su apartamento, luego la acostó en su cama. Él le quitó la chaqueta y las botas, luego los pantalones, pensando a medias que ella se despertaría y protestaría. Ella no lo hizo. Ella llevaba lencería de nuevo, esta vez de encaje blanco, pero Tyler se la quitó toda. Cuando la convenció para que se pusiera una de sus camisetas limpias, él la arropó. Se quedó mirándola dormir, deseando poder arreglar esa única cosa.

Pero no podía.

Y él era demasiado agradable para aprovecharse de ella cuando estaba deprimida. A él le habría encantado meterse en la cama con ella y abrazarla mientras dormía, pero de ninguna manera lo iban a confundir con otra persona.

Especialmente con un tipo como Cole.

Él colgó los pantalones y la chaqueta, inquieto por hacer algo y sin saber qué más podía hacer.

Sonó un teléfono, el sonido no le resultaba familiar, y Ty tardó un momento en darse cuenta de que era el teléfono móvil de Shannyn. Él regresó a la sala de estar, tomó el bolso de Shannyn y sacó el teléfono a tiempo para el último timbre. La persona que llamaba era S. Hawke, lo que no tenía ningún sentido ya que él sostenía el teléfono de Shannyn en la mano. ¿Era su mamá llamando? Pero él vio que era un número local antes de que el teléfono se quedara en silencio.

Entonces Ty recordó que había un teléfono en la cocina de Shannyn. Ella todavía tenía un teléfono fijo en la casa.

La llamada debe haber sido de Aidan, preguntándose dónde estaba.

Ty buscó su número de teléfono y lo encontró de inmediato, en la calle correcta de Brooklyn. Él llamó y el teléfono ni siquiera sonó una vez antes de que lo contestaran.

"¿Shannyn?" Preguntó Aidan, su preocupación era clara.

Tyler. Ella está aquí."

Aidan exhaló audiblemente. "Bien. Entré y me asusté un poco cuando ella no estaba aquí."

"No te preocupes. Ella está bien."

"¿Fuiste a la boda con ella?"

"Sí. Ella tomó una copa y la golpeó con fuerza. Ella está dormida ahora."

Aidan maldijo. Entonces ese bastardo estaba allí. Si Shannyn bebió, él se estaba comportando como un idiota."

Ty estaba intrigado por la conclusión. "¿Por qué dices eso?"

"Bueno, dos razones. Una, él es un idiota. Quiero decir, es un infierno especial ver a tu hermana casada con un idiota, pero no puedes decir nada porque ella lo ama."

"Sé exactamente cómo va eso", admitió Ty.

"Casi acabó con ella cuando él la dejó, pero yo quería hacer una fiesta. Él era un idiota, y eso no puede haber cambiado mucho."

"Te escucho. ¿Qué más?"

"Shannyn nunca bebe."

"Ella bebió chupitos de tequila."

"¿Tequila? Eso la aplastaría. Nunca la he visto beber."

"Suena como una cuestión de régimen."

"Lo es. Ella dijo que una vez se había emborrachado en una fiesta en la universidad y había dicho algo cruel que no era cierto. Ella dijo que nunca volvería a suceder."

Ty tenía una muy buena idea de qué había sido ese algo.

"Estoy muy contento de que estuvieras allí", dijo Aidan.

"Yo también."

"¡Ay!" Aidan dijo de repente. "Está bien. Te daré de comer, Fitz ", dijo él, y luego volvió a hablar con Tyler. "No creerías el lío aquí. Shannyn debió haber dejado comida seca para su majestad y él no la quiso, porque está en todas partes. Debe haber estado dando patadas por todo el lugar desde que ella se fue."

Ty sonrió ante esa imagen mental. Entonces será mejor que lo alimentes.

"Estoy en ello." Ty escuchó el abrelatas y un maullido familiar. "Oye, gracias por tu consejo del otro día. Conseguí un trabajo en una pequeña cervecería en Portland, comienzo en dos semanas."

"Bien por ti."

"El tipo quiere un aprendiz y lo va a conseguir. Está bien, está bien,

Fitz. Tenemos que sacarlo de la lata", La voz de Aidan bajó. "Hey, Tyler, gracias por estar ahí esta noche."

"Está todo bien."

"Recibirás noticias mías cuando termine ese plan de negocios, pero parece que estaré viéndote alrededor." Ty no dijo nada a eso. "¡Ay!" Aidan dijo de nuevo, luego se fue.

Ty se quedó mirando el teléfono, pensando que tal vez algo bueno había salido de eso.

SHANNYN SE DESPERTÓ en una cama que no era la suya. Ella escuchaba el claxon de los autos a la distancia y olía la piel de un hombre en las sábanas.

Ella sonrió, sabiendo exactamente dónde estaba.

La habitación de Tyler.

El sol había salido y brillaba a través de los grandes ventanales, inundando la habitación de luz. Ella estaba sola en la cama y no había ninguna otra hendidura en la almohada además de la suya. Había una manta en la silla frente a la chimenea, pero ni rastro de Tyler.

Shannyn tenía dolor de cabeza y su estómago estaba revuelto. Ella dejó caer su rostro sobre sus manos, recordando el ardor de ese tequila. Ella se había sentido muy aliviada de que Cole se hubiera ido. Ella quería bailar, beber y hacer el amor toda la noche, pero en cambio, el tequila la había golpeado como una pared de ladrillos y ella no recordaba nada.

Nada después del primer chupito.

Mierda. Shannyn a mitad de camino no quería saber lo que había dicho, fuera lo que fuera. Pero ella estaba en casa de Tyler, así que no podía haber sido tan malo.

¿Podría?

Ella tenía su ropa doblada sobre una silla y se dio cuenta de que llevaba una camiseta de hombre. Ella no tenía ninguna duda de quién era el propietario, dado que era negra y tenía el logotipo de Flatiron 5 Fitness.

Él la había desnudado, la había metido en la cama y había dormido en otro lugar.

Eso no era una buena señal.

Shannyn fue al baño y reconoció que se veía peor de lo que se sentía. Ella respiró hondo el aroma de la colonia y la humedad de la ducha, saboreó la combinación, luego se aseo y se vistió. Ella se negó a notar que la bata de baño todavía estaba atada con su cinta y en lo alto de un estante, fuera de su alcance.

Tal como lo había hecho una vez antes, ella salió del baño y encontró a Tyler en su cocina. Al igual que antes, él estaba revisando su teléfono y miró hacia arriba para ver la apariencia de Shannyn. Él no sonrió y no se enderezó. Él iba vestido de manera informal, con jeans y una camiseta de rugby, su cabello todavía estaba húmedo en el cuello.

"Hola", dijo él, atento pero ilegible.

"Hola." Shannyn le sonrió.

"¿Estás bien?"

"Mucho mejor, gracias. Ese tequila realmente me golpeó fuerte."

"No cenaste mucho."

"Y no tuve tiempo para el almuerzo. Yo debería saber que es mejor no tocar esas cosas. ¿Tienes alguna aspirina?

Él señaló un plato con un bagel y dos aspirinas al lado. Tyler le ofreció una de las tazas de café, pero ella tomó agua. El silencio llenaba la habitación mientras ella comía.

Shannyn sabía que ella tenía que preguntar. "¿Qué te dije esta vez?"

Tyler miró hacia arriba. "¿No te acuerdas?"

Ella negó con la cabeza y terminó su bagel. "Yo nunca me acuerdo. Por eso no bebo."

"¿Cuándo fue la última vez?"

"Quizás recuerdes esa fiesta."

Él no sonrió. "De hecho, lo recuerdo."

Sus miradas se encontraron y se sostuvieron. "¿Qué dije?"

"Nada que yo no supiera ya." Entonces él se enderezó y guardó su teléfono. "Hablé con Aidan anoche. Él llamó a tu teléfono, preguntándose dónde estabas, y yo lo llamé al teléfono fijo." Él hizo un gesto hacia su computadora portátil. "Acabo de aprobar la solicitud de presupuesto de Cassie, por lo que deberías tener noticias de ella mañana. Probablemente me llevará un año, si no más, hacer la transición de Fleming Financial, si es que puedo hacer que suceda, así que no tienes que preocuparte por encontrarte conmigo en el club, si asumes el puesto. "Él sonaba tan oficial que Shannyn temía lo peor.

"¿Por qué debería preocuparme por eso?"

"Yo te llevaría a casa, pero el auto está en el taller." Tyler miró su reloj. "Tengo que ir a recogerlo."

"Bueno, yo debería irme de todos modos. Gracias por el desayuno y por cuidar mis cosas."

"No hay problema. Por cierto, si quieres olvidar el resto de nuestro trato, por mí está bien."

Shannyn se detuvo en el acto de recoger su bolso de mensajero. "¿Disculpa?"

"No tienes que venir a la boda de Katelyn. No tenemos que tener una cita falsa. Está bien. Estamos a mano."

¿Qué había dicho ella?

Shannyn no podía entender la oferta de Tyler ni su propia decepción. Sin embargo, ella no estaba de humor para hablar de eso. Él hizo un gesto hacia la puerta y agarró su chaqueta al salir. Bajaron por el ascensor en silencio, luego cruzaron el vestíbulo del club, una distancia entre ellos que parecía infinitamente más grande de lo que era. Una vez en la calle, él le agradeció el día anterior y llamó a un taxi. Él se dirigía a la zona residencial y ella se dirigía al metro. Shannyn se paró en la acera, todavía conmocionada por el cambio, mientras Tyler subía a un taxi y se alejaba.

Él nunca miró hacia atrás.

El mayor miedo de Shannyn había sucedido. Él se había marchado.

Y la devastación de Shannyn era infinitamente peor de lo que ella jamás había pensado que sería. Ella se giró y caminó penosamente hacia el metro, recordándose a sí misma todas las cosas que iban bien e incapaz de olvidar la más importante que había salido mal.

¿Qué podría haber dicho ella para que Tyler McKay abandonara un desafío?

¿Qué podía hacer ella para arreglar lo que había hecho mal?

SHANNYN ACEPTÓ el trabajo en F5F, pero tal como Tyler había predicho, ella no se encontró con él en el club. Ella estuvo allí repetidamente durante la semana, haciendo planes con Meesha, preparando la sesión de Kyle, que aparecería en el primer anuncio publicitario, conociendo un poco mejor al resto del equipo, pero nunca vio a Tyler.

Él podría haberla estado evitando.

O asegurándose de que él no influiría en su decisión sobre el sábado. Con cada día que pasaba, Shannyn se convencía más de que él se había ido para siempre, que ella había dado un mal paso, tan mal que ni siquiera su cita falsa podría salvarse.

Ella llegó a casa el jueves por la noche y descubrió que le había llegado el vestido que su madre le había enviado. Estaba en una caja grande, entregada por mensajería, que Lisa había dejado apoyada contra la puerta de Shannyn en el vestíbulo.

Shannyn ya no estaba segura sobre asistir a una boda, pero sentía curiosidad por el trabajo de su madre. Ella limpió la mesa de la cocina y luego abrió con cuidado la caja, doblando las capas de papel para revelar el vestido más perfecto que ella había visto en su vida. Al principio, ella pensaba que era azul marino, pero luego se dio cuenta de que se veía de un color púrpura oscuro cuando la luz le daba desde otro ángulo. Era largo, la tela interior de satén y capas de gasa en la falda. Shannyn jadeó de asombro mientras lo sacaba de la caja.

Ella tuvo que probárselo de inmediato y se quedó mirándose en el espejo durante un largo rato. Ella se sentía transformada.

El corpiño era sin mangas y ajustado, el escote curvado para mostrar el tatuaje en su espalda. Las capas de tela estaban adornadas con sutiles bordados y abalorios, algunos en la capa superior y otros en las de abajo, de modo que el vestido parecía cambiar a medida que ella se movía. Estaba lleno de sombras, brillos y misterio, un vestido perfecto para bailar por la noche. Ella se dio la vuelta frente al espejo y se rió, amando que su madre lo hubiera hecho tan perfecto.

También había una estola en la caja, hecha del mismo satén y también bordada y con cuentas, junto con un bolso de mano con cuentas oscuras. Su madre había metido una nota en la que sugería qué zapatos debería usar Shannyn. Ella necesitaría sus tacones más altos, porque la falda era larga.

Ella sonrió, recordando que le había dicho a su mamá lo alto que era Tyler.

Ella la llamó para agradecerle, todavía con el vestido, y terminó contándole todo a su mamá. Por supuesto, su madre le dio un consejo y era exactamente lo que Shannyn necesitaba escuchar.

SILENCIO.

Ty no supo nada de Shannyn en toda la semana. Cassie les había dicho el miércoles en la reunión que Shannyn había aceptado el trabajo y los había puesto al día sobre cómo las dos nuevas contrataciones, Shannyn y Meesha, estaban encendiendo las redes sociales del club. Fuera de eso, Ty no supo nada. Él no la vio, y luchó por mantener su palabra de ni siquiera intentarlo. Él se quedaba hasta tarde en Fleming Financial todas las noches y permanecía en su apartamento, trabajando, hasta que llegaba la hora de nadar.

Ni una palabra.

Él evitó también la mayor cantidad posible de llamadas de su madre, diciéndole cuánto trabajaba cuando hablaban. Él no iba a responder ninguna pregunta sobre Shannyn. Él continuó como si su vida marchara como de costumbre, pero él no podía dejar de pensar en Shannyn.

Tyler pensaba que sería ella la que le enseñaría que no podía tener todo lo que quería y que él no podía arreglarlo todo. Ty se dio cuenta de que él lo cambiaría todo solo por tenerla a ella en su vida, una señal segura de lo mucho que se había enamorado.

El jueves por la noche, él supo que era el momento.

Ty creía que los buenos hombres aceptaban un no por respuesta, pero también creía que los hombres luchaban por lo que más querían. Si Shannyn realmente quisiera deshacerse de él, él lo respetaría, pero primero defendería su caso.

Tenía que haber una razón por la que ella había establecido sus reglas. Según él, habían roto las tres primeras pero no la cuarta, y él estaba listo para usar la poesía, si era la última arma disponible para él.

Era casi la medianoche del jueves cuando la llamó y estaba lloviendo, como la primera vez que había hablado con ella a altas horas de la noche.

Tyler se quedó mirando por la ventana de su habitación mientras la lluvia tamborileaba contra las ventanas, mirando a través de la ciudad hacia Brooklyn, deseando que ella contestara el teléfono y al menos lo escuchara.

Pero su llamada fue directamente al buzón de voz.

Él había medio esperado eso y estaba listo.

"Soy yo y esperaba que contestaras el teléfono para que pudiéramos hablar. La elección es tuya y respetaré lo que decidas, pero no tiene todos los hechos, así que quiero dártelos." Él respiró hondo, sabiendo que habría sido más fácil hacer su confesión si ella hubiera estado escuchando, o incluso si hubiera sabido con certeza que alguna vez escucharía sus palabras. "Hay algo especial entre nosotros, algo que quiero nutrir y defender, algo por lo que estoy dispuesto a luchar. La cosa es que tú también tienes que quererlo, y si todavía estás enamorada de Cole, entonces no tengo ninguna oportunidad. Sin embargo, si no es así, me gustaría tener esa oportunidad. Te amo, Shannyn, y sería un honor para mí pasar mi vida contigo. Eso no es porque quiera o necesite algo de ti, o porque tenga expectativas sobre el futuro. No es porque crea que necesitas ser arreglada. Es solo porque me gusta estar contigo. Me gusta que no tengas miedo de desafiarme ni a mí ni a mis suposiciones. Me gusta que desafíes las expectativas y hagas que la gente reconsidere las cosas, incluso a mí. Especialmente a mí." Él respiró hondo. "Me gusta quién soy cuando estamos juntos. Me gusta este sentido de la aventura y el descubrimiento y estoy bastante seguro de que nunca terminará si pones tu mano en la mía. Quiero más de ti en mi vida y espero que tal vez sientas lo mismo, que tal vez puedas dejar a Cole detrás de ti de la forma en él que te puso en su pasado, y que tal vez, que yo lo diga en voz alta te ayude a moverte hacia adelante."

Sonaba como una locura, pero Ty no había terminado.

Él abrió el libro que sostenía en la página marcada. "Ahora, aquí está la parte en la que me siento tonto, porque no estás ahí para escuchar. Pero voy a intentarlo aquí, por si acaso recuerdas ese día de ese curso cuando tuve que leer este poema en voz alta y explicarlo. Entonces hice un trabajo bastante malo, si no recuerdo mal, porque las palabras no me eran evocadoras. Yo no podía entender lo que era querer algo o alguien y tener que vivir sin eso. Sin embargo, las palabras son poderosas ahora porque entiendo lo que es enamorarse y tal vez no cerrar el trato. Entiendo lo vacía que se siente mi vida sin ti. Esta es una posibilidad remota para intentar hacerte cambiar de opinión y darnos una oportunidad."

Ty se aclaró la garganta, sintiéndose como un idiota, y comenzó a leer el poema de Keats en voz alta.

HABÍA un mensaje cuando Shannyn colgó el teléfono con su mamá, y tal vez no lo hubiera mirado si no hubiera sido tan tarde. Si no hubiera estado lloviendo a cántaros. Si ella no hubiera estado pensando en Tyler hablando con ella esa primera noche.

Si su madre no le hubiera dicho que luchara por lo que quería y que le dijera a Tyler la verdad.

Cuando ella vio que era de Tyler, tuvo que escuchar.

Ella cerró los ojos al oír su voz, agarrándose con fuerza al teléfono mientras escuchaba, asombrada y emocionada por cada palabra. Shannyn no podía creer que él dudara de que ella pudiera amarlo y negó con la cabeza pensando que él imaginara por un minuto que ella todavía amaba a Cole. Ella se sorprendió de que él le leyera La Belle Dame sin Merci de Keats, porque ella sí recordaba ese día. Contrariamente al recuerdo de Tyler, toda la sala de conferencias había estado cautivada por su lectura.

La bella mujer sin piedad. ¿Él pensaba que era ella?

El corazón de Shannyn estaba en su garganta mientras escuchaba su recital, su voz tan suave y baja. Él se demoraba en las palabras, lo que les daba más peso. Las lágrimas de Shannyn brotaron al final del poema, luego ella lo escuchó de nuevo, poniéndolo en altavoz.

Conocí a una dama en los prados,
De profunda belleza, una hija de las hadas,
Su cabello era largo, su andar era ligero
Y sus ojos eran salvajes.

Hice una guirnalda para su cabeza,
Y brazaletes también, y un cinturón perfumado;
Ella me miró como si me amase
Y profirió un dulce gemido.

La puse en mi dócil corcel,
Y nada fuera de ella vi en todo el día;
Porque a mi lado ella se inclinó y cantó
Una melodía de las hadas.
...
Ella me llevó a su gruta encantada
Y allí ella lloró y suspiró profundamente dolorida,
Y ahí yo cerré sus salvajes ojos hechiceros
Con muchos besos.

Y ahí ella me arrullo hasta dormirme
Y ahí soñé... ¡Ah! ¡Ay de mí!
El último sueño que alguna vez soñé
En la fría ladera de la montaña.

Vi pálidos reyes y príncipes también,
Guerreros pálidos, pálidos como la muerte eran todos;
Ellos lloraban: "La Belle Dame sin Merci"
¡Te ha esclavizado!

Vi sus labios hambrientos en la penumbra
Con horrible advertencia abiertos de par en par,

Y me desperté y me encontré aquí
En la fría ladera de la montaña.

Y es por eso que me quedo aquí
Solo y errando pálidamente,
Aunque la juncia se haya marchitado en el lago,
Y ningún pájaro cante.

CUANDO ELLA LO escuchó tres veces y recordó el consejo de su madre, Shannyn supo exactamente lo que tenía que hacer.

TY LLEGÓ TARDE DELIBERADAMENTE al ensayo del viernes por la noche y entró a grandes zancadas en la iglesia cuando Katelyn y Jared ya estaban en el altar. Su madre lo fulminó con la mirada, pero llegar tarde era la mejor manera de evitar sus inevitables preguntas sobre Shannyn.

Él esperaba que todos estuvieran demasiado ocupados después, y se excusaría en lugar de quedarse para la cena de ensayo. Nadie se sorprendió cuando él dijo que tenía que trabajar, aunque sí lo fastidiaron un poco.

Él caminaba de un lado a otro por su habitación de hotel, con el teléfono en la mano.

Shannyn no llamó.

Ella no iba a venir. Él le había dado la salida que ella probablemente quería y ella la iba a tomar.

Ty no durmió bien y no podía decidir si la mañana llegaba demasiado temprano o si había tardado una eternidad en aparecer. La única buena noticia era que su mamá estaría muy ocupada hasta que la feliz pareja se fuera de la recepción. Para cuando bailara con ella, Ty esperaba tener una respuesta.

O al menos una buena historia que contar.

La iglesia se veía genial, adornada con flores rosadas y blancas. Jared estaba nervioso pero feliz. Los otros hombres se burlaban de él, pero Ty se quedó callado. Los primeros invitados comenzaron a llegar y él ayudó con los asientos, necesitando desesperadamente algo que hacer además de revisar su teléfono.

Cuando sonó, él asumió que su madre lo necesitaba para hacer algo en el último minuto.

"¿Que necesitas?" dijo Ty, respondiendo sin mirarlo.

"No sé de qué lado de la iglesia sentarme", dijo Shannyn y el universo de Ty colapsó.

"¿Estás aquí?" susurró él.

"Tenemos un trato", dijo ella, pero había un tono burlón en su voz que lo hacía esperar más que eso.

"¿Dónde estás?" Ty dejó los programas en un banco y se dirigió hacia la puerta. La luz del sol brillaba más después de las sombras del interior, especialmente cuando se reflejaba en los anchos escalones de piedra blanca frente a la iglesia.

"Acercándome", dijo ella, luego Ty escuchó un auto tocar el claxon.

Él lo escuchó a través del teléfono y también en la vida real. Ty sonrió cuando vio un Land Rover maltrecho que venía por la calle, dejando una neblina de humo detrás. Ty bajó los escalones de tres en tres y llegó a la acera justo cuando Aidan entraba allí. El Land Rover volvió a pararse, se atragantó y murió.

"¿Ves?" le dijo Aidan a Shannyn, su tono triunfante. "Te dije que llegaría."

"No te dejes remolcar desde una zona de estacionamiento prohibido por mi cuenta", dijo Shannyn mientras Ty abría la puerta. Ella lo miró, sus modales repentinamente tímidos. "Hola", dijo ella y se sonrojó un poco. "Pensé que deberías saber que no he amado a Cole desde hace mucho, mucho tiempo."

Ty la miró fijamente, con la esperanza apretando su pecho.

"Hay otro tipo que me robó el corazón cuando yo no estaba mirando", admitió ella. "Me encanta sorprenderlo pero al final, él me sorprendió. Solo quería celebrar ese descubrimiento con él el fin de semana pasado, pero me equivoqué."

"No creo que te hayas equivocado tanto."

"¿Tu oferta aún está abierta?" Que ella incluso pudiera preguntarse eso significaba que Ty tenía trabajo que hacer.

"Siempre y para siempre." Él vio que sus ojos se iluminaban y abrió la puerta.

Siendo Shannyn, por supuesto, ella no solo salió del vehículo: ella se arrojó sobre Tyler. Ty la atrapó con fuerza y la hizo girar, sintiendo su corazón latir contra el suyo. Él la dejó en los escalones y dio un paso atrás para observarla. Ella se veía fabulosa, con un vestido sin mangas que estaba en algún lugar entre azul marino y morado. Él podía ver sus tatuajes y la combinación, con sus joyas de plata y su ligero maquillaje le daban ese aspecto artístico elegante que él tanto admiraba.

"Eres más alta", dijo él, sorprendido.

Ella se rió y levantó un pie, mostrando sus zapatos, que tenían tacones altos y suelas rojas. "Pensé que sería divertido estar en el mismo código postal para variar", dijo ella, con los ojos llenos de picardía.

"Entonces, no soy el único con planes." Ty la besó de nuevo. Cuando él finalmente levantó la cabeza, la dejó en el escalón más arriba de él y la miró a los ojos. Había un brillo sospechoso de lágrimas allí, pero ella estaba un poco sonrojada y se veía mucho más feliz de lo que estaba. "Pensé que no vendrías", admitió él.

"No empieces a subestimarte a ti mismo ahora." Ella le dio un golpe en el brazo y Ty hizo una mueca. Sus ojos se entrecerraron un poco. "Eres bastante persuasivo, Tyler McKay."

"Y tú, Shannyn Hawke, estás llena de sorpresas."

Ella tocó su brazo de nuevo, mirándolo de cerca. "¿Qué hiciste?"

"Me arriesgué y me hice un tatuaje para celebrar haber encontrado un poco de yin para mi yang", admitió él, amando lo encantada que ella estaba.

"¿Qué es?"

"No te lo diré."

"Quiero ver."

"Tendrás que esperar."

"Apesto esperando."

"Oh bien." Ty se rió de su indignación y luego se inclinó para besarla de nuevo.

Aidan se aclaró la garganta. "Está el pequeño asunto del equipaje, mi señora", dijo él, demostrando que su acento británico necesitaba tanto trabajo como su imitación de Robin Williams.

Ty sacó las llaves del auto del bolsillo. Las lanzó en dirección a Aidan, luego se inclinó para capturar los labios de Shannyn debajo de los suyos. Ella le rodeó el cuello con los brazos y le devolvió el beso, tan apasionada y acogedora como en sus mejores sueños.

Ella estaba ahí. Ella había venido.

Y ella ya no amaba a Cole.

Él escuchó a Aidan usar el control remoto para desbloquear el auto, una excelente manera de localizarlo, pero no prestó mucha atención cuando Aidan se alejó, balanceando la bolsa de viaje de Shannyn.

Cuando él levantó la cabeza, estaba seguro de que solo faltaba una cosa en su mundo. "¿te casarías conmigo?" preguntó él y Shannyn se rió.

"¡Sí!"

Ty la atrapó de nuevo, sintiéndose afortunado y pensando. "Estás inventando un plan", acusó ella cuando vio a Aidan regresar.

"Culpable de los cargos. ¿Y si vamos al Puerto de Harte el próximo fin de semana a visitar a tu mamá? Me encantaría conocerla y tal vez podamos hablar sobre reservar la iglesia allí para la boda."

"¿En serio?"

"En serio. Por supuesto, quieres casarte allí. Si a tu mamá no le importa ayudar, deberíamos poder organizarlo desde aquí."

"¡A ella le encantará!" Shannyn lo agarró por las solapas, su actitud atenta. "Podríamos elegir la fecha ahora y arreglarlo todo antes de que tu mamá se quede sin bodas para organizar."

"Ese es un plan excelente", coincidió Ty. Aidan le arrojó las llaves del auto y se dieron la mano, Shannyn compartió la noticia con él. Él los felicitó a ambos, luego las campanas de la iglesia empezaron a sonar. Ty condujo a Shannyn de regreso al interior, escoltándola hasta el banco donde estaban sentadas sus hermanas, pensando que ella era la mujer más radiante de la iglesia.

Y ella sería su esposa.

. . .

SHANNYN NO CREÍA que fuera posible ser más feliz de lo que ella era. Su corazón estaba acelerado cuando Tyler la llevó a la iglesia y la sentó con su familia, y ella sentía como si estuviera caminando en el aire. Su suerte realmente había cambiado con Tyler en su vida, y el cielo era el límite. Derek y Paige la saludaron con entusiasmo y ella se las arregló para preguntarle a Derek acerca de arreglar el garaje antes de que comenzara el servicio. Lauren le dio la bienvenida y le presentó a Stephanie y Anthony. Katelyn y Jared saludaron desde más lejos del banco. Ella se sentía rodeada de una nueva familia y emocionada por el futuro.

Cuando salieron de la iglesia y la pareja regresó para tomarse fotos, Shannyn llamó a su mamá para compartir la noticia. Ella se dio cuenta de que Tyler y su madre se iban a llevar perfectamente; su madre estaba emocionada de que fueran a visitarla y estaba inmediatamente lista para hacer planes para la boda.

"Solo familiares y amigos inmediatos, mamá. Tyler está cansado de las grandes bodas."

"Llamaré a Mark esta noche y verificaré la disponibilidad de la iglesia", dijo su mamá. Por supuesto, solo había una iglesia en el Puerto de Harte. "Y podemos reservar el salón de la iglesia para la recepción. Si un buffet es lo suficientemente elegante para ti, las señoras de la iglesia lo atenderán."

"Por supuesto, es lo suficientemente elegante. Eso sería genial, mamá."

"Será agradable. Ellas son muy buenas. Y yo empezaré con tu vestido."

"¡Mamá!

"No pude hacerte uno antes, pero esta vez es diferente. Que sea mi regalo para ti."

Shannyn sonrió cuando su madre comenzó a revisar las posibles fechas. Ella y Tyler empezaron a mandar mensajes sobre los arreglos y ella estaba sorprendida de lo rápido que se solucionaba todo.

Como si estuviera destinado a ser.

Shannyn pensó que probablemente estaba destinado a ser. Ella también le mandó un mensaje a Kirsten quien contestó a pesar de que estaba en su luna de miel, y Shannyn le preguntó si querría ser su dama de honor. Shannyn supuso que la mitad de los invitados de la boda habían escuchado la respuesta entusiasta de Kirsten.

Para cuando Tyler terminó su deber como padrino de boda, el día estaba casi arreglado. Shannyn confirmó los detalles con él mientras bailaban, y ellos hicieron un plan para renovar la casa. Lisa y la Señora P. no se habían mudado todavía, pero ellos podrían comenzar en la cocina y el garage, después podrían hacer el segundo piso.

Shannyn flotó hasta el baño de damas cuando la abuela Trixie exigió que Tyler bailara la Macarena con ella.

El baño de damas tenía un tocador primero, con sillas y espejos. Unas puertas dobles se abrían a un espacio embaldosado detrás con baños, lavamanos y más espejos. Estaba decorado en plateado y gris y era muy elegante. Shannyn pasó a otra mujer en su camino a la habitación exterior llena de alfombras y se saludaron con un movimiento de cabeza, y Shannyn encontró a la hermana de Tyler, Stephanie, allí sola.

Ella lucía como si hubiese estado llorando, y no podían haber sido lágrimas de felicidad. Ella estaba retocando su maquillaje incluso cuando sus lágrimas seguían cayendo. Shannyn pretendió no darse cuenta, sino solo saludó. Cuando ella salió del baño, Stephanie todavía estaba allí. Shannyn escogió un lavamanos más alejado y se lavó las manos. Ella deseaba poder ayudar, aunque ellas no se conocían bien.

"Apenas nos hemos hablado", dijo Stephanie, obviamente haciendo un esfuerzo por ser educada.

"No, no lo hemos hecho, pero las bodas son tan ajetreadas. Además, esta es una boda grande." Shannyn retocó su lápiz de labios, dándole tiempo de hablar a la otra mujer, si ella quería hacerlo.

Stephanie tomó una respiración profundad. "Fue muy valiente de tu parte dejarle saber a mi madre que no quieres tener hijos." Dijo ella con prisa. Cuando Shannyn la miró, Stephanie se mordió el labio y sus lágrimas fluyeron otra vez.

Shannyn de repente tuvo una idea muy clara de lo que pasaba. "Bueno, era más fácil que admitir que no puedo tenerlos", dijo ella tranquilamente.

Stephanie la miró con sorpresa.

"Es cierto. Pero cuando le digo a la gente la verdad, ellos quieren hacer sugerencias y eso lo hace todo mucho peor." Shannyn sonrío un poco. "Yo supuse que Tyler es honesto acerca de su deseo de arreglar las cosas, así que pareció más sencillo decir que yo no quería hijos."

Stephanie sonrió un poco. "Él lo dice. Mi mamá..."

"Tú mamá es feliz, y ella quiere que todos ustedes sean felices también. Solo tiene sentido que ella quiera que todos ustedes tengas las cosas que ella le dan alegría."

"Esa es realmente una forma amable de verlo."

"Yo no pienso que ella sea poco amable. Yo creo que ella los quiere mucho a todos."

Stephanie parpadeó rápidamente y después miró a Shannyn. "¿Tú de verdad no puedes tener hijos?"

Shannyn exhaló. Nunca se volvía fácil hablar de eso, incluso por una buena causa. "Mi ex y yo tratamos durante todo nuestro matrimonio. Fuimos a clínicas de fertilidad y todo lo que funcionara. Bueno, excepto los vientres alquilados." Shannyn no habló sobre eso dos bebés que había perdido. Ella simplemente no podía. Su garganta ya estaba apretada. "La cuestión es que terminamos olvidando la razón por la que estábamos juntos en primer lugar."

"Lo siento."

"No lo sientas. Yo no hubiese podido enamorarme de Tyler si todavía estuviera casada con Cole."

"Tú de verdad lo amas."

Shannyn asintió, todavía asombrada por el poder del amor que ella sentía por Tyler. "No es cualquiera el que podría convencerme de darle otra oportunidad al matrimonio."

"Él es muy terco."

"Funciona bien porque yo también lo soy." Shannyn dio un paso más cerca. "Pero aquí está la cuestión. Mi mamá nunca tuvo hijos: mi hermano y yo somos adoptados. Y mi papá murió cuando Aidan y yo éramos pequeños."

"Oh, eso es triste."

"Lo es, pero mi mamá no es una persona triste. Ella cree que se debe celebrar cada cosa buena que llega a ti. Ella disfruta todo, lo aprecia, y lo hace durar tanto como pueda. Ella nunca da nada por sentado, y esa es la lección que yo olvidé con Cole."

"¿Qué quieres decir?"

"Yo estaba tan concentrada en la idea de tener un hijo que me olvidé de cuidar mi propio matrimonio. No estoy segura de si yo hubiese podido salvar nuestra relación yo sola, o si él se hubiese encontrado conmigo a mitad del camino, pero nosotros éramos felices cuando nos casamos y perdimos eso en el camino. Nos olvidamos de apreciar lo que ya teníamos, y así lo perdimos, buscando algo más. Cuando no pudimos tener un hijo, ya no quedaba nada más."

"Eso es realmente triste." Stephanie dio un suspiro tembloroso y bajó la mirada, su voz se suavizó. "Tuve un aborto la semana antepasada."

"¿Fuiste al médico y te hiciste un examen completo?"

Ella asintió. "Solo una de esas cosas, dijo ella, como si no fuera un asunto importante." Ella frunció el ceño y sacudió la cabeza. "Nosotros no estábamos siquiera intentando. Nosotros habíamos hablado de intentarlo cuando yo terminada la escuela de posgrado, pero no hemos sido tan diligentes sobre la prevención de embarazo"

"Es bueno ser espontaneo", dijo Shannyn. "Íntimo."

"Exactamente. Yo estaba siguiendo mi periodo, pero no realmente de cerca, y luego perdí mi periodo. Yo me asusté, porque pensé que era muy pronto, pero luego Anthony se emocionó y yo también empecé a emocionarme. Estábamos planeando donde poner la cuna y escogiendo nombres, y él me estaba ayudando a comer exactamente bien. Fue muy dulce y luego..."

"¿Qué tan avanzada estabas?"

"Tres meses. Yo se lo iba a decir a mamá este fin de semana", Ella parpadeó rápidamente cuando sus lágrimas comenzaban a aparecer otra vez. "Pero no puedo decirle esto. Simplemente no puedo."

Shannyn asintió, entonces puso una mano en el hombro de Stephanie. La otra mujer agarró sus dedos. "Muchas mujeres tienen abortos y aun así pueden tener hijos. Tú mamá pudo haberlos tenido también. Ella podría entender perfectamente lo que estás sintiendo."

"Quizás. No lo sé. Quizás la próxima vez que venga a casa, cuando sea menos reciente. O tal vez si vuelvo a concebir, se lo diré. No lo sé. Yo solo quiero llorar y llorar y llorar ahora mismo."

"Parte de eso son las hormonas, sabes eso."

Stephanie bajó la mirada al piso. "Yo siento que fue mi culpa."

"Dudo que lo haya sido. Es más común de lo que piensas, solo pasa y ya." Shannyn se estiró y tocó el anillo de bodas de Stephanie. "Sabes, todos queremos todo. Todos queremos las cosas buenas y eso está bien. Es ambición. Quizás es incluso esperanza."

"Quizás es solo codicia", dijo Stephanie, sonriendo por primera vez.

"Quizás. Pero voy a suponer que tú amas a Anthony."

"Oh por Dios, sí."

"Y así ya tienes más que la mayoría de la gente. Eres joven, saludable y estás casada con el hombre que amas. Él tiene un buen trabajo. Tú vas a la escuela. Tu familia está cerca y ellos están saludables. Tú ya tienes mucha suerte."

Stephanie asintió, sus gestos pensativos. "Tienes razón."

"Así que, no sueltes lo que tienes mientras buscas algo más. Yo cometí ese error, así que tú no lo cometas también." Shannyn sabía que ella casi lo había hecho de nuevo y le pudo haber costado a Tyler.

"Okey. Ese es un buen consejo. Gracia, Shannyn." Stephanie le dio un abrazo. Ella era alta, sino tan alta como Tyler, y Shannyn no pudo evitar notar la diferencia en sus estaturas.

"Yo soy definitivamente la más bajita por aquí", dijo ella con una sonrisa.

"Me alegro de que estés aquí", dijo Stephanie. "Veo cuan feliz es Tyler contigo, y me alegro mucho."

"Yo también."

"Mamá también se acostumbrará. Ya verás."

Shannyn esperaba eso. Ellas se abrazaron de nuevo y Shannyn dio un paso atrás. "Será mejor que me vaya antes de que ellos piensen que estamos tramando algo siniestro aquí dentro."

La sonrisa de Stephanie fue más amplia esta vez. "Yo iré en un minuto."

Ellas se abrazaron de nuevo y Shannyn se secó sus propias lágrimas mientras dejaba a Stephanie sola. Para su sorpresa, cuando ella dobló la esquina de la habitación, Colleen estaba parada allí en silencio. Ella debió haber entrado en el mismo momento que la otra mujer se había ido. Ella obviamente había escuchado la conversación, porque lucía como si ella estuviera luchando contra las lágrimas. La garganta de Colleen funcionó, luego ella articuló la palabra "gracias" Ella extendió una mano y Shannyn la tomó dándole un ligero apretón, para que Stephanie no pudiera verla moviéndose.

La mirada de Colleen se aferró a la de ella por un largo momento, y Shannyn supo entonces que todo estaría bien con su nueva suegra. Ellas se apretaron las manos y luego Shannyn continuó hacia la puerta de salida. Ella vio a Colleen dar el paso para hablar con su hija.

Ty la estaba buscando y Shannyn y caminó directo hacia él y hacia sus brazos, cerrando sus ojos mientras él la abrazaba contra su pecho. "¿Todo bien?, preguntó él con preocupación.

"Creo que todo está muy bien", dijo ella, sus palabras roncas.

"¿Estás pensando lo que yo estoy pensando?" susurró él.

"No tengo idea. Probablemente no." Ella respiró profundo la colonia de Tyler y deslizó sus manos por debajo de su chaqueta y a través de su espalda. "Tú nunca piensas sucio"

Él se rió entre dientes. "Yo a menudo pienso sucio. Solo que no te cuento sobre eso."

"Deberías."

"Cuidado con lo que pides."

Shannyn echó su cabeza hacia atrás y lo observó. "Tú no me asustas Tyler Mckay."

Él le sonrió. "Lo sé. Eso es parte de tu atractivo, Hawke."

"Así que, ¿en qué estabas pensando?"

"Vayamos a casa esta noche en vez de quedarnos aquí."

"¿A qué le estás diciendo casa? ¿Tú casa o la mía?"

Los ojos de Tyler se volvieron más verdes. "Solo un lugar se puede llamar casa, Shannyn, y es la que tiene tu marca por todas partes. Llévame a casa contigo esta noche."

"Tú solo quieres que Fitzwilliam salte sobre ti en la mañana."

"No me importa si lo hace." Tyler alzó una ceja. "Aunque yo estoy pensando en esa tercera cosa que te gusta de vivir con un hombre."

"No solo con cualquier hombre", dijo Shannyn. "Contigo."

Tyler pasó sus labios sobre los de ella. "Y ni siquiera tuve que usar mi arma secreta."

"¿Cuál es esa?"

"La mullida bata de baño en el maletero de mi auto."

Shannyn se rió de él. "le pregunté a Derek sobre arreglar mi garage después."

"Buen plan. ¿Todo arreglado con tu mamá?"

"Todo arreglado, y ella no puede esperar para conocerte. Ustedes dos se van a adorar."

Tyler levantó su teléfono y le dio una sonrisa rápida. "Entonces hagámoslo", Y Shannyn sonrió y tocó Enviar.

EPÍLOGO

Lauren no sabía cómo alguien podía imaginar que Shannyn y Ty no pertenecían juntos. El calor entre los dos era suficiente para hervir el asfalto alrededor de ellos. Cuando Ty guió a Shannyn a la iglesia, Lauren sintió como si un rayo crepitara entre ellos. Verlos juntos a lo largo del día había hecho que sus propios dedos de los pies se doblaran.

Era embriagador ver a dos personas tan locamente enamoradas, especialmente a su hermano mayor. Ella siempre había sabido que si Ty perdía el corazón, se enamoraría con fuerza.

Y ella tenía razón.

Su felicidad debería haber hecho a Lauren más feliz de lo que lo hacía. En cambio, le hizo darse cuenta de lo vacío que estaba su propio matrimonio. No era como si Mark estuviera interesado en cualquier cosa que ella pudiera decir o hacer. Él había mostrado más fascinación con su cena que cualquier otra cosa, y ella estaba más allá de esperar de él un baile por obligación.

Lauren había notado que Shannyn pasaba mucho tiempo con su teléfono durante el día y ella había pensado que Shannyn era una de esas personas que tratan un teléfono celular como un apéndice más.

Pero cuando empezaron los discursos, Lauren sospechó que se estaba orquestando algo. Si Ty y Shannyn eran tan perfectos el uno para el otro como ella sospechaba, algo estaba en proceso.

Lauren quería saber qué era.

No por primera vez, Shannyn hizo una pausa en su tecleo y miró de reojo a Ty. El padrino de Jared estaba dando su discurso. Ty se sobresaltó, luego buscó el bolsillo interior de su esmoquin, donde estaba su teléfono. Lo sacó del bolsillo lo suficiente para leer la pantalla, luego miró a Shannyn, su mirada lo suficientemente caliente como para chamuscarle las bragas.

Él sonrió con una sonrisa reservada, luego rápidamente marcó una respuesta y dejó caer el teléfono en su bolsillo.

Lauren escuchó el chirrido del teléfono de Shannyn. Shannyn lo tenía debajo de la mesa y luego sonrió con una sonrisa igualmente misteriosa. Ella se mordió el labio, miró a Ty y asintió minuciosamente.

Ty parecía satisfecho, si no engreído.

¿Qué estaban haciendo?

Lauren no lo sabría hasta las diez de la noche, cuando el baile hubiera comenzado y la feliz pareja se hubiera marchado de luna de miel. Shannyn y Ty estaban bailando juntos, riéndose de alguna broma privada. Eso solo hizo que Lauren se sintiera más sola. Ella todavía los estaba mirando y tomando otra copa de vino. Mark había desaparecido en algún lugar, posiblemente por el pasillo hasta el bar donde se estaba poniendo el juego.

Ty sacó su teléfono y lo tocó una vez, luego lo guardó.

Y la música fue interrumpida por los chirridos, timbres, pitidos y música emitida por cincuenta teléfonos móviles que recibieron un mensaje simultáneamente. Ty y Shannyn se sonrieron triunfalmente y siguieron bailando, tal vez un poco más cerca que antes.

Lauren sacó su teléfono y supo que no debería haberse sorprendido de que fuera una invitación de boda, de Ty. Él y Shannyn se iban a casar el 16 de septiembre, aparentemente, y ya se habían hecho los arreglos. La ceremonia se llevaría a cabo en algún lugar llamado el Puerto de Harte, y había un enlace directo a un hotel y un mapa, así como una fecha para confirmar su asistencia.

Eso era lo que había estado haciendo Shannyn.

Evidentemente, los dos lo habían planeado de antemano. Lauren vio la decepción de su madre por no organizar las festividades. Ella vio bailar a Ty y Shannyn, tan encantados el uno con el otro que le dolía el corazón.

Su hermano se había tomado su tiempo, pero había encontrado a su compañera perfecta.

A pesar de lo feliz que estaba de ver a Ty tan feliz, Lauren deseaba poder haber dicho lo mismo de sí misma.

SOLO UNA VEZ MÁS

FLATIRON 5 FITNESS ESPAÑOL #2

Kyle lo quiere todo...
Kyle Stuyvesant no cree en el amor y el romance. Sus padres le enseñaron que no existe la eternidad y él se tomó la lección en serio. Después de todo, solo hay una mujer que lo tentó a querer más que una noche caliente juntos. Afortunadamente para sus convicciones, ella está casada con otro hombre. Problema resuelto, hasta que el esposo de Lauren la engaña y Kyle no es solo el portador de malas noticias, sino el hombre al que ella llama para que la consuele.

Lauren lo exige todo...
Después de que el matrimonio de Lauren se derrumba, ella quiere perderse en el placer. ¿Quién conoce ese territorio mejor que Kyle, quien una vez la sedujo por completo? Lauren nunca olvidó esa noche maravillosa y, ahora que de repente está soltera, la regla de Kyle de no tener amor ni romance tiene un nuevo atractivo. Todo lo que ella quiere es satisfacción, pero cuando Kyle se dé cuenta de que necesita más, ¿podrá convencer a Lauren para que vuelva a arriesgarse de nuevo, esta vez con él?

Solo una vez más
Flatiron 5 Fitness Español #2

¡Próximamente! Se publicará en julio

La bestseller y galardonada autora, Deborah Cooke, ha publicado más de noventa novelas y noveletas, que incluyen romances históricos, romances fantásticos, novelas fantásticas con elementos románticos, romances paranormales, romances contemporáneos, romances fantásticos urbanos, romances sobre viajes en el tiempo y novelas paranormales para adultos jóvenes. Actualmente, escribe romance contemporáneo y romance paranormal como ella misma, Deborah Cooke, romance medieval como Claire Delacroix, y ha escrito como Claire Cross. Es un éxito de ventas a nivel nacional, así como una de las autoras más vendidas de USA Today y del New York Times. Su romance medieval de Claire Delacroix, La bella, fue su primer libro en aparecer en la Lista de libros más vendidos del New York Times.

Deborah fue escritora residente en la Biblioteca Pública de Toronto en 2009, la primera vez que TPL organizó una residencia centrada en el género romántico, y ella tuvo el honor de recibir el premio Romance Writers of America PRO Mentor of the Year Award en 2012. Ella está en el Cuadro de Honor de la RWA.

Deborah vive en Canadá con su familia y teje demasiado.

Visite sus sitios web en:

http://deborahcooke.com
http://delacroix.net
http://dragonfirenovels.com

OTRAS OBRAS DE DEBORAH COOKE

Flatiron 5 Tatuaje

Solo una noche nevada

Solo una noche de vacaciones

Solo una noche inolvidable

Solo una noche de Navidad

Flatiron 5 Fitness - Español

Solo una cita falsa

Solo una vez más

Solo una noche juntos

Solo un héroe local

Dos bodas y un bebé

Solo una segunda oportunidad

Solo estar en casa para Navidad

Solo un zorro plateado
